RUDIE VAN RENSBURG
KAMIKAZE

QUEILLERIE

Nie een karakter in dié boek is gegrond op werklike mense nie. Die verwysings na die Staatsveiligheidsagentskap (SSA), Denel en sy filiaalmaatskappye en hul werknemers is fiktief en hou geen verband met die werklikheid nie.

Queillerie
is 'n druknaam van NB-Uitgewers,
'n afdeling van Media24 Boeke (Edms.) Beperk,
Heerengracht 40, Kaapstad
© Rudie van Rensburg 2017
Alle regte voorbehou

Omslagontwerp deur Michiel Botha
Omslagfoto's: Shutterstock
Geset in 11.5 op 15 pt Dante deur Susan Bloemhof

Oorspronklik gedruk in Suid-Afrika
Tweede uitgawe 2023
ISBN 978-0-7958-0266-9

ISBN: 978-0-7958-0153-2 (LSiPOD)
ISBN 978-0-7958-0131-0 (epub)

Deur Rudie van Rensburg

Misdaadfiksie
Slagyster (2013)
Kopskoot (2014)
Judaskus (2015)
Pirana (2016)
Kamikaze (2017)
Ys (2018)
Medusa (2019)
Vloek (2019)
Merk (2020)
Hartedief (2021)
Monster (2022)
Doolhof (2022)

Op die spoor van (samesteller) (2017)

Humor
Hans steek die Rubicon oor (2017)
Hans gee Herklaas horings (2020)
Hans bars die bioborrel (2021)
Hans hou sy lyf Sherlock (2022)

Kamikaze: Japanse vlieënier gedurende die Tweede Wêreldoorlog wat in 'n selfmoordaanval sy vliegtuig op veral 'n vyandelike skip gestort het. Word deesdae gebruik in die uitgebreide betekenis van roekelose gedrag met potensieel rampspoedige gevolge.

1

Claus Prins pluk senuweeagtig aan sy Jasser Arafat-serp.

Die dakligte in die verlate parkade gooi spookagtige skadu's oor die sementvloer en pilare. Dis eerder die ideale omgewing vir 'n bloederige moord as 'n plek van vreedsame ontmoeting, dink hy.

Met sy skouer teen 'n pilaar geleun, haal hy die pakkie Kent White uit sy baadjiesak en steek een aan met hande wat liggies bewe. Hy is uit sy gemaksone. Gewoonlik laat hy enige gevaarlike job aan Ivan oor.

Maar vanaand het hy nie 'n keuse nie. Die man het daarop aangedring hy wil Claus alleen ontmoet. Dalk is hy paranoïes, maar die wete dat daar honderd-en-vyftigduisend rand in sy BMW se kattebak is, laat trek sy maag in 'n vuis.

Wie sê die bliksem jaag nie 'n koeël deur sy kop en maak spore met die geld nie? Volgens wat hy van hom gehoor het, is dit nie onmoontlik nie. Nog 'n lyk op sy kerfstok gaan die Pion nie slapelose nagte gee nie.

Sy liggaam span styf toe hy die dreuning van 'n motor hoor. Hy luister aandagtig, ontspan toe dit klink of die motor op die onderste verdieping stilhou.

Hy kyk op sy horlosie. Twintig oor nege. Die Pion het gesê hy sal tussen nege en tien hier wees. Hy vee die sweet van sy voorkop af. Met die kooltjie van die stompie steek hy nog 'n sigaret aan, maar sy gedagtes bly bokspring tussen talle grusame scenario's.

Desperaat om sy donker gemoedstoestand te verja, dink hy aan Macy. Dis gewoonlik al terapie wat help. Sy wag nou vir hom in die bed, in die versengende Kaapse somershitte moontlik net onder 'n laken. Die kurwes van haar kaal lyf sal duidelik afgeëts wees teen die gladde satynmateriaal. En wanneer sy die laken optrek vir hom om langs haar in te klim . . .

'n Kreet blêr uit sy keel toe hy 'n ritseling agter hom hoor.

Hy swaai verskrik om. Die man staan 'n paar treë weg van hom, die skaduwee van 'n pilaar oor sy gesig.

"Ek . . . het jou . . . nie gehoor nie," stamel Claus met 'n droë mond.

"Claus Prins?" vra die man.

"Ja, dis ek. En . . . en jy's . . . die Pion?"

Die man knik en kom 'n halwe tree nader. Sy gesig word gedeeltelik verberg deur 'n groot donkerbril. Hy is baie ouer as wat Claus gedink het, skraal en korterig. Met die eerste oogopslag nie die intimiderende monster wat hy in sy verbeelding geskep het nie. Boonop in 'n netjiese pak klere.

Hy steek sy hand uit, maar die Pion ignoreer die gebaar, haal net die donkerbril af en druk dit in sy baadjiesak. Die daklig skyn nou vol op sy gesig.

'n Ligte siddering trek deur Claus. Die man se oë laat hom opnuut sweet. Dis wasig, soos 'n dooie se oë. Amper deursigtig, kleurloos, yskoud. Genoeg om hom die horries te gee. Fok, hy moes nie alleen gekom het nie!

"Ek het nie baie tyd nie," sê die Pion toonloos.

"Jammer . . . jammer."

Claus maak die kattebak van die BMW haastig oop. Hy oorhandig eers die koevert. "Hierin is alles . . . alles oor die man, sy naam, 'n foto van hom en die woonadres van sy suster waar hy nou bly."

Die Pion neem die koevert. "Enigiets anders wat ek moet weet?"

"Jy moet sy rekenaar en alle ander . . ."

"Dit was reeds deel van my opdrag. Nie nodig om dit te herhaal nie."

"Dit moet binne die volgende drie dae gebeur, want . . ."

"Dis ook ou nuus."

"Jammer, ek . . . kan nie nou helder dink nie." Claus se oë brand van die sweet wat oor sy voorkop stroom.

"Waar bly die man as hy nie by sy suster in die Kaap is nie?"

"In Sandton, Johannesburg . . . in 'n dakwoonstel."

"Wie sê dáár lê nie goed rond nie?"

"Ons . . . een van my manne . . . het gisteraand daar ingebreek en die plek van hoek tot kant deursoek. Daar's niks."

Hy lig die aktetas uit die kattebak en oorhandig dit aan die Pion. "Die volle honderd-en-vyftigduisend, in honderdrandnote soos jy versoek het. Jy kan dit tel as jy wil. Dis in bondels van vyfduisend rand verpak."

Die man staar strak na hom. "Nie nodig nie. As jy 'n fout gemaak het, sal ek die balans uit jou boedel kry."

Claus se nekhare rys. Dit klink soos 'n fokken doodsdreigement! Hy kan net bid Macy het reg getel.

Hy wag dat die Pion moet loop, maar die man bly uitdrukkingloos staan.

Uit pure ongemak draai Claus om en maak die kattebak met bewende hande toe. As die bliksem besluit om hom uit te haal, sal hy dit nou doen, flits dit deur sy gedagtes. Hy staal hom teen 'n moontlike aanslag, sy regterhand naby die baadjiesak waarin Macy se handsakpistooltjie is.

Maar niks gebeur nie.

Toe hy omdraai, is die Pion weg.

Claus kyk verwilderd rond. Geen teken van die man nie.

Hy bly versteen staan, maar sy groot liggaam bewe onbeheers.

Eers toe 'n motor op die onderste verdieping wegtrek, haal hy weer asem.

* * *

Moos Uys pak die toebroodjies en gekerfde biltong in 'n kosblik en vul die koffiefles met kookwater. Hy swaai die rugsak met proviand oor sy skouer, tel sy kamera en nagverkyker op en trek die woonsteldeur agter hom toe. Die werk se gehawende Golf wag in die straat. 'n Skof van veertien uur lê voor, maar soos altyd is hy hoopvol dat sy deurbraak vandag sal kom.

Hy sal homself nog nie as 'n baasspioen beskryf nie, maar hy's vinnig besig om die pad soontoe te plavei. Sy toewyding en geesdrif sál in die toekoms beloon word, glo hy, ondanks die feit dat hy die verkeerde velkleur het om by 'n Suid-Afrikaanse staatsinstelling bevorder te word. Ambisie maak als moontlik, daarvan is hy oortuig.

Nie sy ouers of een van sy broers het twee jaar gelede gedink hy het 'n kans om by die Staatsveiligheidsagentskap aangestel te word nie. Maar die SSA se Kaapse grootbase was so beïndruk met hom tydens die werksonderhoud dat hy dadelik die groen lig gekry het. Die feit dat hy 'n paar jaar vantevore met voorbedagte rade by die ANC aangesluit het, moes natuurlik ook gehelp het.

Sy nuwe base was veral beïndruk met sy kennis van die eertydse spioenasiewêreld. Niemand anders kon met soveel gesag oor die werkswyse van Richard Sorge, een van die suksesvolste spioene ooit, praat nie. Of oor die rol wat kolonel Von Stauffenberg en sy groep gedurende Hitler se bewind gespeel het nie. Hulle was ook verstom oor sy kennis van die geskiedenis van atoomspioenasie, en 'n paar junior agente het behoorlik aan sy lippe gehang toe hy onlangs by 'n spesiale lesing die genialiteit van Klaus Fuchs, Harry Gold, Ethel en Julius Rosenberg en Stig Wennerström breedvoerig bespreek het.

Toe die Amerikaanse CIA die SSA 'n maand gelede inlig dat Imran Hafeez Suid-Afrika gaan besoek, was Moos die regte man op die regte tyd. Ondanks sy groentjiestatus het hy die belangrike taak gekry om Hafeez se bewegings in die land dop te hou.

Volgens die CIA se vermoedens, wat hulle nog nie bo alle twyfel kon verifieer nie, is Hafeez, 'n Pakistani wat meestal in Sirië woon, kop in een mus met die Islamitiese Broederskap. Dié internasionale beweging, wat poog om 'n sambreelgroep vir Islamitiese radikales te vorm, voer glo reeds samesprekings met die gevreesde Islamitiese Staat (IS) in Sirië, Libië en Irak, die Taliban in Pakistan, Boko Haram in Nigerië en Al-Sjabaab in Somalië en Kenia.

Die Islamitiese Broederskap is die nuwe Al-Kaïda, weet Moos, net erger. As hulle hul doelstelling bereik, kan hulle 'n groter bedreiging vir die Weste inhou as enige ander groep fundamentaliste.

Dit was nie moeilik om Hafeez se bewegings dop te hou nie. Hy is van die Kaapstadse Internasionale Lughawe met 'n taxi na 'n huis in die Bo-Kaap, waar hy vir 'n volle drie dae agter geslote deure vertoef het. Toe is hy weer vort lughawe toe, en het van daar af 'n vlug na Indië geneem.

Die huis in die Bo-Kaap behoort aan Suleiman Khan. Daar is nie veel bekend oor hom nie, behalwe dat hy 'n Suid-Afrikaanse burger sonder 'n kriminele rekord is, binnekort vyftig jaar oud word en ongetroud is.

En Khan kom nooit uit sy huis nie, het Moos die afgelope drie en 'n half weke agtergekom. Hy kry ook nooit besoekers nie, behalwe die vrou wat op Vrydae kruidenierswar by sy huis aflewer en gewoonlik nie langer as tien minute bly nie.

Dis sieldodende werk om die huis veertien uur per dag dop te hou. En Moos is nog niks wyser oor Khan nie, wat frustrerend is vir iemand wat vinnig sy merk as 'n gerekende geheime agent wil maak. Sy status as junior veldagentjie staan hom eenvoudig nie aan nie.

Maar sy geduld sal weldra beloon word, sê Moos elke oggend vir homself as motivering wanneer hy die Golf aansluit.

Vanoggend is geen uitsondering nie. Hy maak eers keel skoon.

"Jou geduld sal beloon word," sê hy, druk sy bril hoër op sy neusbrug en trek rukkend weg – 'n gevolg van die Golf se defekte koppelaar.

2

'n Telefoonoproep het kaptein Kassie Kasselman nuut laat dink oor sy loopbaan.

'n Lewe sonder die polisie was voorheen vir hom ondenkbaar. Sedert hy drie-en-dertig jaar gelede as neëntienjarige by die Diens aangesluit het, wou hy in geen stadium by 'n ander plek werk nie.

Hy was nog altyd 'n trotse en lojale speurder, gevorm en gebrei deur die SAPD. Hy is dankbaar teenoor die Diens, en hy't deur die jare walgegooi as iemand sy werkplek kritiseer. Selfs toe 'n klompie hoë Wes-Kaapse offisiere, insluitend die kommissaris, in die onlangse tyd aangekla is van bedrog, korrupsie, geldwassery en rampokkery, het hy lojaal gebly.

Toegegee, daar is slegte appels in die polisiekissie, het hy aan sy filatelie- en boeremusiekgildevriende gesê, maar hy moet beklemtoon dat die meerderheid van sy kollegas uitstekende werk doen, en onderbetaal boonop. Hulle eie veiligheid word áltyd ondergeskik gestel aan die groter saak: om die burgers van die land teen misdaad te beskerm.

Twee weke gelede kry hy toe uit die bloute 'n oproep van 'n oud-kollega. "Neem jou tyd, Kassie, en laat weet my oor 'n maand of so van jou besluit," het Frans Terblanche hul uur lange gesprek afgesluit.

Sedertdien hou daardie verdomde oproep Kassie uit die slaap.

En dis ook heel moontlik die rede waarom hy nou met kritiese oë na sy werkgewer kyk. In die verlede het hy nooit die jaarlikse misdaadstatistiekverslag gelees nie, ook nie die Onafhanklike Polisie-ondersoekdirektoraat se jaarverslag nie. Hy't maar altyd net gefokus op die werk wat hulle hier by die Nuwelandstasie doen. Negatiewe mediaberigte oor die polisie het hy ook doelbewus vermy. Nie bevorderlik vir die moraal nie, het hy geglo.

Nou kyk hy gesteurd na sy kollegas wat voor sy lessenaar saambondel, elkeen met 'n beker koffie in die hand. Sersant Rooi Els, sy sidekick van die afgelope agt jaar, en kapteins Cliffie Arendse en Mario da Silva.

"Kassie, vertel bietjie vir die manne wat jy gister vir my vertel het," sê Rooi. "Oor hoe kak ons nóú is."

"Lees julle nie die koerante nie? Die jongste misdaadstatistiek? Opod se jaarverslag?" vra Kassie vies.

Hy is nie nou in die bui om alles te herhaal nie. Buitendien voel hy bietjie soos 'n Judas om daaroor te praat.

"Dis nie nodig dat óns dit doen nie," sê Da Silva met sy alewige wisecrack-glimlag. "Jy't dit mos gelees."

"Sjarrap, Da Silva," sê Rooi. "Stop jou kakpratery. Dis ernstige goeters dié."

"Oukei, oukei, nie nodig om 'n fit van office rage te vang nie," kap Da Silva terug.

"As julle die moeite gedoen het om dié goed te lees, sou julle geweet het die publiek het deesdae maar bleddie min vertroue in ons," sê Kassie. "Amper fokol, om dit sagkens te stel."

Da Silva grinnik. "Jy klink nou soos kolonel Daniels wanneer sy aambeie hom hel gee."

Rooi gluur hom aan. "Jissis, Da Silva!"

Da Silva ignoreer hom. "Dit geld dalk vir die publiek in die res van die land, maar hier in die Wes-Kaap doen ons die dinge nog reg."

Kassie skud sy kop. "Die Wes-Kaapse polisie was die afgelope jaar verantwoordelik vir die meeste klagte van aanranding, verkragting en die rig van 'n dienswapen. Volgens opnames het byna die helfte van die Wes-Kaapse publiek boggherol vertroue in ons."

"Genuine?" sê Cliffie.

Kassie knik. "Ons is ook tweede in die land met korrupsie en ons is laks om sake aan te meld. Ons reaksietyd ná die aanmelding van 'n misdaad is die kakste in die geskiedenis, en ons verloor of steel wapens asof dit die nuwe tydverdryf is. Ons word ook gekap oor patetiese ondersoekwerk en die swak insameling van forensiese bewyse."

Cliffie frons. "Ek't nie besef dit gaan só sleg nie. Wat sê hulle is die rede?"

Kassie haal sy skouers op. "Volgens die media kan dit toegeskryf word aan swak bestuur op senior vlak, mense wat uit hul diepte is. Ook 'n gebrek aan werklike spesialiste en 'n te groot werkslas. Ons is onderbeman. Die nasionale gemiddelde van driehonderd lede van die publiek vir elke polisiebeampte is klaar hoog, maar in 'n plek soos Mitchells Plain is daar amper duisend mense vir elke beampte. Nie 'n wonder daar word gemiddeld vyftig mense per dag in die land ver-moor nie, en dis veral in die plekke wat die ergste onderbeman is."

"Shit!" Cliffie fluit deur sy tande. "Is dit nou al vyftig?"

"En wat's daai stats oor die speurders nou weer?" vra Rooi.

"Ons hanteer drie keer meer dossiere as die internasionale gemid-delde," sê Kassie en kyk kwaai na hom. "Wat my daaraan herinner dat ek en jy 'n moerse klomp onafgehandelde dossiere het. Tyd dat ons iets daaraan doen."

Hy trek die pak dossiere op sy lessenaar nader en beduie vir die ander die koffiekonferensie by sy lessenaar is verby.

Hy tel die eerste dossier van die hoop af op. Ná 'n paar paragrawe moet hy van voor af begin lees. Die verdomde oproep wil nie uit sy gedagtes wyk nie, dit klou soos stront aan 'n wolkombers.

* * *

As hoofbestuuder en mede-eienaar van Prins Pharmaceuticals het Claus nie nodig om soos sy werknemers stiptelik halfnege by die kantoor aan te meld nie. Buitendien is Ivan daar om 'n ogie te hou.

Al is dit skaars tienuur, gooi Claus vir hom 'n stewige dop whisky en twee blokkies ys in 'n kristalglas. Hy stap van die kroeg na die sitkamer en plof op 'n rusbank neer. Rangskik eers sy japon só dat dit sy kaal maag bedek. Hy wil homself nie nog daaraan herinner dat hy hopeloos oorgewig is nie.

Hy het genoeg ander bekommernisse.

Of dalk is dit 'n bietjie oordrewe. Eintlik één groot bekommernis. Die Pion.

Hy het aaklige nagmerries oor die man gehad, en vanoggend voel hy steeds bewerig. As dié storie backfire, is dit nie net die einde van Prins Pharmaceuticals nie, maar ook van hom, sy vennote én Macy.

Dis hoekom hy Brian Beukes, die mede-eienaar, vanoggend na sy huis laat kom het.

Brian stap met gekromde skouers van die kombuis af in, 'n beker koffie in die hand. Hy gaan sit op die bank oorkant Claus, langs Macy, wat vanoggend in haar skrapse gimklere besonder verleidelik lyk. Sonder haar oordadige grimering lyk sy jonger as haar amper veertig jaar.

Brian trek sy klein mondjie op 'n punt en blaas in die stomende beker terwyl hy vlugtig na Macy se kaal bene kyk.

"Hel, Claus, ek voel nog steeds ongemaklik," sê hy. "Was ons nie bietjie oorhaastig nie? Kon ons die man nie maar probeer omkoop het nie?"

Swaarmoedige Brian, dink Claus. Sy chroniese beswaardheid het die kommerlyne al permanent op sy smal gesig afgeëts.

Hy skud sy kop beslis. "Te gevaarlik. Van wat Ivan ons van sy fancy dakwoonstel in Sandton vertel het, lyk dit nie of hy 'n gebrek aan geld het nie. Die Pion was die enigste uitweg." Hy vat 'n groot sluk whisky en trek 'n gesig toe hy dit afsluk.

Brian frons só erg dat sy gesiggie soos 'n rosyntjie lyk.

"Dit wil sê as die Pion sy opdrag uitvoer," kla hy. "Die man is klaar betaal. Ons weet nie waar hy bly nie en ken nie eers sy regte naam nie. Hy kan maklik besluit om die geld te vat en sy gat aan die job af te vee."

Claus sug. "Die kontakman het my verseker hy's betroubaar. Hy't gesê die Pion het 'n reputasie wat hy nie sal wil bedonner nie. Baie mense en instansies gebruik hom gereeld. Hy't blykbaar die afgelope paar jaar oral in Afrika jobs gedoen en hy word ook gereeld in Europa gekontrakteer."

Hy slaan die whisky met een teug weg. Die ys rinkel in die glas soos hy dit skud. "As die bleddie man net sy neus uit ons sake gehou het, het ons nie nodig gehad om die Pion te betrek nie. Maar die vent het begin snuffel op plekke waar hy nie veronderstel was om te krap nie."

Brian staar swyend voor hom uit, blaas net in sy beker en loer onderlangs na Macy, wat met haar bene wyd oop sit.

Sy kyk op van haar tydskrif. "Ek dink julle het overreact, darling."

"Bepaal jou by jou girlie magazine!" sê Claus.

Wat de fok weet sy? dink hy vererg. Hulle het al ses maande gelede by hul Afrika-muile gehoor daar's 'n Suid-Afrikaner wat in die bedryf rondsnuffel. Dit het hom aanvanklik nie ontstel nie. Die Chinese en Indiërs doen op 'n baie groter skaal besigheid in Afrika en die man was heel waarskynlik op die spoor van een van hulle sindikate. Maar om veilig te speel, het hy Ivan opdrag gegee om alles oor die man uit te vind.

Ná hy 'n paar keer in Afrika ingevaar het om hom dop te hou, was Ivan se bevinding dat dié meneer beslis besig is om te krap waar hulle nie wil hê dit moet jeuk nie. Maar hy hou sy kaarte styf teen sy bors – nie een van sy navrae dui daarop dat hy Prins Pharmaceuticals in die visier het nie.

Twaalf dae gelede duik die man toe in Parow by Claus-hulle se drukkery op waar die boksies en etikette gedoen word. Kwansuis met 'n bestelling vir drukwerk, maar met die versoek om bietjie deur die drukkery te loop om die gehalte van die masjiene te beoordeel.

Gelukkig het Claus vir Calla by die drukkery op so iets bedag gemaak. Calla het die man se versoek geweier en Claus dadelik gebel. Dit het 'n geskarrel by Prins Pharmaceuticals veroorsaak. Nes Claus was Brian in 'n toestand, en selfs Ivan was bleek om die kiewe.

Maar dit was eers met die oproep twee dae later dat hulle aakligste vermoedens bevestig is: die man is agter hulle bloed aan. Hy wou kwansuis 'n onderhoud oor die farmaseutiese bedryf kom doen.

Claus moes vinnig lieg en sê hy't sake in die buiteland om af te handel, maar hy's bereid om die man oor twee weke by Prins Pharmaceuticals se hoofkantoor in Montague Gardens te sien.

Hulle het 'n noodvergadering gehou. Ivan wou self die job doen, maar Claus het vasgeskop. Te gevaarlik. As die polisie die moord na Ivan terugspoor, bring dit Prins Pharmaceuticals direk in gedrang.

Toe noem Macy terloops iets wat uitkoms bied: 'n kennis uit haar vroeë paaldansdae ken iemand wat dié soort jobs doen. 'n Professional hit man. En so het hulle via dié kennis 'n ooreenkoms met die Pion gesluit.

Claus ril toe hy aan die vorige aand se ontmoeting dink en lag verleë. "Ek was nog nooit in my lewe so nervous nie."

Macy glimlag spottend. "Ou banggat!"

"Jy sou bietjies-bietjies gepiepie het as jy daai donner se oë gesien het," verweer hy hom. "Scary verby. En dit in 'n vuil en spooky parkade iewers aan die gatkant van Kuilsrivier. Dit was soos 'n script uit 'n horror movie."

Hy kom steunend orent en stap kroeg toe. Nog 'n whisky kan net help om sy senuwees te kalmeer.

Die volgende paar dae gaan hel wees. Hy sal eers weer kan ontspan as hy weet die Pion het die job suksesvol afgehandel.

3

Die Pion lê uitgestrek op 'n handdoek langs Seepunt se openbare swembad. Hy trek ingedagte aan sy grys borshare terwyl hy 'n deuntjie neurie. Dan sit hy regop, trek sy seningrige bene op en omklem dit met sy arms. Die son raak nou geniepsig.

Hy oordink sy dag tot dusver. Hy het vanoggend laat geslaap en toe eers sy uur lange meditasiesessie afgehandel. 'n Stewige ontbyt van spek, wors en saggekookte eiers het gevolg, afgesluk met 'n groot glas vars lemoensap.

Soos gewoonlik het hy baie tyd aan sy ablusies bestee. Hy het homself eers in 'n koue en daarna 'n warm bad water gedompel. Toe aangetrek: swart sweetpak en donkergrys hardloopskoene. Hy verkies eintlik snyerspakke in konserwatiewe kleure en somber dasse, maar vandag is 'n werksdag.

Daarna het hy 'n tydjie ingeruim om aandag te gee aan Buskruit, sy swart labrador. Dié wou met die frisbee speel en het dit heeltyd voor hom kom neersit. Dit was nogal snaaks en het die Pion laat glimlag – 'n handeling waaraan hy hom gewoonlik nie skuldig maak nie.

Dit het hom 'n halfuur geneem om sy rugsak te pak: 'n hand vol kabelbinders, 'n rol nylontou, kleefband, skêr, flits, handskoene, skroewedraaier, knipmes, Heckler & Koch, 'n stel lopers en 'n pion.

Die Pion het lank getob oor die keuse van 'n pion. Oplaas besluit op 'n handgekerfde houtstuk wat volgens sy navorsing in die vroeë twintigste eeu in Liechtenstein gemaak is. Hy het die skaakstel agt jaar gelede in Madrid by 'n straatmark gekoop.

Hy het sy handdoek en swembroek gevat, die rugsak saam met 'n groter, leë een in die kattebak van sy motor gesit en Rondebosch toe gery. Daar het hy eers die huis op 'n afstand bespied, later uitgeklim en in die straat af gedraf. Digte struike op die sypaadjie het sy uitsig op die huis belemmer, maar hy was verlig oor die afwesigheid van 'n veiligheidsmuur. Dit sou sy taak soveel makliker maak.

Hy het om die blok gedraf om 'n geskikte plek te soek om vanaand te parkeer. Tevrede dat hy die terrein ken, het hy Seepunt toe gery en hier by die swembad kom afkoel.

Hy sal sommer aandete by een van die restaurante in die omgewing nuttig, besluit hy, en die kos afwerk deur 'n draai op die promenade te stap voordat hy Rondebosch toe ry.

Die Pion het geen rede om senuweeagtig te wees nie. Trouens, hy was lanklaas so ontspanne. Dit sal immers nommer vyftien wees – en dit in slegs 'n dekade.

* * *

Alles wat deesdae op kantoor gebeur, herinner Kassie aan die verdomde oproep.

Soos vanoggend. Kolonel Daniels het hulle byeen geroep en gebrief oor luitenant Daan Nolte, en Kassie het opnuut gewonder of dit nie nóg 'n teken is dat hy ernstig oor die oproep moet besin nie.

Daan was vier maande gelede in 'n skietery met motorkapers betrokke. Sy speurderkollega van die afgelope klompie jare, sersant Robbie August, is 'n paar meter van hom af doodgeskiet. Kopskoot. Die kapers het boonop weggekom.

Kassie kon sien dié ding het Daan sleg geruk. Posttraumatiese stres. Maar ondanks Kassie se raad dat hy hom by die polisiekliniek inboek, het Daan halsstarrig geweier.

"Help nie," het hy gesê. "Ek kan net dertien dae in die kliniek bly, dan is my siekverlof vir die jaar uitgeput. Ek sal maar so aankarring. Het ook nie nou geld om 'n privaat sielkundige te gaan sien nie."

Maar onbehandelde posttraumatiese stres het die manier om te sneeubal. Nou is Daan hééltemal in sy moer in. Geskors uit die Diens vir 'n onbepaalde tyd nadat hy gister sy pistool in 'n winkelsentrum uitgepluk en sonder waarskuwing 'n man gepot het. Daan was oortuig dis een van die kapers, maar 'n ondersoek het gewys die dooie man was onskuldig, 'n assistent by 'n klerewinkel en pa van twee jong seuns.

"Daan het die plot verloor, trigger happy geraak," het Daniels die tragiese gebeure opgesom.

Nou wag daar net meer trauma én 'n uitgerekte hofsaak op Daan.

By die lessenaar langs Kassie s'n sit Rooi ook voor hom en uitstaar. "Erg van Daan, nè?" sê hy toe Kassie sy blik vang.

Kassie knik. "Dis omdat ons omstandighede fokken abnormaal is. Hulle sê in Amerika kry 'n poeliesman dalk met één moordsaak in sy loopbaan te doen. Hier hanteer ons amper weekliks moord, kapings, verkragtings en die fok weet wat nog als. En wat doen die SAPD daaraan? Boggherol! Ordentlike sielkundige support bestaan nie in hulle boeke nie."

Rooi se wenkbroue lig. "Bliksis, Kassie, maar jy's darem deesdae krities oor die Diens!"

Cliffie, 'n entjie verder weg, kyk ook skerp op.

Kassie antwoord liewer nie. Hy staan op, vat sy pakkie Luckies en brom dat hy in die vierkant gaan rook.

* * *

Moos tuur die donkerte in. Al amper negeuur.

Hy weet Khan is in die huis. Die ligte het skuins voor agt in twee vertrekke aangegaan. Maar soos al die vorige dae het daar niks van belang gebeur nie.

Hy lig sy doodgesitte boude vir 'n rukkie uit die karsitplek op. Die Golf het net-net te min ruimte vir sy bene, maar dis al kar wat die SSA tot sy beskikking kon stel wat nie aandag sal trek nie.

Die ding is gehawend – roeskolle oral op die bakwerk en minus drie wieldoppe – maar dit help dat nie een van die inwoners al skeef na die Golf gekyk het nie. Hulle moet teen dié tyd dink dis maar een van die jongmense se skedonke wat altyd hier staan. En die donker getinte ruite maak Moos onsigbaar vir verbygangers.

Hy skink die laaste bietjie koffie uit die fles en teug aan die vrank brousel. Hy kan nie teen dié pas voortploeter nie. Hy sal moet aanbeveel dat hulle Khan se plek visenteer, al is die man in die huis.

Dis glad nie ideaal nie, want kry hulle geen bewyse wat Khan met die Islamitiese Broederskap verbind nie, was die hele operasie vrugteloos. Én hulle cover is geblaas. Verder sal Khan dan bedag wees daarop dat hy 'n gemerkte man is.

Moos se aanvanklike plan om Khan se huistelefoon te tap, het op niks uitgeloop nie. Die man het nie 'n landlyn nie. En omdat hy nooit uit die huis kom nie, was dit ook nie moontlik om 'n meeluisterapparaat te gaan plant nie.

Onwillekeurig, en soos soveel kere die afgelope paar weke, put Moos opnuut motivering uit baasspioene van die verlede. Elke keer as hy op moedverloor se vlakte is, gryp hy na 'n inspirerende staaltjie om sy gemoed te lig.

Vanaand kom Richard Sorge, baasspioen van die Rooi Leër tydens die Tweede Wêreldoorlog, eerste in sy kop op.

Sorge se skerp verstand, buitengewone moed, geduld en selfbeheersing was sy vernaamste eienskappe. In Tokio moes hy vasstel of Japan die Russiese grens met Mantsjoerye gaan aanval, sowel as wat die Japanners se werklike houding jeens Hitler was. Soos 'n skim het hy die Kempeitai, Japan se gevreesde geheime diens, ontduik. Dié het honderd-en-veertigduisend agente gehad en hulle oë en ore was oral: vermom as klerke agter postoonbanke, portiere by hotelle, kruiers op treinstasies, onderwysers en tolke. Maar Sorge het met hulle speletjies gespeel, en selfs die vermetelheid gehad om sy agtervolgers te begin agtervolg . . .

Moos verstar toe motorligte stadig in die straat nader kom. 'n Donkergrys Mercedes hou skuins oorkant die Golf stil. Hy het dié kar nog nooit hier gewaar nie.

Die bestuurder klim nie dadelik uit nie, iets wat Moos se hoop verder opjaag. Deur die nagverkyker kan hy die profiel van 'n man uitmaak. Hy wag met ingehoue asem.

Eers ná goed vyf minute klim die man uit. Wit, tot Moos se verbasing, 'n lang, atletiese kêrel tussen dertig en veertig. Breë skouers. Blinkswart hare. Netjiese pak klere, das, wit hemp.

Die man kyk om hom in die straat rond. Sy blik skeer oor die Golf, maar Moos weet hy's onsigbaar agter die getinte ruite. Tog sit hy roerloos.

Sy hart begin wild klop toe die man by Khan se voorhekkie instap en aan die voordeur klop. Khan maak dadelik oop en die geheimsinnige besoeker verdwyn binnetoe.

Moos skryf die besonderhede van die Merc se nommerplaat neer. Hy haal hortend asem, sy oë wyd gerek soos hy die huis bespied. Uiteindelik aksie!

Ná presies een uur en sewentien minute kom die man uit Khan se huis. Hy kyk weer vlugtig om hom rond voordat hy in die Merc klim en stadig wegtrek.

Moos se eerste instink is om hom te volg, maar dan onthou hy een van die goue reëls van die uitgeslape admiraal Wilhelm Canaris, 'n dubbele agent van die Duitse geheime diens tydens die Tweede Wêreldoorlog. "Moet nooit snags 'n motor in stil strate volg nie. Jou kans om dit ongesiens te doen, is op die beste tien persent."

Hy sal die man deur sy nommerplaat kan opspoor, stel Moos homself gerus.

Kalm denke is nou van die opperste belang. "Waak daarteen om te vinnig op galop te gaan ná 'n deurbraak," het die atoomspioen Stig Wennerström altoos gewaarsku. "Dit is dán die tyd om die teuels in te trek en die saak goed te bepeins."

Moos haal stadig en diep asem, sy oë steeds op Khan se huis. Is dít die deurbraak waarop hy so lank gewag het?

4

Op sommige plekke is die aantekeninge in Fred Smuts se notaboekie bra onleesbaar, maar dit verskaf darem aan hom die nodige riglyne om sy storie sinvol op die stemopnemer te vertel. Later, wanneer hy sy ondersoek afgehandel het, sal hy hoofsaaklik op die kassette staatmaak om sy reeks artikels te skryf.

Hy glimlag toe hy eers die kasset nommer voordat hy dit in die masjien druk. Sy suster spot hom oor sy old school-toerusting, maar hy verkies nog steeds dié ou stemopnemer. Hy't darem met verloop van tyd gevorder van 'n stokou desktop na 'n vaartbelynde laptop. En hy gebruik sy selfoon deesdae vir meer funksies as net oproepe en SMS'e.

Hy skakel die opnemer aan en begin: "Gevallestudie sewentien. Bulawayo, Maart 2016. Mary Masakadza." Kyk met skrefiesoë na sy gekrabbel en gaan voort: "Agtergrond. Mpilo-hospitaal. Februarie 2016. Dokter Dick Walsh lig my in dat sewentig persent van sy pasiënte draers van die MI-virus is. In kort som dit die krisis in Zimbabwe op.

"My eie ondersoek het die volgende opgelewer: Ek weet vigslyers in daardie dele is ondervoed en bly meestal in armoedige buurte, maar dit het nuwe betekenis gekry toe ek die buitewyke van Bulawayo verken. Uitgeteerde siekes moet hier in haglike omstandighede probeer oorleef. Selfs Khayelitsha se slegste dele lyk soos luukse oorde teenoor dié verwaarloosde plakkershole.

"Dis hier waar ek Mary Masakadza vroeg in 2016 ontmoet het, 'n twee-en-dertigjarige ma van drie kinders wat 'n blyplek met 'n dosynstuks mense deel. Mary was een van die gelukkiges wat teenretrovirale behandeling ontvang. Wel nie by die hospitaal nie, maar by een van die oorvol klinieke in die omgewing. Dié fyn vroutjie was so swak dat sy skaars haar arm kon oplig om haar jongste kind te voer. Haar maatskaplike werker, Janice Raza, het my verseker ek sien haar op haar beste. Sy was egter vol moed dat die medisyne Mary binnekort sal help.

"Vier maande later, met 'n opvolgbesoek aan Bulawayo, moes ek verneem Mary is oorlede. Janice het net haar skouers opgetrek. Sy het gesê die medisyne wat veronderstel was om vir Mary beterskap te bring, het géén positiewe uitwerking gehad nie. Trouens, haar toestand het deurentyd verswak. Janice het my ook ingelig dat dit die lot was van baie ander in die omgewing: die medisyne help nie. Sy was behulpsaam genoeg om die boksie tussen Mary se besittings op te spoor, met nog 'n paar pille daarin . . ."

Fred kyk gesteurd op van 'n geluid iewers in die huis. Hy druk die stopknoppie van die stemopnemer en luister aandagtig. Sy suster se verdomde kat het natuurlik weer iets omgestamp. Dis die lompste kat wat hy in sy lewe teengekom het.

Maar dis nou stil in die huis.

Hy verstar toe iets hards teen sy agterkop druk.

"Hou jou hande in die lug en staan baie stadig op," sê 'n toonlose stem agter hom. "Maak presies soos ek sê en jy sal niks oorkom nie."

Fred gehoorsaam met 'n hart wat uit sy borskas wil spring.

"Sit jou hande agter jou rug," sê die stem.

Dis 'n wit man, flits dit deur Fred se gedagtes. Hy voel hoe sy gewrigte behendig vasgebind word. Seker kabelbinders, want dit sny in sy vel in en hy kan sy hande nie beweeg nie.

"Voete bymekaar," beveel die stem, en Fred se enkels word vinnig vasgebind.

Hy skrik toe twee gehandskoende hande van agter af voor sy gesig verskyn. Sy mond word toegeplak met 'n breë stuk kleefband.

"Lê op jou maag."

Fred sak af op sy knieë. Die man dwing hom neer totdat hy uitgestrek lê. Hy word aan sy voete oor die gladde houtvloer gesleep tot in die verste hoek van die studeerkamer.

Die inbreker werskaf by die lessenaar. Fred spits sy ore. Hoe het die man ingekom? jaag dit deur sy gedagtes. Als was tog gesluit.

Sy eie skuld, besef hy dan. Hy't nie die donnerse alarm aangesit nie. Was bang die kat trigger dit weer soos gister. Die inbreker moes die huis dopgehou en agtergekom het hy is alleen hier.

Die land is in sy moer in, dink hy verslae. Misdadigers regeer nou. Dat hy hier in sy suster se huis in Rondebosch oorval word nadat hy net twee dae terug die nuus gekry het dat daar by sy woonstel in Sandton ingebreek is!

Die inbreker loop uit. Fred luister hoe sy voetstappe in die gang af verdwyn. Hy probeer sy hande loswikkel, maar die binders trek net stywer om sy gewrigte en sny dieper in sy vel.

Ná amper 'n halfuur kom die inbreker weer in. Hy sleep Fred aan sy voete terug na die lessenaar.

Toe 'n nylontou om sy nek geknoop word, begin paniek in Fred se kop hamer. Wat de hel gaan nou aan!

Die man lig hom van agter af aan sy skouers orent. "Sit op die stoel se armleuning," beveel hy.

Fred gaan sit. Die man tel sy bene op en draai sy lyf sodat sy voete op die sitplek rus. "Staan op," kom die bevel.

Fred kom orent. Hy sien nou vir die eerste keer die inbreker se gesig. Dis 'n man van goed in die vyftig, merk hy verbaas op. Skraal, seningrig, staan kiertsregop, soos 'n soldaat op aandag. Sy gesig is uitdrukkingloos, die dun lippe op 'n strepie getrek.

Fred ril toe hy die man se oë gewaar. Hy't nog nooit sulke oë gesien nie – uitdrukkingloos soos glas.

Die man klim op die lessenaar, die punt van die tou in sy hand. "Ek gaan die tou aan hierdie balk bo jou kop vasmaak. Dan moet jy nie beweeg nie, anders gaan jy jouself ophang. Dis net my maatreël om te voorkom dat jy die polisie bel of alarm maak sodra ek weg is."

Dit gaan 'n lang nag wees, besef Fred. Die huishulp kom soggens eers skuins ná sewe in. Gelukkig het sy haar eie sleutel. Maar hy gaan die hele goddelike nag soos 'n donnerse standbeeld op hierdie stoel moet staan.

Terwyl die inbreker die tou om die balk vasknoop, merk Fred

sy stemopnemer is nie meer op die lessenaar nie. Ook nie sy notaboekie of die houer met die ander kassette nie.

Die alarms in sy kop lui meteens hard en aanhoudend. Hoekom sal enigiemand dít wil steel? Hy leun vorentoe om beter te kan sien, maar die tou om sy nek trek stywer.

"Ontspan net," sê die inbreker terwyl hy van die lessenaar af klim. "Onnodige paniek kan jou lewe kos."

Hy tel 'n rugsak op, grawe daarin en haal iets uit. Fred kan nie sien wat dit is nie. Die man moet strek om dit in Fred se hempsak te sit.

Dan pluk die man die stoel onder hom uit.

* * *

Dis al middernag, maar Kassie kan nie slaap nie.

Hy tuur na die posseëlalbums en bokse wat sy lessenaar en studeerkamervloer vol staan. Hy weet hy gaan vir homself ontsettend baie werk skep vir die volgende maande, dalk selfs jare, maar hy wend hom altyd na sy seëls in krisistye.

Dis sy manier om innerlike spanning te verlig. Seker nie altyd die beste oplossing nie, maar hy is nou maar eenmaal so geprogrammeer.

Dit was destyds juis die finale spyker in die doodskis van sy huwelik met Marietjie. Pleks dat hy hul kommunikasieprobleem uitgesort het, het hy verkies om hom toe te wikkel in sy seëlkokon.

'n Klompie jare gelede toe hy met die Nienabersaak opgeslip het en amper sy loopbaan by die Diens kwyt was, het hy ook elke beskikbare uur aan sy seëls gewy. Tot soms siekverlof geneem om sy aandag op sy geliefde stokperdjie toe te spits.

Nou is dit weer dieselfde storie.

En om dinge te vererger, is daar niks by die werk wat sy aandag van die oproep kan aflei nie. Hy en Rooi is toegegooi met 'n klomp dodelik eentonige sakies: huisbraak, winkel- en motordiefstal, bankbedrog, 'n bende wat OTM'e opblaas . . .

Hy bekyk weer die stapels en bokse albums. Dit gaan 'n helse job wees. Sy seëls is nie alleen tematies gekatalogiseer nie – bome, blomme, sportlui, historiese gebeure, politici en uitvindings – maar ook in tydperke, soos sy Kaapse driehoeke en Unie-seëls, of in streeksverband, soos sy seldsame Namibiese vetplante en die voormalige tuislande se seëls. Sy versameling van abnormaliteite of foute op seëls – die verkeerde aantal wiele aan 'n trein of vreemde kleurskakerings op 'n voël se vlerke – is die indrukwekkendste in die land, dit weet hy vir 'n feit, dalk selfs in die wêreld.

Maar nou wag die gróót taak. Die werklik ernstige filateliste, van wie daar net 'n hand vol is, versamel nog veel meer inligting. Die storie agter elke seël: op watter papier dit gedruk is, watter perforasie gebruik is, watter gom en druktegniek, wie dit ontwerp het en wat die agtergrond van elke ontwerp is. Hulle hou ook lyste by van ander bekende seëlversamelaars en die omvang van húl versamelings.

En Kassie is nou van plan om hom by die crème de la crème van die filateliewêreld aan te sluit.

Alles as gevolg van die fokken oproep.

5

"Moos, die registrasienommer behoort aan I.J. Kuyler," sê Michelle Februarie, die SSA se administratiewe beampte, oor die foon.

Sy verskaf ook Kuyler se adres – 'n woonhuis in Durbanville – en vra: "Het jy iemand nodig om te help?"

"Nee, nee, ek's nog reg," sê Moos vinnig. "En moet maar niks vir die baas sê nie. Ek wil hom nie nou al opgewonde maak nie."

Hy wil nie met 'n ander veldagent opgeskeep sit nie, hierdie saak is sýne. Niemand gaan sy donder steel nie. Buitendien is Max Tsotsobe net tydelik sy baas; sy direkte baas is afgeboek ná 'n ligte hartaanval.

Toe Moos hom twee weke gelede in die hospitaal in Panorama besoek het, het hy gesê dis nou Moos se groot kans om te wys van watter staal hy gegiet is. "Kontak my as jy iets nodig het, maar los Max Tsotsobe uit die mix."

Sy baas en Max het al twee aansoek gedoen vir 'n hoër pos by die hoofkantoor in Pretoria, en juis daaroor kan hulle mekaar nie verdra nie.

"Dankie dat jy bereid was om so vroeg kantoor toe te gaan om die inligting te kry, Michelle," sluit hy die gesprek af.

Vanoggend ry Moos met sy eie kar. Hy gaan nie kanse waag nie; Kuyler het die Golf gisteraand by Khan se huis gesien.

Die oggendverkeer vanaf sy woonstel in Nuweland is aanvaarbaar. Hy ry teen die stroom en is vinnig op die N1. Gelukkig ken hy die Durbanville-omgewing.

Om halfagt stop hy in die straat waar Kuyler woon. 'n Halfuur later trek die donkergrys Mercedes by die erf uit. Hy bekyk in die verbyry Kuyler se huis, 'n onaansienlike dubbelverdieping met ligpienk mure.

Moos hou 'n veilige volgafstand. Op die N1 in die stad se rigting vleg hy deur die verkeer om nader aan die Merc te kom. Dis een van admiraal Canaris se vyf goue agtervolgingsreëls: "Hou op 'n besige pad net 'n kar of twee tussen jou en die persoon wat jy volg."

Toe die verkeer voor die M5-afrit amper tot stilstand kom, probeer Moos die skuldgevoel besweer dat hy nie vandag Khan se huis dophou nie. Hy het vanoggend nugter oor die saak gedink en toe die groot besluit geneem. In drie en 'n half weke het Khan nooit uit sy huis gekom nie.

"Ek sou net weer my tyd mors," herhaal hy wat hy vir homself aan die ontbyttafel gesê het.

Hy druk sy bril hoër op sy neusbrug en kners op sy tande. In hierdie game gaan alles oor die regte prioriteite, soos Heinz Felfe, die gewese Nazi wat later vir Engeland gespioeneer het, tereg opgemerk het.

Aan die onderpunt van die stad vat Kuyler die afdraai middestad toe. Adderleystraat. Waar Adderley Waalstraat word, draai hy links in Koningin Victoria en parkeer langs die Kompanjiestuin.

Moos is gelukkig: daar is 'n oop parkeerplek 'n entjie anderkant die Merc, regoor die St. Martini Gardens-woonstelblok. In die truspieëltjie sien hy hoe Kuyler uit die kar klim, aktetas in die hand. Hy stap op die sypaadjie verby en loop die trappies na die Kompanjiestuin op.

Met sy kamera gereed volg Moos op 'n afstand. Hy doen sy bes om soos 'n toeris te lyk wat entoesiasties foto's van die omgewing neem.

Kuyler stap in Goewermentslaan af in die rigting van die parlement. Hy stop by 'n koerantverkoper, wat Moos die kans gee om 'n profielfoto op sy Canon 5D vas te lê. Hy kyk vlugtig na die skerm, tevrede dat die zoemlens sy werk uitstekend gedoen het. Tot die fyn haartjies wat oor Kuyler se oor krul, is duidelik sigbaar.

Koerant onder die arm stap Kuyler by die hoofingang van die parlement in. Beslis nie 'n lid van die parlementêre personeel nie, kan Moos van die straat af sien, want Kuyler meld aan by die besoekersingang.

Die implikasies van dié verwikkeling laat warm gloede in Moos se gesig opstyg, soos altyd wanneer hy deur baldadigheid oorweldig word. Vandag is dit só erg dat hy sy bril moet afhaal om die wasem met 'n sakdoek van die lense te vee. Hierdie saak kan sy gróót deurbraak by die SSA wees. 'n Man wat gisteraand in verdagte omstandighede samesprekings met 'n vermeende Islamitiese ekstremis gevoer het, kom sien vandag iemand by die hoogste politieke gesag in die land!

* * *

Claus vlek die twee springbokblaaie en sny die oorblywende kraakbeen uit. Hy besprinkel die vleis met growwe sout, varsgemaalde peper en gekapte roosmaryn, pak repies spek daarop, rol dit toe en bind dit met 'n toutjie vas.

Hy vryf die vleis eers goed in met olyfolie, verhit dan botter in 'n groot oondpan en sit die vleis in die pan sodat dit liggies aan albei kante verbruin. Hy haal die vleis uit, pak wortels, seldery, preie, uie en knoffel in die pan, sit die vleis bo-op en maak die pan met foelie toe. Nou veertig minute in die oond.

Soms verlang hy nog heimlik na sy sjefdae, toe sy enigste doelwit in die lewe was om sy kulinêre briljantheid uit te stal.

Hy neem peinsend 'n sluk van sy whisky. Hoe het sy pad die afgelope vyf-en-twintig jaar nie 'n ander rigting ingeslaan nie! Van 'n onskuldige agtienjarige (toe nog Herklaas Prinsloo), pas aangewys as topstudent by 'n gesogte Franse kulinêre akademie in die Bolandse wynvallei, na sjef by een van die spogrestaurante in die Kaapse middestad. Net 'n jaar daar gehou – die min geld en lang ure was 'n wake-up call.

Toe doen hy aansoek as bestuurder van die Blue Night-nagklub oorkant die pad en kry dit. Nog langer ure, maar baie meer geld. Hy't die sukkelende nagklub in 'n japtrap winsgewend gemaak met 'n beter spyskaart en meer professionele strippers. In dieselfde tyd het hy sy naam amptelik by die departement van binnelandse sake na Claus Prins verander – sy nuwe werk het 'n meer gesofistikeerde naam vereis.

Die volgende mylpaal was sy ontmoeting met Brian Beukes by die kroegtoonbank van die Blue Night. "Ek's 'n farmaseutiese laboratoriumrot, pille my nering," het Brian effens sleeptong gesê terwyl hy Macy se skommelende borste op die paaldanspodium dopgehou het.

Brian het Claus beïndruk – 'n hoogs geleerde skeikundige met ambisie vir groter dinge. "My eie farmaseutiese maatskappy," het Brian op 'n keer sy toekomsdroom verklap. Hulle het daaroor begin praat en een ding het tot 'n ander gelei.

Brian was eerlik oor sy vermoëns: hy kan nie verder as die vier mure van 'n laboratorium dink nie. Maar Claus het die bemarkingsvaardighede en vernuf om geld te maak. "'n Man met 'n soliede sakebrein," het Brian bewonderend gesê.

Claus het juis in daardie tyd die Blue Night vir 'n appel en 'n ei by die bankrot eienaar gekoop. Binne twee jaar het hy dit uitgebou tot 'n uiters winsgewende onderneming en was sy lening afbetaal.

Maar hy was toe al sat vir die Kaapse skemerwêreld van nagklubs. Die onmenslike lang ure en ongesonde leefstyl het sy tol geëis. Boonop het Macy by hom ingetrek. Hy was nie meer geneë daarmee dat sy haar lyflike bates voor die honger oë van jagse besoekers vertoon nie. Haar onttrekking aan die hoofitem op die paaldanspodium het talle getroue klante na die opposisie gedryf. Claus het met 'n skok besef Macy se volmaakte borste en uitlokkende lyf was al die jare die Blue Night se grootste enkele trekpleister.

Dit was die laaste strooi. Claus was reg vir 'n verandering.

Dertien jaar gelede het hy en Brian die sprong gemaak. Hy het die nagklub vir 'n goeie prys verkoop en hulle het klein begin in Paardeneiland. Eerste vyf jaar van hel net-net oorleef. Uit radeloosheid het hulle die moontlikheid van 'n "grys been" vir Prins Pharmaceuticals oorweeg, en dit uiteindelik gedoen. Die Rus Ivan Alexandrowitsj, uitsmyter by die Blue Night, het hulle met 'n groot salaris weggerokkel om 'n verspreidingsnetwerk in Afrika te vestig.

Toe die ondergrondse medisynegolf met mening begin ry. Dit het hulle in staat gestel om die grys been uit te brei na ander vertakkings wat meer waarde toegevoeg het. As bonus kon hulle 'n splinternuwe hoofkantoor in Montague Gardens vir hul wettige besigheid bou.

Deesdae swem hulle in goud danksy daardie grys been van die onderneming – kragtige hale op pad na 'n sorgelose vroeë aftrede iewers op 'n eksotiese eiland.

En nou, dink Claus terwyl hy sy whiskyglas ledig en dit dadelik hervul, is die enigste brander wat hulle uit daardie goue swembaan kon slaan ook afgeweer.

Vroegoggend se oproep van die kontakman dat die Pion sy taak suksesvol uitgevoer het, was selfs beter as seks met Macy. Claus se vreugde het geen perke geken nie. Hy het Brian en Ivan gebel en gesê hulle moet vandag van die werk vergeet en vanmiddag saam met hom en Macy by sy huis kom aansit vir 'n feesmaal.

Hy glimlag behaaglik. Hulle het oorgenoeg rede om tot laatnag met kulinêre en alkoholiese oordaad te vier. Die een se dood is immers die ander se brood.

6

Kassie staar na die toneel voor hom. Die nylontou is diep ingebed in Fred Smuts se nek. Hy hang roerloos aan 'n stewige houtbalk in die ruim studeerkamer, arms slap langs sy sye, voete effens na onder gepunt. Op die vloer lê 'n stoel op sy rug.

"Pollie was reg." Rooi wys na Smuts se gewrigte. "Daar's duidelike skaafmerke. Dié ou was vasgebind."

Kassie knik. Hulle aanvanklike vermoede van selfmoord is vinnig aan die verdwyn.

Die stasie het vanoggend kwart oor sewe 'n oproep van Smuts se suster gekry. 'n Span uniforms onder leiding van kaptein Paulse het kom ondersoek instel. Pollie het kolonel Daniels toe by sy huis gebel en gesê hy vermoed dit was nié selfmoord nie.

Kassie en Rooi het net by die werk geland toe Daniels hulle opdrag gee om hierheen te kom. Die geskokte huishulp het gesê die Van Zyls is op pad van waar hulle op Hermanus vakansie gehou het. Sy het hulle vroegoggend gebel nadat sy op die lyk afgekom het.

Die Van Zyls was gou daar. Die vrou was histeries; skynbaar was Smuts haar enigste broer. Haar man het die toneel een kyk gegee, uitgehardloop en in die gang opgegooi.

"Hier's Da Silva-hulle nou," sê Rooi. " 'n Mens hoor sy groot bek op 'n afstand."

Kassie kyk op sy horlosie. "Ook hoog tyd."

Da Silva lei die forensiese entourage die studeerkamer in.

"Wie't in die gang gekots?" vra hy. "Rooi?"

Rooi se sproetgesig word nog rooier. "Fok jou, Da Silva."

"All yours," sê Kassie en beduie na Smuts. "Ek en Rooi gaan nou met die Van Zyls praat."

Da Silva beskou die lyk. "Wat's julle gevolgtrekking?"

"Dis mos eintlik julle job om vir ons te sê," kap Rooi na hom.

Kassie onderdruk 'n sug. Hy sal met Rooi en Da Silva moet praat. Hulle is deesdae voltyds in mekaar se bleddie hare.

"Lyk nie soos selfmoord nie," sê hy.

"Selfdood," korrigeer Da Silva hom. "Dis mos die fancy nuwe naam wat die koerante daarvoor gee."

"Ek dog jy lees nie koerant nie," brom Rooi.

Hy volg Kassie by die deur uit. Hulle kry die Van Zyl-egpaar op 'n rusbank in die sitkamer. Die man, sy gesig wasbleek, se hand rus vertroostend op sy vrou se skouer. Haar oë is dik gehuil.

"As dit nie nou vir julle 'n geskikte tyd is om te gesels nie, kan ons dit later vandag doen," sê Kassie.

Die vrou skud haar kop. "Ons kan praat. Ons is kalm."

"Het julle kinders?" Kassie wil nie dadelik met die deur in die huis val nie.

"'n Seun en dogter," sê die man. "Tweeling, albei vanjaar op hoërskool. Hulle het op Hermanus by vriende agtergebly. Ons wou hulle nie blootstel aan dié trauma nie."

"My broer sou nóóit selfmoord gepleeg het nie," praat die vrou skielik driftig.

"Hoekom sê u so?" vra Kassie.

"Hy't beslis nie aan depressie gely nie. Hy was 'n lewenslustige mens wat vir sy werk geleef het. Ek het vinnig in sy kamer gekyk – dis deurmekaar. Iemand het daar rondgekrap. Fred was hipernetjies. Sy bed self opgemaak, sy klere getrou opgehang en al sy ander goed georganiseerd op die tafeltjie in die slaapkamer gepak. Sy skootreke-naar en al die ander goed op die tafeltjie is nou weg." Sy kyk na haar man. "Behalwe as hy dit studeerkamer toe gevat het?"

Dié skud sy kop. "Ek't niks daar gesien nie."

"Ons . . . ons gaan nou bietjie vinnig," sê Kassie. "Kom ons begin by 'n punt."

Rooi leun oor na die vrou. "Hoe oud was u broer?"

"Drie-en-veertig, drie jaar ouer as ek."

"Getroud?" vra Kassie.

"Geskei. Al amper tien jaar."

"En sy beroep?"

"Vryskutjoernalis."

"Hy was 'n bekende ondersoekende joernalis," sê die man.

"So hy het vir homself gewerk?" vra Kassie.

Sy knik. "Al die afgelope vyftien, sestien jaar. Hy was voorheen by *Rapport* in Johannesburg."

"Het hy 'n spesialisgebied gehad . . . waaroor hy geskryf het, bedoel ek?" vra Rooi.

Sy skud haar kop. "Nie regtig nie, maar hy was passievol daaroor om onreg bloot te lê. Hy was baie bedrywig in Afrika, soms in die Midde-Ooste. Was selfs al in Indië en China agter stories aan. Sy reeks artikels van so drie jaar gelede oor kinderarbeid in Indië het tot die *Time* gehaal." Sy glimlag hartseer. "Hy was so trots daarop. Hy't ook nog 'n belangrike Amerikaanse joernalistieke toekenning vir daardie artikels gekry."

"Was hy nou weer besig om iets te ondersoek?" vra Kassie.

"Ja. Dis juis waarom hy in die Kaap by ons kom bly het. Hy's eintlik van Johannesburg."

"En wat het hy ondersoek?"

Sy skud haar kop. "Dit weet ons nie. Fred het nooit 'n woord gerep oor sy ondersoeke nie. Omdat hy vir homself gewerk het, was hy baie geheimsinnig – altyd bang iemand anders kom daarvan te hore en scoop hom. Hy was die afgelope jaar of twee baie in Afrika vir dié storie. Hy't net genoem hy's amper klaar, maar dat hy eers nog mense hier in die Kaap moet sien."

"Het hy al die mense gaan sien?"

Sy haal haar skouers op. "Ek weet nie. Ons was net twee dae saam met hom hier voordat ons Hermanus toe is. Ons was die afgelope twee en half weke daar . . . ons sou eintlik eers môre terugkom. Hy't sommer ook die huis vir ons opgepas."

"Het hy dalk laat val vir watter publikasie hy van plan was om sy artikels te gee?" vra Rooi.

"Nee, ek dink nie hy't al self besluit nie."

"Verskoon dat ek vra," sê Kassie fronsend, "maar hoe kan 'n vry-skutjoernalis bekostig om die wêreld te deurkruis sonder om deur 'n publikasie geborg te word? Hy kon tog nie so baie geld met die artikels verdien het nie?"

Die vrou lyk verleë. "Ek en my broer het goed geërf toe ons ouers oorlede is – hulle was jare gelede in 'n motorongeluk. Hy kon die reise bekostig. Hy't in elk geval nie geskryf om regtig geld te verdien nie, maar omdat sy werk sy passie was."

"Jammer ek pla." Da Silva stap in met 'n forensiese bewyssakkie in sy hand. Hy hou dit na die vrou uit. "Lyk hierdie vir u bekend?"

Sy neem die sakkie en kyk fronsend na die inhoud. "Dis 'n skaak-stuk."

Da Silva knik. "Ons het dit in jou broer se hempsak gekry."

"Fred het nie skaak gespeel nie," sê sy verbaas. "Ons het nie eers 'n skaakstel in die huis nie."

Haar man bekyk dit ook. "Dis 'n pion," merk hy op.

* * *

Die buurman vra hoe dit gaan, beleefd, en soos altyd effens huiwe-rig. Die Pion ignoreer hom. Hy keer sy rug na die man wat by die heining staan en stap sy huis binne.

Die Pion hou nie van mense nie, daarom het hy nie vriende nie. Hy vind berusting in die geselskap van sy labrador, wat nie vir hom bang is nie.

Mense is bang vir hom, dit weet hy. En nie net dié met wie hy besigheid doen nie. Mense tree oor die algemeen vreemd op in sy teenwoordigheid. Wanneer hy by die koffiewinkel hier anderkant instap, word dit stil. Mense begin praat in fluisterstemme. Rondom sy tafeltjie in die hoek is daar gewoonlik algehele stilte.

Volgroeide mans se stemme verander as hulle met hom praat. Hulle gesigte word styf en stram. Hulle kyk af, senuweeagtig en waaksaam. Hy probeer persoonlike kontak ten alle koste vermy – daar is nie altyd ontsmetgeriewe naby nie – maar as hy 'n man se hand moet skud, is dié se handpalm gewoonlik klam.

Vroue vind hom skynbaar vreesaanjaend. Hulle kyk onmiddellik weg as sy blik op hulle val.

Die Pion put innerlike genot uit die reaksie wat hy ontlok, want al dié dinge help hom in sy werk. Dit bevestig ook wat sy oorlede moeder baie jare gelede vir hom gesê het: dat hy spesiaal is. "Jy't iets bonatuurliks aan jou, my kind," het sy gesê sonder om hom in die oë te kyk. Soos ander vroue het sy ook meestal sy blik vermy.

Hy gaan sit op die bank in die sitkamer en tel die koerant op. Dié word net Woensdae by sy huis afgelewer. Hy het geen belangstelling in die nuus van die dag nie, kyk net vlugtig na die geklassifiseerde advertensies.

Dan vou hy die koerant toe, staan op en stap kombuis toe. Buskruit, frisbee in die bek, is soos gewoonlik kort op sy hakke. Hy gooi die koerant in die vullisdrommetjie voor hy badkamer toe loop.

Terwyl hy die drukkersink van sy hande af skrop, word hy bewus van die verligting in hom. Hoewel hy die afgelope paar jaar uitsonderlik besig was, is dit beslis nog te gou ná sy vorige opdrag – die joernalis in Rondebosch – om 'n nuwe een te kry.

Dit pas hom uitstekend dat hy eers tyd vir sy ernstige leeswerk gaan hê. Hy't sy boeke oor die groot skaakmeesters voorlopig weggepak. Dit het tyd geword om sy ou spoke te verjaag, en dit kan hy alleen doen deur die materiaal klaar te lees wat hy drie jaar gelede halfpad gelos het.

Maar eers moet hy 'n bietjie aandag aan Buskruit gee. Hy haal 'n stel latekshandskoene uit die badkamerkassie, trek dit aan en neem die frisbee uit die hond se bek.

"Kom, ons gaan speel op die agterste grasperk," sê hy, en glimlag amper toe die uitgelate dier deur toe storm.

7

Moos sluit sy motor aan toe Kuyler se Mercedes stadig verby hom ry, op in Koningin Victoriastraat. Die Mercedes draai regs in Buitengracht, waaruit Moos aflei dat Kuyler op pad is na die N1.

Hy was die hele oggend in die parlementsgebou en het eers ná een daar uitgekom. Moos het hom te voet gevolg tot in Langstraat, waar hy by 'n restaurant ingestap en eenkant by 'n tafel gaan sit het. Hy het 'n oproep gemaak wat veertien minute en dertien sekondes geduur het. Daarna het hy 'n hamburger en skyfies bestel. Moos het geduldig gewag totdat hy uitkom en hom terug na sy motor in Koningin Victoriastraat gevolg.

'n Entjie op die N1 en Kuyler vat die afdraai Paardeneiland toe. Hy ry dieper die nywerheidsgebied in, na 'n groot bruin gebou voor 'n reuse-stoor. Die twee wagte by die veiligheidshek maak dadelik vir hom oop en hy parkeer onder 'n afdak langs die gebou. Duidelik is hy 'n bekende hier.

Moos tuur na die plek, omring deur 'n hoë elektriese heining. Dis eers toe sy blik op die kleinerige naambord bo die ingang van die gebou val, dat die warm gloede met mening toeslaan en hy die wasem geïrriteerd van sy brillense moet vee.

Kadinsky Dynamics.

Kadinsky Dynamics, weet Moos, is 'n filiaal van Denel en gesetel in die Kaap. Hulle spesialiseer in kleiner wapentuig as hul groot boetie. Maar volgens 'n SSA-verslag wat Moos onlangs gelees het, ding Kadinsky ook met Denel mee op sekere gebiede om, volgens die minister van verdediging, "groter innovasie in wapenvervaardiging in die land te stimuleer".

Moos se asem kom rukkerig deur sy neus. Wat op dees aarde maak die werknemer van 'n wapenvervaardiger by 'n vermeende Islamitiese terroris? En hoekom is Kuyler vanoggend parlement toe? Om wie te gaan sien?

Wat sou Richard Sorge of een van die ander baasspioene in dié geval gedoen het? wonder hy. Probeer 'n gevallestudie oproep wat met sy huidige situasie kan vergelyk, maar sy brein voel soos 'n enjin wat vasgebrand het.

Dan val dit hom by: die SSA se databasis sluit Denel se naamlys in, en dit behoort ook toegang te gee tot die name van die werknemers by Denel se filiale.

Hy bel Michelle by die SSA.

"Ja, ons sal dit hê," sê sy. "Hou net 'n oomblik aan."

Straaltjies sweet loop langs Moos se slape af terwyl hy wag.

"Het hom," sê Michelle ná 'n rukkie. "Ignatius Jakobus Kuyler, noemnaam Naas, is een van die vyf direkteure van Kadinsky én die hoof van hulle missielafdeling."

* * *

Terwyl 'n vrolike vastrappolka van Taffy Kikillus uit Kassie se kombuis opklink, skryf hy in sy studeerkamer die e-posadresse neer van die sestig filatelieverenigings wat onder die sambreel van die Filatelie-federasie van Suid-Afrika val.

Dis 'n goeie beginpunt vir sy navorsing. Hy sal in die volgende dae eers 'n vraelys opstel en dit dan per e-pos aan elke vereniging stuur. Dit gaan egter net 'n fraksie van sy navorsing behels. Die antwoorde wat hy van hulle kry, sal hy in elk geval eers moet verifieer by die Poskantoor se grafiese ontwerp-afdeling, sowel as by die vry-skut- en afgetrede ontwerpers wie se kontakbesonderhede hy deur die jare op 'n lys bygehou het. Hy sal ook met verskeie drukkerye van seëls moet kontak maak om sy feite waterdig te kry, en dit dan in die Kaapse Argief histories orden. Dié navorsingsprojek kan etlike jare neem, besef hy opnuut.

Hy staan met 'n sug op van agter sy lessenaar en stap kombuis toe, waar hy 'n bottel Creme Soda uit die yskas haal en sommer uit die bottel 'n paar groot slukke vat. Hy breek 'n wind op en steek 'n

Lucky Strike aan. Slof in sy skaapvelpantoffels sitkamer toe en val op die rusbank neer.

Hy voel effens skuldig dat hy die Boeremusiekgilde se maandbyeenkoms in Bellville vanaand gaan misloop, maar hy't eenvoudig nie die krag daarvoor nie. Hy kan ook nie altyd by al sy verpligtinge uitkom nie.

Vandag was uitputtend genoeg. Die nuwe moorddossier is nog arm aan feite. Hy en Rooi sal maar geduldig moet wag vir die forensiese verslag voordat hulle volstoom aan dié saak aandag kan gee. Terselfdertyd is hy dankbaar dat kolonel Daniels die Smuts-saak aan hulle toegewys het. Dit sal help om sy aandag by die werk van die verdomde oproep af te lei. Intussen lê die berg dossiere van kak sakies steeds op sy lessenaar.

Hy neem 'n lang trek aan die Lucky. Terwyl hy die rook in kringetjies uitblaas, wonder hy wat Fred Smuts ondersoek het. Volgens die Van Zyls is Smuts se skootrekenaar, selfoon, 'n paar notaboeke, 'n stokou stemopnemer en 'n houer met kassette gesteel. Niks anders in die huis is gevat nie. Die moordenaar het seker gemaak hy neem alle materiaal wat spore kon los oor Smuts se ondersoek. Dít sal sy en Rooi se fokuspunt moet wees: hulle moet uitvind waarmee Smuts besig was.

Maar wat hom dronkslaan, is die skaakstuk in die man se hempsak. Sou dit enige betekenis inhou?

* * *

Dis kort voor middernag, maar Claus kan sien nie Brian of Ivan is van plan om huis toe te gaan nie.

Brian het 'n nuwe bottel wyn oopgemaak en sy glas tot oorlopens toe vol gegooi. Hy slinger met krom skouertjies terug na sy stoel en gaan sit mors-mors. Vee die wyn ongeërg van sy broek af en vra sleeptong: "Claus, wil jy nie vi' ons 'n lekker stjukkie musiek opsjit nie?"

Claus ignoreer hom. As Brian dronk is, wil hy dans. En Macy is al een om mee te dans. Dié het self hopeloos te veel gesuip. Hulle sal net 'n klomp goed in die sitkamer omskop. Claus het juis vroeër sy duur Oosterse vaas in die slaapkamer gaan bêre, maar hier is nog baie ander waardevolle ornamente wat kan breek.

Hy kyk fronsend na Ivan wat op die mat armopstote doen terwyl 'n jillende Macy op sy rug sit. Ivan wil tog so graag sy krag ten toon stel wanneer hy getrek is. Asof hy sy macho status nie genoeg adverteer met al die ekstreme sportsoorte wat hy beoefen nie. As hy nie iemand amper dooddonner in die skopbokskryt nie, duik hy van hoë kranse af in die see of klouter teen bergspitse uit.

Claus hou nie daarvan dat Macy so op sy rug sit nie. Hy sien juis Brian staar heeltyd met skreefogies na haar. Macy se bene is wyd oopgesper onder die minirompie, haar pienk pantie vertoon 'n duidelike kameeltoon terwyl haar bralose borste uit die klein halternektoppie wil-wil klim. Sy kon net so wel kaalgat gewees het.

As Claus haar só sien, kom dieselfde gedagte altyd by hom op: Hoe lank gaan Macy getrou bly aan hom? Sy's net vier jaar jonger as hy, maar haar wulpse lyf is dié van 'n twintigjarige, danksy baie ure in die huisgimnasium.

Hy lyk meer soos haar oorgewig pa. En sy weet dit. Sy het onlangs in 'n woedebui snedig na hom verwys as 'n "regte afgeleefde ou vetgat".

Hy snork. Dié afgeleefde vetgat het haar uit haar armoedige agterkamer in Wynberg gevat en in 'n herehuis in Constantia kom neersit, haar 'n huisvrou sonder enige verpligtinge gemaak. Sy steek nie 'n hand uit nie; die twee huishulpe moet daagliks agter haar oulike gatjie opruim. Dis nou as sy nie by een van die winkelsentrums besig is om sy kredietkaart te straf nie.

Sy weier ook om aan 'n kospot te raak. As hulle soms afwyk van hul gebruiklike instelling om saans by 'n restaurant te gaan eet, moet hy die kos maak. "Jy's die sjef in die huis, darling," herinner sy hom gereeld.

Tog glimlag hy onderlangs terwyl hy haar dophou. Hy't haar lie-

41

wer as enigiets in die lewe. Sy's altyd besorg oor sy gesondheid, sy's sag op die oog en 'n tierkat in die bed. Kan 'n man van sý onaansienlike voorkoms – met vratte op sy voorkop, 'n speknek en uitgesakte pens – vir meer vra?

Hy sal haar nooit kan inruil vir 'n nuwer model nie ondanks haar tekortkominge, en al is sy so kinderagtig soos vanaand. Terwyl Ivan die pas van sy opstote versnel en soos 'n perd runnik, gil sy plesierig en klou vir 'n vale aan sy poniestert om nie af te val nie.

Claus kyk gesteurd op toe Brian vir die soveelste keer 'n Italiaanse aria uit volle bors begin sing. Te midde van die helse lawaai hoor hy die koordlose telefoon langs hom lui. Hy frons. Wie sal dié tyd van die nag bel?

Hy staan steunend op om die foon in die gang te gaan beantwoord. Sal sy eie stem nie in die sitkamer kan hoor nie.

In die gang huiwer hy om die gehoorbuis op te tel. Kan dit die polisie wees?

Sweet slaan op sy voorkop uit. Hulle moes vandag op Smuts se lyk afgekom het. Dalk het die Pion nie sy opdrag behoorlik uitgevoer nie. Dalk het hy 'n leidraad gelos wat hulle na Prins Pharmaceuticals kon lei.

Vir 'n oomblik oorweeg hy dit om die foon nie te antwoord nie. Maar as hy nie nou met hulle praat nie, kom hulle dalk hierheen.

Hy pluk senuweeagtig aan sy serp. Sy hand bewe toe hy die gehoorbuis optel.

"Wil julle nie 'n bietjie sagter lawaai nie?" hoor hy die stem van sy bejaarde buurvrou. "Dis twaalfuur en . . ."

"Druk oorpluisies in jou ore!" skree hy en plak die gehoorstuk neer.

Nie sy fokken skuld dat die ou suurpruim haar nuwe slaapgedeelte tot amper teenaan sy huis gebou het nie. Dit terwyl haar erf so groot soos twee rugbyvelde is.

Hy grawe vir sy sakdoek in sy broeksak en vee die sweet van sy voorkop af. Waggel terug sitkamer toe. Hy het self vanaand te veel Johnnie Walker afgesluk.

Sy gemoed is donker toe hy gaan sit.

Is dít hoe sy lewe van nou af gaan wees? Vir elke telefoonoproep sy gat af skrik? Heeltyd oor sy skouer loer?

8

Soms moet 'n geheime agent sy eie oordeel vertrou, weet Moos. Of sy instink volg, soos Stig Wennerström sy sukses as baasspioen verduidelik het.

En dis presies wat Moos vanoggend gedoen het. Hy't skuins oorkant Naas Kuyler se huis gesit en wag vir dié om te vertrek, met die hoop dat sy bewegings meer lig op sy bedrywighede sal werp.

Maar toe Kuyler by die voordeur van sy onaansienlike ligpienk huis uitstap, was daar 'n vrou kort op sy hakke. Mevrou Kuyler, het Moos aangeneem. Die twee was in 'n heftige woordewisseling, met handgebare en gesigsuitdrukkings wat allesbehalwe liefde uitstraal. Toe die outomatiese deure van die dubbele motorhuis oopswaai, het hulle mekaar vir laas nog iets toegesnou.

Kuyler het in sy Merc geklim, die vrou in 'n Volvo. Hulle het gelyktydig getru, maar die vrou was eerste in die straat en het met skreeuende bande die pad gevat. En dis presies waar Wennerström se wysheid in Moos se gedagtes weerklink het. Hy't instinktief die vrou agtervolg.

Nou sit hy in 'n koffiewinkel in die middedorp van Durbanville, skaars 'n tree weg van die tafeltjie wat deur die vermeende mevrou Kuyler beset word. Dis duidelik sy wag op iemand – sy hou die deur stip dop.

Moos bestel 'n filterkoffie en bekyk haar onderlangs. Moet in haar middeldertigs wees. Dalk 'n raps te mollig, maar andersins 'n aantreklike vrou met donker hare, hoë wangbene en 'n gul mond. Lekker soenlippe, soos Moos se oudste broer sou sê.

'n Windverwaaide, skraal vrou kom die koffiewinkel binne.

"Leandri!" groet sy. "So bly jy't my gebel. Jammer ek's bietjie laat, maar ek moes eers die kinders by hulle ouma aflaai."

Mevrou Kuyler glimlag dapper. "Dankie dat jy gekom het, vriendin. Ek het vanoggend 'n skouer nodig om op te huil."

Sy wink die kelner nader en hulle bestel cappuccino's.

Moos maak asof hy iets op sy selfoon bestudeer. Hy hoop van harte dit raak nie 'n fluistergesprek tussen die twee vroue nie.

"Weer Naas?" vra Vriendin.

Mevrou Kuyler sug. "Ja. Hy's die laaste tyd weer onhanteerbaar, praat skaars met my." Sy snork. "Dis eintlik 'n understatement. Daar is géén sinvolle kommunikasie van sy kant nie. En boonop het die donner my nou gedrop."

"Wat!"

"Ons sou mos Desember Mauritius toe gegaan het, maar toe stel Naas dit op die laaste nippertjie af. Glo een of ander krisis by Kadinsky. Hy't belowe ons kan die eerste week in Februarie gaan. Dis al wat my aan die gang gehou het, ons het so 'n boring Krismis gehad. En hy't die uitnodiging na die Viljoens se Oujaarspaartie van die hand gewys en heeltyd laat gewerk, terwyl ek myself moes vermaak. En as hy saans by die huis kom, ly hy aan stilstuipe."

Vriendin knik meelewend, druk-druk haar wit gebleikte hare in plek.

"Toe ek hom vanoggend pols oor ons trip in Februarie . . . ek meen, dis oor tien dae . . . skud hy net sy kop." Mevrou Kuyler se stem bewe. "Hy't nooit so iets belowe nie, sê hy toe."

"Nee!"

"Ja, die bliksem het vir my gelieg. Volgens hom is daar ook geen kans dat ons vanjaar kan weggaan nie, want die werksdruk is glo te kwaai." Mevrou Kuyler sluk van haar cappuccino. "Ek haat daai bleddie werk van hom!"

"Dink jy nie dalk daar's 'n . . ." Vriendin se stem sak. "'n Ander vrou nie?"

"Ek weet nie," prewel mevrou Kuyler en bars in trane uit.

Moos se gedagtes begin soos 'n resiesperd galop. Hier's 'n geleentheid wat hy kan benut, besef hy. Hóé weet hy nog nie, maar nugtere beredenering sal die antwoord bring.

Die Pion neem die ou doktersboek, die enigste wat hy van sy oorlede moeder se versameling boeke oorgehou het. Die menslike anatomie was van vroeg af een van sy belangstellings. Voordat hy met enige van sy leeswerk begin, blaai hy gewoonlik eers deur die boek vir 'n dagstukkie.

Hy maak dit op bladsy 203 oop. Die opskrif tref dadelik sy oog: *Versmoring*. Hy begin lees.

Asemhaling is moeilik, pynlik, vinnig en diep. Ander spiere help met asemhaling en veroorsaak dat die borskas moeisaam beweeg. 'n Vinnige, swak pols. Angs en aggressie. Sianose – bloupers verkleuring van lippe en vingernaels. Diep, snorkende asemhaling. Uiteindelik bewussynsverlies, waarna die dood intree.

Die Pion frons. Is dit toevallig dat hy die boek juis hier oopge-maak het? Die lugpyp is immers deel van sy area van kundigheid – die nek. Versmoring klink soveel meer bevredigend as die manier waarop hy sy slagoffers teregstel, waar alles binne 'n paar oomblik-ke verby is.

Is hierdie 'n intervensie van die een of ander aard? wonder hy. 'n Teken dat hy vorentoe ook mag afwyk van die gebruiklike? Stadige verwurging behoort dieselfde effek op die slagoffer te hê as hierdie beskrywing van versmoring.

Hy maak die boek toe en plaas dit terug in die lessenaarrakkie. Beslis 'n metode om in die toekoms te oorweeg, as die situasie hom natuurlik daartoe leen. Afwisseling bring nuwe ywer, het hy iewers gelees.

Hy trek die onderste laai oop en haal die lywige bundel met die spiraaldraadrug huiwerig uit. Dis polisie-opleidingsmateriaal wat hy baie jare gelede by die Opdraggewer gekry het.

Die psige van reeksmoordenaars het die Pion nog altyd geïnteres-seer. Nie dat hy hom enigsins met sulke moordenaars kan vereensel-wig nie. Hulle is deur die bank swakkelinge, sosiaal uitgeworpenes met diepgewortelde sielkundige probleme. En hulle dade is meestal weersinwekkend.

Maar drie jaar gelede het die afdeling oor reeksmoordenaars hom só ontstel dat hy nie verder kon lees nie. Daarna het die spoke te voorskyn gekom, elke nag in die vorm van nagmerries. Nou het dit so erg geraak dat hy slaappille moet drink om 'n goeie nagrus te verseker. Hy het oplaas besef hy sal die spoke eers kan verdryf as hy deurdruk met die afdeling oor reeksmoordenaars.

Hy maak die handleiding oop waar hy laas ophou lees het. Dis die hoofstuk oor die psigoseksuele ontwikkeling van die reeksmoordenaar.

As die speurder bytmerke op die lyk vind, 'n lyk waarvan die borste afgesny is of as hy bewus is van kannibalisme, kan hy die afleiding maak dat die verdagte die kenmerke van 'n orale persoonlikheid het. Hy behoort dan die familie van die verdagte en veral die moeder uit te vra oor die borsvoedingsfase.

Bytmerke dui op orale sadisme. Borste wat afgesny is, dui daarop dat die verdagte waarskynlik as baba deur die moeder verwerp is of verwerp gevoel het, en nog steeds soek na die melk (liefde) wat hy gemis het.

Kannibalisme dui daarop dat die verdagte 'n ernstige identiteitskrisis ervaar en op primitiewe wyse probeer om die identiteit van sy slagoffer aan te neem deur hom te eet . . .

Die Pion kyk op van sy leeswerk en tuur na die geraamde foto van sy liewe moeder bo die lessenaarrakkie. Hy maak die handleiding toe, staan op en stap na die badkamer. Vat die skropborsel en hou dit eers onder die lopende kraan voordat hy dit deeglik seep.

Die gedagte aan al die bloed by die moorde waarvan hy pas gelees het, walg hom. Net die lees laat voel dit kompleet asof daar bloed aan sy hande kleef. Hy begin skrop, harder en harder, totdat sy vel pienk verkleur.

Sy teregstellings is altyd sonder bloed. En dit sal nooit verander nie. Dis een ding waaroor hy sy kop hoog kan hou.

Net een keer het hy sy eie reël oortree, en dit tel nie as 'n teregstelling nie. Hy was boonop net sestien. Nog emosioneel onvolwasse. Ook omdat hy . . .

Hy skud sy kop ergerlik. Wat het hom nou dááraan laat dink? Dis verbode terrein, dis dinge wat hy met sy daaglikse meditasiesessie suksesvol uit sy bewussyn weer.

Hy staar na homself in die badkamerspieël. Die lyne op sy gesig het vermenigvuldig sedert die spoke verskyn het, sy hare het gryser geword, sy wange meer ingesonke.

Hy sluk. Die herinnering wat pas deur die skans van sy meditasiemuur geglip het, het hom onverhoeds betrap. Die enkele traan wat teen sy wang af loop, vee hy haastig met sy voorarm weg.

Hy draai om. Buskruit sit in die badkamerdeur en hou hom vol afwagting dop.

Hy klap sy vingers vir die hond. "Moet ons gaan frisbee gooi?"

9

"My finale bevinding is dat Smuts beslis deur 'n tweede party op-gehang is." Dokter Momberg, die patoloog, loer oor sy raamlose brilletjie na Kassie en Rooi.

"Abrasies aan sy gewrigte en enkels dui daarop dat die slagoffer vasgebind was," gaan hy voort. "Ons het ook kleefbandgom op sy lippe gekry. 'n Mens kan met redelike sekerheid aanneem sy mond was toegeplak tydens die voorval."

"En is hy dood omdat hy opgehang is?" vra Kassie. "Ons het al 'n geval gehad waar die slagoffer eers verwurg en toe opgehang is om die indruk van selfmoord te skep."

Dokter Momberg skud sy kop. "As Smuts reeds dood was en toe opgehang is, sou daar 'n verskuiwing van die ligatuur plaasgevind het namate die trekkrag van die tou toeneem. Buitendien sou die af-sakking van die bloed met verwurging baie waarneembaar gewees het bokant die ligatuur. Jy sou nog die oksipitale bloeding kon sien."

"Hoe laat skat dok is hy vermoor?" vra Rooi.

"Net gegrond op die inhoud van die maag en die manier waarop die liggaam verstyf het, skat ons dit het kort voor middernag ge-beur. Toe julle op sy lyk afkom, was hy sowat nege, tien uur al by sy Skepper."

Kassie moet 'n glimlag onderdruk. Dok Momberg doen altyd so formeel verslag, nie soos die meeste ander patoloë wat gewone, ver-staanbare en soms kru polisietaal gebruik nie.

"Ek sal nog temperatuurmetings neem en vloeistof uit sy oë trek om 'n meer akkurate tydsaanduiding te gee," sluit Momberg sy re-laas af.

"Thanks, dok," sê Kassie. "Alles wat jy sê, bevestig ons afleidings. Bel asseblief as iets anders opduik."

"Ek stuur die volledige outopsieverslag so vinnig as wat my be-perkte tyd dit toelaat," groet Momberg.

Kassie en Rooi stap by die staatslykshuis se trappe af na die poel-motor.

"Ek wonder of dok Momberg ooit hardop poep," sê Rooi. "Hy's tog altyd so pynlik korrek. Die ou maak my skoon ongemaklik."

Kassie lag. "Wel, nou weet ons ten minste dit was nie selfmoord nie."

"Ek was gou by Da Silva aan," rapporteer Rooi toe hulle in die kar klim. "Hy't nog geen deurbraak gehad met die vingerafdrukke nie. Net Smuts se eie en die ander huismense s'n geïdentifiseer."

Kassie knik. "En Mabesi, die nuwe ondersoeker wat op die toneel was, sê hy vermoed die moordenaar het met 'n loper by die agter-deur toegang gekry. Maar hy kon geen skoen-identifikasiemerke op-tel nie, ook geen vreemde tyre-afdrukke op die stukkie grond voor die geplaveide oprit nie."

Rooi sug. "So ons het in dié stadium minder as fokol."

Kassie se selfoon lui. Dis mevrou Van Zyl.

Hy luister in stilte, sê dan: "Baie dankie, mevrou. Dit help."

"Goeie nuus?" vra Rooi.

Kassie druk sy foon dood. "Nie eintlik nie. Sy sê sy't nou net 'n oproep gekry van die opsigter by haar broer se woonstel in Jo-hannesburg. Hy het Smuts blykbaar twee dae voor sy dood ingelig daar's by sy woonstel ingebreek."

Rooi se wenkbroue skiet op. "Ingebreek?"

"Jip, en dit lyk blykbaar nie of iets gesteel is nie. Daar's in 'n paar laaie gekrap, maar al die waardevolle toerusting is net so gelos."

"Wat beteken die inbreker was moontlik ook agter goed aan wat verband hou met Smuts se ondersoek."

"Dis wat ek ook vermoed," sê Kassie. "Ek het nogal gedink ons kan 'n speurder in Sandton vra om in die woonstel te gaan kyk of daar leidrade oor Smuts se ondersoek is."

"Nou's dit te blerrie laat," brom Rooi.

"Ons móét eenvoudig uitvind wat Smuts ondersoek het."

"Easier said than done."

"Darem nie só moeilik nie. Vra dat Magrieta by die selfoondiens-verskaffer 'n uitdruk van Smuts se oproepe kry. Dis ons beste begin-punt. Hy moes tog afsprake gemaak het met die mense met wie hy oor sy ondersoek wou chat."

"Dis waar," sê Rooi. "Maar ons gaan ons gatte af wag. Jy weet self hoeveel red tape daar is."

"Daaraan kan ons nie veel doen nie. Onthou, ons werk vir die SAPD."

Kassie kyk na Rooi. "Daar's twee dinge aan hierdie moord wat hoegenaamd nie sin maak nie."

"Wat?"

"Hoekom iemand ophang as jy weet die polisie sal maklik agter-kom dit was nie selfmoord nie? Die moordenaar het alles gevat wat met Smuts se ondersoek verband hou. Hy moes tog geweet het die polisie sal nie val vir die idee van selfmoord nie. Dit sou baie minder moeite gewees het om Smuts met 'n pistool die ewigheid in te blaas, of hom met 'n mes by te kom."

"Moontlik maar 'n versteurde fokker wat sy kicks daaruit kry om iemand te hang," sê Rooi.

"Kan wees," gee Kassie toe. "Maar dit bring my by die ander ding. Volgens wat dok Momberg gesê het, lyk dit of Smuts vrywillig op die stoel gestaan het om opgehang te word. Geen merke aan sy lyf wat op dwang dui nie, geen vingermerke aan sy arms of so iets nie. Dit maak tog nie sin nie. G'n mens klim soos 'n mak lammetjie op 'n stoel om gehang te word nie."

Rooi herkou 'n rukkie daaraan. "Dalk het die moordenaar vir Smuts 'n gat in die kop gepraat, dat hy nie besef het hy gaan gehang word nie."

"Goed, dit klink na 'n sinvolle verduideliking. Maar wat beteken die skaakstuk in Smuts se hempsak?"

Rooi skud sy kop. "Met daai een het jy my." Hy grinnik. "Skaak-mat!"

Claus wag ongeduldig in sy kar. Soms raak Macy so donners veel-eisend. Hy't vir haar gesê hy wil vanoggend eers by al hulle takke aangaan, maar nou wil sy saamkarring. "Want ek's lus vir 'n nice middagete in die stad," het sy gepruil.

Hy steek 'n sigaret aan en rem aan sy serp. In die somer versmoor die ding hom, maar Macy dring daarop aan dat hy 'n serp dra. "Dit laat jou soos 'n artist lyk, darling. Baie sexy."

Hy't geen begeerte om soos 'n verdomde kunstenaar te lyk nie, maar dis nie die moeite werd om daaroor te stry nie. As sy van serpe hou, dra hy dit om die vrede te bewaar.

Hy hou haar dop waar sy met die stoeptrappe af stap. Sy hart versag dadelik. Die mans in die stad gaan vandag weer hulle koppe af draai. Haar pikswart hare hang golwend tot op haar skouers en omraam haar ovaalvormige gesiggie. Haar lyf is gegiet in 'n kort somersrokkie met 'n hals wat beswaarlik die nodige binne hou.

"Sorry dat jy moes wag, darling," sê sy met die inklim en blaas 'n soentjie vir hom.

"Moet my net nie vanoggend aanjaag nie."

Sy trek haar mond skeef. "Waarheen moet ons oral gaan?"

"Eers Montague Gardens toe, dan Parow en dan Paardeneiland. Ek moet 'n draai by die drukkery maak en ook gaan kyk hoe dit by Waste Specialists gaan. Ons het 'n helse deurbraak daar gemaak. Én die kontrak by 'n inspekteur gekry om van die skedule 6-medisyne wat verval het, ontslae te raak."

"Whatever." Sy hou haar hande voor haar uit om haar skelrooi naels te bestudeer.

In die truspieëltjie merk Claus weer die motor wat al van die huis af agter hom aan ry. Hy draai links by die robot op die M3, maar die motor bly op sy hakke. Sweet begin pêrel dadelik op sy voorkop.

Hy is verlig toe die motor aftrek en by 'n kafee stop. Shit, gaan hy van nou af gedurig sulke onnodige stres op homself plaas?

Sedert gisteraand is sy gedagtes net by die polisie. Hy't beswaarlik 'n oog toegemaak. Die Pion se sogenaamde kontakman bekommer hom ook. Kan hulle die bliksem vertrou om stil te bly?

Hy kyk na Macy. "Sê weer vir my hoe ken jy hierdie kontakman?"

"Nelis Vermeulen?"

Hy knik.

"Jy luister ook altyd met 'n halwe oor, darling! Hy was mos in my begindae by die Blue Night een van die beste kliënte daar." Sy giggel. "Ek moes byna elke aand vir hom 'n lap dance gee."

"En hoe't dit nou weer gekom dat hy jou van die Pion vertel het?"

"Jy onthou mos daai stalker van destyds? Elke aand by my kamer in Wynberg rondgehang en my club toe gevolg. Ek het Nelis van hom vertel. Toe sê Nelis hy ken 'n professional hit man wat die stalker kan uithaal, maar hy twyfel of ek genoeg geld sal hê. Die ou se dienste was toe al expensive. Iets soos vyftigduisend, as ek reg onthou."

"En toe?"

Sy trek haar skouers op. "Nelis het sy business card vir my gegee, maar ja, ek het nie genoeg pitte gehad nie. Lucky vir ons hou ek mos als. As dit nie vir daai business card was nie, was jy en Brian nou nog senuweewrakke oor Fred Smuts."

"Wat presies doen dié Nelis nou weer vir 'n lewe?"

"Hy's 'n grootkop by 'n security firm of iets. Hy was glo in sy jonger dae 'n poeliesman in Port Elizabeth."

"Goeie wetter, Macy! 'n Fokken polisieman! Dit het jy nooit vir my gesê nie!"

Sy lag. "Relax, darling. Dis nie goed vir jou hart om jou so op te wen nie. Daai pompie werk al klaar oortyd."

Claus vryf agter oor sy nek waar die hare penorent staan. "'n Polisieman . . ." prewel hy verslae.

10

Kolonel Donald Daniels tuur peinsend na sy kantoor se plafon ter-
wyl hy op Kassie wag. Sy gedagtes gaan terug na destyds toe hy
bevelvoerder van die Nuweland-stasie geword het. Hy onthou goed
hy was nie juis beïndruk met die vaal spannetjie speurders wat hy
geërf het nie. En veral nie met Kassie Kasselman nie.

Kassie was veronderstel om die golden boy van die spul te wees,
volgens sy personeelrekord en die vorige bevelvoerder se verslag.
Maar net geoordeel na sy uiterlike het Daniels ernstige voorbe-
houde gehad – Kassie se slordige voorkoms en bedeesde houding
was eenvoudig nie versoenbaar met dié van 'n bobaasspeurder nie.
Hy het Daniels ook te veel herinner aan sy loser van 'n swaer, 'n
smous van matskoonmaakmiddels. Boonop het hy gehoor hoe
Kassie se kollegas onderlangs spot oor sy beheptheid met posseëls
en boeremusiek – nie eintlik buitemuurse aktiwiteite wat Daniels
met 'n sogenaamde topspeurder vereenselwig nie.

Maar gou moes hy sy siening oor Kassie verander. Onder daai
fasade van onbeholpenheid is daar 'n vlymskerp brein, het hy vinnig
uitgevind. Ook 'n ysere wil om selfs die moeilikste saak op te los.

Daniels en Kassie het al dikwels koppe gestamp oor die manier
waarop Kassie sake hanteer – beslis nie altyd volgens die SAPD-
reëlboek nie – maar hy moes talle kere toegee dat die Kassie-metode
beter resultate lewer as dié van die handboekspeurders. Kassie het
'n ingebore flair om misdaad uit te snuffel op plekke waar ander
speurders nie eers sou dink om te gaan ruik nie.

As hy doodeerlik moet wees, dink Daniels, is Kassie se suksesse
die enigste rede waarom die Nuweland-polisiestasie vyf jaar agter-
eenvolgens as die beste eenheid in die Wes-Kaap aangewys is. Dit
het weinig met Daniels se bevel hier te doen – maar dit sal hy na-
tuurlik nooit hardop erken nie.

Daniels glimlag. Hoeveel keer moes hy nie al cover vir Kassie se slordige voorkoms nie? Brigadier Filander, die streeksbevelvoerder, brom steeds elke nou en dan daaroor. En 'n generaal het op 'n keer amper 'n koronêr geskiet oor Kassie se kleredrag, wat volgens hom "die beeld van die SAPD in die openbare oog ernstig skaad".

Maar Daniels het vrede gemaak met Kassie se klere. Hy sien nie meer die verweerde rooi windjekker raak wat Kassie dagin en daguit dra nie. Ook nie die hoogwaterbroeke, wit sokkies en nerfaf skoene nie. Dis hoe Kassie aantrek en basta met die res.

Trouens, Daniels vermoed dat Kassie se voorkoms, gekombineer met sy deur-die-kak-houding, 'n belangrike kompeterende voordeel vorm. Misdadigers wie se paaie syne kruis, onderskat hom hopeloos. Saam met sy handlanger, Rooi Els – self nie die mees intimiderende karakter met sy sproetgesig en kort, oorgewig lyfie nie – lyk hulle nie na 'n duo wat misdadigers se broeke laat bewe nie.

Een van Kassie se goeie eienskappe, uit 'n bevelvoerder se oogpunt, is dat hy nie 'n moaner is nie. Dis iets wat Daniels nie altyd van sy ander personeel kan sê nie. As hulle nie kerm oor salarisse en werksure nie, trap hulle sy kantoor se mat voos oor bevordering wat hulle glo hulle toekom. Kassie het nog altyd sy gat aan sulke goed afgevee. Hy doen sy werk sonder allerlei eise.

Maar nou hoor Daniels fluisteringe dat Kassie hom by die moaner crowd aangesluit het. Cliffie was selfs anderdag hier om daaroor te praat. Eers het Daniels gedink Cliffie is maar net weer jaloers op Kassie, dat dit net nog een van sy pogings is om die golden boy se gat by die baas toe te steek. Maar toe maak Da Silva 'n soortgelyke opmerking oor Kassie. En Felicity, Daniels se sekretaresse wat altyd alles van almal weet, het vroegoggend dieselfde boodskap oorgedra: Kassie is gatvol vir die polisie en hy verkondig dit wyd en syd.

Waar daar 'n rokie is, is daar 'n vuurtjie, glo Daniels. En dis die rede waarom hy Kassie nou onder vier oë wil spreek. Want die Vader alleen weet, die SAPD – of meer spesifiek, Daniels en die Nuweland-polisiestasie – kan nie bekostig om iemand van Kassie se kaliber te verloor nie. Daan fokken Nolte het reeds met sy onbesonne skietery van 'n onskuldige man 'n moerse klad op die stasie se rekord geplaas. Nou moet Kassie nie ook nog kom neuk nie.

Daniels kyk op toe Kassie in die kantoordeur verskyn en oudergewoonte oor sy platgeroomde hare vee. Hy moes vanoggend ekstra room gebruik het, want sy dos lyk kompleet soos 'n swempet wat styf oor sy skedel getrek is. Daniels beduie vir hom om te sit.

"Ek en Rooi sou . . . kolonel nog kom sien het oor die Smutssaak . . ." begin Kassie.

Daniels skud sy kop. "Dis nie waaroor ek met jou wil praat nie." Hy trommel liggies met sy vingers op die lessenaar. "Ek hoor rumours oor jou, Kassie."

"Rumours?"

"Ja. Rumours waarvan ek nie hou nie. Hulle sê dit lyk of jy unhappy is. Jy kritiseer die SAPD glo heeltyd."

Kassie se gesig verkleur effens. "Ek het nie geweet kolonel steur kolonel aan rumours nie."

"Gewoonlik nie, maar te veel mense het nou al vir my gesê jy's deesdae buitengewoon uitgesproke oor die polisie se fokops."

"Wel, dis moeilik om dit deesdae mis te kyk. Ek gee maar net my mening."

Daniels leun vorentoe in sy stoel. "Wat my veral hinder, is dat jou uitsprake effens rassisties voorkom. Asof 'n polisiediens met 'n hoofsaaklik swart topstruktuur nie in staat is om ordentlike werk te doen nie."

Kassie skud sy kop driftig. "Die polisie maak nie droog omdat hulle topstruktuur swart is nie, kolonel, hulle jaag aan omdat hulle vrot polisieamptenare is. Dis nie 'n swart-wit-ding nie, dis 'n vrot-polisie-ding."

Daniels sit stomverslae na hom en kyk.

"Kolonel moet my asseblief verskoon," sê Kassie en staan op. "Ek en Rooi het 'n afspraak by die bank oor daai bedrogsaak."

En hy stap summier uit.

Daniels se frons verdiep. Dis nié die Kassie wat hy ken nie.

* * *

Net soos gister ry Naas Kuyler laatmiddag na die Durbanville-gholf-
klub, en volg Moos hom na die klub se ruim kroeg. Vandag is hier
meer mense en Moos kan hom ongemerk dophou van sy sitplek in
die hoek tussen 'n spul rumoerige gholfers.

Kuyler sit weer alleen by die kroegtoonbank en bestel vir hom 'n
bier. Hoewel hy gister net drie biere gedrink het, het hy tot skemer
hier gesit voordat hy huis toe is. Dit lyk vir Moos of hy vandag die-
selfde gaan doen.

Hy hou Kuyler stip dop terwyl dié 'n eerste slukkie van die bier
neem en die skuim met die agterkant van sy hand van sy bolip vee.
Dit lyk of die man onder erge spanning verkeer. Sy voorkop is heel-
tyd geplooi en hy staar peinsend voor hom uit.

Sou dit verband hou met sy besoek aan Suleiman Khan? wonder
Moos. Of het dit iets met mevrou Leandri Kuyler te doen? Beslis nie
'n gelukkige huwelik nie. Net gegrond op Moos se waarnemings
van die afgelope twee dae lyk dit ook nie of Vriendin se vermoede
reg is nie. Daar is geen teken van 'n ander vrou in Kuyler se lewe nie.

Wat eintlik 'n bedekte seën is. Dis nou as Moos sy plan van aksie
in werking kan stel. Hy het gisternag beswaarlik 'n oog toegemaak
nadat dié plan by hom opgekom het. Die vonkie vir sy plan was die
beeldskone Nazi-spioen Sophie Kukralova (kodenaam R3749) wat
gedurende die Tweede Wêreldoorlog twee Britse geheime agente
in Kaïro só beswymel het met haar skoonheid dat hulle militêre ge-
heime aan haar verklap het. Bob Sewell, een van die agente en 'n
getroude man, wou selfs sy vrou vir Kukralova los.

Dan was daar natuurlik ook die Duitsers se baie suksesvolle oor-
logstrategie toe hulle in Frankryk plaaslike prostitute as spioene
gewerf het. Die vroue het met leiers van die Franse weerstandsbe-
weging verhoudings aangeknoop en só belangrike inligting bekom.

Met dié voorbeelde as waardevolle verwysingsbron begin Moos
se plan nou vorm aanneem, veral noudat hy weet dat Kuyler nie sy

vrou verneuk nie, maar dat daar tog ernstige krake in sy huwelik is. Groot genoeg krake om te benut vir die beveiliging van volk en vaderland. En heel moontlik – as die breër prentjie in ag geneem word – die hele Westerse wêreld. Want 'n missielvervaardiger wat konkel met vermeende Islamitiese ekstremiste én met iemand in die land se hoogste regeringsbanke kan net rampspoed bring.

Moos het lank gewik en geweeg of hy sy plan by die SSA-personeel moet toets. Uiteindelik het hy daarteen besluit. Met sy baas in die hospitaal en die interne struweling tussen hom en Max Tsotsobe, is dit moontlik nie die regte tyd nie. Max sal boonop daarop aandring dat 'n senior veldagent betrokke raak, aan wie Moos dan sal moet rapporteer.

Hierdie saak is sy groot kans om sy naam in die annale van uitsonderlike Suid-Afrikaanse geheime agente te verewig, en hy gaan nié die eer met iemand anders deel nie.

Louisa Maritz . . . Vir die soveelste keer wonder Moos of sy bereid sal wees om die rol van 'n Sophie Kukralova te speel. Sal sy hierdie sleutelposisie kan vul?

Louisa is mooi, verleidelik, avontuurlustig en intelligent genoeg om sukses te behaal. Én sy skuld hom 'n groot guns.

11

Die verdomde oproep kom onmiddellik weer by Kassie op toe hy die koerant deurblaai en die opskrif op bladsy vier sien: *Misdadigers kry wapens by polisie.*

Hy lees die berig met 'n frons.

Korrupte polisielede word 'n al groter wapenbron vir misdadigers. 'n Aanduiding van dié kommerwekkende neiging is die tipe wapens wat deesdae gewild is in die misdaadwêreld, naamlik R4- en R5-aanvalsgewere. Dié wapens word onderskeidelik deur die weermag en polisie gebruik en mag nie deur private persone besit word nie. Daaruit kan 'n mens aflei dat misdadigers toenemend staatmaak op polisielede om wapens in die hande te kry . . .

Hy lees nie verder nie. Wat wórd van die Diens? Robbie August is juis met 'n R5 doodgeskiet, het Daan gesê.

Kassie skud sy kop. Is dit nie maar net nog 'n teken dat hy ernstig oor die oproep moet besin nie?

Hy onderdruk die gedagte om die berig vir Rooi te wys waar hy met Cliffie en Da Silva staan en gesels. Een van dié twee het natuurlik stories by Daniels aangedra. Rooi sal nooit so laag daal nie, dit weet hy.

Kassie is steeds ontsteld oor gister se gesprek met die stasiebevelvoerder. Loop Daniels met oogklappe deur die lewe? wonder hy. Pleks dat die man erken die polisie het ernstige probleme, wil hy Kassie die vark in die verhaal maak. Het hom selfs van rassisme beskuldig, terwyl hy nog nooit die polisie deur 'n kleurbril bekyk het nie. Daniels, wat bruin is, is nie 'n slegte bevelvoerder nie. Om die waarheid te sê, hy is aansienlik beter as sommige van Kassie se vorige bevelvoerders – wat wit was.

Wat het van vryheid van spraak geword? dink hy vererg. Of is die Nuwelandstasie nou 'n fokken Kremlin waar jy nie kan waag om jou mening te lug nie?

Hy gaap terwyl hy die dossier oor die OTM-bende nader trek.

Het gisteraand hopeloos te laat in die bed gekom, maar sy vraelys aan die sestig filatelieverenigings is uitgestuur.

Sy selfoon begin lui. Fred Smuts se suster, sien hy toe hy dit uit sy windjekker se sak haal. Sy wil seker uitvind hoe hulle vorder. Soms kan die naasbestaandes van 'n moordslagoffer nogal 'n oorlas raak, weet hy uit ondervinding.

Hy antwoord.

"Kaptein Kasselman, hoop nie ek pla nie, maar ek't iets gekry wat julle dalk kan help."

"Dis goeie nuus, mevrou." Kassie is dadelik die ene ore.

"Ja, ek het in ons waskamer op 'n hopie vuil klere van Fred afgekom. Daar was 'n velletjie papier in sy broeksak met die naam en selfoonnommer van ene Emile de Villiers."

Sy lees die nommer, wat Kassie vinnig neerskryf.

"Niks anders nie?" vra hy.

"Nee, net die naam en nommer."

"Baie dankie, mevrou. Ek volg dit onmiddellik op." Hy groet en druk die foon dood.

Dit kan 'n deurbraak wees, besef hy. Magrieta sukkel juis om 'n uitdruk van Smuts se selfoonoproepe te kry. Blykbaar 'n tegniese probleem by die diensverskaffer wat nog lank kan duur.

Hy skakel die nommer, maar kry nie antwoord nie. Los 'n boodskap dat De Villiers hom dringend moet bel. Dan wink hy Rooi nader om hom te vertel van die verwikkeling.

* * *

Die Pion se daaglikse roetine is verdeel in eenhede van 'n uur elk. Ná sy meditasiesessie, sy ablusies en ontbyt, elk presies tot op die sekonde sestig minute lank, wend hy hom na sy studeerkamer.

Dis 'n studeerkamer sonder 'n rekenaarskerm in sig. Die Pion gebruik slegs die betroubaarste van tegnologieë: sy stel lêers waarin hy die besonderhede van sy slagoffers dokumenteer.

60

Vandag moet sy leeswerk eers wag. Dis altyd sy gewoonte om eers 'n paar dae ná die afhandeling van 'n taak daaroor verslag te doen.

Hy haal die nuwe lêer waarop hy *Fred Smuts* in drukskrif geskryf het uit die draadmandjie. Neem twee foliovelle uit die lessenaar se laai, rol een in die Olympia-tikmasjien wat sy oorlede moeder op sy veertiende verjaardag vir hom gegee het, en begin tik.

Hy beskryf sy deeglike voorbereiding vir die taak, die proses wat hy gevolg het om toegang tot die huis te kry, hoe hy Smuts oorval en vasgebind het, en hoe hy die huis gefynkam het vir enigiets wat verband hou met die Smuts-ondersoek. Deur elke handeling op papier te verewig, bied dit aan hom 'n terugskouing en 'n geleentheid om op sy werk te verbeter.

Dan tik hy 'n nuwe opskrif, in hoofletters: *DIE TEREGSTELLING*.

Hy sluit sy oë om eers weer die teregstelling in die fynste besonderhede te herleef. Die ongeloof en skok op die slagoffer se gesig toe hy die stoel onder sy voete uitpluk. Die are wat soos elektriese drade oor sy voorkop span toe die tou om sy nek styf trek. Die oë wat uit hul kasse peul, die spartelende liggaam, skoppende voete . . .

Hy tik stadig aan dié besonderhede. Plek-plek moet hy 'n woordeboek raadpleeg om reg te laat geskied aan die beskrywing van die innerlike bevrediging wat hy ervaar het. Dis belangrik om altyd die positiewe te belig, en dit dien as bevestiging dat hy nog sy werk geniet.

Ná presies een uur sit hy die twee getikte folio's in die lêer en liasseer dit onder S in die antieke houtkabinet.

Hy loop badkamer toe, was sy hande en beskou homself vlugtig in die spieël. Sy wit hemp en donkerbruin das by die vaalgrys pak klere bly een van sy gunstelingkombinasies. Hy het die pak drie jaar gelede in Londen by 'n snyer laat maak.

Op pad uit ignoreer hy die attensies van Buskruit, stertswaaiend en frisbee in die bek.

Met lang hale lê hy die honderd-en-vyftig meter na die koffiewinkel af. Vandag is daar net twee besoekers, albei bejaarde vroue. Hulle kyk dadelik weg toe sy blik op hulle val.

Hy stap eers na die eienaar agter die toonbank en vra met 'n fluisterstem of daar 'n boodskap vir Dennis is. Dié skud net sy kop vinnig en wink sy vrou nader om die Pion se gebruiklike bestelling voor te berei.

Toe hy by sy hoektafeltjie gaan sit, is hy ontspanne. 'n Boodskap vir Dennis sou sy dag bederf het.

* * *

Dis toe Claus die selfoon optel wat hy uitsluitlik vir die drukkery gebruik, dat dit hom soos 'n vuishou tussen die oë tref.

"Jissis!"

Hy spring op van agter sy lessenaar in die kantoor in Montague Gardens. Sweet slaan onmiddellik op sy voorkop uit en sy asem begin jaag.

Hy pluk die pakkie Kent White uit sy baadjie se binnesak en steek 'n sigaret aan. Hoe kon hy nie daaraan gedink het nie? Moet hy 'n noodvergadering met Brian en Ivan belê?

Hy trek diep aan die sigaret. Nee, besluit hy, dis nie nodig om hulle ook op hol te jaag nie.

Met 'n naar kol op sy maag gaan sit hy weer en bel Macy van die landlyn af. Verbasend genoeg hoef hy net twee keer te bel voor sy antwoord.

"Nou net klaar gestort," sê sy met haar hees stem.

"Ek soek dringend die telefoonnommer van die kontakman."

"Why, darling? Is daar nog iemand wat julle wil . . ."

"Gee my net die donnerse nommer!"

"Oukei, oukei, nie nodig om te skree nie. Ek kry dit gou."

Hy wag ongeduldig terwyl hy die sigaret met 'n magtige teug krom trek. Sy vind die kaartjie en lees die nommers af: telefoon, selfoon en faks.

"Wat presies staan op die kaartjie? Jy't gesê hy's by 'n sekuriteits-firma."

"So iets . . . Nee, hier staan hy's 'n international security consul-tant. Net dit."

Hy lui af sonder om te groet. Haal die selfoon wat vir noodge-valle gereserveer is uit die lessenaar se onderste laai en skakel die landlynnommer.

'n Sekretaresse antwoord. Sy sit hom onverwyld deur na Ver-meulen.

"Claus Prins, Macy se vriend hier," sê hy.

"Goeiedag, meneer Prins. Het julle probleme?"

"Dis 'n fokken understatement! Nie een van ons het aan Smuts se selfoonrekords gedink nie. Hy't my hier by die werk gebel. As die polisie . . ."

Claus kry nie sy sin voltooi nie, want Vermeulen lag.

"Meneer Prins, geen rede om jouself op te werk nie. Toe ek jou beloof het dat geen spore van Smuts na jou sal lei nie, het ek dit bedoel. Sy selfoonrekords by die diensverskaffer is lankal vernietig. Ek verseker jou, geen polisieman sal dit opspoor nie. As iemand wat die werkswyse van die SAPD soos sy eie handpalm ken, tref ek altyd die nodige voorsorgmaatreëls. Dis waarom die Pion so 'n vlekkelose reputasie het."

Claus druk die foon dood. Hy kan die onrustigheid nie heeltemal afskud nie, maar hy voel darem beter.

12

Emile de Villiers maak die voordeur van sy huis in Loevenstein oop. Hy is diep in die sestig, ongeskeer, en sy grys hare staan in alle windrigtings. Lyk op 'n haar na soos Einstein, dink Kassie.

De Villiers kom verwese voor toe hy Kassie en Rooi elk met 'n handdruk groet. Hy het Kassie gisteraand teruggebel, en hy was uit die veld geslaan om te hoor Smuts is vermoor.

"Hy was dan 'n week terug by my," het De Villiers herhaaldelik gesê, asof dit onmoontlik is dat Smuts dood kan wees. Sy verduideliking oor medisyne was só onsamehangend dat Kassie 'n afspraak gemaak het dat hulle hom vandag kom sien.

De Villiers beduie hulle moet hom volg. By 'n skuifdeur uit, oor 'n grasperkie, na 'n groot buitekamer wat hy oopsluit. Die plek lyk soos 'n laboratorium; 'n lang muurtafel staan vol proefbuise en mikroskope van verskillende groottes.

"Meneer Smuts het dié vir my gebring om te ontleed." De Villiers wys na 'n tafel in die middel van die vertrek waarop pille, verpakkings en medisynebotteltjies staan.

Kassie knik. "Maar voor ons daaroor gesels, wat presies is u beroep?"

De Villiers trek aan die punte van sy woeste snor. "Ek's eintlik afgetree, maar het my hele lewe lank in laboratoriums van farmaseutiese maatskappye gewerk, oor die wêreld heen. Ek's 'n chemikus wat in medisyne spesialiseer. Deesdae gebruik baie instansies my om die nuwe produkte van hul opposisie te ontleed. Ek moet die inhoud bepaal en die gehalte evalueer." Hy gee 'n droë laggie. "Dit hou my op my oudag uit die kwaad."

"Het Fred Smuts namens een van dié instansies na u gekom?" vra Rooi.

"Nee, hy't onafhanklik gewerk." De Villiers wys na die medisyne op die tafel. "Dis goed wat hy die afgelope paar jaar in Afrika bymekaargemaak het. Hy was amper honderd persent seker dis grys produkte wat deur Suid-Afrikaners vervaardig en versprei word."

"Het hy gesê watter groep?" vra Kassie.

"Nee, Smuts was maar 'n geheimsinnige kêrel, hy't nie name genoem nie. Maar ek het ook nie regtig gevra nie. Hy't my vooruit betaal en hy sou die uitslae môre by my kry. Ek het aangeneem hy sou my dan inlig."

"En wat is u bevinding?" vra Rooi.

"Smuts was reg. Die goed is so grys soos kan kom."

De Villiers gaan sit op 'n kroegstoel by die tafel en beduie Kassie en Rooi moet die twee kroegstoele by die muurtafel vir hulle nader trek.

"Soos julle kan sien, is die medisyne in drie hopies verdeel." Hy wys na die kleinste hopie. "Dié spul is produkte van 'n swak gehalte, substandaard. Dit bevat wel die regte bestanddele, maar dit bestaan grotendeels uit nuttelose vullers om koste te bespaar. Jy kan dit vergelyk met 'n nagemaakte Rolex. Op die oog af lyk dit soos 'n egte een en die horlosie werk, maar die onderdele is van 'n swak gehalte en gaan gou poegaai raak. Grys medisyne kom algemeen in Derdewêreldlande voor. Kansvatters neem kostebesparende kortpaaie omdat die regulatoriese liggame in daardie lande maar slapgat is, en dikwels onbevoeg. Die produkte is meestal matig tot baie gevaarlik vir menslike gebruik."

Hy beduie na die groter hoop langsaan. "Dié lot is geldige medisyne, maar die vervaldatums is lankal verby. Dit word as vars produkte in nuwe verpakkings bemark. Soms kan dit dodelik gevaarlik wees." Hy hou twee boksies omhoog. "As julle iets soos Tylenol of Panadol in julle badkamerkassies het waarvan die vervaldatum al verstryk het, gooi dit dadelik weg."

Kassie dink aan sy botteltjie Rescue Remedy. Dit het al verval, maar dit hou darem seker nie enige gevaar in nie. Dis egter nie nou die tyd om De Villiers met stupid persoonlike vrae te onderbreek nie.

Die chemikus wys na die grootste hoop. "Hierdie is die heel gevaarlikste, dis nagemaakte medisyne. Dit word willens en wetens vervaardig om geld te maak uit onkundige mense, van wie daar in die ontwikkelende wêreld 'n helse lot is, veral in Afrika. Ons praat van 'n enorme afsetgebied."

Hy tel 'n kapsule op en rol dit tussen sy vingers. "Die medisyne kan byvoorbeeld besmet wees met fungi en bakterieë en ander toksiese bestanddele. Sommige kapsules is bloot met meel of suiker gevul en word dan as teenretrovirale middels gesmous, wat uiteraard niks doen aan die gebruiker se siektetoestand nie. Trouens, dié soort medisyne veroorsaak duisende sterftes elke jaar. Die International Policy Network skat tot sewehonderdduisend mense jaarliks wêreldwyd, met vals medisyne as direkte of indirekte oorsaak van dood."

Rooi skud sy kop. "Bliksis! Daai stats sal maak dat ek nooit weer 'n pil sluk nie."

De Villiers grinnik. "Dit kom darem nie sommer op Suid-Afrikaanse apteekrakke voor nie. Ons medisynebeheerliggaam vergelyk met die beste in die wêreld. Dis blykbaar meestal Chinese en Indiese vervaardigers wat vir die nagemaakte produkte verantwoordelik is."

"En nou ook Suid-Afrikaners?" vra Kassie.

"Wel, dis wat Smuts vermoed het . . . Hy was eintlik doodseker daarvan."

Rooi beduie na die medisyne op die tafel. "Hoe weet u dis dieselfde ouens wat dié spul versprei het?"

"Dit sou vir my onmoontlik gewees het om dit te bepaal, behalwe dat Smuts vooraf seker gemaak het van sy feite."

"Hoe?" vra Rooi en Kassie gelyk.

De Villiers glimlag. "Smuts was 'n uiters deeglike en oplettende ondersoeker. Die aanwysings op al die medisyneverpakkings en die botteltjies se etikette het iets gemeen."

Hy staan op, stap na 'n muurrak en kom terug met 'n boksie. Tel 'n boksie van die tafel op en hou die twee omhoog. "Hier het ek die verpakkings van 'n geldige produk en een wat vervals is. Die aanwysings op beide boksies stem honderd persent ooreen. Die kleure en die tipe karton waarop dit gedruk is, is presies dieselfde. Niemand sou ooit die vervalste verpakking bevraagteken het nie, ek inkluis."

Hy hou die nagemaakte boksie op. "Maar as julle baie mooi kyk na die drukwerk op dié outjie, sal julle sien daar is by elke derde lyntjie 'n groter gaping tussen die woorde as by die vorige twee lyne. Ek moes mooi kyk om dit raak te sien, maar wanneer jou oog daaraan gewoond is, let jy dit eintlik maklik op."

Kassie neem die boksie by hom en beskou die fyngedrukte skrif van naby. "Moontlik 'n fout met die drukmasjien wat hulle gebruik?"

"Dis reg," sê De Villiers.

"So hierdie skelms druk hul eie verpakkings ook?" vra Rooi verbaas.

De Villiers knik. "Hulle het dit beslis self gedruk, of minstens dieselfde drukkery gebruik."

Rooi vee oor sy borselkop. "Hoe het Smuts geweet dis Suid-Afrikaanse drukkers?"

De Villiers haal sy skouers op. "Dit weet ek nie. Maar hy het seker van sy saak gelyk. Ek is ongelukkig nie 'n kenner van die verpakkingseienskappe van vervalste produkte nie."

"Het u Smuts goed geken?" vra Kassie en oorhandig die vals boksie aan Rooi.

"Glad nie. Het hom maar ontmoet toe hy hier aankom. Die nuus van sy dood is nogtans 'n groot skok. Baie aangename kêrel gewees."

Rooi kyk op van die boksie. "Hoe het hy by u uitgekom?"

"Dokter Stew Stewart het hom na my verwys. Smuts het eerste met hom gaan gesels."

"Wat doen dokter Stewart?" vra Kassie.

"Hy's ook afgetree, maar hy't jare lank in die medisynebeheerraad van Suid-Afrika gedien. Hy't ook soms in Afrika gaan help met regulatoriese kwessies, hy's 'n kenner op dié gebied."

"Weet u waar ons hom in die hande kan kry?"

"Hy bly in Somerset-Wes. Presies waar weet ek nie, maar ek het sy huistelefoonnommer."

De Villers staan op en beduie deur toe. Kassie en Rooi volg hom terug oor die grasperkie en wag in die sitkamer vir hom. Hy is gou terug met 'n velletjie papier, en hulle bedank hom en groet.

In die motor, met Rooi agter die stuur, bel Kassie vir dokter Stewart. Hy frons toe hy die antwoordmasjien se boodskap kry.

"Shit, Stewart is met vakansie in Australië. Hy sal eers teen die naweek terug in die land wees."

"Ons weet darem nou wat Smuts ondersoek het," sê Rooi. "Dalk kan Stewart ons na die kroeks toe lei."

Kassie skud sy kop. "Ek weet nie so mooi nie. Smuts was so bleddie geheimsinnig dat dit in alle waarskynlikheid 'n doodloopstraat is."

13

Dis nou tipies Moos, dink Louisa Maritz met 'n glimlag.

Sy kyk weer na die SMS wat hy gister vir haar gestuur het. *Rtjy iwnsljsi uwffy. Jp mjw s qjppjw znyiflnsl qnw otz. Xfg otz ujwxttsqnp ptr xuwjjp. Rttx.*

Dis in Caesarkode geskryf, die primitiefste bestaande kodetaal, wat meer as tweeduisend jaar gelede deur die Romeine ontwikkel is en wat in die Eerste Wêreldoorlog op die slagveld gebruik is om boodskappe oor te dra. Só het Moos verduidelik toe hulle destyds saam by die munisipaliteit gewerk het.

Sy het in 'n stowwerige boks in die spaarkamer gaan rondgrawe om die kode te kry. In ontsyferde taal lees die boodskap: *Moet dringend praat. Ek het 'n lekker uitdaging vir jou. Sal jou persoonlik kom spreek. Moos.*

Sy skud haar kop geamuseerd. Dié Moos is omtrent 'n eienaardige skepsel. Al het hulle drie jaar lank by die munisipaliteit langs mekaar in die kantoor gesit, kon sy hom nooit peil nie. Interessant was hy wel. Sy kon ure luister na sy stories oor spioene, 'n onderwerp waaroor hy 'n lopende ensiklopedie was. Maar sy kon nooit uitmaak wat regtig in sy kop aangaan nie.

Hulle was ses in die afdeling en toe hulle agterkom die baas onderskep die boodskappe en grappies wat hulle onderling vir mekaar stuur, het Moos met 'n oplossing gekom: die Caesarkode. Hulle het groot genot daaruit geput om die kode vir hul e-posse te gebruik, wetende dat dit hul nuuskierige baas grensloos irriteer.

Louisa weet sy het baie aan Moos te danke. Toe die afdeling se personeelrekords, wat in daardie stadium in 'n staalkabinet in die baas se kantoor gehou is, gerekenariseer word, het sy Moos se hulp ingeroep. Daar was 'n geskrewe waarskuwing van 'n vorige baas in haar lêer wat sy wou hê moes verdwyn. Want as dit eers op die rekenaarstelsel is, gaan dit onmoontlik wees om te verwyder. Dié waarskuwing oor die diefstal van kantoorskryfbehoeftes het soos 'n donker wolk oor haar loopbaan gehang; dit sou haar kans op bevordering vir ewig beduiwel.

Sy het goed geweet Moos is tot oor sy ore verlief op haar, hoewel sy glad nie in 'n verhouding belanggestel het nie. Hy is nie 'n oil painting nie – oorgewig, probleemvel, diklensbril – en eintlik glad nie haar soort ou nie. Maar hy sou enigiets doen om haar te beïndruk, en boonop wou hy nog altyd sy lyf spioen hou.

Sy was verstom toe hy sommer die volgende dag al die gewraakte dokument aan haar oorhandig. Hy was aanvanklik geheimsinnig oor hoe hy dit in die hande gekry het, maar later by 'n kantoorpartytjie, met 'n paar doppe in sy lyf, het hy haar vertel. Hy het in die nag by die munisipaliteit se stoor ingebreek om in die gebou te kom, op sy maag in die gang af geseil om die oog van die sekerheidskamera te ontduik en toe die kabinet se sleutel uit die baas se onderste lessenaarlaai gekry.

Sy was so oorstelp van vreugde dat sy belowe het sy sal eendag vir hom ook 'n klip uit die pad rol.

Kort daarna het hul paaie geskei toe sy die Lotto gewen het. Al het sy die groot boerpot met drie ander wenners gedeel, was dit genoeg geld om vir 'n lang tyd kommervry te lewe. Sy het by die munisipaliteit bedank, 'n seeuitsig-woonstelletjie in Mouillepunt aangeskaf en vir die volgende twee jaar die wêreld vol gereis.

'n Jaar gelede het sy Moos toevallig in die stad raakgeloop. Hy het vertel hy is nou 'n spioen, "belas met geweldig delikate en lewensgevaarlike take". Maar sy moes stilbly daaroor, "want dit kan die land se veiligheid in gedrang bring". Sy het plegtig belowe, hoewel sy vermoed het dat hy 'n bietjie aandik oor die belangrikheid van sy rol.

Nou is sy dodelik nuuskierig oor die uitdaging waarna hy in sy SMS verwys. Klink so of hy van haar verwag om haar belofte van destyds na te kom.

Om eerlik te wees, sy sal 'n bietjie afwisseling in haar lewe verwelkom. Sy voel deesdae opgeskeep met haarself. Om baie geld te hê, is toe nie so vervullend as wat sy gedink het dit gaan wees nie.

* * *

Prins Pharmaceuticals se hoofkantoor in Montague Gardens bestaan uit 'n paar administratiewe kantore, 'n ruim laboratorium, pakstoor en piepklein drukkery waar die verpakkingsmateriaal vir die wettige medisyne geproduseer word.

As een van die klein farmaseutiese maatskappye in die land weet Claus hulle sou lankal die deure moes sluit of dramaties afskaal as wettige medisyne hulle kernbesigheid was. Maar met kreatiewe boekhouding subsidieer die grys been die moedermaatskappy – iets wat hom baie senuweeagtig maak. As daar ooit vrae oor Prins Pharmaceuticals se inkomste sou ontstaan, kan 'n deeglike oudit hulle kelder. Al rede waarom hulle nog met die gekookte syfers wegkom, is omdat die maatskappy jaarliks 'n gesonde wins wys, waarvan die Ontvanger sy sappige hap vat.

Claus sal egter nooit kan wegdoen met die moedermaatskappy en net op die grys been konsentreer nie, want sonder die skans van die hoofkantoor in Montugue Gardens sal hul besigheid net té riskant wees. Die verspreiding van grys produkte in Afrika geskied onder die dekmantel van Prins Pharmaceuticals se wettige produkte. Uitvoere is net soveel makliker in die naam van 'n geregistreerde farmaseutiese maatskappy. Dit vergemaklik ook die taak van die string korrupte doeanebeamptes in Afrika – Claus noem hulle Ivan se Army – om die besendings sonder deeglike inspeksie die groen lig te gee.

Wanneer die medisyne deur doeane is, word die wettige en grys produkte geskei. Die muile tel hul grys buit op en versprei dit deur die nieamptelike strukture. Alles tesaam is dit 'n waterdigte en uiters winsgewende sakeplan.

Tot Fred Smuts die teendeel bewys het. Claus het wel nou gemoedsrus dat Smuts se moordondersoek nie na Prins Pharmaceu-ticals teruggespeur kan word nie, maar wie sê daar is nie 'n ander wetter wat in die toekoms snuf in die neus kan kry nie?

Die kernafdelings van hul grys been in Parow en Paardeneiland – die Polkadot-handelsdrukkery, Waste Specialists en die pakstoor/ laboratorium wat as 'n afvalmetaalbergplek in die Geel Bladsye ge-lys is – kan met min moeite na die eienaar, Herklaas Prinsloo, ge-trace word. Maar dit gee Claus nie slapelose nagte nie. Die departe-ment van binnelandse sake het destyds met sy naamsverandering 'n boggherop gemaak deur nie sy Herklaas Prinsloo-identiteit te skrap nie, en gevolglik is hy die houer van twee ID's. Met die Prinsloo-naam kan hy die grys maatskappye inspan om dinge te doen wat andersins nie moontlik sou wees nie, soos geldwassery wat hul on-wettige inkomste wettig maak.

Boonop sal dit bitter moeilik vir die polisie of enigiemand anders wees om op Claus se spoor te kom deur die naam Herklaas Prinsloo. 'n Ou huisadres van sy oorlede oom en twee vals telefoonnommers is die enigste kontakbesonderhede gelys onder dié naam.

Maar die wete dat Fred Smuts 'n verband tussen Polkadot en Prins Pharmaceuticals gekry het en op die punt was om hulle hele opera-sie te ontbloot, knaag onophoudelik aan Claus. Hy sal 'n meester-plan moet uitwerk wat hom en Macy genoeg tyd sal gee om oor die grens te verdwyn as die pawpaw ooit die fan strike. Brian en Ivan is groot genoeg om vir hulleself te sorg.

* * *

Die landlyn in Kassie se woonstel lui toe hy die voordeur oopmaak.

Hy draf studeerkamer toe, swets toe hy die gangtafeltjie om-stamp en oor 'n hoop bokse op die vloer struikel. Hy pluk die ge-hoorbuis van die mik af.

"Hallo, Seunie," kom sy ma se stem krakerig oor die lyn. "Hoe gaan dit met my verlore spruit?"

Hy voel dadelik skuldig. Was drie weke laas by die ouetehuis.

"Goed dankie, Ma. Net bitter besig."

"Dis nou 'n jammerte. Want ons het jou dienste dringend nodig."

"Ons?"

"Die ouetehuis."

"Wat moet ek doen?"

"Barend se medaljes is gesteel."

"Wie's Barend, Ma?"

"Barend Erasmus, 'n goeie vriend. Hy bly in dieselfde gang as ek, net drie kamers van my af."

"Watse medaljes is dit?"

"Atletiekmedaljes wat hy desjare gewen het. Hy was nogals 'n Springbok-atleet op sy dag."

Kassie sug. "Ma, ek kan julle nie help nie. Julle moet 'n klag van diefstal by die Bellville-polisiestasie aanhangig maak. Hulle sal die skuldige tjop-tjop kry. Seker 'n skoonmaker gewees."

"Dit was g'n skoonmaker nie," sê sy ergerlik. "Dis iemand in ons gang wat die medaljes gesteel . . ."

"Ma, ek kan nie help nie. Dis die Bellville-polisie se job."

"Hier was 'n konstabeltjie van Bellville by die ouetehuis." Sy snork. "Nie gelyk of hy iets daaraan gaan doen nie. Hy't skaars 'n verklaring afgeneem."

"Hulle is ook maar besig, Ma. Gee hom kans."

"Nee, Seunie, hy gaan g'n die saak oplos nie. Jy sal móét ingryp. Buitendien, ek het hulle klaar belowe jy sal beslis help."

"Hoe kon Ma so iets doen!" Kassie wil sy hare uit sy kop trek.

"Omdat jy 'n goeie speurder is en omdat jy my seun is. En jy sal nóóit toelaat dat 'n dief jou ma se vriende besteel nie. Daarvoor is jy te 'n lojale seun en 'n trotse geregsdienaar."

Hy rol sy oë, haal 'n sigaret uit die pakkie en steek dit aan. "Oukei, Ma, ek sal een of ander tyd 'n draai daar maak. Ek's nou net vrek besig."

"Dankie, Seunie. Ek het geweet ek kan op jou staatmaak."

Hy vat 'n lang trek. "Bye, Ma."

"Seunie, hoe klink dit vir my jy rook weer? Sê tog vir my ek hoor verkeerd!"

Kassie sit die gehoorbuis neer. Hy loop badkamer toe en druk 'n paar druppels Rescue Remedy op sy tong uit.

Hoekom kan mense hom nie met rus laat nie? dink hy gebelg. As dit nie 'n oudkollega is wat sy lewe met 'n enkele oproep opfok nie, of 'n bevelvoerder wat hom van rassisme beskuldig nie, is dit sy ma wat sy ritme met ouetehuis-stront versteur.

14

Die Pion trek swaar. Die inhoud van die polisiehandleiding loop sy spoke trompop. Dit verniel sy persepsie van homself, krap hom om en verwar hom.

Is hy regtig gereed om met dié materiaal gekonfronteer te word? wonder hy. Maar vir hoe lank kan hy die spoke nog met slaappille weghou? Sy meditasiemuur verkrummel ook vinnig. Hy móét eenvoudig deurdruk.

Daarom trek hy die ringlêer nader, klem die armleunings van sy stoel vas en begin lees waar hy laas opgehou het.

Uretrale erotisme verwys na die plesier wat verkry word deur te urineer, terwyl uretrale retensie soortgelyk is aan die kind wat sy faeces probeer terughou. Kontrole is ook hier ter sprake. Baie van die anaal-sadistiese kenmerke word oorgedra na hierdie fase. Die kind beleef sy urine as 'n gevaarlike gifstof of suur wat in staat is om te vernietig.

Die Pion se liggaam bewe onbeheers, maar hy dwing homself om voort te gaan.

Indien daar gevind word dat die verdagte bo-op die lyk, of veral op die gesig, urineer, kan dit beteken dat die verdagte die identiteit (gesig) van sy moeder (vroulike slagoffer) probeer vernietig. Hy kan ook oor die vroulike slagoffer se geslagsdele urineer, wat beteken dat hy baie bedreig voel deur vroue, veral deur vroulike seksualiteit en dit op hierdie wyse probeer vernietig. So 'n persoon kon as kind deur 'n ouer vrou verlei gewees het . . .

Die Pion kners op sy tande. Hy kan nie verder lees nie. Die letters op die bladsy sweef voor sy oë rond. Dit maak hom naar.

'n Onderdrukte kreet ontsnap deur sy saamgeperste lippe toe hy voel hoe sy onderlyf reageer. Hy skeur die bladsy uit en frommel dit in 'n bondeltjie op, prop dit in sy mond en begin kou. Sy kake maal onverpoos totdat hy die deurweekte stukke papier op die lessenaar uitspoeg.

"Julle sal my nie as 'n reeksmoordenaar etiketteer nie," prewel hy.

"My omstandighede was anders. Heeltemal anders . . . anders . . . anders."

Hy besef hy verloor beheer. Sy kop klop pynlik en sy hart bok-spring in sy bors.

Hy storm badkamer toe. Sy hande bewe toe hy die bad se warm kraan oopdraai. Hy trek sy baadjie en broek uit en smyt dit op die vloer. Maak sy das los en pluk sy hemp van sy lyf af. Hempsknope reën op die teëlvloer neer.

Die water brand sy naakte lyf toe hy inklim en gaan sit, maar hy byt op sy tande en seep die langsteelskropborsel in.

"Heeltemal anders . . . anders," prewel hy terwyl hy sy rug met lang hale skrop. Behalwe vir sy bolyf en tone is die kop van sy erekte penis al wat bo die water uitsteek.

* * *

Louisa Maritz is 'n uitsonderlik aantreklike vrou, besef Moos op-nuut. Blonde krulle, diepblou oë, kuiltjieglimlag en die lyf van 'n Miss Universe. Hy neem die koppie koffie wat sy na hom uithou en gaan sit oorkant haar op die rusbank.

Sy't die koerasie van die manne by die munisipaliteit omtrent die hoogtes in gejaag, onthou hy. Glo lekker bedrywig in die bed gewees met die kantoor se testosteroon-hunks, selfs 'n paar se huwelike am-per verongeluk. Sy't nooit weggeskram van 'n skelm verhouding nie.

Nou, pas dertig en steeds ongering, is sy vir hom amper meer sexy as in haar jonger dae. Asof die rypheid in jare haar effens voller figuur vervolmaak het, sodat die sagter lyne van haar lyf selfs stre-lender op die oog is.

Sy kruis haar lang bene onder die kort rokkie en glimlag vir hom. Sy hart fladder liggies en sy asemhaling verloor ritme. Hy moet hom regruk, besef hy. Sy besoek hier gaan oor gewigtige landsake, nie oor sy eie drifte nie.

"Jy't 'n lekker uitdaging vir my," sê sy. "Laat ons hoor."

Moos druk sy bril hoër op sy neusbrug, neem 'n slukkie koffie om sy stembande te olie en kug 'n paar keer om formaliteit aan die verrigtinge te verleen.

"Dit wat ek jou nou vertel, Louisa, mag jy onder géén omstandighede met iemand anders bespreek nie."

Sy knik. "So help my God."

Die geamuseerde klank in haar stem bekommer hom. Dis nie nou die tyd vir ligsinnigheid nie. Maar hy sal moet deurdruk.

Eers skets hy sy eie posisie by die SSA, bevorder homself na senior agent om die belangrikheid van die saak te onderstreep. Dan vertel hy haar alles oor Imran Hafeez, Suleiman Khan en Naas Kuyler. Hy skets ook kortliks Kuyler se oënskynlike huweliksprobleme.

Haar wenkbroue lig. "Wat kan ék daaraan doen?"

Moos weet hy moet die saak nou met groot omsigtigheid benader. Hy vertel haar van die spioenasiewerk van Sophie Kukralova en die Franse prostitute – na wie hy eerder as "jong, aantreklike meisies" verwys. Hy vermy die woord "seks" heeltemal, span frases in soos "vriendskapsbande smee" en "'n simpatieke oor verleen vir die man om sy hart uit te praat".

Louisa frons. "So jy wil hê ek moet saam met Kuyler in die bed spring om só inligting uit hom te kry?" sny sy met 'n enkele sin deur sy noukeurig beplande voordrag.

Hy kan haar gesigsuitdrukking nie lees nie. Daar's nie afsku te bemerk nie, maar haar blik lyk veels te afsydig na sy sin.

"Ek sal dit darem nie so kras stel nie," sê hy paaiend. "'n Platoniese vriendskap sal ook inligting . . ."

"Bullshit, Moos! Jy weet so goed soos ek seks is die enigste roete na 'n man se geheime!"

Geoordeel na die drif in haar stem, vrees Moos sy plan is aan die ontspoor. Tyd om sy laaste troefkaart te speel. Hy maak sy aktetas oop, haal die fotoafdruk van Kuyler wat hy in die Tuine geneem het uit en oorhandig dit aan haar. Selfs hý moet toegee Kuyler is 'n looker.

Sy staar lank na die foto, glimlag liggies toe sy opkyk. Daar heers 'n ongemaklike stilte in die woonstel. Moos sit krom getrek van afwagting.

Sy haal haar skouers argeloos op, maar haar oë vonkel. "Dalk sal ek dit tog 'n go gee."

* * *

Die wekker op Kassie se lessenaar lui skril. Hy druk dit vinnig dood en merk terselfdertyd Da Silva en Cliffie se gesteurde kyke. Dit moet hulle seker grensloos irriteer, maar dis al manier hoe hy geroetineerd kan rook en by sy vyftien sigarette per dag hou.

Hy stap na die vierkantjie en steek 'n Lucky aan, tuur na die vuil buitemuur van die stasie. Die onderste gedeelte is donkerbruin van modderspatsels tydens die reëntyd. Die verwaarloosde blombedding is oorgroei met kakiebos.

In die ou dae was hier 'n span tuinwerkers wat die terrein ordentlik onderhou het, dink hy. Die slordige stasiegebou weerspieël maar net die algemene stand van sake in die SAPD. Die onkruid groei oral geil.

Hy sug. Só het alle goeie dinge tot 'n einde gekom. En dink opnuut aan die verdomde oproep én sy gesprek met Daniels.

Op pad terug na sy lessenaar sien hy Magrieta by Rooi staan.

"Ons het probleme met Fred Smuts se selfoonrekords, Kassie," sê sy. "Volgens die diensverskaffer het hulle geen rekords van hom nie. Dis glo weens 'n tegniese probleem uitgewis."

Kassie frons. "Maar dis mos bullshit!"

Rooi knik. "Presies wat ek ook vir Magrieta gesê het."

Sy trek 'n gesig. "Wel, dis wat hulle beweer."

"Die laaste keer wat so iets gebeur het, was met die wapensmokkelsaak," sê Kassie. "En toe het ons oplaas uitgevind dis 'n inside job – iemand by die selfoonmaatskappy is omgekoop om die rekords te vernietig."

"Wat sê dit vir jou?" vra Rooi.

"Dat daar 'n goed georkestreerde poging is, baie deegliker as wat ons aanvanklik vermoed het, om alle leidrade na Smuts se ondersoek dood te vee."

Rooi lyk bekommerd. "Nou kan ons maar net hoop dokter Stewart weet meer as Emile de Villiers."

"Die hoop beskaam nie," sê Kassie, maar met min oortuiging.

Hoekom aanvaar hy die situasie so gelate? wonder hy skielik. Het sy ingesteldheid teenoor sy werk verander? Het hy sy killer instinct verloor?

Of het hy as gevolg van die oproep in slapgatgeit verval? Is hy inderwaarheid net besig om die tyd af te tel totdat hy die beloofde land betree?

15

"Ons móét ons risiko's verminder," sê Claus en gee 'n plukkie aan sy serp.

"Jy nou nervous?" vra Ivan met sy swaar Russiese aksent. "Het Smuts se dinge jou aan die bewe?"

Brian lag.

Claus skud sy kop ergerlik. "Moet jou nie nou grootmeneer hou nie, Ivan. Jy en Brian was net so nervous toe ons agterkom die bliksem ondersoek ons."

"Maar nou is hy nie meer met ons nie. Jy't self gesê ons kan nou maar ontspan," sê Brian.

"Dis nie 'n waarborg dat iemand anders nie gaan rondsnuffel nie."

Brian knik. "Ook waar. Wat stel jy voor?"

"Ons moet ander maniere kry om ons grys produkte oor die grens te kry."

Ivan skud sy kop so heftig dat sy poniestert kwispel. "Ons het mos Ivan se Army! Ek't hard gewerk om die ouens te organise. Waarvoor betaal ons hulle dan?"

Claus glimlag. Vandat hy Ivan vier jaar gelede vir verpligte Afrikaanse klasse gestuur het, het sy Afrikaans dramaties verbeter. Voorheen was kommunikasie met hom moeilik – 'n mengsel van Engels en Russies waarvan Claus en Brian soms nie kop of stert kon uitmaak nie.

"Ek wil nie wegdoen met ons span doeanebeamptes nie," sê hy. "Ek wil net Prins Pharmaceuticals se naam uit die mix haal."

"Dis nie só maklik nie," sê Brian.

"Ek weet. Toe ons destyds uitvoere ondersoek het, was dit die maklikste en veiligste oplossing. As die owerhede ons aan daai kant uitvang, sal hulle ons nie noodwendig vervolg nie. Ons sal hier aangekla moet word omdat die medisyne hier vervaardig is, en die meeste owerhede daar is te slapgat om dit verder te vat."

"Nou hoekom is jy paniekerig?" vra Brian. "Dit geld nog steeds."

"Want dit gaan nie vir altyd voortduur nie. Smuts het gewys ons plan is nie waterdig nie."

"Wat propose jy?" vra Ivan.

Claus kan sien hy is knorrig, dreigend soos 'n ysbeer op die aanval. Ivan hou nie daarvan as sy roetine omvergewerp word nie.

"Manual Alcaso . . . daai Portugese Mosambieker wat ons destyds gehelp het om die vragte Viagra in Mosambiek te kry."

"Jy kan nie ernstig wees nie!" sê Brian. "Daai bliksem is 'n opperste krimineel. Hy smokkel drugs onder die dekmantel van huishoudelike toebehore, sy yskaste en stowe is gepak met buttons, crack en tik. Buitendien, hy't ons 'n kakhuis vol geld vir die Viagra gevra. Ja, hy het die infrastruktuur, maar hy's te duur. Ons wins sal moer toe wees."

Claus skud sy kop. "Verkeerd. Ons het een groot troefkaart. Iets wat Alcaso nie het nie . . . buiten dalk in Mosambiek."

Brian se wenkbroue lig. "En dit is?"

Claus beduie na Ivan. "Ivan se Army. Met hulle op ons betaalstaat kan ons die res van Afrika se deure vir Alcaso se drugs oopmaak. In ruil vir die uitvoer van ons grys produkte stel ons die dienste van ons netwerk doeanebeamptes aan hom beskikbaar. Die een hand was die ander. En so haal ons Prins Pharmaceuticals heeltemal uit die mix."

'n Glimlag sprei oor Brian se gesig. "Dit kan bleddiewil werk! Hoekom het ons nie lankal daaraan gedink nie?"

Claus is verlig. Brian se instemming is belangrik. Oor Ivan gee hy nie om nie. Dié val gewoonlik by hulle planne in.

Maar hy gaan hulle nie inlig oor die tweede been van sy meesterplan nie. As dinge ooit skeefloop, wil hy 'n voorsprong hê om weg te kom.

* * *

Tien inwoners van gang 2A van Huis Aandskemering sit om 'n lang tafel in 'n vertrek wat met 'n naamplaatjie teen die deur as die *Groot Indaba-lokaal* aangedui word.

Die meerderheid tuur met stroewe gesigte voor hulle uit. Net Kassie se ma en 'n rooikoptannie lyk of hulle die boerpot gewen het. Hulle sit glimlaggend weerskant van Barend Erasmus, die gewese Springbok wie se medaljes gesteel is.

Kassie merk op dat die twee vroue besonder naby aan Barend sit, só dat albei se arms aan syne raak. En te oordeel na sy geluksalige uitdrukking dra Barend darem nie te swaar aan die verlies van sy waardevolle medaljes nie.

Kassie se ma voer die woord. Nadat sy hom voorgestel het as "seker die beste speurder in die Republiek sedert Piet Byleveld", begin sy met haar "verklaring", soos sy dit noem.

"Op die betrokke aand van die misdaad het ek, Barend en Dorothea hier oorkant in die Klein Indaba kaart gespeel." Sy wys na die rooikoptannie. "Kassie, dis Dorothea. Ons het . . ."

"Rummy gespeel," sê Dorothea.

Sy kry 'n vuil kyk van Kassie se ma. "Dis nie belangrik nie."

Sy druk haar kennetjie vorentoe, gee 'n kuggie en gaan voort. "Ons het tot negeuur kaart gespeel. Toe is ons terug na ons kamers. Dis toe dat Barend ontdek sy medaljes is weg."

"Gesteel," sê Dorothea. "Deur iemand in ons gang." Haar blik flits beskuldigend oor die ander se gesigte.

"Hoe . . . weet julle dis iemand in die gang?" vra Kassie. "Kon dit nie een van die ander inwoners gewees het nie?"

"Nee," koor sy ma en Dorothea gelyktydig.

Dorothea vat die gaping die vinnigste. "As 'n mens in die Klein Indaba sit, kan jy almal sien wat in ons gang kom en . . ."

"En nie een van die ander inwoners het daar verby geloop nie," sê Kassie se ma.

Hy kyk van die een na die ander. "Is julle doodseker?"

"Ja," antwoord die koor.

Kassie verskuif sy fokus na die slagoffer. "Oom Barend, is jy seker die medaljes was nog in jou kamer toe julle gaan kaart speel het?"

Die ou man se mond gaan oop, maar die koor spring hom voor met 'n dawerende: "Ja!"

"Hy't die middag nog sy medaljes gebrasso," sê Kassie se ma.

"Dit was op sy bed uitgepak," sê Dorothea.

Kassie frons. "Ek wonder net wat iemand met sulke medaljes sal wil doen . . ."

Sy ma snork. "Natuurlik aan 'n pandjieswinkel of iets gaan verkwansel."

"Dis eintlik baie waardevol," sê Dorothea. "En dit het soveel sentimentele waarde vir arme Barendjie."

Barend knik beswaard.

Dorothea plaas haar hand vertroostend op sy skouer en gee dit 'n drukkie. Kassie se ma sit haar hand op sy voorarm en streel dit liggies.

Kassie se selfoon begin lui. Dis Rooi, sien hy.

"Verskoon tog, ek sal die oproep moet neem," sê hy en staan op.

"Goeie en slegte nuus," sê Rooi. "Dokter Stewart is terug van Australië en hy's bereid om ons môreoggend by die stasie te sien. Ek het hom vlugtig ondervra, maar hy weet ook niks oor Fred Smuts se ondersoek nie."

Toe Kassie aflui, sê hy vinnig: "Ma-hulle sal my nou moet verskoon. Iets dringends het by die stasie opgeduik. Ek sal later in die week weer 'n draai hier maak . . . as die tyd dit toelaat."

"Dis nou 'n jammerte," sê Dorothea.

Kassie se ma gluur haar aan. "Ek verstaan dit heeltemal," sê sy ferm. "Die polisiestasie kan nie sonder my seun klaarkom nie. Ons sal maar tevrede moet wees om agter in die ry te staan vir sy voortreflike diens. Maar moenie stres nie, Dorothea, hy sál die saak vir Barendjie oplos."

* * *

Die teemstem van 'n Afrikaanse sangeres, wat vir Moos klink asof sy 'n hele paar geliefdes op een slag aan die dood afgestaan het, dawer oor die kroeg se luidsprekers in die gholfklubhuis in Durbanville. Hy sit in die verste hoek, effens versteek agter 'n pilaar, en hou Naas Kuyler dop wat sy eerste bier vir die middag by die toonbank bestel.

Moos het vroeër vinnig by die SSA aangegaan om op sy rekenaar te kyk na Kadinsky Dynamics se reeks produkte. Die missielafdeling waar Kuyler in beheer is, spesialiseer in die vervaardiging van Jetto-missiele – een van die produkte wat meeding met dié van die moedermaatskappy Denel. Die Jetto is 'n langafstand-lug-tot-grond-missiel wat ontwerp is om enige tenk se moses te wees. Dit word hoofsaaklik deur die lugmag se Rooivalk-aanvalshelikopters gebruik. Wat Moos opgeval het, is dat Kadinsky in die verlede tyd oor dié produk praat, asof hulle die vervaardiging daarvan gestaak het.

Op 'n webblad met vertroulike inligting oor Denel, waartoe die SSA ook toegang het, het Moos sy antwoord gekry: Denel het die regeringskontrak vir lug-tot-grond-missiele teruggekry. Die verfyning van sy Mokopa-missiel maak dit nou 'n beter produk as Kadinsky se Jetto.

Wat hom onmiddellik aan die dink gesit het. Volgens regeringsvoorskrifte kan Kadinsky nie sommer nou die Jetto aan ander lande bemark nie. Behalwe as hulle 'n onwettige afsetgebied . . .

Sy gedagtes word onderbreek toe Louisa Maritz die kroeg binnekom, stiptelik op die tyd wat hulle afgespreek het. Moos het verwag sy gaan sexy lyk, maar sy oortref sy stoutste verwagtinge. Haar gholfrokkie is korter as enigiets wat hy nog gesien het en stel haar lang, bruingebrande bene behoorlik ten toon. Die bostuk se vier boonste knope is los en vertoon haar bates in hul volle rondborstigheid.

Die mans in die kroeg staar oopmond na haar, behalwe Kuyler wat met sy rug na haar gekeer sit. Sy bestel 'n drankie by die toonbank, neem dit en stap in Kuyler se rigting. Toe sy agter sy rug verby beweeg, struikel sy en stort van die drank op sy broek.

Sy maak met baie handgebare verskoning, vra die kroegman vir 'n nat lappie en vryf ywerig oor die kol op Kuyler se bobeen. Hy kyk haar effens verleë aan, maar tog met 'n glimlag – die eerste sedert Moos hom begin dophou het.

Sy steek haar hand na Kuyler uit en maak kennis. Hulle begin gesels. Hy beduie vir die kroegman om vir haar 'n nuwe drankie te bring en trek vir haar die stoel langs hom uit.

"Houston, we have lift-off," prewel Moos terwyl hy die wasem van sy bril vee.

Die Pion beskou homself in die badkamerspieël. Sy hare staan wild, hy's ongeskeer en daar's kringe onder sy bloedbelope oë. Sedert sy terugslag sukkel hy om te fokus. Sy daaglikse roetine is omvergewerp, sy nagte rusteloos en sy meditasiesessies ontoereikend.

Hy sal sy lewe nóú in orde moet kry, dit besef hy maar te goed. En die enigste manier om dit te doen, sal wees om homself bloot te stel aan die nagmerries van die verlede en dit dan in perspektief te stel. Hy sal toegewings moet maak, ontstellende feite absorbeer en dit sistematies verwerk.

"Dis die enigste manier," prewel hy terwyl hy sy hare kam.

Hy stap doelgerig na die studeerkamer, skuif agter die lessenaar in en haal die polisiehandleiding uit die laai. Dié materiaal hou die sleutel tot als, weet hy.

Sy hande bewe liggies toe hy na die plek blaai waar hy die terugslag beleef het. Hy skud sy kop. Hy moes nie die bladsy oor die uretrale fase vernietig het nie. Daar was 'n paar paragrawe wat hy nog nie gelees het nie.

Niks wat hy nou daaraan kan doen nie.

Hy begin lees by die volgende opskrif onder Reeksmoordenaars.

Falliese fase (Oedipus)

Die Oedipusfase is deur Freud beskou as die belangrikste fase van psigoseksuele ontwikkeling. Gedurende hierdie uiters seksuele fase raak die seun onbewustelik verlief op die moeder en hy wedywer met die vader om haar aandag. Die omgekeerde vind by die dogter plaas. Die erogene sone is die penis.

Hierdie fase word gekenmerk deur seksuele belangstelling, stimulasie en masturbasie. Albei geslagte stel in die penis belang. Die dogter kan met die aanskoue van die seun se penis penisnyd ontwikkel en haar moeder verantwoordelik hou vir haar eie "kastrasie". Die seun se besef dat die dogter nie 'n penis het nie, veroorsaak by hom kastrasievrees. As die dogter "gekastreer" is, kan dit met hom ook gebeur. Hy vrees sy vader gaan hom kastreer omdat hy verlief is op sy moeder . . .

Die Pion se asemhaling versnel en hy moet die benoudheid in sy bors met lang asemteue beheer. Mavis, sy "stiefsussie" soos sy ma haar genoem het, se gesig doem voor hom op. Hulle het kleintyd altyd saam gebad.

Hy sluit sy oë vir 'n wyle voor hy verder lees.

Aan die einde van hierdie fase behoort die seun sy seksuele aangetrokkenheid teenoor sy moeder prys te gee en met sy vader te identifiseer . . .

'n Hoë kreet ontsnap uit die Pion se keel. "Hy was nie my pa nie! Hoe kon ek met hom identifiseer?"

Buskruit, wat rustig langs sy stoel geslaap het, skrik en spring orent. Hy draf stert tussen die bene uit die studeerkamer, sy frisbee vergete.

* * *

Dokter Stew, soos hy hom aan Kassie en Rooi voorstel, is 'n skraal man van in die sestig. Reguit rug, kortgeknipte hare, dun sammajoor-snorretjie, prominente kake en 'n reguit kyk in die oë. Nie iemand wat kak van kabouters vat nie, som Kassie hom op.

Die dokter sit penorent op sy stoel in die stasie se klein ondervragingslokaal. "Dat iemand in die fleur van sy lewe op so 'n wyse vermoor word . . ." Hy skud sy grys kop stadig. "In die fleur van sy lewe."

"Het u Fred Smuts goed geken?" vra Kassie.

"Nee, maar in ons gesprek van amper twee uur het ek hom deeglik opgesom . . . as 'n man met integriteit." Hy kyk peinsend na Kassie. "Ook 'n man met 'n goeie geaardheid."

"En u het oor die telefoon gesê Smuts het nie genoem watter groep hy ondersoek het nie," sê Rooi.

"Nee, maar ek kon dit verstaan. Jy loop nie te koop met die name van dié soort skurke nie. Dis gevaarlik . . . baie gevaarlik. Die moord op Fred bevestig dit maar net."

"Hoekom het hy u geraadpleeg? Wat presies het hy met u be-spreek?" vra Kassie.

"Ek het jare lank in die Suid-Afrikaanse medisynebeheerraad ge-dien en ek het ook talle beheerrade in Afrikalande van raad bedien. Smuts wou inligting hê oor die stryd wat Afrika-owerhede voer teen die onderwêreld van grys medisyne."

"Hoe ernstig is die situasie?" vra Rooi.

Dokter Stew sug. "Hoewel dit onvermydelik mag wees om aan 'n siekte te sterf, mag jy nooit van medikasie doodgaan nie. Maar in Afrika sterf duisende mense jaarliks weens grys medisyne."

"So dis 'n verlore stryd?" sê Kassie.

Die dokter knik. "Dis 'n onderbeklemtoning." Hy sit vorentoe, strengel sy vingers inmekaar. "In baie van die arm Afrikastate is re-gulasies en die regstelsel só swak, korrup en vrot van bedrog dat pasiënte elke keer 'n helse kans vat wanneer hulle gesondheidsorg-produkte gebruik. In welvarender lande gebeur dit natuurlik nie."

"Maar kan die apteke nie beter kontrole hou nie?" vra Rooi.

Dokter Stew gee 'n meewarige laggie. "Jy redeneer nou soos 'n Westerling. In baie apteke en klinieke sypel vals produkte steeds in, al het die situasie verbeter. Maar dis nie die grootste afsetgebiede vir medisyne nie. Die gewildheid van grys medisyne in Afrika sal bly groei omdat mense oningelig is. Hulle sien geen rede waarom hulle medisyne by geregistreerde apteke moet koop nie. Dit pla hul-le eenvoudig nie dat straatsmouse geen kennis van farmaseutiese produkte het nie."

Hy sprei sy hande in 'n moedelose gebaar. "Ons Westerlinge koop dalk 'n koerant op 'n straathoek, maar ons sal wragtig nie oorweeg om medisyne daar te koop nie. In Afrika word dit op straathoeke, openbare busse en treine, in kroeë en sjebeens van die hand gesit. En dis natuurlik goedkoper en makliker bekombaar by smouse as by apteke. Die wettige voorsienings- en distribusiekanale het disfunk-sioneel geraak. Die kriminele beheer lankal die grootste deel van die verspreidingsnetwerk."

"Hoe lyk hierdie kriminele?" vra Kassie. "Is dit groot sindikate of klein groepies wat iewers in agterkamertjies werk? Ons probeer vasstel waar om na die oortreders te soek."

"Daar is mense wat op klein skaal betrokke is, maar om die medisynemarkte suksesvol te infiltreer, boots die meer gesofistikeerde kriminele die farmaseutiese bedryf na. 'n Vervaardigingsbeen van die kriminele onderneming sal byvoorbeeld vals medisyne op groot skaal produseer en dit met vervalste handelsmerke verpak. 'n Bemarkingsbeen sal die verspreiding van die vals produkte op só 'n manier koördineer dat dit inspekteurs en groothandelaars om die bos lei. Laastens sal 'n finansiële been die geld uit onwettige verkope deur middel van geldwassery weer in omloop kry."

Rooi fluit. "Bliksis!"

"Soos julle kan aflei, is so 'n kriminele onderneming allesbehalwe klein." Dokter Stew gee 'n laggie. "Hoe sê hulle? Agter elke groot fortuin skuil daar 'n groot misdaad."

"Kan dit 'n farmaseutiese maatskappy in Suid-Afrika wees?" vra Kassie.

"Ek sou eerder sê dis 'n Chinese of Indiese maatskappy. Hoogs onwaarskynlik dat dit Suid-Afrikaans is . . . hoogs onwaarskynlik. Dalk is daar 'n Suid-Afrikaanse konneksie iewers, soos 'n drukkery, maar ek dink nie dis 'n plaaslike vervaardiger nie."

"Smuts het nie dalk iemand anders se naam genoem wat hy nog moet sien in verband met sy ondersoek nie?" vra Rooi.

"Nee. Ek't hom verwys na Emile de Villiers om die medisyne te ontleed, maar het niemand anders voorgestel nie. Dit het gelyk of hy klaar weet wie die kriminele is. Hy wou net finale bevestiging van De Villiers kry dat dit vals medisyne is."

Kassie sug toe hy na Rooi kyk. "Dit bring ons nie 'n tree nader aan Smuts se moordenaar nie."

17

Selfs 'n baasspioen soos Richard Sorge sou hom 'n klop op die skou-
er gee, dink Moos waar hy agter sy rekenaar in die SSA-kantoor sit.
Operasie Louisa Maritz het seepglad verloop.

Sy het hom gisteraand laat gebel – wel teen sy instruksies in, maar
hy kan haar daarvoor vergewe. Die nuus was goed. Kuyler het lock,
stock en barrel vir haar geval. Hulle het tot negeuur in die kroeg
gekuier en toe stel hy voor hulle moet vanaand gaan uiteet. Hy sal
haar sommer by haar woonstel in Mouillepunt optel.

"Hy's nogal 'n cutie," het sy gegiggel. "Ek weet nie of ons regtig
by die restaurant gaan uitkom nie."

Moos was so opgewonde oor dié verwikkeling dat hy vanoggend
sy baas by die hospitaal gebel het. Hy skuld die man 'n vorderings-
verslag, en hy kan net dink hoe trots sy baas op hom sal wees oor sy
vindingrykheid. Die nuus was 'n skok: sy baas het 'n ernstige terug-
slag beleef weens 'n ligte beroerte en kan nie oproepe in die waak-
eenheid neem nie.

Moos het die begeerte onderdruk om sy vordering met Max
Tsotsobe te bespreek. Dié gaan net sy donder wil steel om punte te
score by die grootbase in Pretoria.

Met Kuyler in die gewillige hande van Louisa kan hy nou weer
op Suleiman Khan fokus. Hy moes eintlik al daar gewees het om die
huis dop te hou, maar eers wil hy die SSA-lys bestudeer van verdagte
Suid-Afrikaners wat simpatiek staan teenoor die saak van Islamitiese
ekstremiste. Hy het nie van die lys geweet nie, maar Michelle het
hom daarop attent gemaak.

Daar is 'n dertigstuks name op die lys. Almal onbekend aan hom,
buiten Khan, wat ná Hafeez se besoek by die lys gevoeg is. Hy klik
op elke naam en bestudeer die blad waarop 'n foto en kort geskie-
denis van die persoon verskyn, asook die rede waarom die SSA ver-
moed dat hy of sy bande met radikale groepe kan hê.

Hy verstar toe hy op Fakhira Soomrani, die dertiende naam, klik. Die vrou op die foto lyk vaagweg bekend. Hy staar daarna met sy neus amper teenaan die rekenaarskerm. Dan weet hy.

Hy pluk sy kamera uit sy tas en blaai deur die foto's wat hy by Khan se huis geneem het. "Dis sy!" roep hy triomfantelik uit.

Fakhira Soomrani is die vrou wat elke Vrydag kruideniersware by Khan se huis aflewer.

* * *

Manual Alcaso is 'n gesette man met olierige hare, klein ogies en die stel goudgeel tande van 'n kettingroker. Sy handlanger, wat as Bernie aan Claus en Ivan voorgestel word, is kort en bonkig. Sy boomstomp-arms laat selfs Ivan s'n minder indrukwekkend lyk.

Die groot meubelstoor in Milnerton is stowwerig en ruik na rottegif. Nie die soort omgewing waarin Claus graag besigheid doen nie, maar hulle was gelukkig om so gou 'n afspraak met Alcaso te kry. Dié is glo net vir twee dae in die land voordat hy weer Mosambiek toe verkas.

Bernie is die woordvoerder. Hy praat goeie Afrikaans en slaan flink oor na Portugees om Alcaso in die prentjie te hou. Ná elke sin moet Claus eers stilbly sodat Bernie kan tolk.

Claus skets sy plan breedvoerig en verduidelik hoe doeltreffend die netwerk van korrupte doeanebeamptes is wat Ivan deur die loop van jare opgebou het. Hy lê klem op die moontlikhede wat dit vir Alcaso se besigheid inhou: die beamptes se dienste word heeltemal gratis tot sy beskikking gestel, in ruil vir die verspreiding van Prins Pharmaceuticals se grys produkte.

Claus merk hoe Alcaso se klein ogies ophelder. Dís die reaksie waarop hy gehoop het. Toe hy stilbly, praat Alcaso en Bernie eers Portugees met mekaar.

Hulle klink opgewonde oor die voorstel, maar daar is 'n oomblik in hulle gesprek wat Claus koue rillings gee. Terwyl Alcaso praat, beduie hy vinnig in Claus se rigting en trek sy vinger oor sy keel met 'n tong wat uithang. Die onheilspellende grinnik op sy bakkies staan Claus glad nie aan nie.

Ná nog 'n rukkie se gebrabbel sê Bernie glimlaggend: "Ons is nou partners. Meneer Alcaso is baie opgewonde oor die vooruitsig om saam te werk. Hy het geen probleme met jou voorstel nie. Wanneer begin ons?"

Claus lag verlig. "Wonderlik! Ivan sal dadelik tot julle beskikking wees om die details uit te sort. Hoe vinniger ons aan die gang kom, hoe beter."

Bernie knik. "Ons stem saam. Meneer Alcaso soek lankal na ge-skikte uitbreidingsmoontlikhede."

Alcaso steek sy pofferhand na Claus uit en vertoon sy geel tande in 'n glimlag. "Parceiros de negócios."

"Sakevennote," vertaal Bernie.

Toe 'n houer met sigare na Claus uitgehou word, bedank hy. Hier wil hy so vinnig as moontlik wegkom. Bernie en Ivan ruil kontak-besonderhede uit en bepaal 'n datum vir hul eerste amptelike ont-moeting as vennote.

Alcaso se telefoon lui en hy pik die gehoorbuis op, praat staccato in Portugees en beduie met 'n handgebaar aan Bernie hulle kan maar gaan.

Claus en Ivan word deur die stoor na hulle motor begelei.

Toe hy die motor se deur oopmaak, draai Claus na Bernie. "Sê my . . . terwyl julle gepraat het, het jou baas sy vinger oor sy keel getrek. Waarom?"

Bernie lag verleë. "Die baas het gesê hy hoop julle netwerk is so goed soos julle belowe. Hy's 'n man wat nie van bullshitters hou nie. Hy sê altyd hy gaan sit nie vir 'n ander man se fokops in die tronk nie."

Claus voel 'n ligte rilling teen sy rug af loop. Skielik klink die tweede been van sy meesterplan nie so wonderlik nie. Maar hy weet hy het nie 'n keuse nie, hy sal dit móét deurvoer.

* * *

Nicolas Sarkozy is 'n seëlversamelaar, lees Kassie in die terugvoer op sy navorsingsvraag oor bekende filateliste. Die gewese Franse president het selfs 'n seëlversamel-herlewing in sy land aangemoedig.

Dis groot nuus vir Kassie. Maar die twee ander bekendes wat sy bron verstrek, het hy reeds in sy Feiteboek aangeteken: die tennisspeler Maria Sharapova en die Comrades-legende Bruce Fordyce. Bruce is juis een van sy Facebook-vriende op Kassie Kasselman Stamps. En sedert hy gehoor het dat Maria seëls versamel, het hy altyd in die koerant gekyk hoe sy in toernooie vaar. Hoewel hy geen belangstelling in tennis het nie, het hy nou maar eenmaal daai ingeboude lojaliteit teenoor medefilateliste. Die nuus dat sy verbode middels gebruik het en uit tennis geskors is, was vir hom 'n groot skok.

Kassie sukkel om vanaand op sy navorsingsprojek te konsentreer. Hy teken vinnig Sarkozy se naam in sy Feiteboek aan en bêre dit dan in die kluis. Sal later navorsing doen oor die omvang van die oudpresident se versameling.

Hy kan eenvoudig nie die broeiende onrus in sy gemoed afskud nie. Is dit omdat hy gefrustreerd is oor die Smuts-saak? Die paar spore wat hulle het, verdwyn in doodloopstrate. Dis net 'n kwessie van tyd voor Daniels 'n gasket blaas oor hulle gebrek aan vordering. En hy wil nie die man nóg skietgoed gee om hom verder in die grond te vertrap nie. Die rassisme-beskuldiging was vernederend genoeg.

Of is dit die verdomde oproep wat weer aan hom knaag?

Hy skud sy kop beslis. Dis nie een van dié goed wat hom vanaand onrustig stem nie.

Hy stap kombuis toe, skink 'n glas Creme Soda, sit 'n CD van Manie Bodenstein in die hoëtroustel en stel die klank hard. Steek 'n Lucky aan en gaan sit by die kombuistafeltjie terwyl hy sy voete skoffel op maat van "So ry die boere".

Dan weet hy. Dis sy ma.

Op drie-en-tagtig gedra sy haar soos 'n bleddie bakvissie! Sy en die Dorothea-vroutjie vry openlik na "Barendjie" se hand. Het sy nou heeltemal die kluts kwytgeraak? Die ou seningbiltong mag 'n gewese Springbok-atleet wees, maar hy sal hom wat verbeel dat sy ma in hom belangstel! Wat gaan sy in elk geval met die ou fossiel maak . . . as hulle die ondenkbare stap neem om te trou? Sy ou sportbeserings met Deep Heat invryf en sy medaljes brasso voordat hulle kooi toe gaan?

Net die gedagte laat stoot al 'n naarheid in Kassie se keel op.

Wanneer hy 'n tydjie kan afknyp, gaan hy alleen met ou Barend praat. Hy gaan dié lastige sakie vinnig oplos. Want hy wil nooit weer ooggetuie wees van sy ma se openlike geflikflooi nie.

Hy teug diep aan sy Lucky. Wat kan hy vir ou Barend van sy ma sê wat hom vir ewig sal afskrik?

18

Louisa staan kaal voor die bed en strek haar arms hoog bo haar kop uit. Sy weet haar borste lyk op hul beste as sy dit doen. Naas Kuyler se oë bly vasgenael op haar.

"Koffie? Of moet ek nog 'n bottel wyn oopmaak?" vra sy.

Hy lag. "Kom ons hou by koffie. Ek het my kwota alkohol vir die aand oorskry. En ek moet nog terugry huis toe."

Sy draai om en loop kombuis toe, swaai haar heupe doelbewus om sy blik op haar te hou. Die aand het presies verloop soos sy beplan het. Hulle het nooit die restaurant gehaal nie, maar was binne 'n driekwartier ná sy aankoms in haar bed.

Sy het die leiding geneem en al haar tricks op hom uitgehaal, haar enigste doelwit om hom maksimum plesier te verskaf. "Dit was seks soos ek nog nooit voorheen beleef het nie," het hy later uitasem geprewel.

Sy glimlag toe sy kookwater in die koffiebekers skink. In haar wildste drome het sy nie kon dink dat sy die rol van spioen só sou geniet nie. Dit hou ander uitdagings in as die gewone skelm verhouding, het sy besef. Net die idee is opwindender, en dit stimuleer haar ook op intellektuele vlak. Dit gaan soos 'n skaakspel wees. Sy is eintlik baie dank aan Moos verskuldig, want sy het nutteloos begin voel ná sy ophou werk het. Boonop is Kuyler 'n aantreklike man met 'n gespierde torso – dit maak haar opdrag soveel makliker.

Sy stap met die koffie slaapkamer toe. Kuyler lê nog onder die laken. Hy lyk soos 'n kind wat 'n sak vol lekkers gekry het. Sy ken daai uitdrukking, dis algemeen by getroude mans. Die welbehae om onverwags 'n gewillige seksmaat te ontmoet, is duidelik op sy gesig.

Die tyd is ryp om toe te slaan, dink sy. Die man se skanse is af en sy gemoed vol. Maar sy sal dit subtiel moet hanteer. Hom eers help om sy skuldige gewete oor sy getroude status te besweer en só die fondament lê om die vertrouenshuis te bou.

"Vertel my meer van jouself," sê sy toe sy die beker vir hom aangee. Sy gaan sit langs hom op die bed, streel liggies met haar vingerpunte oor sy bors. "Ek neem aan jy het nie 'n gelukkige huwelik nie?"

Hy knik stadig. "Ag, ek wil jou nie met my vuil wasgoed opsaal nie, maar . . . eintlik . . . verstaan my vrou my nie . . ."

Louisa probeer simpatiek lyk. Dis die oorbekende begin, die standaard-aanslag van soveel ontroue mans uit haar verlede.

* * *

Moos is vanoggend in 'n besonder goeie luim. Dis danksy die e-pos wat hy laat gisteraand van Louisa gekry het. In Caesarkode geskryf, soos hy versoek het. Sy het laat weet dat sy die eerste treë gegee het om Kuyler aan die sing te kry. En sy hoop om binne die volgende twee sessies al waardevolle inligting te hê.

Hy leun terug in sy stoel, staar met 'n glimlag na sy rekenaarskerm. As Louisa só aangaan, kan sy nog bekender word as Suid-Afrika se beroemdste vrouespioen – Olivia Forsyth, die apartheidsregering se baie suksesvolle spioen van die 1980's. Dalk wag daar selfs 'n loopbaan in die SSA op Louisa.

Dit was 'n meesterskuif om haar te betrek, dink Moos tevrede. Terwyl sy die weg voorberei vir meer inligting, kan hy sy aandag toespits op ander dinge. Sy groot deurbraak om Fakhira Soomrani te identifiseer, is 'n onteenseglike bewys dat hier 'n Islamitiese komplot aan die broei is.

Volgens die SSA se inligting het hulle nie enige feite oor ondergrondse bedrywighede deur Soomrani nie, maar haar weeklikse kontak met Khan verander dié prentjie nou drasties. Boonop het sy 'n verdagte familieverband.

Haar jonger broer, Ali, is 'n Britse burger en een van die djihadi's wat twee jaar gelede by IS in Sirië aangesluit het. In die laaste ses maande het hy een van die beweging se prominente figure geword.

Volgens CIA-verslae is hy een van net 'n paar vertrouelinge van die leier, Aboe Bakr al-Baghdadi. Dié beweer dat hy 'n regstreekse afstammeling van Mohammed is, wat sy prestige in die Islamitiese Staat aansienlik verhoog. Volgens Moos se navorsing is IS die oorkoepelende radikale liggaam wat hom beywer vir die opheffing van die grens tussen Sirië en Irak en die uitroep van 'n kalifaat in die Midde-Ooste.

Soomrani se broer het haar deur die jare gereeld in Suid-Afrika besoek, maar sedert hy hom by IS aángesluit het, het hy haar nog nie weer gesien nie. Volgens die SSA se inligting word sy nie direk met die groep verbind nie, maar haar broer se betrokkenheid kan beteken dat sy simpatie met die ekstremiste het. En danksy Moos se volgehoue speurwerk kan daar nou afgelei word dat sy ook kontak met Imran Hafeez gehad het in die tyd toe hy in die Bo-Kaap by Khan se huis was.

Môre is Vrydag, die ideale geleentheid vir Moos om Soomrani te agtervolg nadat sy by Khan was. Volgens die SSA-inligting is sy die mede-eienaar van 'n klereboetiek in Woodstock. Vir die volgende dag of twee sal hy sy aandag op haar toespits, al moet hy die boetiek 24/7 dophou.

* * *

Barend Erasmus moet in sy middeltagtigs wees, skat Kassie. Sy verrimpelde gesig is oortrek met lewervlekke, sy tande oneweredig, en bossies hare groei welig uit sy neusgate en ore. 'n Paar krummels ontbytpap kleef nog aan sy ongeskeerde ken.

Kassie sug binnetoe. Wat sy ma in dié man sien, sal die moer alleen weet.

Hier waar hulle in 'n afgesonderde hoekie van Huis Aandskemering se ruim sitkamer sit, lyk dit amper of Barend self die skuldige in die medaljediefstal is. Hy wring sy hande terwyl hy stamelend praat en ontwyk heeltyd Kassie se oë.

Toe Kassie vanoggend wakker word, het hy besef dis Donderdag –
die dag van die week wat sy ma haar hare by die Lolita-haarsalon in
Voortrekkerweg laat doen, soos elke Donderdag die afgelope twee
dekades. Hy het vir Rooi 'n SMS gestuur dat hy laat by die werk
gaan wees, ouetehuis toe gery en buite in die straat gewag totdat die
ouetehuis se bussie vertrek.

Barend se storie oor die diefstal is klaar. Kassie het fronsend ge-
luister sonder om iets wyser te word oor die saak. Maar dis immers
nie die ware rede vir sy besoek nie.

"Het oom foto's van die medaljes sodat mens dit by pandjieswin-
kels kan versprei?" vra hy pligshalwe.

Barend skud sy kop.

"Hoe lyk die goed? Goud, silwer of brons? En is daar inskripsies
op die medaljes?"

"Van . . . van alles en . . . nog wat," stamel Barend. "'n Goue
hier . . . 'n silwer daar. By . . . by verskillende byeenkomste."

"En inskripsies?"

"Hier en daar . . . Ek's ook nie meer seker nie."

"In watter nommer het oom uitgeblink?"

Barend huiwer, tuur aandagtig na sy skoene. "Ek . . . ek was 'n
middelafstandatleet."

"En by watter groot byeenkomste het oom medaljes verower?"

"Te . . . veel om op te noem . . ."

Kassie besef hy mors sy tyd. Die ou man se verstand is duidelik
nie meer baie helder nie.

"Hoe lank ken oom my ma al?"

Barend lag verleë. "Drie maande. Vandat ek hier aangeland het.
Ek was jare lank in Huis Voorspoed op Stellenbosch . . . nog saam
met my oorlede vrou."

"My ma is soms maar 'n moeilike entjie mens," sê Kassie.

Vir die eerste keer kyk Barend hom vol in die oë. "Nee wat, ons
twee kom goed oor die weg."

"Dis wat al haar vorige kêrels ook gesê het," lieg Kassie skaamteloos. "Totdat hulle met haar buie te doen gekry het." Hy leun voren-toe en fluister vertroulik: "Ek moes al mooi smeek by die matrone dat sy nie uit die ouetehuis geskors word nie."

Barend se oë rek.

"Handgemeen geraak met die manne," sê Kassie beswaard. "Tot een in die hospitaal laat beland."

Barend sluk dat sy adamsappel wip. "Ek het dít nie geweet nie."

"Hou dit maar stil, oom. Die mense hier praat ook nie daaroor nie. Te bang my ma neem wraak."

Barend knik, sy oë vol vertwyfeling.

Kassie kom orent. "Ek sal bietjie navraag doen oor medaljes by Bellville en Parow se pandjieswinkels." Hy huiwer 'n oomblik. "Oom moet maar niks vir my ma sê van ons ontmoeting nie. Dit sal haar net ontstel . . . en dalk ontgeld oom dit dan."

Toe Kassie by die ouetehuis uitloop, pak 'n skuldgevoel hom beet. Hy't nie nou reg gemaak nie. Hy wil sy ma se lewe beheer. Wie gee hom die reg om by haar vriendskappe in te meng?

"Net in hemelsnaam nie Barend nie, Ma," sug hy toe hy in die motor klim.

Maar iets aan die ou man pla hom. Sy kop was heeltyd na die kant gekeer terwyl hy gepraat het. Hy het oogkontak vermy en ook 'n geslote postuur gehad. Uit Kassie se jare lange ondervinding van ondervragings dui dit op net een van twee dinge: Barend Erasmus gaan suinig met die waarheid om óf sy geheue is daarmee heen.

Hy haal sy selfoon uit en bel vir Soois Marais, 'n oudskoolmaat van hom en perdewedrenkorrespondent by die koerant. "Soois, doen my 'n groot guns," sê hy nadat hulle gegroet het. "Vind bietjie by die sportredaksie uit of hulle iets van Barend Erasmus weet. Hy was blykbaar 'n Springbok-middelafstandatleet in die vyftigs of ses-tigs. Hulle sal tog iewers die atletiekjaarboeke hê, of 'n naamlys van Springbok-atlete."

19

"Darling, jy sal iets aan jou gewig moet doen," sê Macy toe Claus uit die stort klim.

"Jy hoef my nie elke liewe dag daaraan te herinner nie, Macy," sê hy geïrriteerd. Wanneer hy gespanne is, eet hy onophoudelik, en sy Johnnie Walker-inname is ook buitensporig hoog. Hy het die afgelope drie weke seker tien kilogram opgetel.

"Is jy op pad uit?" vra hy. "Jy weet ek kan jou nie vandag rondkarwei nie."

Die feit dat Macy nie oor 'n bestuurslisensie beskik nie, is 'n groot frustrasie vir Claus. Sy is ook nie van plan om ooit een te kry nie, omdat sy kwansuis "nervous raak agter 'n stuurwiel".

Sy rem haar minirokkie effens af. "Ivan kom my optel. Hy vat my gou Canal Walk toe."

"Jy hou vir Ivan heeltemal te veel uit die werk! Hy's besig."

Sy lag net. "Jy's mos te suinig dat ek Uber gebruik."

Hy ignoreer die verwyt, trek vinnig aan en vat sy motorsleutels.

"Onthou, my kredietkaart het ook limits," groet hy.

"Whatever," sê sy waar sy voor die spieël ronddraai en haarself van alle kante beskou.

Op pad Parow toe oordink hy weer die tweede been van sy meesterplan. Hy sug. Sy plan is maar redelik dun, dit moet hy toegee. By Waste Specialists is hy betreklik veilig; niemand sal sommer kan bewys dat hulle die medisyne wat verval het nié vernietig nie. En omdat Waste Specialists ook ander kliënte het, sal die groep Skiereilandse apteke nie soos 'n seer oog uitstaan nie.

Die stoor waar hulle die grys produkte vervaardig en verpak, is 'n ander saak. Gelukkig is Brian drie dae 'n week daar en is sy broer die stoor se toesighouer. Al gerusstelling wat Claus het, is dat Brian eerste in die firing line sal wees as wetstoepassers daar toeslaan. Dit behoort Claus genoeg tyd te gee om spore te maak.

Polkadot is die een area waar hulle ernstig blootgestel is. Hoewel die drukkery op klein skaal werk vir ander kliënte doen, beslaan die verpakkingsmateriaal vir die drukwerk van hul grys produkte meer as driekwart van die vloerruimte. Enige geregsdienaar wat daar instap, gaan snuf in die neus kry. Met net 'n bietjie speurwerk sal dit gou blyk Prins Pharmaceuticals se verpakkingsmateriaal word wederregtelik gedruk.

Toe hy die drukkery nader, besluit hy om agter die gebou stil te hou. Hy stap na die voorkant en tref Calla agteroor op sy stoel in die kantoor aan, hande agter die kop en voete op die lessenaar. Die klanke van 'n jillende popgroep dawer uit 'n draagbare radio op die vensterbank.

Calla gewaar hom en spring vervaard op, draai die radio sagter. "Dis 'n verrassing," sê hy verleë. "Ek het nie geweet meneer kom vandag hiernatoe nie."

Claus glimlag en stap nader, klop die voorman op die skouer. Hy haal 'n koevert uit sy baadjiesak en oorhandig dit aan Calla. "Sommer 'n klein bonussie omdat jy so 'n uitstekende job hier doen."

Calla is duidelik uit die veld geslaan. Hy maak die koevert oop en kyk binne-in. "Is dit . . . vir my?"

Claus knik. Hy weet Calla trek finansieel swaar; dié tienduisend rand gaan hom ywerig laat saamwerk.

Hy maak die kantoordeur toe en neem sy plek agter die lessenaar in. "Ons twee moet gesels, Calla. Vertroulik. Trouens, báie vertroulik."

* * *

Die Pion lees vandag met groot kalmte verder in die polisiehandleiding. Hy het vanoggend se meditasiesessie daaraan gewy om hom te staal vir wat kom, homself sielkundig goed voorberei. Die waarheid, gevolg deur 'n ontboeseming, behoort die ou wonde te genees, glo hy.

Nou, terwyl hy lees oor die latente fase van die reeksmoordenaar, is dit asof hy 'n buitestander is wat bloot inkyk op die lewe van 'n vreemdeling. En as hy doodeerlik moet wees, is dit presies wat hy vanaf sy sestiende jaar vir homself is.

Navorsing toon dat die meeste reeksmoordenaars tydens die latente fase nie gesosialiseer het nie. Hulle toon dus geen meegevoel met ander mense (hul slagoffers) nie. Die slagoffer word net 'n objek waarop die reeksmoordenaar sy drifte kan uitwoed. Hy oorweeg nooit die gevolge van sy dade nie.

Die reeksmoordenaar sal dikwels sê dat hy die moorde gepleeg het omdat hy sy eie moeder verwyt het, en omdat hy nie 'n verhouding met 'n vrou kon aanknoop nie . . .

Die Pion hou op lees en staar voor hom uit. Dan klap hy die lêer toe en bêre dit in die laai. Hy het nie nodig om verder te lees nie. Die vrae wat maar altyd in sy onderbewussyn was, is deur sy leeswerk van die afgelope weke beantwoord.

Die tyd het aangebreek om sy demone finaal te besweer. Die verlede roep om geboekstaaf te word. Hy haal 'n nuwe lêer uit, neem sy vulpen en skryf *Moeder* op die voorblad. Dan neem hy 'n pak A4-papier uit die laai en trek sy tikmasjien nader.

Sy gedagtes begin die verlede fynmaal. Hy lei dit met groot inspanning terug na sy eerste herinneringe aan sy moeder.

Asof dit gister was, ervaar hy weer die koestering van die kere wat sy hom in haar sagte arms toegevou en teen haar warm boesem aangedruk het. Hy ruik weer die oorsoet geur van haar parfuum. Hoor haar strelende stem wat hom gerusstel dat hy haar klein prinsie is en dat sy altyd die liefste sal bly net vir hom.

'n Glimlag plooi om sy mondhoeke. Daardie paar kleuterjare was die gelukkigste van sy lewe. Ondanks sy pa se vroeë dood wat sy ma in armoede gedompel het, het hy nooit behoeftig gevoel nie. Daar was altyd kos op die tafel, al was dit soms net 'n sny brood. Sy ma se liefde vir hom het die gebrek aan luukses onbelangrik gemaak.

Terwyl hy tik, loop die trane vrylik oor sy wange. Plek-plek verskyn kladkolle op die papier. Toe hy klaar is, lees hy dit 'n paar keer deur, knik dan tevrede.

Die nuwe opskrif wat hy tik, verg al sy wilskrag.

Dieter.

Sy hande begin bewe, só erg dat sy vingers nie die regte toetse op die tikmasjien kan vind nie. Met hortende asem staan hy van agter sy lessenaar op. Hierdie proses van ontboeseming gaan sy energie tap. Hy gaan dit nie oornag kan afhandel nie.

Teleurgesteld omdat hy sy taak laat vaar het, stap hy vinnig badkamer toe. Hy draai die badkraan oop. Dieter se smet sal eers van sy lyf gewas moet word voor hy sy herinneringe aan daardie donker tyd kan loslaat.

* * *

Fakhira Soomrani se boetiek is skuins oorkant die Old Biscuit Mill in Albertstraat, Woodstock. Moos het 'n koffiekroegie op die tweede verdieping van die sentrum se voorste gebou gekies. Van daar af het hy 'n uitstekende uitsig op die voordeur van Ladies Delight.

Soomrani het vanoggend bykans 'n halfuur by Khan se huis deurgebring – aansienlik langer as haar besoeke in die verlede. Van die Bo-Kaap af het hy haar hierheen gevolg.

Terwyl hy na die boetiek staar, is sy gedagtes by die SSA-verslae oor IS wat hy gister gelees het. Soos Richard Sorge altyd wyd navorsing gedoen het oor die vyand, het Moos besluit hy moet hom bemagtig met inligting oor die Islamitiese fundamentaliste.

Dit was nie aangename leesstof nie. IS se wrede metode om gevangenes se koppe by hul volle bewussyn af te sny, grens aan die barbaarse; dit het hom met weersin vervul. Die groep voer oorlog nie alleen om 'n Islamitiese kalifaat in Sirië, Irak en Libië te vestig nie, maar het ook ambisies om Westerse regerings omver te werp. Daarom hul aanvalle op toeriste in Tunisië, toe die menseslagting in Parys, die bomme in Brussel en Turkye, die bloedbad in Nice. Die feit dat dit maar die begin van IS se heilige oorlog ingelui het, het Moos opnuut laat besef watter belangrike taak op sy skouers rus.

As hy hom ingrawe op dié gebied, kan hy selfs 'n toppos by die SSA-hoofkantoor in Pretoria losslaan, as ondersoekhoof van Islamitiese bedreigings. Want sover hy kan agterkom, en net gegrond op die SSA-verslae, word dié ekstremiste se bedrywighede in Suid-Afrika óf geïgnoreer óf onderskat.

Dit ten spyte daarvan dat Irak se ambassadeur in die land verklaar het dat talle Suid-Afrikaners reeds vir IS gewerf is en selfs al in gevegte in Sirië gesterf het. Trouens, die SSA ontken so 'n bedreiging ten sterkste. 'n Woordvoerder van die Pretoria-kantoor het al by meer as een geleentheid gesê die SSA ontken nie die moontlikheid van sulke gebeure nie, maar tot dusver is daar géén geldige bewyse nie.

Amerika se waarskuwing dat groot openbare sentrums IS-teikens kan word, is ook afgelag. Selfs toe twee vermeende IS-ondersteuners deur die Valke in hegtenis geneem is oor beplande terreurdade by Amerikaanse ambassades in die land, het die SSA sy oë toegeknyp.

Die base gaan 'n ander deuntjie sing as hy hierdie nes oopgevlek het, sê Moos vir homself. Hy glimlag as hy dink hoe netjies hy die operasie tot dusver hanteer het, en dit manalleen. Hy sal behoorlike respek onder sy kollegas verwerf as hy hierdie raaisel suksesvol uitpluis. Ja, die horisonne van groot dinge wink vir hom.

Moos Uys se naam sal in die spioenasie-annale verewig word. Voor sy geestesoog sien hy al die hoofopskrifte van die land se belangrikste dagblaaie: *SA spioen ontbloot radikale komplot* en *Agent slaan (U)yslike slag vir die Weste.*

Die kelner bring Moos se vierde koppie koffie van die dag. Hy neem 'n slukkie en rig sy blik weer stip op die boetiek se voordeur. Hy verstar . . . en verstik. Só erg dat die kelner inderhaas die Heimlich-maneuver op hom moet uitvoer.

Ondanks sy asemnood en die onaangename ondervinding om 'n vreemdeling se arms om sy lyf geknoop te hê, fokus Moos se oë soos laserstrale op die voordeur. Want deur sy gewasemde brilglase sien hy hoe Naas Kuyler by Fakhira Soomrani se boetiek instap.

20

Met groot inspanning slaan Kassie die voorbladberig oor in van-
oggend se koerant: *Skurke het polisie gekaap – erge wandade deur be-
amptes net 'oortjies van seekoei'.*

Hy't nie nodig om sy negatiewe ingesteldheid teenoor sy werk-
gewer verder te voed nie. Maar Rooi spaar hom dit nie.

"Het jy gesien, Kassie? Wat sê jy van daai klomp poeliesmanne
in Gauteng wat saamwerk met die kapers? Scary, nè? Hulle sê die
sindikate het die polisie geïnfiltreer en . . ."

Kassie hou sy hand omhoog. "Kom ons los die fokken koerant-
stories en fokus eerder op die Smuts-saak. Daniels gaan ons binne-
kort inroep om te hoor hoe ver ons is. En jy weet hoe hy tekere kan
gaan as 'n ondersoek nie vorder nie."

Rooi sug. "Bliksis, en ons het nog net mooi minder as boggherol."

"Presies. Dalk moet jy Smuts se suster weer bel. Hoor by haar
of daar enigiets anders van belang opgeduik het in Smuts se goed,
in sy kamer of tussen sy klere. Vra sy moet vir jou 'n lys gee van
alles, al lyk dit vir haar hoe onbelangrik. Ek sal solank weer deur
die outopsieverslag lees en kyk of ons nie dalk iets gemis het nie."

Kassie trek dokter Momberg se verslag nader, maar vind dit moei-
lik om op die ingewikkelde mediese taal te konsentreer. Sy gedagtes
bly vassteek by sy ma en Barend Erasmus. Hy voel so skuldig soos
die hel. Dalk is dit juis wat sy ma in haar lewe nodig het – 'n siels-
genoot wat haar laaste jare vervullend en gelukkig kan maak? Wie
is hy om te besluit mense in hul tagtigs mag nie verlief raak nie? En
nou't hy Barend afgeskrik met blatante liegstories oor sy ma.

Dié saak sal hy moet regstel, dink hy. Hy weet nog net nie hoe
nie.

Hy lees die outopsieverslag weer met groot aandag. Soek na iets
wat hulle behoort te bevraagteken . . . maar kry niks. Momberg
se finale bevinding is dat Smuts nie selfmoord gepleeg het nie, met

genoeg redes om dit te staaf. Daar is egter niks op die liggaam aangetref wat enige leidrade oor die moordenaar verskaf nie.

Die nylontou waarmee Smuts opgehang is, het hulle ook nie nader aan die moordenaar gebring nie. Dis algemeen verkrygbaar by hardewarewinkels in die Kaap. Nadat hulle Da Silva weer, onder groot protes, na die moordhuis gestuur het, is daar steeds geen vreemde vingerafdrukke, hare, voetspore of enigiets anders gevind nie.

Die skaakstuk is wel uniek, maar Rooi se navrae by 'n versamelaar van skaakstelle het nie veel opgelewer nie, behalwe dat dit moontlik van Europese oorsprong is. Volgens die kenner is dit soortgelyk aan die delikate kerfwerk van houtskaakstelle uit Europa in die vroeë twintigste eeu.

Kassie kyk op toe Rooi langs hom kom staan.

"Daar's niks van belang tussen Smuts se goed nie." Rooi beduie na sy aantekeninge. "Buiten sy klere en toiletware was daar 'n paar kwitansies van goed wat hy gekoop het by 'n kafee en supermark in die omgewing. Ook twee petrolslippies wat hy gehou het om van die Ontvanger te eis. Dan is daar 'n paar brosjures oor gastehuise in die Kaap. Sy suster dink hy wou by een gaan bly sodra hulle terug was van Hermanus. Hy't maar verkies om in afsondering te werk. En dis al, geen papiertjies met selfoonnommers of so iets nie."

"Shit," brom Kassie. "As ons net sy verdomde selfoonrekords in die hande kan kry. Het jy al weer by Magrieta gaan vra?"

Rooi knik. "Sy sê die verskaffer probeer hard om die fokop uit te sorteer, maar hulle't nog geen nuus nie."

"Ons sal 'n plan van aksie moet uitwerk oor hoe ons die saak vorentoe gaan tackle. Daniels kak in sy broek as ons sonder sinvolle voorstelle by hom aankom."

"Dit weet ek maar té goed. Maar waar begin ons?"

Kassie se selfoon begin lui. Dis Soois Marais, die perdewedrenkorrespondent.

"Nee, ou Kassie," sê Soois, "ons atletiekjoernalis hier by die koerant kry g'n Springbok-atleet, or for that matter eens 'n provinsiale

atleet, met die naam Barend Erasmus nie. En hy't nogal moeite ge-
doen, tot met die SA Atletiekunie se amptelike historikus gepraat.
Erasmus was dalk in sy drome 'n Springbok-atleet, maar nooit op 'n
tartan- of asbaan of enige ander oppervlak nie."

* * *

Louisa streel met haar vingers deur Naas Kuyler se hare, sy bors nog
deinend ná hul aksievolle samesyn. Hy lê met toe oë en 'n salige
uitdrukking op die naat van sy rug, sy een hand steeds woelig oor
haar natgeswete lyf.

Sedert hulle nou die aand in die bed gespring het, het Kuyler nog
elke dag daarna onverwags gedurende werktyd by haar woonstel
aangekom. "Sommer omdat ek verlang na jou . . . en om jou 'n
bietjie beter te leer ken."

Van laasgenoemde het niks gekom nie. Hulle was elke keer blits-
vinnig in mekaar se arms en binne enkele minute sonder klere op
pad slaapkamer toe. Dan het sy haar goed geskoolde bedgimnastiek
ingespan om hom "ervarings te gee waarvan enige man net kan
droom" (sy woorde).

Die vorige twee keer het hy wel ná hul hygsessie sy hart teenoor
haar oopgemaak oor sy "bitter ongelukkige huwelik". Trouens,
Louisa is al so verveeld met sy jammergatstories oor vroutjie
Leandri dat sy hom onder ander omstandighede onder sy gat sou
skop.

In die verlede sou sy haar nooit dag ná dag blootgestel het aan 'n
ontroue man se praatjies nie. Daarvoor is die lewe net te kort. Sy't
buitendien in 'n tydskrif gelees driekwart van dié stories is gewoon-
lik pure versinsel. Die onversadigbare drang na skelm seks ejakuleer
soms verregaande verhale uit 'n getroude man se mond, is hoe die
artikelskrywer dit gestel het.

Louisa is nou hartlik sat vir die Leandri-onderwerp. Daarom be-
sluit sy om vandag nader aan haar teiken te skiet. Dis tyd om die

visier te rig op Kadinsky Dynamics, wat hy gelukkig tydens hul eerste ontmoeting as sy werkgewer genoem het.

Sy lê stywer teen hom aan. "Jy moet seker uit die aard van jou werk baie belangrike en beroemde mense ontmoet?"

"Nie regtig nie," sê hy, sy oë steeds toe terwyl hy haar linkertepel tussen sy vingers rol. "Ons werk hoofsaaklik met weermaglede, en nou en dan 'n hoë staatsamptenaar."

Sy probeer verbaas klink. "O, ek het gedink mense by 'n plek soos Kadinsky is heeltyd hand om die blaas met die president! Of dat julle darem minstens gereeld by kabinetsvergaderings is om julle nuutste wapens te bemark."

Hy lag, masseer nou haar bors met oorgawe. "Dit werk nie heeltemal só nie." Hy aarsel 'n oomblik. "Ek was wel 'n rukkie terug by die adjunkminister van verdediging, maar hy's nie regtig bekend of beroemd nie. Ek wed jou jy ken nie eers sy naam nie."

Sy giggel. "Nee, jy vra my vas met daai een."

Hy gryp haar skielik vas en fluister in haar oor: "Vir jou straf omdat jy nie eers ons land se ministers ken nie, word jy nou deur die landdros tot harde arbeid gevonnis."

En sy sien skrams hoe die landdros uit sy op-die-plek-rus-posisie op aandag kom.

* * *

Dis middernag. 'n Doodse stilte hang oor Milnerton se nywerheidsgebied.

Hulle werk vinnig en geruisloos. Ivan laai die medisyne uit Prins Pharmaceuticals se vragmotor en Bernie en sy span doen die verpakking in Alcaso se stoor. Die medisyne word in selfvervaardigde houers gesit en toegedraai in koerantpapier. Dan word dit in stowe, yskaste, mikrogolfoonde, lessenaars en hangkaste weggesteek tussen hope houtsaagsels.

Claus is beïndruk met Bernie se span. Dit lyk of hulle goed georganiseer is. Met Ivan se geskrewe instruksies in die hand word elke toestel of meubelstuk met 'n groot plakker gemerk wat die bestemming aandui: Zimbabwe, Botswana, Angola, Ekwatoriaal-Guinee, Gaboen.

Claus moet ook sy hoed afhaal vir Ivan, wat die afgelope twaalf uur onverpoos op die foon was en sy span doeanebeamptes oor Afrika heen gespeech het oor die nuwe verspreidingskontrakteur. Verder het hy die span muile ingelig oor die nuutste verwikkeling en die nuwe medisyne-optelpunte bevestig. Op pad hierheen het Ivan hom verseker als sal seepglad verloop – Bernie het gesê die vragmotors met die medisyne gaan vannag nog op hul roetes vertrek.

Claus vee die sweet van sy voorkop af, neem 'n lang trek aan sy sigaret en verstel sy serp. Nou moet Calla net sy taak by Polkadot afhandel.

Dan kan hy begin ontspan.

21

Kolonel Daniels het 'n gewoonte om sy speurders 'n vuil kyk te gee wanneer hy ontevrede is met hulle. Dit lyk dan behoorlik of hy iets slegs ruik. Da Silva noem dit sy honnestront-look. "Dis mos hoe 'n man sy neus trek as hy in 'n bol honnestront trap."

En dis presies dié kyk wat Kassie en Rooi nou kry nadat hulle die besonderhede van die Smuts-moordsaak aan die kolonel uitgestippel het.

"So julle het nog presies géén vordering gemaak nie?" sê Daniels, sy vingers trommelend op die lessenaar.

"Ons het elke liewe leidraad opgevolg," antwoord Kassie. "En uit ons gesprekke met Emile de Villiers en dokter Stew weet ons darem nou waaroor Smuts se ondersoek gegaan het."

"En julle dink die medisyne-Mafia het hom afgestamp omdat hy hulle bedrywighede sou ontbloot?"

Kassie knik.

Daniels leun vorentoe in sy stoel. "Nou waar pas die skaakstuk in hierdie afleiding? Lyk eerder soos 'n moordenaar wat 'n spesifieke statement wou maak as een wat net Smuts se bek wou stil kry."

Kassie haal sy skouers op. "Ons is nie seker die skaakstuk hou verband met die moordenaar nie. Smuts kon dit iewers opgetel en in sy hempsak gesit het. Wat ons wel dronkslaan, is dat dit lyk asof Smuts vrywillig op die stoel geklim het voor hy opgehang is. Al was sy hande vasgebind, sou hy tog seker teenstand gebied het. En moontlik die belangrikste: Smuts is oënskynlik nie opgehang om te probeer verdoesel dat dit moord was nie. Die moordenaar het immers sy rekenaar, notas, selfoon en stemopnemer uit die huis verwyder . . . en niks anders nie."

"En hy't Smuts se gewrigte so styf met daai kabelbinders vasgebind dat hy moes gesien het dit los skaafmerke," sê Rooi.

"Hmm, ja . . . dis donners vreemd," gee Daniels peinsend toe.

"Die feit dat Smuts se selfoonrekords uitgewis is, sê vir ons die moordenaar is deel van 'n span wat groot moeite doen om sy spore dood te vee," voeg Kassie by. "Iemand het selfs by Smuts se woonstel in Sandton ingebreek om seker te maak daar lê nie leidrade oor sy ondersoek rond nie."

"Klink of julle redelik seker is die medisyne-Mafia sit agter die ding?"

"Honderd persent."

Daniels trek sy neus 'n aks hoër op. "En nou?"

"Hoe . . . hoe bedoel kolonel?" vra Kassie.

"Gaan julle nou net sit en wag op beter dae? Hoop daar val een of ander tyd 'n fokken leidraad uit die lug?"

Kassie het geweet dit gaan kom, daarom het hy 'n antwoord gereed.

"Nee, ons wou juis by kolonel hoor of ons Interpol kan skakel."

"Om wat nogal te doen?"

"Interpol ondersoek gereeld onwettige sindikaatbedrywighede in Afrika, veral as die sindikate oor landsgrense heen opereer. Navrae by hulle kan ons dalk op iemand se spoor sit. Dalk weet hulle van 'n Suid-Afrikaanse konneksie in die medisynesmokkelbedryf."

Daniels knik, maar lyk nie oortuig nie. "Die kanse is maar donners gering. Julle sal wragtig harder moet dink oor waar 'n mens kan begin soek." Hy kyk op sy horlosie. "Ek het nou 'n vergadering, maar hou my ingelig oor julle vordering."

Rooi blaas hard deur sy neus toe hulle uitstap. "Bliksis, wáár wil hy hê moet ons begin soek?" fluister hy.

"Die moer alleen weet," sug Kassie. "Gaan vind jy solank by Cliffie uit met wie by Interpol hy oor daai dwelmsaak gepraat het. Dis dalk die regte ouens om mee te gesels."

Hyself het nou eers iets anders waaraan hy móét aandag gee.

In belang van sy ma.

* * *

Die gode glimlag breed vir hom, dink Moos.

Louisa se nuus dat Kuyler kontak met die adjunkminister van verdediging gehad het, maak hom baie opgewonde. En Kuyler se besoek aan Soomrani se boetiek bevestig dat hulle ook onderling konkel.

Daarom het Moos besluit om nie vandag die boetiek dop te hou nie, maar eerder sy tyd produktief aan te wend hier by die SSA-kantoor.

Hy stap na Michelle Februarie se kantoor. Sy frons toe hy sy versoek rig.

"Ja, ek het 'n kontakman by die parlement, maar besef jy die parlement was in reses toe jy Kuyler daar gesien het?"

Dié inligting vang Moos 'n oomblik onkant, maar hy herstel gou, soos dit 'n vlymskerp spioen betaam.

"Wel, as die adjunkminister ook daardie dag in die parlement was, weet ons ten minste Kuyler het met hóm en niemand anders gesels nie, aangesien die res nie daar was nie."

Sy knik. "Reg, ek sal by my kontak uitvind."

"Dankie, Michelle."

Hy wil omdraai en uitstap, maar sy wink hom nader, sê met 'n fluisterstem: "Dink jy nie jy moet Max maar inlig oor waarmee jy besig is nie? Jy operate nou 'n bietjie op jou eie. Die SSA like dit nie altyd nie. Vra my, ek's 'n ou hand hier."

Hy lag. "Klaus Fuchs, die grootste atoomspioen in die geskiedenis, het altyd gesê: 'Voltooi eers die kringloop voordat jy optree.' Ek wil net eers die kringloop voltooi voor ek almal in hierdie plek opgewonde maak."

"Nou goed, dan doen ons dit maar op jou en Klaus Fuchs se manier."

Moos stap met 'n glimlag terug na sy kantoor. Michelle is ook al veels te lank hier. Sy dink nie verder as wat die reëls voorskryf nie. Hy gaan net 'n bespotting van homself maak as hy nie doodseker van al sy feite is nie.

Hy trek die hoop dokumente nader wat hy uitgedruk het. Kan nie kwaad doen om hom verder op hoogte te bring van IS se doen en late nie.

Ná net tien minute kyk hy verbaas op toe Michelle by sy kantoor instorm.

"Ek het nou net met my kontak gepraat," sê sy uitasem. "Hy't tjop-tjop kon uitvind dat die adjunkminister daardie dag spesiaal ingekom het kantoor toe . . ." Sy glimlag breed. "Omdat hy 'n afspraak gehad het met ene meneer Naas Kuyler van Kadinsky Dynamics."

"Die kringloop is voltooi," prewel Moos saggies, maar tog nie sonder emosie nie.

* * *

Die Pion stap met lang, haastige treë terug huis toe. By die koffiekroeg was daar geen boodskap vir Dennis nie. Ook geen opdrag in gister se koerant nie.

Hy is verlig daaroor, want dis tyd dat hy verder aan sy Moederlêer werk. Dit was die afgelope dae asof 'n onsigbare hand hom van sy studeerkamer weggekeer het. Maar hy het vanoggend 'n goeie meditasiesessie beleef, en dit stem hom positief. Ná die sessie het hy geweet hy kán dit doen . . . en móét dit doen.

By die huis aangekom, ignoreer hy Buskruit se attensies en stap doelgerig studeerkamer toe. Hy haal die lêer uit, trek die Olympia nader en rol 'n vel papier in die tikmasjien.

Waar het hy laas opgehou?

Dieter.

Ondanks sy voorneme om deur te druk, kners hy só hard op sy tande dat sy stopsels pyn. Dis bitter moeilik om sy gedagtes te lei na daardie aand – die eerste donker aand in sy lewe. Hy sluit sy oë sodat hy sy moeder se foto op die boekrakkie nie moet sien nie. Dit kan sy gedagtes vooruit laat hardloop.

Dit was kort ná sy vyfde verjaardag. Sy moeder het daardie aand vroeër as gewoonlik van die werk af gekom. Sy het sakke en sakke kruideniersware ingedra.

"Vanaand gaan ons baie lekker eet," het sy gegroet. "En ons het 'n gas vir ete, 'n oom wat saam met my werk. Daarom wil ek hê jy moet jou netjiese Sondagklere gaan aantrek."

Hy het sy beste klere aangetrek en Dieter later met 'n "Hallo, oom" gegroet. Die lang, seningrige man met die bos rooi krulhare en hangsnor het gelag en gesê hy moet hom sommer Dieter noem.

Die Pion het van die vriendelike man gehou. En hy het sy moeder nog nooit so mooi sien lyk nie. Sy het haar blou Sondagrok aangehad, en haar gesig was 'n prentjie wat hom vandag nog bybly. Blinkrooi lippe, blosende wange, haar pikswart hare opgebind sodat die edelsteentjies van die hangertjie om haar nek soos Kersliggies geskitter het. En sy moes nuwe parfuum gekoop het, want hy het dit nog nie voorheen aan haar geruik nie.

Hy was aanvanklik ingenome met die verloop van die aand. Die kos was selfs lekkerder as met sy verjaardag. Dieter het baie aandag aan hom gegee en hom uitgevra oor allerlei dinge. Ook vertel dat hy 'n dogtertjie het wat nou net ses geword het.

Sy moeder het omtrent met hom gespog, vir Dieter vertel dat hy al tot by honderd kan tel en die ABC kan opsê sonder om vas te haak. Hy was regtig bly dat sy die gawe oom genooi het.

En toe . . .

Meteens begin rittel die Pion se liggaam, en sy hande bewe so erg dat hy die tikmasjien rondstamp.

Ná ete het hulle nog aan tafel bly sit. Hy het ongemaklik begin voel omdat Moeder en Dieter so lank in mekaar se oë kyk sonder om 'n woord te sê. Hy het sommer met die ABC losgetrek, maar dit was asof hy nie daar was nie. Nie een het eers in sy rigting gekyk nie.

Toe hy by R kom, het Dieter sy hand op Moeder s'n gesit, vorentoe geleun en haar op die lippe gesoen. En vir die eerste keer het hy benoud geraak oor die vreemde man in hulle huis.

Hy is vroeg bed toe gestuur. Het lank rusteloos rondgerol voordat hy ingesluimer het. Baie later het hy wakker geskrik en na Moeder se kamer geloop om soos gewoonlik agter haar rug in te klim. Maar haar kamerdeur was gesluit.

Met sy oor teen die deur kon hy Dieter se stem hoor. Ook Moeder se laggie.

Dieselfde laggie wat sy altyd gegee het wanneer sy hóm in haar arms toevou.

22

Kassie skakel Huis Aandskemering se algemene nommer, maar word ingelig die matrone sal vir die volgende halfuur nie beskikbaar wees nie.

Gefrustreerd gryp hy die telefoonboek en soek die nommer van Huis Voorspoed op Stellenbosch, die tehuis waar Barend Erasmus voorheen gebly het.

'n Mevrou Viviers antwoord.

Kassie stel homself voor en vertel kortliks dat hy 'n diefstalklag van Barend Erasmus se atletiekmedaljes ondersoek. Dit het egter nou aan die lig gekom Erasmus was nooit 'n Springbok-atleet soos hy hom voorgedoen het nie.

Mevrou Viviers se reaksie verras hom. Sy skaterlag.

"Ag nee, kaptein, moenie vir my sê oom Barend het wragtie al weer sy streke begin uithaal nie!"

"Hoe so, mevrou?"

Sy giggel. "Ek kan 'n boek oor oom Barend se stories skryf. Hier by ons was hy kwansuis ook 'n Springbok-atleet. Maar hy was óók 'n ambassadeur in Londen, 'n huursoldaat in die Kongo, 'n vegvlieënier in Viëtnam en 'n akteur in Hollywood."

Sy huiwer 'n oomblik. "Dis eintlik 'n tragiese storie. Oom Barend is 'n kompulsiewe leuenaar. Sy oorlede vrou het altyd gesê: 'He craves attention and the thrill of getting away with it.' Hier by ons was sy medaljes ook kamtig gesteel, maar toe ontdek ons dit in sy klerelaai, weggesteek onder sy onderbroeke."

"So hy hét medaljes?"

"Ja, 'n hoop van hulle, maar dis die waardelose soort wat jy by pretdrawwe kry. Hy het vroeër aktief daaraan deelgeneem. Afgesien van die leuens is hy eintlik 'n skadelose ou siel."

Kassie bedank haar en lui af. Dalk skadeloos, maar beslis nie 'n ou siel wat in sy ma se bed gaan opeindig nie, dink hy.

Hy stap na die vierkant toe en rook vinnig 'n Lucky. Terug in die kantoor bel hy weer die matrone by Huis Aandskemering. Dié keer is sy beskikbaar.

Sy luister in stilte na sy storie. Dan: "Jinne, kaptein, en ons het hom nogal so jammer gekry omdat hy sy waardevolle medaljes kwyt is! Moet ek die polisie hier in Bellville wat die saak ondersoek, inlig dat dit net 'n leuen was en dat hulle die dossier maar kan sluit?"

Sy eerste instink is om "ja" te sê, maar hy bedink hom. Die arme ou man verdien dít darem nie.

"Nee wat, matrone, sê maar net julle het die medaljes iewers gekry waar oom Barend dit per abuis verlê het. Anders kan hy aangekla word van regsverydeling. En gaan soek in sy klerekas wanneer hy nie in sy kamer is nie. Ek's seker julle sal sy medaljes daar kry."

Toe hy aflui, staan Rooi langs sy lessenaar. Dié lyk ook asof sy medaljes gesteel is.

"Ek het met 'n ou van Interpol gepraat," sê Rooi. "Ongeskikte bliksem. Hy sê hulle ondersoek deurentyd die verspreiding van onwettige medisyne in Afrika en hy kan my verseker die sindikaatbase is almal van China of Indië. En weet jy wat sê die donner toe?"

Kassie skud sy kop.

"Ons moet hom nie in die toekoms met sulke stront pla nie, want hy's 'n besige man!"

* * *

Calla Verhoef is al ses jaar lank Polkadot se drukkerybestuurder, maar hy't nog nooit voorheen soveel tyd in die kantoor moes deurbring nie. Twee skofte van dertien uur elk die afgelope paar dae. Hy moes eers al die inskrywings op die rekenaar verander, toe nuwe fakture uitskryf en liasseer, vals gedateer tot so ver terug as toe hy hier begin werk het.

Hy weet wat hy doen, is verkeerd. Baie verkeerd. En dit maak hom uiters senuweeagtig.

Hy het sy lewe lank 'n reguit pad geloop. Met 'n vrou en vier kinders het hy immers 'n groot verantwoordelikheid as broodwinner. Die skuif hierheen was vir hom 'n uitkoms, 'n reuse-sprong in salaris van die koerantdrukkery waar hy eers gewerk het. Maar sy inkomste by Polkadot het nie tred gehou met inflasie nie. Tog het hy vasgebyt hier, want hy hou daarvan om die baas te wees.

Nou is hy skielik onseker oor sy toekoms. Meneer Prins se opdrag skree skelmstreke. As dit nie was vir die tienduisend rand in die koevert nie, sou hy geweier het om so iets te doen. Maar hy het die bleddie geld nodig.

Hy sug en versnipper die laaste ou fakture in die nuwe masjien wat spesiaal vir dié doel hier afgelewer is.

Wat hom ook hinder, is dat hy nie 'n woord oor die nuwe papierwerk mag rep teenoor meneer Beukes of Ivan nie. Boonop het hy die gevoel gekry meneer Prins verwag navrae, dalk selfs van die polisie, oor die drukwerk van die medisyneverpakkings. Daarom moet hý nou die gereg 'n rat voor die oë draai met vals fakture.

Meneer Prins se laaste woorde was: "Calla, die belangrikste is egter dat jy my dadelik bel die oomblik as iemand hier opdaag om te snuffel – énige iemand. En as jy gevra word wie die eienaar van Polkadot is, sê jy dis Ivan." Toe het hy 'n selfoonnommer verstrek wat glo sy hotline is.

'n Rilling trek langs Calla se ruggraat af. Hy's skytbang vir Ivan. Daai groot Rus is 'n evil bliksem.

Hy was by toe Ivan eendag 'n tegnikus wat kak drooggemaak het met die kop in die gesig stamp. Die arme man se neus was verbrysel. Hulle het hom hier uit gevat, kwansuis hospitaal toe, maar hy het nooit weer van die ou gehoor nie.

'n Maand later het hy hom simpel geskrik toe hy in die koerant sien die man word vermis en die polisie soek na hom. Die Rus het hóm toe beveel om die polisie te bel en te sê die man het by Polkadot gewerk, maar hy het weke gelede al gedros.

Calla skud sy kop. Dit bly vir hom verstommend dat 'n skurk soos

Ivan 'n bestuursposisie by 'n gesiene maatskappy soos Prins Phar-maceuticals beklee.

Hy sug diep. En nou hierdie onderduimse storie met die faktu-re . . . Niks daarvan maak vir hom sin nie. Al wat hy weet, is dat hy medepligtig gaan wees as die ding onder die polisie se aandag moet kom.

★ ★ ★

Claus hou Macy dop waar sy haarself voor die spieël bewonder. Sy staan net in haar pantie en beskou haar volmaakte borste goedkeu-rend vanuit alle hoeke terwyl sy verskillende posisies inneem.

Skielik pak die lus hom beet om daai ferm borste in sy hande te neem en te voel hoe die tepels in sy handpalms groei.

"Macy, kom lê bietjie hier by my," sê hy terwyl hy die laken weg-trek. "Jakobregop wag vir jou."

"Dis daai tyd van die maand, darling," sê sy sonder om haar oë van haar spieëlbeeld af te haal. "Nie vanaand nie."

"Onmoontlik! Twee weke terug was dit ook kwansuis daai tyd."

"Whatever."

Hy vererg hom bloedig en sit dadelik regop. "Hou op met jou gefokken whatever! Kom lê nóú hier!"

Sy kyk ergerlik na hom. "Ek het gesê nié vanaand nie, darling."

Sy raap haar kamerjas van die stoel op, trek dit aan en stap deur toe. Sê oor haar skouer: "Ek gaan in die pienk kamer slaap. Vandat jy jou so oorvreet, snork jy dat mens nie 'n oog kan toemaak nie."

Hy staar haar geskok agterna. Hy kan nie onthou dat sy al ooit in 'n ander kamer oornag het nie.

Vroumense! Hy sug moedeloos. Dalk is dit tog daai tyd van die maand. Dan is sy altyd maar 'n moeilike ene.

Hy kan skaars onthou wanneer hulle laas seks gehad het. Nie dat hy die afgelope tyd eintlik in die mood was daarvoor nie. Maar nou-dat hy meer ontspanne is, begin sy natuurlike drange terugkeer.

Dalk moet hy haar net 'n slag verras met 'n groot geskenk. Niks wat haar bene so vinnig oopmaak soos 'n mooi diamanthalssnoer nie.

Hy steek 'n sigaret aan, staan steunend op en stap na sy klerekas waar hy sy pak ou *Playboys* wegsteek vir tye soos dié.

23

Vanoggend is Moos al vroeg op pad na die Mediclinic Panorama. Hy sal eers sy baas moet inlig oor sy ondersoek. En hy moet aanbe-velings kry oor hoe hy die situasie vorentoe moet hanteer.

By die ontvangstoonbank word hy ingelig meneer Ashwin is nog in die waakeenheid. Buiten sy vrou mag hy geen besoekers ontvang nie.

"Dan móét ek met die superintendent praat," sê Moos. "Dis in landsbelang dat ek net vyf minute by meneer Ashwin vertoef."

Die ontvangsdame bel.

'n Rukkie later kom 'n bejaarde dokter fronsend aangestap.

Moos haal sy SSA-identifikasiekaart uit, iets wat 'n agent nie eint-lik veronderstel is om te doen nie. "Dringende veiligheidsake," sê hy en wys dit vir die dokter.

Die ouerige man weifel. "Wel, meneer Ashwin is nog baie swak ná sy beroerte. Hy kan nie regtig besoekers . . ."

"Net vyf minute," dring Moos aan.

Die dokter kyk onseker na hom, knik dan sy kop onwillig. Hy wink 'n verpleegster nader en gee opdrag dat sy Moos na die sorg-eenheid vergesel.

"Net vyf minute!" roep hy agterna.

Moos skrik toe hy sy baas sien. Meneer Ashwin is bleekwit soos die kussing waarop sy kop rus. Dun kwylstrepies loop by sy mond-hoeke uit en sy benerige hande bewe onophoudelik. Maar hy's by sy positiewe en herken Moos, glimlag selfs moedig.

Moos leun oor die bed en gee met 'n fluisterstem 'n kort opsom-ming van sy deurbrake.

"Moet ek Max nou inlig?" vra hy.

Meneer Ashwin skud sy kop stadig. "Ko . . . kode vyf. Maak . . . maak 'n kode vyf-oproep na Ab . . . Abdul Koopman by hoofkan-toor," sê hy skaars hoorbaar.

Op pad terug na sy motor kan Moos beswaarlik sy opgewondenheid beteuel. Doktor Abdul Koopman is die SSA-direkteur se regterhand, en volgens kantoorgerugte is hy die ou wat eintlik maar die kitaar slaan. 'n Kode vyf-oproep beteken Moos se saak moet dringende aandag by die base in Pretoria geniet. Dit moet as 'n topprioriteit hanteer word!

Moos glimlag ingenome. Hy speel nou in die big league. Senior veldagente word nie eers toegelaat om kode vyf-oproepe te maak nie. Dit word uitsluitlik gereserveer vir mense op meneer Ashwin se posvlak.

Toe hy by sy kantoor instap, trek hy die deur agter hom toe. Hy skakel dadelik hoofkantoor se nommer en vra om met doktor Koopman te praat. Dié oproep gaan sy loopbaan in 'n nuwe baan lanseer, daarvan is hy seker.

"In verband waarmee is dit?" vra die operateur.

"Kode vyf."

Moos word dadelik deurgeskakel.

"'n Kode vyf?" vra Koopman verbaas. "Hoekom bel 'n junior veldagentjie my oor 'n kode vyf?"

"Meneer Ashwin het my opdrag gegee."

"Ek dog hy lê in die hospitaal?"

"Hy's nog daar, doktor, maar hy't gesê ek moet u bel."

"Reg, as Ashwin dink dis 'n kode vyf-aangeleentheid, sien ek jou môre in die Kaap."

"Wil . . . u nie eers 'n kort . . . opsomming van . . ."

"Ons bespreek nie kode vyf-sake oor die telefoon nie," sê Koopman, hoorbaar geïrriteerd. "Jy't duidelik nog donners baie om te leer, Uys. En reël dat Max Tsotsobe insit by ons gesprek."

* * *

Die Pion lees aandagtig deur die stuk wat hy gister geskryf het oor hoe Dieter sy lewe beïnvloed . . . nee, eerder verwoes het.

122

Die onsekerheid wat hom beetgepak het toe Dieter en sy dogter by hulle in die huis kom intrek, het hom van binne af opgevreet. Die liefdesborrel waarin hy grootgeword het, het skouspelagtig gebars. Dieter was nou elke nag in sy moeder se bed.

En die Pion moes sy kamer met Mavis deel.

"Ons is nou 'n gesinnetjie," het Moeder gepaai. "Jy't binne 'n japtrap 'n pappie en 'n sussie ryker geword. Is dit nie wonderlik nie!"

Dit was allesbehalwe wonderlik. Hy wou nie 'n pa of suster hê nie. Moeder was oorgenoeg vir hom.

Nou het sy haar liefde vir hom met Dieter en Mavis gedeel. Hulle alleentyd van vroeër is verdring deur dié twee se gedurige teenwoordigheid in die huis. Hy was nie meer haar prinsie wat sy liewer as enigiets anders onder die son gehad het nie.

Mavis was nie 'n probleem nie. Sy was skaam en teruggetrokke en het gedurig weggeskram van Moeder se liefkosings. Dit het die Pion se goedkeuring weggedra.

Maar Dieter se openlike vryery met Moeder het die Pion teen die mure uit gedryf. Die jaloesie het soos 'n kanker aan hom gevreet, veral nadat Mavis hom vertel het wat mans en vroue nou eintlik doen wanneer hulle alleen in die bed is. Hy was met afgryse vervul by die gedagte dat Moeder iets so vulgêr sou toelaat.

Daarby het hy Dieter gevrees, want hy kon aanvoel die ouer man is jaloers op hom ook, en op die aandag wat sy moeder aan hom gee. Dieter wou sy moeder net vir homself hê, dit was duidelik.

Op skool het die Pion nie vriende gemaak nie. Hy't nooit gedurende pouse saam met die ander kinders gespeel nie. Net broeiend en alleen op 'n stil plek gesit, sy gedagtes nooit ver weg van Dieter en Moeder nie.

Sy skoolwerk het later daaronder gely. Hy moes standerd drie herhaal, tot sy moeder se groot ontsteltenis. Haar seun wat as vyfjarige mense met sy slimheid verstom het, was nou die agteros in sy klas.

Boonop het Mavis goed presteer. Die Pion het haar nie daaroor verkwalik nie, maar Dieter se voortdurende gespog met sy dogter se "uitsonderlike intelligensie" het vir hom soos dolksteke gevoel.

Hy het Dieter al meer gehaat. En hy weet die gevoel was weder-syds, hy kon dit in Dieter se blik sien. Wanneer sy moeder nie in die omgewing was nie, was Dieter kortaf en stug met hom. Een keer het hy hom selfs toegesnou dat hy 'n kind met "duiwelse oë" is.

Die Pion het in die diepste van depressies verval. Hy het gereeld stokkies gedraai en heeldag doelloos rondgeloop tussen die kliprante langs hul huis. Saans was hy vroeg in die bed. Hy het ure lank net na die plafon gestaar, totdat Mavis die lig afgesit het. Sy lus vir die lewe was geblus.

Op dertien het hy besluit om 'n einde aan alles te maak. Hy sou homself ophang aan een van die takke van die wilgerboom agter Moeder se kamer.

Hy het daardie aand laat uit die huis gesluip. Die tou was klaar om sy nek en hy was besig om op die asdrom te klim sodat hy die ander punt van die tou aan 'n oorhangende tak kon vasknoop, toe die lawaai in Moeder se kamer hom tot stilstand ruk.

Dieter en Moeder het baklei, mekaar verskree.

Toe het Moeder se woorde soos strelende nagmusiek deur die oop venster na hom aangesweef gekom: "Jy pak môre jou goed, Dieter, en gee pad uit my huis! Ek wil jou nóóit weer sien nie!"

Dit was soos 'n ingryping van die bonatuurlike. Die Pion het die tou om sy nek stadig losgemaak.

En van vreugde gehuil.

★ ★ ★

Kassie loop heen en weer in sy sitkamer. Dis wanneer sy kop gelyk-tydig in te veel rigtings wil dink dat hy hierdie rusteloosheid ervaar.

Vanaand bombardeer sy gedagtes hom weer van alle kante: sy ma, die verdomde oproep, Smuts se raaiselagtige moord, Daniels se rasse-opmerking, sy selfopgelegde seëlverpligtinge wat wag.

Die telefoon se gelui in die studeerkamer onderbreek sy gedagtes.

Seker Doempie Krynauw van die Boeremusiekgilde, dink hy. Dié bel gereeld hierdie tyd van die aand. Hy wil alewig Kassie se raad hê oor die program vir die gilde se maandbyeenkomste. Hoekom die manne juis Doempie as sekretaris gekies het, slaan Kassie dronk. Doempie kan nie eers 'n donnerse kleuterpartytjie organiseer nie.

Hy haas hom na die studeerkamer en lig die gehoorbuis op.

"Hallo, Seunie," sê sy ma.

"Naand, Ma," groet hy.

"Besef ek nou skielik so by myselwers dat ek jou seker moet in-lig: Barend het sy medaljes toe gekry. Jy hoef nie meer die saak te ondersoek nie."

"Hoe so, Ma?" vra hy onskuldig.

"Nee, hy't blykbaar vergeet hy't die medaljes weer teruggepak in sy kas nadat hy dit gebrasso het. Lê toe so ewe onder sy pajamas. Kan jy dit glo? Dit nadat hy omtrent die hele polisiediens op hol gehad het!"

Nee, dit nadat Má omtrent die hele polisiediens op hol gehad het, wil Kassie sê, maar hy hou hom in.

"Op daai ouderdom is mens seker maar geneig om goed te ver-geet," sê hy. "Maar hoe gaan dit verder met Ma en . . . oom Barend?"

Sy snork. "Nee, jong, dié is mos deesdae soos 'n reun op hitte al agter ou Dorothea aan. Wat hy in haar sien, sal net hy weet. Ek ver-moed sy oë is besig om in te konk."

Verligting spoel deur Kassie.

Toe hy uiteindelik aflui, glimlag hy tevrede. Een bekommernis minder.

Hy gaan sit agter sy lessenaar en skakel die rekenaar aan. Kan net so wel kyk of daar nuwe inligting van die filatelieverenigings ingekom het.

Die Oos-Vrystaatse vereniging het 'n e-pos gestuur. Hulle vra of hy bewus is van die reeks brosjures wat die Poskantoor in die vroeë 1970's gedruk het oor die geskiedenis van Suid-Afrikaanse seëls. Daar is net 'n beperkte oplaag gedruk, maar die vereniging het die volle reeks in hul versameling en die voorsitter is bereid om vir Kassie afskrifte daarvan te stuur.

Hy skryf dadelik terug dat hy dit hoog op prys sal stel.

Hy leun terug in sy stoel en staar onsiende na die rekenaarskerm. Hy sal wát wil gee om self so 'n stel brosjures te besit. Die ware Jakob is soveel beter as afskrifte . . .

Brosjures.

Smuts se suster het vir Rooi gesê sy't 'n klomp brosjures van gastehuise in sy kamer ontdek.

Kassie sit regop. Waarom het hy nog nie daaraan gedink nie? Hoekom sal Smuts die moeite doen om by 'n klomp gastehuise aan te ry om brosjures te kry? As hy by een wou bly, kon hy maar net op die internet gekyk het.

Hy skud sy kop. Nee, hy redeneer nou soos 'n bleddie fool. Smuts het die brosjures seker by 'n toerismekantoor gekry.

Of dalk by 'n drukkery?

Om te sien of die brosjures deur dieselfde defekte masjien gedruk is as die vals medisyneverpakkings?

Hy spring op van agter sy lessenaar. Tas vervaard na sy windjekker se sak om sy selfoon in die hande te kry en bel Smuts se suster.

Hy kan net bid sy't nie die brosjures weggegooi nie.

24

Moos kon gisteraand beswaarlik 'n oog toemaak, sy hart op galop. Die vooruitsig om sy bevindinge eerstehands aan doktor Abdul Koopman oor te dra, het hom wakker gehou.

Nou, terwyl hy in die SSA se vergaderlokaal op sy seniors wag, hersien hy vlugtig al die inligting wat hy ingesamel het. Hy gaan hulle voete onder hulle uitslaan. Selfs Max, wat vanoggend uiters skepties gelyk het toe Moos hom oor die vergadering inlig, sal hom nou na waarde begin skat.

Hy spring op toe Koopman en Max instap. Hulle kom sit oorkant hom by die lang tafel. Max lyk soos 'n donderwolk wat 'n plek soek om uit te sak, maar Koopman se gesig is uitdrukkingloos.

Moos skat die doktor in sy veertigs. Nie 'n haar op sy kop nie, maar met 'n netjies gemanikuurde bokbaardjie en die houding van 'n streng militaris.

Koopman knik liggies vir Moos. "Jy kan maar praat." Hy draai sy kop om na Max te kyk. "Kom ons gee hom kans om sy storie volledig te vertel. Ek verdra nie onderbrekings nie."

Moos hou dadelik van Koopman. Dís soos 'n spioenasiehoof verrigtinge moet hanteer, dink hy. Max het 'n gewoonte om jou altyd met sinlose tussenwerpsels te onderbreek.

Hy maak keel skoon, druk sy bril hoër op sy neus en begin met die sin waaraan hy gisteraand so lank geskaaf het.

"Richard Sorge, seker die grootste spioen van alle tye, het altyd gesê spioenasie gaan nie oor wat jy als weet nie, maar eerder hoe jy daardie kennis aanwend om suksesvol by jou einddoel uit te kom." Hy gee 'n laggie. "Ek het sy raad ter harte geneem. Ek het in 'n relatiewe kort tyd baie uitgevind, maar toe eers seker gemaak dat al die feite by mekaar inpas. Nou is die einddoel in sig."

Moos merk hoe Max se mondhoeke ondertoe rem en die frons op sy voorkop verdiep. Eat your heart out, jou jaloerse bliksem, dink hy.

Hy vertel hulle volledig van Khan, Kuyler, Soomrani, die adjunk-minister van verdediging en Louisa Maritz. Hy kleur die verhaal in met sy nuutverworwe kennis oor die Islamitiese Staat-beweging en beklemtoon die potensiële bedreiging vir die land sowel as die hele Weste. Ná 'n volle veertig minute sluit hy af met 'n laaste toepaslike aanhaling van 'n bekende oudspioen en gaan sit.

Max skud sy kop, wat Moos interpreteer as 'n goeie teken. Selfs sy skeptiese waarnemende baas is stomgeslaan oor die omvang van die storie.

Koopman bly uitdrukkingloos. Soos dit 'n gerekende agent van die geheime diens betaam, dink Moos. Emosie hoort nie tuis in die spioenasie-game nie.

"En hoe stel jy voor moet ons dié situasie verder hanteer?" vra Koopman oplaas.

Max kyk geskok na die doktor, asof hy verkeerd gehoor het.

Moos het self nie die vraag verwag nie, maar hy herstel gou. Dis ten minste 'n teken dat Koopman sy mening hoog ag.

"Wel, eerstens sal ek reël dat ons gelyktydig toeslaan op Khan, Soomrani, Kuyler en die adjunkminister," sê hy. "Ons moet hulle inbring vir ondervraging, hulle konfronteer met die feite wat ek in-gesamel het, en hulle huise en werkplekke deeglik deursoek."

Hy huiwer 'n oomblik, besluit dan om dit tog te sê.

"Daarna sal ek die media vir 'n konferensie byeenroep om ons suksesverhaal met hulle te deel. Ons beeld het die afgelope paar jaar skade gely weens allerlei onaangenaamhede, en dis nou tyd om ons naam in die reine te bring. Hierdie deurbraak sal 'n wonderlike ge-leentheid skep om die publiek se vertroue in die SSA te herstel."

Moos staar na Koopman met sy kaalgeskeerde kop wat glimmer onder die daklig. Hoekom is dit so stil in die vertrek? Het hy iets misgekyk?

"Jy's 'n sot, Uys," sê Koopman afgemete.

Die woorde skok deur Moos. Hy kyk na Max, wat afkyk na sy hande.

"'n Groot sot." Koopman se stem is yskoud. "Of dalk is idioot 'n beter beskrywing. Hoe jy by ons beland het, wil ek liewer nie weet nie. Ashwin moes 'n fokken breinstilstand beleef het toe hy jou aangestel het." Hy kyk beskuldigend na Max.

Moos se keel trek toe van paniek. Hy moes homself net iewers verkeerd uitgedruk het!

"Om watter aardse rede het jy die hele storie alleen probeer hanteer?" vervolg Koopman. "Sonder om jou SSA-span hier in die Kaap te betrek! Jy't ons kernbeginsel van spanwerk geïgnoreer om vir jou roem te probeer inoes. Verder het jy geen vorderingsverslae ingevul soos van 'n veldagent vereis word nie. Jy het Max oor die hoof gesien en hom heeltemal in die duister gelaat."

Dit voel vir Moos of die doktor se blik hom deurboor.

"En terwyl jy soos 'n afkophoender agter Kuyler en sy vrou en Soomrani aangehardloop het," dreun Koopman voort, "kon daar belangrike verwikkelinge by Khan se huis gewees het. Dit was jou uitsluitlike taak: om sy huis dop te hou. Nie om soos een van jou kwansuise spioene in die Tweede Wêreldoorlog spoorsnyer te speel nie!"

"Maar . . . ek . . ."

Moos wil sy besluit motiveer, maar Koopman gee hom nie kans nie.

"Jy't ook nooit daaraan gedink dat ons toegang tot Khan, Kuyler of Soomrani se selfoongesprekke kon kry nie. Dit sou veel vinniger en doeltreffender gewees het om só vas te stel wat hulle in die mou voer. Ondanks al jou waarnemings het jy met niks substantiefs vorendag gekom nie. Verder maak jy ongegronde afleidings oor die adjunkminister, wat heel moontlik net met Kuyler oor Kadinsky se nuutste wapentuig wou gesels."

Moos voel hoe hy al kleiner krimp.

"En om alles te kroon," sug Koopman, "gaan jy waaragtig en betrek 'n vrou wat geen sekerheidsklaring het nie. Die feit dat jy in 'n stadium saam met haar gewerk het, sê net mooi niks. Ek ys as ek dink hoe 'n vrou met sulke losse sedes se bek ook los kan raak. Jou uiters belaglike en ondeurdagte voorstel om die storie aan die media te wil gee, kan dalk nog realiseer as dié hoer begin rondpraat."

"Ek wou . . . net . . ." stotter Moos.

"Ek wil niks verder van jou hoor nie!" Koopman se stem styg gevaarlik. "Jy't die geleentheid gehad om jou verhaaltjie te vertel, nou luister jy na mý. Jou laaste taak hier sal wees om 'n oproep na die hoer te maak. Sweer haar die dood voor oë as sy 'n woord oor hierdie storie rep. En sy moet haar verhouding met Kuyler dadelik beëindig."

Koopman kyk na Max. "Die oproep moet onder jou toesig ge-skied en opgeneem word." Hy vestig weer sy blik op Moos. "Daarna gee jy jou SSA-identifikasiekaart by Michelle in, vat jou baadjie en gaan huis toe. Jy word met onmiddellike ingang geskors, tot verdere kennisgewing. Ingevolge die SSA se interne tugreëls mag jy nie die Kaapse metropool in dié tyd verlaat nie."

Hy staan op, rig sy laaste bevel aan Max: "Maak seker hy verwyder niks uit sy kantoor nie. En stuur solank 'n span om sy blyplek te deursoek vir enige tekens van sy swaksinnige geploeter."

* * *

Kassie het vroegoggend die brosjures by Fred Smuts se suster gaan haal. Nou sprei hy al agt op die lessenaar voor Rooi oop.

"Almal is deur Polkadot-drukkery in Parow gedruk, soos die naam op die agterkante aandui." Hy beduie na een van die brosjures. "Dié een het Smuts met 'n kruisie gemerk, en mevrou Van Zyl het aange-neem dis die gastehuis waar hy wou gaan bly. Maar kyk goed daarna en sê of jy iets bekends sien."

Rooi neem die brosjure en beskou dit aandagtig. Ná 'n rukkie kyk hy fronsend op. "Ek verstaan nie wat jy bedoel nie. Hier staan net hoe wonderlik die plek is."

"Kyk mooi na die spasiëring tussen die reëls."

Rooi beskou die brosjure weer. Dan verhelder sy sproetgesig. "Bliksis, sien ek dit nou eers! Elke derde lyn se woorde is verder van mekaar as die ander lyne! Beteken dit . . . "

Kassie knik. "Dit kan net een ding beteken: ons weet nou wie die drukkers van die medisyneverpakkings is. Ek is seker dis die rede waarom Smuts die brosjures by hom gehad het. Sy moordenaar het natuurlik nie besef dit hou verband met sy ondersoek nie en het die goed in Smuts se kamer gelos. Mevrou Van Zyl sê dit het oop en bloot op die bedtafeltjie gelê."

"Ja, gastehuisbrosjures is nou nie eintlik iets wat jy by 'n ondersoek na grys medisyne sal uitbring nie."

Kassie tuur peinsend voor hom uit. "Dit laat my wonder of die moordenaar enigsins 'n lid van die smokkelsindikaat is."

"Hoe so?"

"As hy geweet het Polkadot druk die medisyneverpakkings, sou hy die brosjures mos gevat het."

"Daaraan het ek nie gedink nie!" sê Rooi opgewonde. "Dalk het hulle hom net gehuur om hulle vuilwerk te doen?"

"Dis 'n afleiding wat 'n mens kan maak, ja." Kassie kyk op sy horlosie. "Maar kom ons gaan kuier by Polkadot. As ons nou ry, behoort ons teen oopmaaktyd daar te wees."

Rooi spring dadelik op. "Waarvoor wag ons?"

Op pad Parow toe sê hy ingedagte: "Snaaks dat hulle net daai een brosjure op hul fucked-up masjien gedruk het en nie die ander nie."

"Ons kan net raai wat die rede is," antwoord Kassie. "Dalk het die masjien in daardie stadium stilgestaan terwyl die brosjures 'n dringende job was. Maar die feit dat hulle een spesifieke masjien inspan om die verpakkings te druk en net een uit agt brosjures op daardie selfde masjien gedruk het, sê vir my hulle is donners produktief as dit kom by medisyneverpakkings."

Rooi kyk bewonderend na hom. "Hoe de hel het jy by die brosjures as leidraad uitgekom?"

Kassie lag. "Posseëlnavorsing wat ek nou doen. Lang storie."

Dis tien voor nege toe hulle die drukkery op die rand van Parow se nywerheidsgebied bereik. Dis doodstil en die plek lyk verlate.

25

Met Dieter en Mavis uit die huis, het die Pion sy moeder weer vir homself gehad. Hy glimlag by die herinnering daaraan waar hy nou by sy lessenaar sit en tik.

Dit was asof niks tussen hom en Moeder verander het nie. Die letsels wat Dieter op sy siel gelaat het, het sy gou genees. Hy was weer haar prinsie wat elke nag agter haar rug gaan inklim het, al was hy reeds dertien jaar oud. Hy het styf teen haar aangedruk gelê terwyl hy haar bekende reuk inadem. Haar reëlmatige asemhaling het hom aan die slaap gesus. Dit was hemel op aarde.

Hy het selfs op skool beter gevaar. Moeder het hom elke aand met sy huiswerk gehelp en haar energie daarop toegespits om hom weer in sy eie vermoëns te laat glo. Dit het vrugte afgewerp – in standerd sewe was hy onder die topvyf-presteerders in die klas.

Ondanks haar aanmoediging dat hy maats saam huis toe moet nooi, het hy dit nooit ernstig oorweeg nie. Ander kinders in sy hei-ligdom sou hom net weer herinner aan sy helbestaan saam met Dieter en Mavis.

Al sy drome het om Moeder gedraai. Hy sou eendag 'n goeie werk kry sodat sy tuis kon bly. Dan sou hy vir haar sorg en die man in die huis wees. Hy sou haar tot in die afgrond bederf, haar toegooi met geskenke en liefde soos Dieter ook aanvanklik gedoen het.

Hulle kan selfs saam 'n kind kry, het hy in sy jeugdige onskuld gedink . . .

Die Pion vee oor sy gesig en stoot die Olympia terug. Hy trek die vel papier uit en sit dit in die lêer voordat hy dit in die laai bêre.

Die makliker deel van sy skryfstuk is nou afgehandel, weet hy. Môre sal hy 'n intense meditasiesessie benodig om hom geestelik gereed te kry vir die afsluiting van die lêer.

Hy staan op van agter die lessenaar en staar lank na Moeder se foto op die rakkie.

Meteens oorweldig emosie hom. "Hoe kon jy?" prewel hy terwyl hy op sy tande moet kners om 'n uitbarsting te keer.

Hy struikel oor Buskruit toe hy omdraai en skop die hond hard in die ribbes, sodat hy tjankend in die gang af skarrel.

* * *

Stiptelik om negeuur sluit Calla die drukkery se voordeur oop. Die res van die personeel meld eers om halftien aan, wat hom kans gee om sy dag te beplan en die werkrooster te finaliseer.

Vandag gaan 'n uitsonderlik stresvrye dag wees, dink hy. Meneer Prins sal eers môre die instruksies vir die nuwe verpakkingsmateriaal verskaf. Dan sal die groot masjien vir die volgende week weer dag en nag loop. Maar nou het hulle buiten die brosjures vir die poloklub en die pamflette vir die pizzarestaurant geen dringende take nie.

Calla is innig dankbaar daaroor. Hy kan doen met 'n rustige dag ná sy vermoeiende skofte om meneer Prins se opdrag oor die fakture af te handel. Hy stap by sy kantoortjie in, skakel die radio aan en gaan sit met 'n gevoel van genoegdoening agter die lessenaar.

Hy glimlag toe hy terugdink aan gisteraand. Vroulief was só verras toe hy vertel dat hy vir hulle plek bespreek het in 'n viersterhotel in Knysna vir die April-langnaweek. Daarby het hy klaar gereël dat sy suster-hulle na die kinders omsien.

"Net ek en jy, my bokkie – 'n tweede honeymoon," het hy gesê. "En ons gaan elke dag by die beste restaurante eet."

Hy wou aanvanklik sy skuld afbetaal met die bonus wat hy by meneer Prins gekry het, maar sy gewete het hom te veel gery. Sy vrou verdien om bederf te word. Buiten daardie seevakansie agt jaar gelede op Mosselbaai was hulle nog nooit weg van die huis nie.

Hy kyk gesteurd op toe die voordeur oopswaai. Deur die eenrigtingglas sien hy twee mans inkom.

Lyk nie soos potensiële kliënte nie, dink hy. Die ouer een dra 'n rooi windbreaker wat sakkerig aan sy bolyf hang. Wit sokkies steek onder 'n onooglike maroen hoogwaterbroek uit. So reg uit Fieta Town, lag Calla in sy enigheid. Die korter en jonger vettetjie is netjieser aangetrek, maar hy lyk ook maar kakkerig in 'n te groot blazer, met net sy vingertoppe wat onder die moue uitsteek.

Calla sit die radio af en hou die twee dop terwyl hulle na die brosjurerakkie teen die muur staar. Hulle haal 'n paar brosjures uit en beskou dit aandagtig terwyl hulle onderlangs praat.

Hulle wil iets laat druk, besef hy geïrriteerd. Nadat Ivan die ontvangsdame twee weke terug gefire het, het hulle nog nie 'n plaasvervanger gekry nie. Dit beteken hý moet die besoekers in die ontvangslokaal van diens wees.

Hy staan met 'n sug op en stap uit. "Kan ek help?"

"Ja, ek . . . glo jy kan ons help," sê die een met die windbreaker en steek sy hand uit om te groet. "Ek's kaptein Kassie Kasselman van die Nuweland-polisiestasie." Hy beduie na die man langs hom. "En dis sersant Rooi Els."

Albei toon hulle SAPD-identiteitskaarte.

Calla se mond raak kurkdroog en sy hart begin hamer in sy bors.

* * *

Om kwart voor tien kry Claus 'n oproep op sy hotline waar hy agter sy lessenaar by Prins Pharmaceuticals sit. Hy frons toe hy sien dis Calla.

"Meneer Prins, hulle . . . die polisie was hier! Ons het gróót probleme! Hulle weet die medisyneverpakkings word hier gedruk en . . ."

Claus spring orent. Die fokken pawpaw het die fan gestrike!

Maar hy moet die ding nou só hanteer dat hy en Macy vandag nog kan wegkom. Sy eerste taak is om Calla te kalmeer.

"Stadig, stadig," maan hy en pluk verwoed aan sy serp. "Jy moet ontspan, kêrel. Vertel my presies wat gebeur het."

"Hulle het 'n brosjure gehad wat op die groot masjien gedruk is, meneer. Hulle het op 'n manier uitgevind dis dieselfde masjien wat die verpakkings druk . . . en hulle sê hulle weet dis bedoel vir vals medisyne."

Claus voel hoe sweet oor hom uitslaan. Shit.

"En wat doen jy toe?"

"Ek't gemaak soos meneer gesê het. Het gesê ons druk die verpakkings vir 'n kliënt . . . meneer Alcaso. Ek't toe die afskrifte van die fakture vir hulle gewys. Hulle't ook deur die drukkery geloop. Daar . . . daar was nog 'n paar van verlede week se verpakkings in die stoortjie. Hulle het voorbeelde daarvan gevat."

Shit. Shit.

"Waar's hulle nou?"

"Op pad na meneer Alcaso se plek in Milnerton."

"Het hulle gevra wie die eienaar van Polkadot is?"

"Ja, meneer. Ek het gesê dis Ivan, maar hy's nou landuit . . . soos meneer gesê het ek moet doen."

"Mooi hanteer, Calla. Daar's binnekort nog 'n groter bonus in jou bankrekening," lieg Claus. "Nou moet jy net ontspan. Ek sal die saak verder hanteer. Nothing to worry about, met die nuwe fakture kan niks na ons getrace word nie. Van nou af speel jy net dom as hulle weer navraag doen."

Hy haal diep asem, dink vinnig. "Ek sal van my kant af probeer om die ding dadelik uit te sort," lieg hy weer. "Ek't 'n paar vriende in hoë plekke wat druk sal toepas op die polisie. Hulle sal gou afsien van 'n ondersoek na Polkadot . . . of enigiets wat jou in die gedrang kan bring."

Hy druk die foon dood, gryp sy karsleutels, stap vinnig in die gang af en glip by die nooduitgang uit. Nie nodig om vir Brian en Ivan te adverteer dat hy op pad is nie.

Hy hou met moeite by die spoedgrens. Kan nie bekostig om nou afgetrek te word nie. Hy vee die sweet met 'n sakdoek van sy voorkop af. Kalm bly, Claus, maan hy homself.

Gelukkig is sy plan om weg te kom lankal uitgewerk. Hy en Macy moet net die nodigste in tasse gooi en dadelik lughawe toe ry. Dan moet hulle op die eerste die beste vlug Johannesburg toe verkas, en van daar af Botswana toe.

Sy luukse vakansierondawel op 'n wildplaas in die Okavango is een van sy bes bewaarde geheime. Net Macy weet daarvan. Nie dat sy al daar was nie. "Ek kan nie wilde diere verdra nie, darling," sê sy elke keer as hy gaan.

Die meeste van sy spaargeld is in 'n Switserse bankrekening. Genoeg vir hom en Macy om in weelde te kan leef. Net jammer hy sal van sy Constantia-eiendom en die huisinhoud afstand moet doen, knaag die gedagte aan hom. As Prins Pharmaceuticals ontbloot word, sal die polisie sekerlik beslag lê op sy eiendom.

"Well, you win some, you lose some," prewel hy.

Die belangrikste nou is om weg te kom. Hy en Macy kan in Botswana herbesin oor hulle situasie en saam besluit waar hulle 'n nuwe lewe gaan begin.

Hy druk die afstandbeheerder om die staalhekke oop te maak en volg die kronkelende geplaveide oprit tussen die laning palmbome deur. Ivan se blou Range Rover staan voor die huis geparkeer.

"Fokkit!" swets hy.

Macy het Ivan natuurlik weer laat kom om haar na 'n donnerse mall toe te vat.

Claus hou stil, klim steunend uit en stap na die voordeur. Dit gaan 'n helse job wees om vinnig van Ivan ontslae te raak sonder dat hy snuf in die neus kry.

26

Moos sit broeiend in die sitkamer in sy woonstel, staan vir die soveel-
ste keer op en trek die gordyne op 'n skrefie oop. Die kar staan nog
op dieselfde plek oorkant die straat geparkeer.

Hy skud sy kop. Hulle hou hom dop. Sy eie mense vertrou hom
skielik nie. Seker bang hy hardloop koerante toe – letterlik, want
die SSA het beslag gelê op sy selfoon en persoonlike skootrekenaar.

En hy's honderd persent seker hulle tap sy landlyn sedert hulle
sy plek kom omdolwe het. Sy woonstel in 'n bleddie chaos gelos op
soek na tekens van sy "swaksinnige geploeter", soos Koopman sy
weldeurdagte operasie beskryf het.

Moos snork vererg. Die SSA het geen benul van deeglike spioe-
nasiewerk nie. Hy is seker dat enige ander intelligensieburo hom
na waarde sou skat – Amerika se CIA, Brittanje se MI6, Israel se
Mossad en Rusland se FSB. Maar Suid-Afrika se paloekas staar hulle
so blind teen hulle eie reëls en regulasies dat hulle die agente se
natuurlike flair doodwurg. Hier kan jy nie waag om vir jouself te
dink nie.

Hy gaan sit weer op die rusbank, vryf moeg oor sy gesig. Boon-
op het Louisa hom geen guns bewys toe hy haar in die teenwoor-
digheid van Max Tsotsobe moes bel nie. Dié het op die ander foon
na hul gesprek geluister én dit opgeneem. En Moos weet Max sou
sy bene stompies hardloop om die opname aan Koopman terug
te speel.

Aanvanklik het die gesprek met Louisa goed verloop. Sy't dadelik
ingestem om haar verhouding met Kuyler te beëindig.

"Geen probleem nie, Moos. Die katoolse donner verveel my tot
in die afgrond."

Maar toe neuk sy alles op.

"Wanneer gaan die storie in die koerante gesplash word? Jy't mos
gesê dit gaan nou vinnig gebeur. Ek hoop darem julle gee my ook 'n

bietjie eer vir die rol wat ek gespeel het om die hele komplot oop te vlek. Ek wou nog altyd famous wees, sien myself al klaar op *Huisge-noot* se voorblad!"

Aan haar giggellaggie het hy geweet Louisa trek net sy been, maar die afgryse op Max se gesig het die teendeel gewys. Moos kon die gesprek nie vinnig genoeg afsluit nie, vreesbevange sy raak nog 'n sotheid kwyt.

Toe hy die foon neersit, het hy aan Max probeer verduidelik dat Louisa van grappies hou. Maar sy gesukkel om die regte woorde te vind, het nie geloofwaardig oorgekom nie. Max het hom net afkeurend aangegluur.

Moos het 'n vermoede daardie stelling van Louisa het finaal die SSA-deur vir hom laat toeklap. Hulle gaan hom afdank, daarvan is hy oortuig. Die gedagte daaraan laat 'n naarheid in sy keel opstoot. Sy toekomsdrome lê aan skerwe.

"Jy't jou hand oorspeel, ou maat," prewel hy die woorde wat Richard Sorge aan 'n mede-agent gefluister het kort voordat dié ter dood veroordeel is.

* * *

Kassie kyk om hom rond in die reusagtige meubelstoor in Milnerton. Die plek is vuil en stowwerig. 'n Rot skarrel oor die sementvloer en verdwyn onder 'n hangkas. Die gefladder van 'n duif wat na uitkomplek soek, weerklink tussen die hoë mure.

Die lang man in die blou oorpak kyk beurtelings na hom en Rooi, sy gesig vaal van die skrik.

"Ek's nie in charge hier'ie," sê hy met 'n stem wat benoud deurslaan. "Ek pak ma' net die furniture reg en maak skoon. My supervisor, mister Bernie, issie nou hier'ie en die owner, mister Alcaso, is in Mosambiek. Ek weet fokol van medicine. Ons deal in furniture, nie medicine nie. Ons export die furniture Mosambiek toe."

"Het jy mister Bernie se selfoonnommer?" vra Kassie.

Die man rammel die nommer af terwyl Kassie dit op sy foon in-pons. Hy skakel die nommer.

"Bernie wat praat," antwoord 'n stem bars.

"Kaptein Kasselman van die Nuweland-polisiestasie," sê Kassie. "Ek's hier by meneer Alcaso se meubelstoor in Milnerton. Volgens ons inligting laat druk meneer Alcaso gereeld medisyneverpakkings by Polkadot-handelsdrukkery in Parow. Ons sal graag daaroor met jou wil gesels."

"Ek . . . ek weet niks . . . van medisyneverpakkings nie," hakkel Bernie.

"Wel, ons het die fakture by die drukkery gesien, dis aan meneer Alcaso uitgemaak. Volgens die boeke is hy 'n jare lange kliënt van Polkadot. Hope van die verpakkings word weekliks hier afgelewer."

"Dit . . . dit moet 'n fout wees. Ek kan in elk geval nie . . . nou soontoe kom nie. Ek's besig . . . sal julle kontak as ek tyd kry."

"Ek het baie tyd, Bernie, ek wag vir jou," sê Kassie ferm. "Intus-sen sal ek en sersant Els bietjie hier in die stoor rondkyk."

"Julle kan nie sommer rondkyk nie, dis privaat eiendom. Het julle 'n lasbrief?"

"Nee, maar . . ."

"Meneer Alcaso sal julle gatte hof toe sleep as julle sonder 'n las-brief daar rondkrap!"

"Dan reël ek dat ons 'n lasbrief kry. Intussen wag ek hier vir jou."

Die oproep word afgesny.

Kassie glimlag ingenome. "Mister Bernie het iets om weg te steek. Hy's nie keen dat ons hier rondsnuffel nie."

Hy draai na Rooi. "Jy sal 'n donnerse lasbrief moet gaan kry. Om veilig te speel, sal ons by die reëls moet hou. Vat jy die kar, ek sal vir Bernie wag."

* * *

140

Claus is verbaas om die twee huishulpe ontspanne in die kombuis aan te tref. Hulle spring vinnig op toe hy instap.

"En as julle hier so op 'n hoop sit? Het julle nie werk nie? Waar's Macy, Dora?"

"Sy's . . . in die slaapkamer, meneer," antwoord Dora met afge-wende oë. "Ons mag nie nou op die boonste verdieping skoonmaak nie, het sy gesê."

"O. En waar's Ivan? Ek sien sy Range Rover staan hier."

Albei skud hul koppe. "Ons weet nie, meneer," sê Dora vinnig.

Claus stap fronsend met die wenteltrap op. Ivan help seker vir Macy met die stortdeur. Dié is van gister af weer uit sy skarniere. As die donnerse ding so skeef hang, maak dit die badkamervloer sopnat. Macy het juis vanoggend 'n tantrum daaroor gegooi.

Hoe gaan hy van Ivan ontslae raak? wonder hy op pad kamer toe, sy voetstappe gedemp deur die dik Persiese tapyt.

A, hy sal aanbied om Macy mall toe te vat en Ivan opdrag gee om 'n draai by Waste Specialists te gaan maak. Brian het gesê daar's probleme met een van die trokke, wat dit na 'n geloofwaardige rede sal laat klink.

Sodra Ivan uit die pad is, sal hy Macy moet inlig oor hulle benarde situasie. Hy weet dit gaan 'n stryd wees om haar te laat afsien van haar aardse besittings in die huis, maar sy't nou geen ander keuse nie.

Die slaapkamerdeur staan op 'n skrefie oop. Hy stoot dit heel-temal oop . . . en vries in sy spore.

Hy sien die bonsende, harige boude van Ivan eerste. Dan die bene van Macy wat om sy gespierde middellyf geklem is, die tone van haar fyn voetjies stokstyf en weggetrek van mekaar asof sy geëlek-trifiseer word.

"Aaa . . ." steun sy.

Gil: "Oeee!"

Ivan kreun net en haal hortend asem. Dit klink asof hy besig is om iemand in die skopbokskryt dood te bliksem.

Die twee het Claus nie hoor inkom nie. Hulle skommel rond soos bote op 'n onstuimige see, Macy wat vasklou aan Ivan se poniestert asof dit 'n stuurstang is.

"Oeee!" weergalm haar gil weer ten hemele.

Dit ruk Claus uit sy beswyming.

"Wat de fok gaan hier aan?" skree hy. 'n Brandpyn steek in sy bors en hy moet aan die deurknop vasklou om nie vorentoe te val nie.

Albei se koppe ruk op.

Ivan bokspring soos 'n gimnas van Macy en die bed af. Sy stywe voël vibreer liggies van die aksie.

Macy klap haar bene vinnig toe en bedek haar borste met haar arms. Haar oë is wild en haar mond oopgesper in 'n silent scream.

"Darling, dis nie wat jy dink nie . . ." kry sy oplaas haar stem terug.

Claus lag skor terwyl hy die pyn uit sy bors probeer masseer. "Wat moet ek dan dink, Macy? Dat julle maar net oefen vir een of ander fokken nudiste-gimnastrade?"

Ivan trek sy broek haastig aan en raap sy T-hemp en skoene van die vloer af op.

"Nie so haastig nie, Ivan," sê Claus, hygend van die pyn wat nie wil wyk nie.

Hy beduie met 'n bewende vinger na Macy. "Jy vat haar saam as jy loop. Ek wil haar nie meer in my huis hê nie."

Macy kom orent. "Darling . . ."

"Moet my nooit weer 'darling' nie!" skree hy. "Trap! Albei van julle!"

Hy gryp Macy se handsak van die spieëltafel af, krap daarin tot hy haar beursie kry. Haal die krediet- en debietkaart uit en swaai dit in haar rigting. "En dié goed sal jy nooit weer sien nie!"

"Maar darling . . ." Sy begin snik. "Ek kan tog nie sonder geld sit nie . . ."

Claus kyk smalend na haar. "Whatever."

Hy draai om en stap uit. In die slaapkamer langsaan val hy op die bed neer en konsentreer om sy asemhaling reëlmatig te kry. Die pyn in sy bors het gewyk, maar 'n verblindende hoofpyn hamer nou in sy slape.

'n Rukkie later hoor hy die Range Rover met fluitende bande wegtrek.

27

Die warm stort help om die spanning uit Calla se snaarstywe lyf te was. Dit was 'n dag van uiterste hel. Hy't heeltyd verwag die polisie gaan weer by Polkadot opdaag, want hulle sal sekerlik een of ander tyd uitvind die fakture is vervals.

Hy klim uit die stort en droog hom af. Al wat hom gemoedsrus gee, is dat meneer Prins belowe het hy sal toutjies trek om die storie te laat verdwyn.

Wat Calla nou meer as ooit dronkslaan, is hoekom hy die fakture moes vervals. Hy't altyd gedink die verpakkings is deel van Prins Pharmaceuticals se normale bedryfsuitgawes. Meneer Prins is baie streng daaroor dat geen vreemdeling in die drukkery toegelaat word nie, maar Calla het nooit vermoed daar word iets onwettigs gedoen nie. Nou praat die polisie van verpakkings vir vals medisyne!

Waar Calla aanvanklik gedink het hy moes die fakture verander om belasting te ontduik, lyk dit nou of die rede baie ernstiger kan wees. Afgesien van Ivan wat hom gereeld die horries gee, hou hy van sy werk. En hy hou van menere Prins en Beukes. Hy kan hulle nie met 'n bedrogspul vereenselwig nie, Prins Pharmaceuticals is immers 'n gesiene en geregistreerde farmaseutiese maatskappy.

Tog het daar laas maand iets gebeur wat hom laat wonder het. Ivan het 'n foto van 'n man by hom aangebring en gesê as dié ooit by Polkadot kom navraag doen, moet hy meneer Prins dadelik kontak. Skaars 'n week later hét die kêrel toe daar opgedaag – Calla het hom dadelik aan die foto geëien. Hy het homself as Fred Smuts voorgestel en gevra of hy die fabriek kan besigtig, want hy wil groot drukwerk by Polkadot laat doen.

Calla het die versoek geweier, en Smuts is daar weg met 'n klompie brosjures uit die rakkie in die ontvangslokaal. Maar toe Calla meneer Prins bel en hom inlig oor Smuts, was dié dadelik senuweeagtig. Hy het nooit daaraan gedink om meneer Prins van die brosjures ook te vertel nie, want hy het nie gereken dis belangrik nie.

Maar nou wonder hy: Was Smuts ook 'n speurder? Of het hy bloot die brosjures vir die polisie gegee en húlle het uitgevind van die medisyneverpakkings wat Polkadot ook druk?

Calla was nog altyd bewus van die groot drukmasjien se tegniese foutjie met die reëlspasiëring wat nie altyd eweredig is nie, maar geen kliënt het al ooit daaroor gekla nie. Jy moet buitendien fyn kyk om dit raak te sien. Hulle het in elk geval meestal die medisyneverpakkings op dié masjien gedruk, en die spasiëring het meneer Prins nooit gepla nie. Hy vermoed die baas was nie eers daarvan bewus nie.

Calla skud sy kop. Dalk jaag hy nou onnodig spoke op. Meneer Prins se belofte van nog 'n groot bonus in sy bankrekening is waarop hy nou moet fokus. Dit kan 'n groot hap in sy skuld maak.

Net toe hy sy sweetpakbroek aantrek, lui sy selfoon op die bad se rand. Meneer Beukes.

Calla frons. Hoekom sal hý halftien in die aand bel?

"Wat de donner gaan by Polkadot aan?" vra Beukes dadelik toe hy antwoord.

"Hoe so, meneer?"

"Iemand van Alcaso se meubelstoor het Ivan gebel en gesê die polisie krioel oor die plek! Polkadot se fakture wys glo hulle is betrokke by die drukwerk van óns medisyneverpakkings!"

Calla sluk. "Meneer moet . . . vir meneer Prins daaroor vra."

"Ons kry hom nêrens nie. Wat weet jy van die fakture? Was die polisie by Polkadot ook?"

"Ek . . . weet nie. Ek . . ."

"Spill die fokken beans, man! As jy môre nog 'n werk wil hê, beter jy nou vinnig en aanhoudend praat."

Calla lek oor sy droë lippe. "Dit . . . dit was meneer Prins se opdrag," begin hy.

* * *

145

Kassie is gefrustreerd. Hy gaap, steek 'n Lucky aan en kyk op sy horlosie. Al tien oor twaalf. Hy't nie voorsien dit gaan só 'n lang nag word nie.

Nadat Rooi vroegmiddag met die lasbrief hier aangekom het, het daar baie gebeur. Hulle het eers die plek van hoek tot kant gefynkam, meubels rondgeskuif, in elke hangkas, lessenaar, yskas, stoof en mikrogolfoond gekyk.

Aanvanklik niks gekry nie. Tot hulle daarop aangedring het om die stoorkamertjie te deursoek. Die opsigter het ná 'n lang gesukkel die sleutel in 'n lessenaar se laai opgespoor. Die plek was gepak met dwelms, stapels en stapels daarvan. Crack, tik, buttons . . . van alles en nog wat, genoeg om 'n helse lot druggies baie lank happy te hou.

Kassie moes die Skiereiland se dwelmeenheid bel. Dis nie stasie-speurders se job om buite hul area met sulke groot vragte dwelms te deal nie. Van vals medisyne was daar egter geen spoor nie, ook geen teken van die verpakkings nie.

Kassie en Rooi het toe by die kantoortjie ingevaar en deur al die papierwerk gegaan. Geen fakture van Polkadot gekry nie. Die beskikbare papierwerk het net gewys Alcaso voer meubels en ander huishoudelike toerusting na verskeie Afrikalande uit.

Boonop het Bernie, die sogenaamde supervisor, nooit opgedaag nie. Ook nie weer sy selfoon beantwoord nie. Kassie het Magrieta gebel en gevra om 'n naam en adres by die selfoonmaatskappy te kry. Dit het ook op niks uitgeloop. Bernie se foon behoort aan Manual Alcaso, het Magrieta laat weet, en die adres is dié van die meubelstoor.

Die opsigter was nie behulpsaam nie. Nee, hy't nie 'n idee waar Bernie bly nie. Hy werk nog maar kort hier en is net die skoonmaker. Van die dwelms in die stoorkamertjie weet hy niks. Hier kom altyd 'n span helpers wanneer hulle 'n besending meubels moet laai, maar hy't nie hulle kontakbesonderhede nie.

Kassie draai om toe Rooi hom roep.

"Die drug squad se ouens sê dis nou hulle job om Alcaso en sy buddies vas te trap," rapporteer Rooi. "Hulle sal ons laat weet as hulle die culprits opgespoor het sodat ons hulle oor Smuts se moord kan ondervra."

Hy skud sy kop. "Maar ek gee jou 'n brief ons gaan nooit weer van Alcaso of Bernie hoor nie. Daai sersant sê hulle suksesratio is amper zero om sulke wetters op te spoor. Jy moet hulle red-handed betrap, anders is hulle gone. Boonop het die drug squad soveel sake dat hulle nooit ordentlik aandag aan een kan gee nie."

Kassie sug. "Dis ou nuus. Almal weet hulle is onderbeman."

"Hulle is in elk geval op so 'n high oor vanaand se vonds dat hulle nie regtig worry oor Alcaso nie. Die sersant sê dis miljoene rande werd. En dis 'n lekker storie vir die media, laat hulle eenheid goed lyk."

"Dit help ons fokol," sê Kassie. "Hier's g'n spoor van pille of ver-pakkings nie. Ook geen konneksie met Polkadot nie . . . wat bléddie vreemd is. Hulle fakture wys tog die verpakkings word weekliks hier by die stoor afgelewer."

"Dink jy ons is op 'n dwaalspoor?"

Kassie haal sy skouers op. "Ek weet nie, maar iets maak nie sin nie. Daai bestuurder by Polkadot het nie normaal opgetree toe ons hom vanoggend uitgevra het nie."

"Hy't sy gat af geskrik, nè?"

Kassie knik. "So bleek soos 'n spook geword. Ons sal môre weer met hom gaan gesels. En die Rus opspoor wat die drukkery se eie-naar is."

"Hy's oorsee."

"Wel, dan wag ons maar tot hy terug is."

★ ★ ★

Die Pion stap rusteloos heen en weer in die gang. Hy't vanaand vroeg bed toe gegaan, maar kon nie 'n oog toemaak nie. Het toe maar opgestaan en 'n intense middernagtelike meditasiesessie gehad. Hy weet hy sal nie kan slaap voordat hy deurgedruk het met sy Moeder-lêer nie, maar kan homself nie sover kry om by die studeerkamer in te gaan nie.

Hy gaan sit plat op die plankvloer, sy rug teen die muur. Die finale deel van sy verslag gaan alles uit hom haal, weet hy, en hy is bang oor hoe hy gaan reageer.

Met geslote oë bly hy lank só sit.

Oplaas skraap hy al sy moed bymekaar, kom orent en stap na die studeerkamer. Hy skuif agter sy lessenaar in en haal die Moeder-lêer uit die laai. Hy onthou die gebeure soos gister, dag en datum. Hy was presies sestien jaar en drie maande oud.

Toe hy die middag van die skool af kom, het hy besluit om Moeder te verras. Hy het die huis gestofsuig, al die meubels geolie en die kombuiskaste reggepak. Laatmiddag het hy haar soos gebruiklik in die sitkamer ingewag.

Sy was later as gewoonlik, wat hom bekommerd gemaak het. Hy het dit oorweeg om bushalte toe te stap en haar daar in te wag. Net toe hy uit die stoel opstaan, het sy die voordeur oopgemaak.

Sy het glimlaggend by die sitkamer ingestap. Seker omdat hy die huis skoongemaak het, was sy eerste gedagte. Maar sy het hom nie bedank nie, en hy het besef die geluksaligheid op haar gesig en die glinstering in haar oë het met iets anders te doen.

Hy het weer gaan sit, gewag om die goeie tyding te hoor wat so ooglopend uit haar gesig straal. Hy was seker dit gaan oor die bank wat haar lening goedgekeur het om 'n motor te koop. Dit beteken hulle twee sou 'n naweek kon weggaan, soos sy 'n tyd terug belowe het.

"Ons kan sommer iewers na 'n kusdorpie gaan en in 'n goedkoop hotelletjie bly," het sy gesê. "Dink net hoe lekker gaan dit wees om 'n hele naweek uit die huis te kom."

Niks kon hom voorberei op wat werklik haar nuus was nie. Sy vingers bewe terwyl hy al vinniger tik om sy gevoelens van destyds presies te verwoord.

Hy was só opgewonde, sy hele wese gloeiend van afwagting. Die idee om saam met Moeder so 'n avontuur aan te pak, was iets waaroor hy al so lank gedroom het. Hy het in die stilligheid elke sent van sy karige sakgeld gespaar om haar met 'n groot geskenk op haar verjaardag te verras, maar het net daar besluit om dit eerder te gebruik om haar te trakteer as hulle die naweek weggaan.

Toe uiter sy die woorde wat sy toekoms onherroeplik sou verander.

Sy vingers word stil en hy maak sy oë toe. Dis asof hy haar stem duidelik hoor.

"Dieter en Mavis kom weer by ons intrek. Ons het die afgelope tyd baie by die werk gepraat, en vandag het ons finaal besef ons is eintlik vir mekaar bestem. Hy het my steeds lief . . . en ek vir hom."

Die Pion spring op uit sy stoel. "Verraaier!" skree hy, presies soos hy daardie middag gereageer het.

En nes toe is hy dadelik blind van woede, weet sy kop nie meer wat sy hande doen nie.

Hy gryp die slapende Buskruit aan sy nekband en sleep hom in die gang af kombuis toe. Terwyl die hond spartel en protesteer, haal hy die rol tou uit die kombuiskas se laai.

Toe hy die kombuisdeur oopmaak, raak hy bewus daarvan dat sy liggaam rittel en dat trane oor sy wange stroom, maar hy het nie beheer oor sy handelinge nie . . . net soos op daardie bloedige Woensdagmiddag. Hy sleep die hond aan sy nekband na die boom in die agtertuin. Sy hande werk koorsagtig en hy hoor nie die dier se pleitende gekerm nie.

"Verraaier," prewel hy deur geklemde tande. "Verraaier."

Visioene van Moeder flits voor hom verby. "Ek was jou prinsie en jy doen dít aan my? Jou slet! Verfoeilike adder!" roep hy uit.

Hy snork hortend deur sy neus terwyl hy die tou oor 'n boomtak gooi en dit knoop. "Ontroue hoer . . . verloëner . . . rugsteker . . ." kners hy die woorde uit terwyl hy sy taak volvoer.

Ná die tyd swik sy bene onder hom. Hy gaan sit plat op die gras.

Trane loop oor sy wange en rou snikke ontsnap uit sy keel, terwyl sy liggaam onbeheers ruk.

Eers veel later bedaar sy snikke. Die nagstilte bring kalmte, laat hom weer bewus raak van homself, van die branding in hom.

Hy staan stadig op, maak sy gulp se knoop los en trek die rits af.

28

Die Kaap is nie doktor Abdul Koopman se gunstelingplek nie. Die alewige wind, die hopelose motorbestuurders en die stadige pas waarteen dinge geskied, irriteer hom grensloos. Die hele spul kort 'n hellevuur onder hul gatte, dink hy.

En nou gaan die Kaap vir die volgende paar weke sy voorland wees, totdat hierdie nuutste gemors uitgesorteer is. Hy trek peinsend aan sy bokbaardjie en beskou weer die uitdruk van Naas Kuyler se selfoonrekords wat vanoggend by sy tydelike SSA-kantoor in die Kaapse middestad afgelewer is.

Die rekords lyk inderdaad inkriminerend. In die afgelope drie weke was Kuyler sewentien keer in verbinding met Fakhira Soomrani, die vrou met die IS-gesinde broer wat glo gereeld Suleiman Khan se huis in die Bo-Kaap besoek. Sommige van die gesprekke was langer as 'n kwartier, met net een kort oproep na Khan se selfoonnommer. En twee gesprekke met die adjunkminister van verdediging van onderskeidelik 33 en 25 minute elk.

Hy vryf ingedagte oor sy kaalgeskeerde kop en swets onderlangs. Hy sal hierdie storie met die grootste omsigtigheid moet benader. As die Uys-kêreltjie net vroeër gepraat het, kon 'n senior span al die hele saak ontrafel het. Maar die klein doos het alles net ingewikkelder gemaak. Reaktiewe optrede het 'n manier om sleg te boemerang. En dít kan die SSA, en hy veral, allermins bekostig.

Hy's al so bleddie moeg daarvoor om te keer vir die SSA se wickets én pa te staan vir hulle fokops, maar hy weet sy kop gaan geëis word as hierdie storie moet uitlek. Die direkteur sowel as die minister van staatsveiligheid gaan 'n sondebok soek. En dit gaan hý wees, want die Kaapse kantoor is sy verantwoordelikheid.

Die afgelope jare is hy elke keer voor gestoot om die SSA se gemors op te ruim, en nog 'n skandaal sal sekerlik sy kersie blus. 'n Koerant het hom juis 'n tyd terug beskryf as 'n man wat suinig met die waarheid omgaan. Volgens die berig sal die SSA baie van hul verlore aansien herwin as hulle 'n meer geloofwaardige woordvoerder aanstel.

Hy snork. Niemand dink ooit daaraan dat hy in opdrag van ánder moet lieg nie.

Dit het alles twee jaar gelede begin met die verdomde warsender wat in die parlement geplant is om selfoonseine te blokkeer tydens die president se staatsrede. Die mediakabaal daaroor het 'n groot klad op die SSA se naam gelaat. Hulle is daarvan beskuldig dat hulle mediavryheid probeer ondermyn, asook dat hulle nie meer kan onderskei tussen bedreigings teen staatsveiligheid en politieke bedreigings teen die president nie.

Om alles te kroon, breek alle hel kort daarna los toe die gelekte spioenkabels op die lappe kom. Die nuusdiens Al Jazeera het die inhoud van honderde geklassifiseerde dokumente tussen die wêreld se verskillende intelligensiedienste wyd en syd verkondig. Abdul moes vure doodslaan soos nog nooit tevore nie.

Weens dié onthullings het die beskuldigings soos weerligstrale op hulle neergeblits. Beskuldiging 1: Die SSA stel mense aan wat nie behoorlik gekeur is nie. Beskuldiging 2: Die SSA gaan onverantwoordelik om met sensitiewe regeringsinligting. Beskuldiging 3: Die SSA is pionne van die CIA, Mossad en MI6, wat hier kan maak wat en soos hulle wil. Beskuldiging 4: Die SSA is hand op die blaas met die Russe en deel alle intelligensie-inligting met hulle.

Alles waar.

Die dokumente het verder onthul dat die SSA die sogenaamde Wit Weduwee, Samantha Lewthwaite, langer as 'n jaar dopgehou het terwyl sy besig was om die terreuraanval op die Westgate-winkelsentrum in Kenia te beplan. Hulle het nagelaat om die Keniaanse owerheid van haar bewegings te verwittig, terwyl sy sonder moeite drie verskillende identiteite gebruik het om in en uit Suid-Afrika te reis. Wat die media natuurlik nie weet nie, is dat die SSA nie gedink het sy is werklik 'n bedreiging nie.

Hy skud sy kop. En wie moes die vlamme doodpis? Abdul fokken Koopman, segsman van die SSA.

Nou is dit net 'n kwessie van tyd voor hierdie verdraaide verkla-rings skouspelagtig in sy gesig gaan ontplof. En hý is die een wat onseremonieel onder sy gat geskop gaan word, nie die bliksems wat agter die rokspante van die politici skuil en eintlik die toutjies trek nie. Daarom moet hy sorg dat die hele Kuyler en kie-storie donners vinnig én geluidloos opgelos word.

Maar tyd is nie aan sy kant nie. Hy sal eerste op Kuyler konsen-treer en hom laat inbring vir ondervraging, besluit hy. Intussen moet hy maar net vertrou die adjunkminister het nie 'n aandeel in die komplot nie.

* * *

Dis skuins voor tien toe Kassie en Rooi voor Polkadot stilhou. 'n Man met lang, slordige hare, 'n T-hemp en verbleikte jeans staan voor die toe deur van die drukkery. Hy praat op sy selfoon en lyk ongelukkig met die lewe.

"Die blerrie plek is gesluit, Sam," hoor Kassie hom sê toe hy uit die kar klim. "Hier's nie 'n mens nie! Ek kan hom ook nie bel om te hoor wat aangaan nie, ek het net sy nommer hier by die drukkery."

Die man luister stil terwyl hy met sy tekkie 'n paar gruisklippies van die sementpaadjie af skop. "Raait, ek sal hier wag." Hy druk die foon dood. "Fok jou ook, Sam," sê hy luid en sit die foon in sy sak.

Hy sien Kassie en Rooi toe hy omdraai. "Hier's niemand nie," sê hy en beduie na die deur. "Ek wag al van negeuur af hier."

"Is jy 'n kliënt van Polkadot?" vra Kassie.

Die man knik. "Ek's 'n graphic designer, het pamflette vir 'n special promotion van Sam's Pizza Palace hier laat druk. Hulle wou die pam-flette vanoggend by die traffic lights versprei het, maar die goed het nooit gisteraand opgedaag soos Polkadot beloof het nie. Nou's almal by Pizza Palace vir my die moer in."

"Met wie het jy hier gewerk?" vra Rooi.

"Calla, die manager. Ek het al voorheen jobs vir ander van my clients hier laat doen en nooit kak gehad nie. Vandag is 'n eerste."

"Het jy ooit die eienaar van Polkadot ontmoet?" wil Kassie weet. "Ivan . . . Ivan Alex-something, 'n Rus." Hy draai na Rooi. "Lees bietjie daai ou se van."

Rooi haal sy notaboekie uit en staar fronsend na sy aantekeninge van die vorige dag. "Alex . . . Alex . . . andro . . . wiets. Of so iets."

"Ken hom nie," sê die man. "Calla was maar altyd hier in charge wanneer ek opdaag."

Kassie besef hy het nooit eers die bestuurder se van gevra nie. Hulle is só vinnig hier uit na Alcaso se stoor toe dat dit hom skoon ontgaan het.

"Wat's Calla se van nou weer?" vra hy.

Die man haal sy skouers op. "Ken hom net as Calla, nie 'n clue wat sy van is nie. Good luck as julle ook drukwerk hier laat doen het, want dit lyk nie of hier vandag enige aksie gaan wees nie."

Met 'n wuif draai hy om en loop na die kafee oorkant die straat.

Kassie beduie vir Rooi hulle moet terugstap motor toe.

"Bliksis, dís vir jou 'n ding," sê Rooi.

"Ja, dit lyk al hoe meer of die skuldige wetters hier by Polkadot sit. Jy sluit nie net jou plek en vee jou gat af aan jou kliënte as jy niks het om weg te steek nie."

"Dink jy Calla het ons op 'n syspoor na Alcaso gestuur sodat hy kon wegkom?"

"Weet nie. Die fakture het oortuigend genoeg gelyk."

Kassie steek 'n Lucky aan terwyl hy teen die motor leun. "Magrieta sal vir ons moet uitvind wie die geregistreerde eienaar van Polkadot is en waar hy bly. Dalk is die storie van die Rus ook bullshit. Calla het gister heeltemal te lank getalm om daai naam vir ons te gee, so asof hy eers mooi moes dink voor hy antwoord."

"Ek't dit ook gesien. Ons was te oorhaastig om by die stoor uit te kom. Ons moes Calla eers goed ondervra het."

Kassie sug. "Nou te laat."

"Wat gaan ons doen?" vra Rooi.

"Ons sal die res van die oggend hier moet wag. Dalk daag hier nog iemand van die drukkery op. Maar bel solank vir Magrieta."

Die graphic designer kom teruggestap, reguit na hulle toe.

"Die ou by die keffie sê hier was gisternag laat 'n groot gewerskaf by Polkadot," vertel hy. "Ouens het bokse en bokse goed hier uitgedra, kompleet asof hulle oppak. Dalk is die spul bankrot."

* * *

Claus tuur van sy rondawel se stoep oor die vloedvlakte van die Okavango. "The river that never finds the sea," noem die plaaslike inwoners dit. In die verte kan hy die digte bosse en lowergroen bome van die Moremi-wildreservaat sien.

Onder normale omstandighede sou hy heerlik kon ontspan. Maar sedert hy gister hier aangekom het, het die spanning net op 'n stywer knop in sy maag getrek. As die bom by Prins Pharmaceuticals bars, sal Macy vermoed hy het hierheen gevlug.

En sy weet presies waar die rondawel is. Hy het haar 'n tyd terug probeer oortuig om saam met hom hierheen te kom vir 'n week vakansie. Op 'n kaart presies vir haar gewys waar die plek is en haar toegegooi met brosjures oor die omgewing.

Sy grootste vrees is dat sy haar vermoedens met Ivan sal deel. En Claus weet maar te goed waartoe die mal Rus in staat is as hy wil wraak neem. Sodra die polisie via Polkadot by Prins Pharmaceuticals begin navraag doen en die Rus se toekoms bedreig, sal Claus nie boaan sy gewildheidslys wees nie.

Hy ril toe hy dink aan hoe Ivan ontslae geraak het van daai Angolese doeanebeampte. Die man het gedreig om hulle by die owerhede te verklap as hulle hom nie meer betaal nie, en Ivan het die arme drommel by 'n steengroef buite Luanda in een van die grinders gedruk.

Claus skrik toe sy selfoon begin lui. Macy, sien hy op die skerm.

Woede en weemoed wel gelyktydig in hom op. Hoe kon sy hom so verneuk het? Sy liewe Macy vir wie hy altyd net goed was . . . Maar nou het sy haar plek in sy lewe finaal verpas. Vergifnis is nie deel van sy DNS nie.

Hy stap na die verste hoek van die stoep waar die beste ontvangs is en antwoord.

"Darling, ek is só verskriklik jammer oor wat gebeur het." Haar stem bewe.

"Hoekom bel jy my, Macy? Het jy geld nodig?"

"Nie daaroor nie! Wel . . . dit . . . dit ook," stamel sy.

"Ivan sal seker nie omgee om die nuwe liefde in sy lewe met geld te help nie."

"Ek't vir Ivan gesê dit was 'n fout, ons . . . ons . . ."

"Genaaiery?"

"Dit was die eerste keer. Ek sweer, darling! En dit was 'n groot fout. Ivan se asem stink verskriklik en . . . en . . ." Sy sug sidderend. "Dit sal nooit, nooit weer gebeur nie. Ek het jóú lief en niemand anders nie."

"Waar's jy?"

"By die huis, darling. Ek's gestrand hier, Ivan het my net kom aflaai. En . . . ek sukkel om vir myself kos te maak. Ek wil iets by die supermark gaan koop om te eet, maar ek het nie geld nie. Ek weet ook nie hoe ek daar gaan uitkom sonder 'n lift nie. Nie Ivan of Brian antwoord hulle fone nie. Ek bel al van gister af aanmekaar."

Dan het die stront begin spat, dink Claus.

Hy oorweeg dit om Macy met 'n "whatever" vaarwel te roep en af te lui, maar besluit daarteen. Sy kan dalk van waarde wees en hom ingelig hou oor Ivan en Brian se bewegings.

"Reg, ek sal vir jou geld in jou spaarrekening oorbetaal. Huur 'n taxi as jy iewers heen wil gaan. Maar bel my onmiddellik as jy enig-iets van Ivan of Brian hoor. En ek bedoel énigiets."

"Ek belowe ek sal." Sy talm 'n oomblik. "Wat . . . gaan aan, darling? Waar's jy?"

"Ek's vir 'n tydjie uitstedig. Ek sal weer terugkom," lieg hy.

"Beteken dit jy . . . het my vergewe?"

"Natuurlik, my skat."

Hy lui af en stap kopskuddend terug na sy stoel. Begin dan onbe-daarlik lag, só erg dat die trane oor sy wange loop.

Ivan se asem stink! Die simpel klein bitch . . . om dít nou as 'n rede aan te voer waarom sy haar verhouding met die Rus beëindig het.

Dis nie sy stink asem nie, maar sy toe beursie wat haar laat om-spring het, dink Claus en begin weer lag. Ivan is die suinigste blik-sem wat hy ken.

29

Die Pion voel niks. Hy gee nie meer om nie. Sedert hy Buskruit gisternag agter in die tuin begrawe het, strompel hy soos 'n slaap-wandelaar deur die huis. Maar hy het nie berou oor sy daad nie. Dit was nodig vir die helingsproses.

Sy gemoed is nou kalm. Die angs en woede het verdwyn. Dis asof hy 'n buiteliggaamlike ervaring beleef. Daarom is dit vir hom maklik om vandag sy Moeder-lêer uit die lessenaar se laai te haal.

Hy trek die Olympia nader en begin tik met standvastige hande, sy vingers wat sekuur oor die toetse beweeg.

Ek was buite myself van woede en teleurstelling. Sy het Dieter bo my verkies. Sy het haar enigste seun verraai, hom met 'n dolk in die rug ge-steek, het dit deur my gedagtes bly maal. Ek het die bronsbeeld van die koffietafel af gegryp, die groot pion wat my oorlede vader in sy jong dae by 'n Spoorweg-skaaktoernooi gewen het.

Die eerste hou het haar teen die kant van die kop getref. Sy het agteroor geval. Ek was dadelik op haar. Ek het aanhou slaan en slaan en slaan . . . totdat haar gesig onherkenbaar vermink was. Die bloedplas langs haar kop het al groter uitgekring op die wit tapyt. Ek het met afgryse gestaar terwyl die lewe stadig uit haar sypel. Die drang om op haar gesig te urineer, moes ek met inspanning onderdruk.

Ek het gaan stort en elke bloeddruppeltjie van my lyf geskrop. Daarna 'n tas gepak, my spaargeld en die geld gevat wat sy in die koffieblik in die kombuis gehou het, die voordeur gesluit en stasie toe gestap. Ek het 'n kaartjie Johannesburg toe gekoop en by die stasiekafee 'n vleispastei geëet. Ek het gewonder of ek ooit weer my voete in die Kaap sal sit.

Die Pion peins nog 'n wyle. Dan tik hy die slotparagraaf.

Hy staan op van agter die lessenaar, haal die geraamde foto van Moeder van die rakkie af en sit dit saam met die velle papier in die lêer. Hy druk dit tussen die ander M'e – Mabeko en Molepe – in die liasseerkabinet en stoot die laai toe.

Op pad badkamer toe om sy hande te was, steek hy in die gang vas. Die frisbee. Hy gaan haal 'n paar velle kombuispapier, tel die speelding daarmee op en gaan gooi dit in die vullisdrommetjie.

Hy het lanklaas so ontspanne gevoel, dink hy toe die deksel toe-klap.

* * *

Moos se kop ruk op toe die telefoon in die sitkamer lui. Niemand behalwe sy pa bel hom op die landlyn nie, en sy pa hét al vanoggend gebel. Hy het net gesê hy's met verlof.

Hy tel die gehoorbuis met groot afwagting op. Hopelik het die SSA hulle oordeelsfout agtergekom en begin hulle nou sy onder-soek na waarde skat.

"Moos . . ." Dis Louisa.

Sy is die laaste mens met wie hy wil praat, dink hy teleurgesteld. As sy vermoede reg is dat sy telefoon getap word, kan dit vir hom net moeilikheid beteken.

"Ek't na jou werk gebel, maar hulle sê jy's by die huis," sê sy be-skuldigend. "Jy antwoord ook nie jou sel nie."

"Louisa . . . ek . . ."

"Moos, ek's so gatvol vir myself dat ek my in hierdie ding van jou laat praat het," onderbreek sy hom skril. "Naas Kuyler maak my mal. Hy bel elke tien minute en smeek om my weer te sien. Hy't my tot vanoggend vyfuur hier by my woonstel opgeklop nadat hy oor die veiligheidsmuur geklouter het. Ek het nie oopgemaak nie, maar hy't seker vir 'n halfuur voor my deur geteem. Jy sal met hom daaroor móét praat!"

"Ek . . . ek kan allermins met hom praat. Die saak is op 'n mes-punt gebalanseer. Ons kan nie nou . . ."

"Ek gee nie 'n flenter om oor julle saak nie! Kuyler harass my en ek gaan dit nie langer vat nie!"

"Louisa, jy verstaan nie . . ."

159

"Nee, Moos, dis jý wat nie verstaan nie. Ek's sommer lus en bel *Rapport* en vertel hulle als. My privaatheid word nou ernstig ge-skend. Die man maak my gek!"

"Gee ons net 'n paar dae, dan sal hy uit jou lewe verdwyn. Ek belowe."

Sy sit die foon in sy oor neer.

Hy loop badkamer toe om twee Disprins te sluk. Mag die Hemelse Vader gee dat sy foon nie getap word nie, bid hy.

Maar as hy verkeerd is – wat onwaarskynlik is – moet hy hulle nie waarsku dat Louisa koerante toe wil hardloop nie?

Nee, besluit hy. Dit gaan hom net nóg slegter by Koopman laat lyk.

*   *   *

Die kafee-eienaar skud hand met Kassie en Rooi.

"Ja, hulle het gisteraand 'n helse lot bokse daar uitgedra," sê hy, duidelik ingenome dat hy die polisie van hulp kan wees. Hy en sy vrou bly in die woonstel bo die kafee en kyk van hulle slaapkamer-venster op Polkadot uit.

"Hoe laat was dit?" vra Kassie.

"Om en by eenuur vanoggend, skat ek. Ek het wakker geword van die stemme, opgestaan en by die venster uitgekyk. Met die straatligte kon ek alles duidelik sien. Hulle was seker langer as 'n uur bedrywig, ons bleddiewil uit die slaap gehou."

"Hoeveel mense was betrokke?" vra Rooi.

"Drie van hulle. Polkadot se manager, die groot ou met die pony-tail wat gereeld hier kom, en dan 'n ouerige kêrel wat ek nog nie voorheen gesien het nie."

"Vertel ons meer van die groot man met die poniestert," sê Kassie.

Die man maak sy arms bak. "So 'n spiertier van 'n ou. Hy kom koop altyd goed hier by die kafee. Praat Afrikaans, maar dit klink of hy 'n uitlander is. Vréémde aksent aan hom."

Kassie kyk vinnig na Rooi. "Jy weet nie dalk wat sy naam is nie?"

"Nee, ons was nie op first name terms nie."

"En ken jy die manager?" vra Rooi.

"Ek sien hom net wanneer hy die plek soggens oopsluit. Hy hou hom maar skaars. Gewoonlik sien ek hom eers weer as hy die aand huis toe ry."

"Is daar nie van die ander personeel wat jou kafee besoek nie?"

"Ja, daar's 'n paar ouens in overalls wat so teen halftien soggens hier inval. Ek dink hulle werk met die drukmasjiene, maar ek ken nie een van hulle nie. En hier't altyd so 'n skaam meisietjie gekom wat koeldrank en eetgoed gekoop het. Ek dink sy was die ontvangs-dame, maar ek't haar lanklaas gesien."

Op pad terug na die motor verwoord Rooi Kassie se vermoedens.

"Die bliksems van Polkadot is die skuldiges," sê hy. "Natuurlik hulle melk weg geskrik toe ons gister by Calla navraag doen. Toe laas nag al die incriminating evidence kom wegdra."

Sy selfoon lui. Hy kyk na die skerm en sê opgewonde: "Magrieta!"

En ná 'n oomblik se luister: "Herklaas Prinsloo? Is jy seker?" Hy haal sy notaboekie uit en skryf iets neer. "Thanks, Magrieta, dit was lekker vinnig."

Hy glimlag toe hy opkyk. "Ons is in business! Magrieta het Polka-dot se eienaar in die kleinsakeregister opgespoor. Hy bly net hier anderkant in Bellville."

Hulle ry in stilte, elkeen besig met sy eie gedagtes.

Hierdie kan die deurslaggewende oomblik in die ondersoek wees, dink Kassie. Dat Polkadot iets met die vals medisyne te doen het, is seker, en daarom waarskynlik ook met Fred Smuts se moord.

Die adres is in 'n armoedige buurt van Bellville, die rooibaksteen-huisies styf teen mekaar ingedruk. Die vensters staan oop en dit lyk of daar mense is toe hulle voor die huis stilhou.

'n Ouerige man verskyn in die voordeur toe hulle in die paadjie aankom. Hy het 'n sweetpak en pantoffels aan en wag hulle fron-send in.

"Is dit die huis van Herklaas Prinsloo?" vra Kassie.

"Nee, ek's die eienaar. Willie van Dyk."

"Het 'n Herklaas Prinsloo dalk voorheen hier gebly?"

"Ek't die huis twintig jaar gelede by 'n Prinsloo gekoop, maar sy naam was nie Herklaas nie." Die man dink 'n rukkie. "Bertus. Bertus Prinsloo."

"Het hy dalk 'n seun gehad?" vra Rooi.

"Nee, dit was net hy en sy vrou. Hulle het 'n helse lot katte hier aangehou."

"U weet nie waar ons Bertus Prinsloo kan opspoor nie?" vra Kassie.

Die man gee 'n siniese laggie en wys met sy vinger boontoe. "Ja, as julle 'n kortpad poorte toe ken."

Dan skud hy sy kop swaarmoedig. "Alle grappies op 'n stokkie. Die Prinsloos is oorlede kort nadat ek die huis by hulle gekoop het. Ek was nog so geskok toe ek dit in die koerant lees. Kop-teen-kop-botsing met 'n lorrie, as ek reg onthou."

30

"Govno," sê Ivan deur geklemde kake. Die are op sy gespierde arms bult, sy voorkop blink van die sweet. "Govno," prewel hy weer.

Brian weet dit beteken "shit".

"Ons moet nou kalm oor dié ding dink, Ivan," paai hy. "Ons kan nie bekostig om kop te verloor nie. Ja, ons is in diep shit, maar ons het nog tyd om vinnig besluite te neem. Ons het genoeg geld om . . ."

"Ons gaan nie weghardloop soos Claus nie," sis Ivan, 'n verbete uitdrukking op sy breë gesig. "Ons het lank gewerk om hierdie business op te bou. Ons kan nie alles net wegsmyt nie."

Brian se maagspiere trek saam. Hy moet die Rus van dié topic af kry, weet hy, want Ivan gaan net iets onverantwoordeliks voorstel.

"Ek kan nie verstaan waarom Claus ons so gedrop het nie," kies hy die maklikste uitweg. "Net die pad gevat, en in die proses 'n vyand van Alcaso gemaak."

Ivan leun terug in sy stoel en snork minagtend.

"Daai Portugees is glo briesend," sê Brian vinnig. "Bernie sê die cops het miljoene rande se drugs in die stoor gekry. Alcaso soek Claus nou met 'n seer hart."

Die Rus grinnik. "En ek hoop hulle kry die fokker en maal sy balls fyn."

"Wat maak ons met Macy? Sy weet heeltemal te veel."

Ivan skud sy kop. "Sy's nie ons problem nie – te stupid en harmless om ons tyd op te waste. Al waaroor sy sulk, is dat sy nie meer Claus se credit card het nie."

"Sy bel my aanhoudend."

"Vir my ook. Moet net nie haar bleddie calls antwoord nie. Sy gaan by jou ook geld bedel."

"Wat was Claus se reaksie toe hy julle betrap?"

Ivan lag en sluk aan sy bier. "Vrééslik shocked. Ek't gedink hy weet lankal ek service haar. Met daai groot pens van hom kan hy haar tog nie meer satisfy nie. Hy moes geweet het sy's net agter sy geld aan."

Brian lag saam, bly hy kon die onderwerp verander.

"Maar my relationship met haar is ook nou finished." Ivan staan op en kry nog 'n bier uit Brian se yskas. "Suddenly wil sy by mý geld hê vir haar excessive lifestyle. Sy's niks anders as 'n bleddie parasite nie."

Brian luister met 'n halwe oor. Ivan se jare lange skelm verhouding met Macy is nie nou belangrik nie. Sy gedagtes is by hoe dinge so vinnig skeefgeloop het. Toe Calla gisteraand verduidelik hoe Claus hom fakture laat vervals het, het Brian besef die eerste drolletjies het in die drinkwater geplons. Claus het natuurlik voorsien iemand gaan weer by Polkadot navraag doen oor die verpakkings, toe het die skelm bliksem vir hom sekuriteite ingebou om vinnig te verkas. En nou sit hy en Ivan met die gemors.

Hulle kon wel die skade by Polkadot beheer deur laas nag elke dokument, papier, faktuur en verpakking uit die gebou te verwyder. Hy het Calla drie maande vooruit betaal en hom opdrag gegee om die Kaap teen die spoed van wit lig te verlaat as hy nie agter tralies wil sit nie.

In die vroeë oggendure het Brian die vier masjienoperateurs by hul huise gaan opklop, hulle maandsalarisse vooruit betaal en gesê Polkadot sluit nou, hulle moet ander werk soek. Toe na die lab in Paardeneiland gejaag en al die grys medisyne daar opgepak en weggery. Teen oopmaaktyd vanoggend het hy Colin by Waste Specialists gebel en hom beveel om dadelik ontslae te raak van al die vervalde medisyne in die stoor. En 'n storie gespin wat Colin aan die polisie moet opdis as hulle dalk daar gaan snuffel.

Brian sug en vat 'n lang sluk van sy koffie. Hy is pê ná die feitlik slapelose nag, maar dit het hulle kans gegee om nou asem te skep en te herbesin oor hul toekoms. Van een ding is hy seker: dit sal die polisie nie 'n ewigheid vat om op die spoor van Prins Pharmaceuticals te kom nie.

As dit van hom afgehang het, was hy lankal op pad Suid-Amerika toe. Hy't genoeg geld om in weelde af te tree, en sonder die grys been het Prins Pharmaceuticals in elk geval nie bestaansreg nie. Maar Ivan is koppig – oortuig daarvan hy kan die situasie nog red.

En om eerlik te wees, is Brian te bang om die Rus teë te gaan. Hy sal eers moet saamspeel, totdat die geleentheid hom voordoen om te waai.

Ivan sluk die laaste van sy bier en sit die blikkie op die koffietafel neer.

"Ek het 'n plan," sê hy. "Dis risky, maar dit sal ons genoeg tyd gee om ons tracks ordentlik dood te vee en nuwe structures vir die grys been in plek te kry."

Brian frons. "Watse plan?"

Die Rus vroetel in sy broeksak en haal 'n velletjie papier uit. "Calla het vir my die name gegee van die twee cops wat by Polkadot kom snoop het."

* * *

Kolonel Daniels het weer sy honnestront-look.

"En julle besluit toe om die bestuurder by Polkadot net so te los en soos besetenes na die meubelstoor te jaag?" knetter sy stem soos masjiengeweervuur. "En nou is Polkadot se deure so toe soos 'n kleios se gat, en die manager en al die evidence is skoonveld?"

"Dit . . . was 'n fout," erken Kassie met afgewende oë.

"Dit kan jy fokken weer sê! En boonop klink dit vir my of die sogenaamde eienaar van die drukkery 'n skim met 'n fake naam is."

Kassie haal sy skouers op. "Of dit fake is, weet ek nie. Maar Magrieta kon daai naam aan twee ander besighede in Paardeneiland koppel. Herklaas Prinsloo is glo ook die eienaar van 'n plek wat hulleself Waste Specialists noem, sowel as 'n besigheid genaamd Metal 2 wat afvalmetaal stoor. Ek't Rooi en twee uniforms soontoe gestuur."

Daniels se wenkbroue lig. "En waarmee hou jý jou besig? Of bestee jy eerder jou tyd daaraan om nog swak plekke in die polisie se mondering te identifiseer? Onthou tog om hierdie fokop van julle met Polkadot se bestuurder ook te lys."

Kassie ignoreer die sarkastiese stemtoon. "Ek gaan juis nou probeer om vir Calla op te spoor."

"Jy weet dan nie eers wat sy van is nie!"

"Tussen die eienaars van die agt gastehuise wat hulle brosjures by Polkadot laat druk het, is daar dalk iemand wat meer oor hom weet." Kassie staan op om te loop.

"Hoe vorder julle met die OTM'e wat opgeblaas word?" keer Daniels hom. "Ek hoor daar's gister weer een van FNB moer toe geskiet, hier by 'n sentrum in Rondebosch."

"Rooi was gister vinnig daar aan," sê Kassie. "Selfde modus operandi as by die ander kitsbanke. Ons weet 'n bende sit daaragter, maar ons kontakte kon ons nog nie help nie."

"Dalk moet julle beter kontakte kry."

Kassie stap uit sonder om te antwoord. Daniels gaan fout vind met álles wat hy sê, dink hy. Die baas het duidelik sy mes in vir hom.

* * *

Met haar bene netjies gekruis sit Macy in 'n leunstoel en wag vir die taxi. Sy was vanoggend verheug toe sy op haar selfoon sien Claus het vir haar geld inbetaal. Nie baie nie, maar dit behoort darem te hou tot hy terug is.

Sy kan nog steeds nie glo hy het die twee huishulpe in die pad gesteek nie. Hoe dink hy gaan sy sonder hulle cope? Dis natuurlik om haar te straf nadat hy haar en Ivan betrap het.

Haar grootste vrees is dat hy gaan uitvind die ding tussen haar en Ivan gaan al vir langer as twee jaar aan. En haar ex-lover antwoord eenvoudig nie sy foon nie.

Die vieslike Rus! Sy was goed genoeg om sy seksdrange te bevredig, maar noudat hulle dringend 'n believable storie moet uitdink oor waarom hulle "net die een keer seks gehad het", ignoreer hy haar. Sy ken Claus goed genoeg om te weet hy sal Ivan daaroor uitvra, en dan moet hulle stories ten minste ooreenstem.

Sy spring op toe die voordeurklokkie lui. Sy't sommer al die hek met die afstandbeheerder oopgemaak sodat die taxi net kan inry. Maar toe sy die voordeur oopmaak, lyk die man voor haar nie soos 'n taxibestuurder nie.

"Is jy van die taxi?" vra sy en bekyk die kort, bonkige man in T-hemp, kortbroek en plakkies.

Hy skud sy kop. "Ek het vir die taxibestuurder gesê hy kan maar ry. Ek sal sommer na jou omsien."

Is dit Claus se reëling? wonder Macy. Dalk het hy een van sy vriende gestuur om seker te maak Ivan hang nie nog hier rond nie.

Die man stap ongenooid in, trek die deur agter hom toe en sluit dit.

Hy steek sy hand na haar uit. "Noem my Bernie."

"Hoekom is jy hier?" vra sy. "Het Claus jou gestuur?"

Hy grinnik. "Nee. Maar ek glo jy kan ons vertel waar daai vet boyfriend van jou is. Ek wil hom baie graag in die hande kry."

* * *

Calla moet met alle mag sy aandag by die pad hou.

Vroulief en ál die kinders in die kar huil. Gertjie omdat Jannie hom geslaan het, Jannie omdat Gertjie teruggeslaan het, Elna omdat sy tussendeur 'n skrams hou gekry het, en die baba omdat hy wakker geraas is.

Vroulief huil omdat Calla die hele sak patats moes uitpak. Ook omdat sy die meeste van haar aardse besittings net so in die huis moes los. Nie dat sy soveel het nie, maar die kar se kattebak en die ventertjie was gou tot barstens toe vol met al die kinderklere en speelgoed wat ook moes in.

Sy kyk na hom met verwytende, rooi gehuilde oë. "Waarheen gaan ons, Calla?"

"Hoeveel keer moet ek dit nog sê," praat hy hard bo die lawaai van die kinders uit. "Ek bleddiewil wéét nie!"

Heeltemal te hard, want haar onderlip begin weer bewe.

"En sjarrap, julle!" skree hy vir die kinders.

31

Naas Kuyler sweet oormatig. Waar hy in die SSA se klein onder-vragingslokaal sit, stroom die sweet uit sy hare en kronkel in straal-tjies teen sy wange af. Op sy ligblou Polo-hemp het groot, donker kolle onder sy arms uitgeslaan.

Koopman kan die onsekerheid in Kuyler se oë sien. Sedert twee SSA-agente hom vanoggend in sy kantoor by Kadinsky Dynamics versoek het om saam met hulle te kom vir 'n "roetine-ondervraging", moes hy seker al sy brein geknak het oor wat hulle weet en wat nie.

By die kantoor aangekom, het hulle sy selfoon afgeneem. Toe is hy vir langer as twee uur alleen hier in die ondervragingslokaal gelos, met die ligte en lugversorging afgeskakel. By die SSA staan dit bekend as spanningsterapie. Hoe langer 'n verdagte só aangehou word, hoe meer bou die spanning in hom op. Die isolasie breek ook sy weerstand af, ondergrawe sy selfvertroue en ondermyn sy rede-nasievermoë.

Nou, met die dakligte wat helder op Kuyler skyn, kan Koopman sien die terapie was suksesvol. Die man oorkant hom se hande bewe liggies, sy pupille is effens vergroot, sy kake geklem, sy mondhoeke afgerem, sy oë ontwykend. Die natuurlike reaksie van 'n onskuldige persoon wat so lank in sulke onaangename omstandighede moes wag, is gewoonlik heftig, maar by Kuyler is dit afwesig, wat 'n goeie teken is.

Koopman glimlag innerlik. Die lam is gereed om ter slagting gelei te word.

Die volgende stap van 'n suksesvolle ondervraging is om die ver-dagte aanvanklik vals hoop te gee. Bring hom onder die indruk dat jy nie heeltemal seker is oor die omvang van sy aandeel in die saak nie. Dit laat hom glo hy kan homself uit die situasie loslieg. En net wanneer hy oortuig is hy't jou vraag slim omseil, konfronteer jy hom met 'n feit wat sy antwoord as 'n leuen ontbloot.

Soos dié proses voortduur, en hoe meer leuens blootgelê word, oortuig dit die verdagte dat die ondervraer baie meer weet as wat werklik die geval is. Dan begin die verdagte "lostorring", soos dit in intelligensiekringe genoem word, en kom hy met die hele sak patats vorendag. Meestal sal hy wel sy eie aandeel onderspeel, maar daar is ook metodes om dit te ontmasker.

"Meneer Kuyler, jy's 'n direkteur by Kadinsky Dynamics?" begin Koopman sy ondervraging.

"Ek is, ja," sê Kuyler skor terwyl hy die sweet van sy voorkop afvee.

"Die rede vir jou ondervraging is dat dit onder ons aandag gekom het dat jy onlangs ene Suleiman Khan in die Bo-Kaap besoek het. Een van ons agente wat Khan se huis dophou, het jou daar opgemerk."

Die skok op Kuyler se gesig is duidelik, maar hy probeer dit met 'n laggie afmaak. "Ja, ek was by hom. Ek het bloot gereageer op 'n versoek van meneer Khan om hom te gaan sien."

"Ken jy Khan goed?"

"Nee. Ek het hom daardie aand eers ontmoet."

"Hoekom het hy jou na sy huis laat kom?"

"Hy't gesê hy't 'n goeie sakegeleentheid vir Kadinsky," sê Kuyler met groeiende selfvertroue.

"Bespreek jy gewoonlik laat in die aand sakegeleenthede by mense se huise wat jy van g'n kant af ken nie?"

Kuyler sluk. "Nee . . . nee, dit was maar net dat meneer Khan geloofwaardig geklink het toe hy my bel en sê dis die enigste tyd en plek wat hom pas." Hy maak 'n hulpelose gebaar met sy hande. "Ons bedryf is maar onder druk. Ons volg alle geleenthede op."

"Ek was onder die indruk julle skakel gewoonlik met regeringsinstansies, nie met privaat persone nie?"

"Soms stel maatskappye of individue belang in van ons tegnologieë – goed wat niks met wapens te doen het nie. Ek kan jou talle voorbeelde gee, soos . . ."

"Dis nie nodig nie, ek glo jou. Maar ons het inligting dat meneer Khan spesifiek in wapens belangstel. Dis waarom ons sy huis dopgehou het."

Kuyler weifel 'n oomblik. "Dis korrek. Ek . . . het dadelik aangedui ek kan hom nie help nie."

"Het hy gesê vir watter doel hy die wapens wil hê of namens watter groep hy praat?"

"Nee."

"Dus het julle net 'n vinnige gesprek gehad?"

"Ja . . . relatief vinnig."

"Hoekom was jy dan langer as 'n uur by hom?"

Kuyler moes dié vraag sien kom het, want hy antwoord glad: "Hy't aanvanklik oor krieket gesels, en ek's ook 'n krieketgeesdriftige. Hy't 'n groot versameling krieketboeke wat hy vir my gewys het."

"Die SSA weet nie van sy krieketvoorliefde nie, maar ons weet meneer Khan het bande met radikale Islamitiese groepe."

Kuyler haal sy skouers op. "Daarvan is ek onbewus."

"Eienaardig, want jou vriendin Fakhira Soomrani het bande met dieselfde groepe. Sy besoek meneer Khan ook gereeld."

Dít het Kuyler nie sien kom nie. Sy gesig verbleek.

"Sy's nie 'n vriendin nie," sê hy vinnig, té vinnig om geloofwaardig te klink. "Sy't . . . my net een keer genader oor . . . sekere sagteware wat ons by ons missielontwikkeling inspan. Ek kon haar nie help nie."

"So julle kontak was ook eenmalig? En van korte duur?"

Kuyler knik, maar lyk nie oortuig van sy saak nie.

"Waarom bel jy haar dan so gereeld? In die afgelope drie weke was daar sewentien selfoongesprekke tussen julle, sommige vir langer as 'n kwartier."

Kuyler se adamsappel spring en die skok wys in sy oë. Hy begin lostorring, dink Koopman tevrede.

Toe Kuyler nie antwoord nie, sê hy: "Jy't haar ook onlangs by haar boetiek in Woodstock besoek. Stel sy ook in krieket belang?"

"Ek't . . . in haar as vrou belanggestel," sê Kuyler gemaak verleë. "Sy's . . . aantreklik." Sy blik ontwyk Koopman s'n.

"Kon jy Fakhira darem inpas tussen jou baie afsprake met ons spioen?"

Kuyler kyk verbaas na hom. "Julle . . . julle spioen?"

"Louisa Maritz."

"Ek . . . ek . . ." stamel Kuyler, sy gesig bloedrooi.

"Laat ek jou geheue verfris. Louisa Maritz is die een wat in Mouillepunt bly, die vrou met wie jy gereeld seks gehad het. Jy't ook vir haar vertel jy't kontak met belangrike mense . . . soos die adjunkminister van verdediging."

Koopman verkneukel hom in die gesig oorkant die tafel: Kuyler se mond gaap oop, maar daar kom nie 'n geluid oor sy lippe nie.

"Ons weet ook dat jy gereeld lang stories oor die foon met die adjunkminister gesels," vervolg hy. "Jy het tot in die parlement vir hom gaan kuier."

"Ek . . . wil my prokureur hê," sê Kuyler, sy gelaat wasbleek.

Koopman lag. "Ons is nie die polisie nie, meneer Kuyler. Ek gaan jou nie aankla nie. Ons weet jy was bloot 'n marionet in die hele saak. Ons wil net seker maak jou feite stem ooreen met ons s'n."

Kuyler knik ywerig. "Ek sal my samewerking gee . . . as ek vrywaring van vervolging gewaarborg word."

"Dan kan jy maar praat," nooi Koopman. "Ons sal jou nie vervolg nie, Naas. En dis 'n belofte."

Kuyler sug swaarmoedig. "Dit . . . dit het alles by die adjunkminister begin . . ."

* * *

Kassie staan en kyk na die vaal huisie in Brackenfell. Grys betonheining, oranje plastiekgholfbal vir 'n posbus, onversorgde grasperkie waarop 'n verweerde teddiebeer en 'n speelgoedkarretjie lê. Die gordyne is styf toegetrek.

Hy lui die voordeurklokkie, maar daar is geen antwoord nie. Stap om die huis, al kan hy sommer aanvoel hier's nie 'n siel by Calla Verhoef se blyplek nie.

Die tweede gastehuis wat hy gebel het, kon hom help. Die eienaar het tot geweet in watter straat die Verhoefs bly, omdat hy onlangs brosjures hier kom afhaal het. Volgens hom is Calla getroud en is daar 'n string kinders.

Kassie moet laag buk om onder die lendelam wasgoeddraad deur te loop na die agterdeur. Hy klop hard, maar weer is daar geen roering in die huis nie. Hy voel aan die handvatsel. Tot sy verbasing gee dit mee en hy stoot die deur oop.

"Iemand tuis?" roep hy, maar word deur doodse stilte begroet.

Dit lyk of 'n orkaan die plek getref het. Oral staan kaste en laaie oop, en klere lê gestrooi oor die drie slaapkamers se vloere. In die badkamer ontbreek tandeborsels en tandepasta – 'n seker teken dat die chaos nie deur inbrekers veroorsaak is nie, maar dat die huismense inderhaas verkas het.

Kassie stop in die gang waar 'n gesinsfoto hang. Drie van die kinders lyk of hulle op laerskool kan wees; hy het juis twee skoolboeksakke in 'n slaapkamer gesien. Midde-in die skoolkwartaal is die Verhoefies saam met pa en ma vort – moontlik 'n aanduiding dat die gesin nie beplan om gou terug te keer nie.

Hy staan nog peinsend in die gang toe sy selfoon lui. Rooi.

"Nee, bliksis, Kassie, hier's iets vreemds aan die gang. By die metaalstoorplek is daar nie 'n siel nie. Ek't op 'n leer geklim om by die stoor se venster in te kyk – boggherol. Toe is ons na Waste Specialists. Hulle raak van besighede se rubbish ontslae, gewoonlik toksiese goed. Spesialiseer glo ook in oil en chemical pollution control. Ek was moerse opgewonde toe die manager sê hulle word deur 'n hele lot apteke gekontrakteer om ontslae te raak van medisyne wat verval het. Maar toe pis hy op my battery, hulle het glo vanoggend die jongste batch vernietig. Dit word op 'n terrein in Observatory gedoen. Hy't die adres gegee, gesê ek kan maar daar gaan tjek."

"En wat sê hy oor die eienaar . . . Herklaas Prinsloo?"

Rooi gee 'n laggie. "Dis die vreemdste van alles. Die ou was heel verbaas dat Prinsloo op die kleinsakeregister as die eienaar aangedui word, hy sê daai inligting is heeltemal outdated. Prinsloo wás destyds die eerste eienaar, maar die besigheid het intussen al 'n paar keer van hande verwissel. Nou behoort die plek aan hom en 'n paar van die senior ouens wat daar werk."

"Het hy Prinsloo geken?"

"Nee, dit was voor sy tyd, sê hy."

"Hy kan jou natuurlik bullshit."

"Dit klink nie so nie. Hy kom believable voor. Magrieta moet maar kyk of sy nie 'n ander spoor van Prinsloo kry nie. En sy moet die storie van die eienaar hier by Waste Specialists verify. Hy't darem onderneem om die registrasiepapiere van die besigheid vir ons te faks. Dis glo by sy prokureur."

Kassie vertel hom eers van Daniels se skrobbering en toe van Calla Verhoef en die verlate huis.

Rooi fluit deur sy tande. "Ou Calla het gefokof! Nou smokkel hierdie saak éérs met 'n man se breins!"

32

Naas Kuyler se ligblou Polo-hemp is nou donkerblou, van die boord-
jie tot aan sy broek se gordel. Hy sit vooroor, elmboë op die tafel, sy
kop verwese in sy hande.

Die lam is afgeslag, dink Koopman. Jy sal 'n liter sweet uit daai
hemp kan pers.

"Raait, kom ons gaan vinnig weer deur alles wat jy gesê het,"
begin hy. "Net om seker te maak ek het die feite reg."

Hy kyk eers vlugtig na sy notas, dan skakel hy weer die stem-
opnemer aan.

"Die adjunkminister het jou drie maande gelede genader. Hy't
gesê hy's bitter jammer dat die regering die Jetto-missielkontrak met
Kadinsky gekanselleer het. Hy het hard baklei vir Kadinsky, maar
die meerderheidsbesluit was oorweldigend daarvoor om die kon-
trak te beëindig."

Kuyler knik.

"Net om seker te maak ek verstaan reg: die Jetto is langaf-
stand-lug-tot-grond-missiele wat deur die lugmag gebruik word?"

"Deur die Rooivalk-aanvalshelikopters," mompel Kuyler.

"A, die helikopters. En dis ontwerp om tenks in hulle moer in te
skiet?"

"Ja."

"Die adjunkminister het toe gesê hy't wel 'n afsetgebied vir
julle . . . of eerder, spesifiek vir jou, want hy wil nie Kadinsky se
ander direkteure daarby betrek nie. En dit sal groot finansiële voor-
dele vir jou persoonlik inhou as jy kan help."

Kuyler knik.

"Jy't ingestem omdat jy onder druk was by Kadinsky. Die kanselle-
ring van die Jetto-kontrak het jou afdeling die enigste niewinsgewen-
de een in die maatskappy gemaak. Jou toekoms daar was in gedrang."

"Is nog steeds," mompel Kuyler.

"Goed. In daai stadium wou die adjunkminister nie verklap wie die belangstellende party is nie. Hy't ook begryp dat jy nie die finale produk aan die kliënt kan lewer nie, maar hulle slegs kan voorsien van die bloudruk om die missiel te bou. Jy sal ook die sagteware, 'n paar kernonderdele en die stroombaanpanele kan verskaf. Verder het die adjunkminister jou gerus gestel dat die belangstellende party vriendskapsbande met ons regering het?"

"Reg."

"Die eerste keer wat jy snuf in die neus gekry het dat dinge nie heeltemal so above board is nie, is toe die adjunkminister noem dat die transaksie nie voorgelê gaan word aan die nasionale komitee vir die beheer van konvensionele wapens nie."

"Die NCACC," beaam Kuyler.

"En dié komitee moet sorg dat wapens nie aan lande verkoop word wat tot onstabiliteit in 'n streek kan lei nie?"

"Ja."

"Die adjunkminister het jou toe by sy huis aan Khan voorgestel as verteenwoordiger van die groep wat in die Jetto belangstel. En hy't jou verseker Khan se mense wil die missiele gebruik om stabiliteit in die Midde-Ooste te handhaaf."

Kuyler knik.

"Jy't nie die vrede vertrou nie en het op jou eie 'n afspraak met Khan gemaak – dit was die aand toe ons agent jou in die Bo-Kaap gesien het. Khan het oop kaarte met jou gespeel en gesê dis die Islamitiese Broederskap wat die Jetto wil hê. Volgens hom is die Broederskap, ondanks die negatiewe mediaberigte, eintlik 'n groep wat na stabiliteit in die Midde-Ooste streef. Hulle probeer die ander Islamitiese radikales beïnvloed om af te sien van hul terreurdade teen die Weste. Maar om werklik 'n faktor te word, moet hulle spierkrag bou deur hulleself doeltreffend te bewapen."

"Dis wat hy beweer het," sê Kuyler.

"Jy't swaar gesluk aan dié storie en het 'n dringende vergadering met die adjunkminister gevra. Hy't ingestem om jou in sy kantoor in die parlementsgebou te sien; dit was tydens die parlementêre reses en julle sou ongestoord kon praat. Die adjunkminister het bevestig wat Khan gesê het en selfs genoem dat die SSA dieselfde mening oor die Islamitiese Broederskap huldig – wat by the way 'n infame leuen is. Hy't ook gesê dat tweemiljoen rand in jou bankrekening inbetaal sal word as jy die bloudruk, sagteware, onderdele en stroombaan-panele aan Khan lewer. Hoewel hy niks laat blyk het nie, het jy die indruk gekry hy gaan self mildelik vergoed word vir sy rol as middel-man. Jou opdrag was toe om alles stuk-stuk by Fakhira Soomrani se boetiek af te lewer."

"Dis presies daar waar ek uit die ding moes klim!" sê Kuyler driftig.

Koopman kyk op van sy notas. "Maar jy het nie, Naas."

Kuyler antwoord nie daarop nie, staar net voor hom uit.

"Jy was gereeld telefonies met Soomrani in kontak om geskikte tye vir aflewering te bespreek. Hoe meer jy met haar te doen gekry het, hoe sekerder was jy dat die adjunkminister en Khan jou 'n rat voor die oë draai. Sy was uitgesproke krities teenoor die Weste en jy't 'n strydlustige ondertoon by haar bespeur. Julle het soms lank oor die telefoon oor wêreldpolitiek geredekawel. Jy het die adjunkminister twee keer gebel om jou vrese met hom te bespreek. Elke keer het hy jou oortuig dat jy Soomrani nie ernstig moet opneem nie. Hy het toegegee dat sy wel effe radikaal is, maar het gesê sy het geen invloed op die besluite wat die Islamitiese Broederskap neem nie."

Koopman wag 'n oomblik en kyk weer na sy notas, dan gaan hy voort.

"Jy't tot op datum alle tersaaklike onderdele, sagteware en stroom-baanpanele by Soomrani afgelewer. Jy moet nog net die bloudruk aan haar oorhandig. Dié het jy eers teruggehou as sekuriteit. Jy het daarop aangedring dat die oorhandiging van die bloudruk gepaard gaan met die inbetaling van jou geld."

"Dit was die ooreenkoms, ja."

Koopman leun oor en skakel die stemopnemer af.

"Jy besef seker ek gaan jou nie toelaat om die bloudruk te oorhandig nie, of hoe, Naas? En dat jy koebaai kan sê vir die tweemil-joen rand?"

Kuyler knik, sy gesig stroef van spanning.

"Reg, luister nou mooi. Dis hoe ons die saak van hier af gaan hanteer . . ."

★ ★ ★

Rooi hou sy hand oor die kole. "Net reg," sê hy vir Kassie.

Hy vat 'n sluk van sy bier. "My pa reken mos die kole moet nog 'n ligte vlammetjie hê, om met die vleis te kan práát. Dis al hoe jy die vetjies lekker crispy kry."

Hy begin die tjops op die rooster pak. "Ek't dit vooraf gesout. My pa sê dis 'n mite dat jy die tjops moet sout net voor jy dit afhaal, om kwansuis te verseker die vleis is sag. Hy sê alle sjefs sal vir jou sê dis bullshit. Jy sout die vleis klaar vóór jy begin braai. Uit en gedaan." Hy grinnik. "My pa noem dit Cornelis Els se eerste braaiwet."

Kassie is geamuseerd oor Rooi se kulinêre vaardighede. Hy kon sy kollega nog nooit in die rol van bobaas-vleisbraaier sien nie. Maar Rooi het die kuns aangeleer by sy pa, wat blykbaar 'n paar jaar ge-lede as Checkers se worsmaakkoning van die Wes-Kaap bekroon is.

Vir Kassie gaan die skaaptjops en braaibroodjies 'n welkome af-wisseling wees van sy gebruiklike blikkieskos vir aandete. Hy't da-delik ingestem toe Rooi hom nooi om hier by sy skoonouers se huis te kom braai.

"Net ek en jy, Kassie," het Rooi gesê. "Torretjie en my skoon-pa-hulle is na 'n begrafnis op Oudtshoorn en ek moet die huis oppas. Dan kan ons sommer vanaand oor die Smuts-saak chat."

Kassie staar peinsend in die vuur terwyl hy 'n sluk Creme Soda neem.

"Jy weet, Rooi, iets omtrent Calla Verhoef pla my. Ja, al sy aksies dui daarop hy's skuldig. Jy vat nie net die pad met jou skoolgaande kinders in die middel van die week as daar nie 'n bleddie goeie rede voor is nie. Maar ten spyte daarvan dink ek nie hy's 'n belangrike rolspeler in die medisynesindikaat nie."

Rooi frons. "Hoe so?"

"Sy huis is in 'n baie nederige deel van Brackenfell. Niks daar lyk soos 'n ryk man se goed nie. Die bure sê hy ry 'n afgeleefde Golfie en sy vrou het nie 'n kar nie. Dis nie hoe 'n ou sal bly wat groot skep uit die winste van grys medisyne nie."

"So jy reken hy's net 'n klein ratjie in 'n groot masjien?"

Kassie knik. "Ek's doodseker daarvan. Dokter Stew het mos gesê dis hoogs gesofistikeerde ondernemings wat die farmaseutiese bedryf se sakemodel naboots. Hulle het 'n vervaardigingsbeen, 'n been vir bemarking en verspreiding, en 'n finansiële afdeling wat met slim boekhouding die onwettige geld was en dit op die boeke kry. Calla was net een van die ouens van die bemarkingsbeen. Sy uitsluitlike doel was om die verpakkings vir die vals medisyne te druk, niks meer nie. En toe ons daar navraag doen, het die sindikaatbase vinnig alle bewyse uit Polkadot verwyder, die deure gesluit en vir Calla opdrag gegee om iewers laag te lê."

"Maar waar pas Alcaso se meubelstoor in?"

"Dalk speel Alcaso geen rol nie. Hy's heel moontlik as aandagafleier gebruik om ons op die verkeerde spoor te sit. Ondanks die drugs by die stoor was daar tog geen teken dat hulle vals medisyne vervaardig of versprei nie."

"Dis nie wat Polkadot se fakture sê nie."

Kassie teug behaaglik aan sy Lucky voor hy antwoord.

"Ek het weer mooi daaroor gedink. 'n Faktuur is net 'n stuk papier. Dit kan vervals word. Ek sou dink uitgeslape skelms sal juis sorg dat fakture nié na hulle toe lei nie. Buitendien was daar by Alcaso se plek geen afskrifte van daai fakture nie."

Rooi draai die tjops behendig om. "So jy dink die oplossing vir die raaisel lê by Herklaas Prinsloo?"

"Dalk nie eers nie," sê Kassie. "Hy kan ook 'n aandagafleier wees."

"Wat's ons volgende stap dan?"

"Om vir Calla op te spoor."

"Jy't dan nou net gesê Calla is 'n klein vissie!"

"Hy is, maar die feit dat hy met so 'n moerse spoed gewaai het, wys dat hy genoeg weet van wat aangaan. Calla se base wou seker maak hy praat nie met die polisie of enigiemand anders nie."

"En waar de donner gaan ons na hom soek?"

"Ons gaan hom nie soek nie, die media gaan hom vir ons op- spoor. Ek het 'n foto van hom in sy huis gekry, en Magrieta het klaar die registrasienommer van sy Golfie getrace."

33

Die toue sny net dieper in Macy se gewrigte toe sy haar van nuuts af probeer loswikkel. Elke deeltjie van haar liggaam pyn – sy het nog nooit voorheen 'n nag op die vloer deurgebring nie, en dit terwyl haar gewrigte en enkels vasgebind is. Weens die kous in haar mond, wat boonop met kleefband toegeplak is, het sy 'n paar keer in die nag erge asemnood ondervind.

Trane biggel oor haar wange. Hoe lank gaan hierdie nagmerrie nog voortduur? dink sy moedeloos. En wat presies wil die Bernie-vent hê? Volgens hom wil hy Claus net gaan sien om 'n saketransaksie af te sluit, maar hoe meer sy vir hom sê Claus kom binnekort terug Kaap toe, hoe minder glo hy haar.

Sy moes al die hotelle vir hom opnoem waarin Claus altyd gaan bly wanneer hy in Johannesburg of Durban is. Ook die hotelle in Switserland wanneer hy daar is op business trips. Gelukkig ken sy dié plekke se name op die punte van haar vingers. Sy het Claus gereeld daarheen gebel om seker te maak hy kom nie onverwags vroeër terug en betrap haar saam met Ivan in die bed nie.

Maar ondanks haar goeie samewerking het Bernie haar gisteraand vasgebind en hier in die aantrekkamer kom dump, met die promise dat hy vandag weer sal kom.

"Dalk is jy gelukkig, skattie, dalk nie. Alles hang daarvan af of ons Claus opspoor."

Is Claus in die moeilikheid? wonder sy vir die soveelste keer. Skuld hy hierdie mense geld? En wat gebeur met haar as hulle hom nie opspoor nie?

Sy verstyf toe sy voetstappe in die gang hoor.

Bernie verskyn in die deur. Hy het dieselfde klere as gister aan, merk sy op. Sou hy in die huis geslaap het?

Hy kyk smalend na haar. "Goeie nagrus gehad?" Skud dan sy kop. "Simpel vraag. Jy sukkel seker om te antwoord."

Hy tel haar op en gaan sit haar in die slaapkamer op die bed neer, trek die kleefband van haar mond af. Sy spoeg die kous uit en teug dankbaar die vars lug in.

Hy trek haar mini 'n bietjie laer af oor haar bobene. "Daai stunning bene van jou lei my aandag af. En ons wil nie hê dit moet nou gebeur nie, nè?" sê hy grynslaggend. "Want ons tweetjies het belangrike dinkwerk om te doen."

Hy sug. "Ek't slegte nuus vir jou, skattie. My maatjies in Johannesburg en Durban was by al die hotelle aan – nie 'n teken van Claus Prins nie. Ons het ook die twee hotelle in Switserland gebel, maar daar's geen teken van 'n vetgat-besoeker uit Suid-Afrika met 'n serpie om die nek nie, sê hulle."

"Dan weet ek nie waar hy is nie. Gaan vra vir Ivan."

Hy lig onverwags sy hand en klap haar hard teen die wang. "Moet jou nie wise hou nie, bitch!"

Paniek begin klop in haar kop. Haar wang brand soos vuur. Gister was hy heel nice met haar, maar nou wys hy 'n kant van hom wat haar bang maak.

"Ek wil hê jy moet harder dink," sis hy, "wat seker maar moeilik is vir jou klein breintjie. Maar ek gaan nie loop voor ons Claus opgespoor het nie. Is daar géén ander plek wat hy gereeld besoek nie?"

Hy leun dreigend nader, tot teen haar, en fluister hard in haar oor: "Dink bleddie mooi voor jy antwoord, want my hand jeuk om jou weer 'n snotklap te gee."

Haar gedagtes galop soos 'n resiesperd. "Ek probeer dink, maar ek . . . ek kan net nie . . ."

Hy klap haar weer, harder dié keer. "Moenie my geduld beproef nie!"

Sy begin huil.

"Stop jou getjank!" skree hy. "Waar gaan hou julle gewoonlik vakansie?"

"Hy't 'n . . . plekkie in . . . Botswana," sê sy tussen die snikke deur, "maar hy gaan . . . omtrent nooit soontoe nie."

Moos weet dat spioene al in die verlede uitverkoop is deur hul eie agentskappe. Twee Engelse spioene is tydens die Koue Oorlog deur MI6 afgedank toe hulle beweer het 'n hoë amptenaar in die verdedigingsdepartement verskaf inligting aan die Russe. MI6 was oortuig die regeringsamptenaar is onskuldig, en boonop was hy 'n huisvriend van Harold Wilson, die destydse Britse premier. Die twee agente is summier afgedank en met die dood gedreig as hulle koerante toe sou hardloop.

Dié storie is nooit deur amptelike bronne bevestig nie, maar Moos het in sy wye navorsing oor die geskiedenis van Westerse spioenasie die verhaal in die Kaapse Argief raakgeloop. In 'n *Cape Times*-berig het hy gelees van 'n ondersoekende joernalis wat dié bewerings in die 1980's in die Britse poniepers gemaak het. Die storie het egter doodgeloop nadat die joernalis uitgevang is dat hy 'n ander storie oor korrupte Skotse nyweraars uit sy duim gesuig het.

Moos glo egter die joernalis se storie kan waar wees. Dis presies wat nou met hom ook gebeur. En omdat die adjunkminister betrokke is, word hý in die buitenste duisternis gewerp.

Hy het gisteraand lank wakker gelê en daaroor nagedink, en het besluit hy gaan hierdie ding beveg. Moos Uys mag dalk 'n junior veldagentjie wees, maar hulle gaan nie só met hom mors nie.

Daarom skakel hy nou die nommer van die Mediclinic Panorama op sy landlyn. Die SSA moet maar sy gesprekke afluister, hy gee nie meer om nie.

Hy is verlig om by die skakelbord te hoor meneer Ashwin is oorgeplaas na 'n algemene saal. Hy weet hy sal op sy baas kan staatmaak om die saak by Koopman in perspektief te stel.

"Hoekom bel jy my, Moos?" vra meneer Ashwin bars. "Ek verstaan van Max dat jy verbied is om met enige lid van die SSA kontak te maak."

"Ek . . . ek wil net . . ."

Maar Ashwin het die foon klaar neergesit.

Moos kyk verslae na die gehoorbuis in sy hand, skree dan so hard as wat hy kan: "Fok julle! Fok julle almal!" Hy plak die gehoorbuis terug en druk sy bril hoër op sy neusbrug.

Hy voel effens verleë oor die kru woord wat so uitgeglip het. Hy't dit laas op hoërskool gebruik toe iemand sy rooi Humber-fiets voor die kafee gesteel het.

* * *

Vandag moes Kassie in 'n hofsaak getuig, wat die grootste deel van sy dag ingesluk het. Hy het darem vroegoggend kans gekry om Calla Verhoef se foto aan die koerante te stuur en die Golfie se registrasienommer aan die radiostasies te gee. Teen môre behoort die wêreld te klein te raak vir Calla en sy gesinnetjie om weg te kruip, dink hy tevrede.

Waar hy in sy studeerkamer by die lessenaar sit, is sy gedagtes gou by sy seëlnavorsing. Die sekretaris van die Mosselbaaise filatelievereniging het vir hom 'n baie interessante brokkie gestuur. Blykbaar kan ou Suid-Afrikaanse seëls steeds op posstukke gebruik word, solank die waarde net met die versendingskoste ooreenstem. En dit selfs al is die seëls ouer as twintig jaar! Dit geld ook vir seëls van die voormalige tuislande, wat steeds in Suid-Afrika as geldige posbetaling aanvaar word.

Dis sulke soort inligting wat sy navorsingsprojek so vervullend maak, dink Kassie terwyl hy dit in sy Feiteboek aanteken.

Hy kyk gesteurd op toe sy selfoon piep. Frons toe hy sien van wie die SMS kom: die oudkollega wat sy lewe met dáái verdomde oproep so omgekrap het. Die boodskap lees: *Ons webwerf is nou lewendig. Check dit uit.*

Kassie tik die adres huiwerig in. Nogal 'n Engelse én Afrikaanse weergawe, sien hy. Hy klik op die Afrikaans-ikoon.

Die Afrika-buro van Sekerheidsdienste, verskyn die naam in groot rooi letters boaan die skerm. Die logo is 'n vlieënde arend met 'n kaart van Afrika as agtergrond.

Hy lees: *Ons dienste sluit die volgende in: 1) Risikobepaling van jou be-leggings in Afrika-state. Dié been van ons onderneming word hanteer deur mense wat jare lank in 'n nasionale intelligensie-omgewing hulle hand op die pols van Afrika gehou het. Hulle sal jou nie net kan voorsien van veilige beleggingsadvies nie, maar ook die risiko's van jou beleggings op 'n deur-lopende basis monitor. Met invloedryke kontakte in elke Afrika-staat is dié span kundiges daar om jou geld en sakebelange te beskerm.*

'n Foto van ses middeljarige mans in swart pakke en rooi dasse verskyn onderaan die teks. Kassie herken 'n man wat hy jare gelede ontmoet het toe 'n polisie-afvaardiging die ou Nasionale Intelligen-sie in Pretoria besoek het.

2) Ons spesialiseer in sekerheidsdienste vir maatskappye in Afrika. Ons span bestaan uit gewese offisiere van die Suid-Afrikaanse Weermag wat grootliks diens gedoen het in die Spesiale Magte-eenheid (Recces) en 1 Val-skermbataljon. Ons is reeds deur verskeie internasionale oliemaatskappye gekontrakteer om sekerheidsdienste in Nigerië te lewer, maar het ook die kapasiteit om sakeondernemings in enige ander hoërisiko-area in Afrika veilig te hou.

Die bestuurspan van ons sekerheidsdienste, lees die onderskrif by 'n foto van 'n twintigtal gewapende mans in kamoefleerdrag.

3) Ons afdeling Forensiese Dienste bestaan uit oud-SAPD-lede wat saam honderd jaar se ervaring in forensiese laboratoriums het. Hulle sal nie net algemene misdrywe soos die vervalsing van geld, paspoorte, ID's en kwa-lifikasies namens maatskappye ondersoek nie, maar sal ook enige ander forensiese diens verskaf – teen ongekende spoed. Hier wag jy nie maande lank vir uitslae nie, belowe die buro.

Die foto wys sewe mans en twee vroue, die mans ook geklee in swart pakke en rooi dasse, die vroue in donkerblou pakkies en rooi serpe. Kassie herken 'n man en twee van sy assistente wat tot on-langs nog by die SAPD se lab in Plattekloof gewerk het.

4) Bogenoemde eenhede word ondersteun deur 'n span wat navorsings-

en inligtingsdienste lewer wat nie altyd deur amptelike kanale maklik en vinnig beskikbaar is nie.

Kassie kan net dink wat dié dienste behels. Seker ook om toegang tot mense se selfoonbesonderhede en bankstate te bekom deur die amptelike prosedures te omseil, iets wat algemeen voorkom onder veral privaat speurders in die land. Nie een van die mense op die foto lyk of hulle uit SAPD-geledere kom nie. Jonger mans met langer hare, regte techno-yuppies.

Kassie gryp na sy pakkie sigarette toe hy verder lees.

5) *Die laaste been van die buro, ons private speurdiens, sal binne die volgende paar maande operasioneel wees. Ons onderhandel tans met van die beste en mees ervare speurders in die land om dit 'n afdeling van besondere uitnemendheid te maak.*

Hou hierdie spasie dop!

34

Abdul Koopman luister met 'n frons na die paar telefoongesprekke wat die afgelope dae in Moos Uys se woonstel opgeneem is. Die feit dat Uys hulle nie laat weet het van die vrou se dreigement om *Rapport* te kontak nie, is onrusbarend. Sy swye kan net daarop dui dat hy hoop Louisa Maritz doen dit.

Uys se oproep na Ashwin in die hospitaal wys ook hy's desperaat. Daardeur het hy Koopman se direkte opdrag verontagsaam om nie met enige lid van die SSA kontak te maak nie.

Koopman moes dus inderhaas toegang kry tot Louisa Maritz se selfoongesprekke. Tot dusver het sy nie die koerant gebel nie, want Kuyler los haar uit. Maar dis geen waarborg dat sy vir altyd gaan stilbly nie.

Uys en Maritz kan nog alles verongeluk, weet Koopman. Maar afgesien daarvan verloop die opruiming volgens plan.

Kuyler het ná sy ondervragingsessie, en onder Koopman se toesig, vir Khan en Soomrani gebel. Hy het hulle ingelig dat die SSA van die hele missieltransaksie uitgevind het en dat hy tydens ondervraging verplig was om hul name te verskaf, daarom vermoed hy dat die SSA binnekort aan hulle deure gaan klop.

Dit het die gewenste uitwerking gehad. Die twee veldagente wat Khan se huis dopgehou het, het gerapporteer dat hy dieselfde aand nog lughawe toe is om 'n middernagvlug na Indië te neem. Soomrani het by 'n vriendin oornag en gisteroggend Londen toe gevlieg.

Wat presies is wat Koopman wou hê. Hy weet daardie twee sal nie gou weer hulle voete in die land sit nie, indien ooit. En hy voel vir geen oomblik skuldig dat hy twee vermeende Islamitiese radikales laat wegkom het nie. Dit was eenvoudig die enigste manier om die hele fiasko stil te hou. Sonder die missielbloudruk kan hulle in elk geval geen skade aanrig nie. Om hulle in hegtenis te neem, was buite die kwessie – dit sou net die media se belangstelling gaande maak.

"En dis iets wat ons allermins nou kan bekostig," het die minister van staatsveiligheid dit eergister aan Koopman gestel, 'n siening waarmee hy dit hartlik eens is. Verder het die minister hom verseker dat daar teen die adjunkminister van verdediging opgetree sal word, "sonder enige mediabranders".

Dit is onverwyld gedoen, en aansienlik gouer as wat Koopman verwag het. Daar is vanmiddag op die eenuurnuus aangekondig dat die adjunkminister van verdediging weens gesondheidsredes die politiek vaarwel toeroep en met onmiddellike ingang bedank het.

Oor Kuyler het Koopman gemoedsrus. Hy het hom opdrag gegee om terug te keer na Kadinsky, 'n week of twee verlof te neem en sy vrou op 'n vakansie te trakteer. Kuyler kon hom nie genoeg bedank dat hy so lig daarvan afgekom het nie.

"Solank jy soos die graf oor die saak swyg, sal jy 'n vry man bly," was Koopman se afskeidswoorde aan hom, saam met 'n bedekte waarskuwing: "En jou vrou hoef natuurlik nie te weet van jou ontrouheid nie."

Koopman se pas afgelope telefoongesprek met die direkteur van die SSA was egter minder gerusstellend.

"Ek moet jou gelukwens met die netjiese manier waarop jy 'n potensiële katastrofe hanteer het, Abdul," het die direkteur gesê. "Maak nou net seker dat álle risiko's in die kiem gesmoor word. Want as hierdie ding ooit op die lappe kom, sál dit die einde van jou en my loopbane by die SSA beteken."

Dit bring Koopman terug by die dilemma van Uys en Maritz. Voor daardie twee se monde nie permanent gesnoer is nie, sal hy nooit gemoedsrus hê nie, dit weet hy.

Sy opsies is beperk. Hy hou nie van wat hy nou gaan doen nie, maar dis in belang van die SSA. Soms is die saak groter as enigiets anders.

Met 'n sug tel hy sy selfoon op en skakel die nommer wat hy sewe jaar laas gebruik het.

"Jissis, Ivan, ons kan dit nie wil doen nie!" sê Brian. "Ons het reeds Fred Smuts op ons kerfstok. Ons kan nie nou die twee speurders ook . . ."

"Hoekom nie?"

Brian is op die rand van 'n paniekaanval. Die verbete uitdrukking op die Rus se gesig voorspel niks goeds nie. Dis duidelik dat hy ten alle koste wil voortgaan met sy onbekookte plan.

"Dit gaan niks help om die speurders uit te haal nie," gooi Brian desperaat wal. "Die polisie sal net 'n ander span op die saak sit."

"Maar dit sal ons kans gee om te regroup. Met Waste Specialists wat ook ontruim is, gaan hulle sukkel om ons na Prins Pharmaceuticals te trace."

"Waarom dan die speurders uithaal?"

"They know too much. Hulle het vir Colin by Waste Specialists uitgevra oor Herklaas Prinsloo én hulle het by Metal 2 rondgesnoop. As hulle afgestamp word, sal die cops voluit gaan om die murder case te solve. Wanneer dit by hulle eie mense kom, vergeet hulle van ander sake. En dit sal hulle van óns spoor gooi. Hulle sal die cops se moorde nie connect met die Smuts-moord nie, en die docket sal na nuwe speurders gaan wat nie al die background het nie."

Hy grinnik. "Die info wat ek by my contact gekry het oor daai ander case waaraan die twee cops werk, sal die geelwortel wees om hulle op ons turf te kry."

Brian vee die sweet van sy bolip af. "Hel, Ivan, ek weet nie of ek kans sien om deel daarvan te wees nie."

"Jy's nie deel daarvan nie. Jy maak net die call. Ek kan nie die call maak nie."

"Ek . . . Praat juis daarvan . . ."

Brian word onderbreek deur 'n klop aan die kantoordeur. Dis sy broer. Vandat dié nie meer toesighouer in Paardeneiland is nie, verrig hy los takies by Prins Pharmaceuticals.

"Ek't nou net op die radio gehoor," sê sy broer met 'n wit geskrikte gesig. "Die polisie soek vir Calla. Hulle't tot sy kar se registrasienommer oor die nuus gelees."

Ivan slaan met sy vuis op die lessenaar. "Nou't ons nie meer ander options nie." Hy druk sy voorvinger dreigend onder Brian se neus. "Jy gáán daai phone call maak – vanmiddag nog."

"En wat van Calla?" vra Brian floutjies.

"Ek sal hom bel," sê Ivan. "Ek't hom gesê hy antwoord nét my oproepe, niemand anders s'n nie. Hy sal fokken vinnig van sy kar ontslae moet raak en iewers in 'n gat gaan wegkruip."

* * *

Dis sewentien minute voor vier toe die Pion na die koffiekroeg stap. Hy is behoorlik omgekrap. Dis die eerste keer dat die Opdraggewer iemand na sy huis gestuur het met 'n boodskap.

Daar was 'n klop aan die voordeur en toe hy oopmaak, staan daar 'n jong seun wat sê hy't 'n boodskap: "The tools are now available at the workshop."

Dis die boodskap wat altyd in die koerant verskyn en die Pion kennis gee dat hy na die koffiekroeg moet gaan vir instruksies. Wanneer die Opdraggewer nie betyds die advertensie in die koerant kan plaas nie, weet hy die Pion sal die boodskap die volgende oggend kry wanneer hy gaan koffie drink.

Vanoggend elfuur was daar egter geen boodskap by die koffiekroeg nie. Dit beteken daar moes intussen 'n baie dringende opdrag opgeduik het, dink die Pion. Hy is nogtans ontsteld oor die boodskapper. Die Opdraggewer weet baie goed sy huis is verbode terrein.

Hy stap by die koffiekroeg in. Dié tyd van die middag is die plek verlate. Dit lyk of die eienaar hom verwag, want hy sê dadelik: "Daar's 'n boodskap vir Dennis."

Hy buk af en haal 'n aktetas onder die toonbank uit. "Dis ook vir Dennis," sê hy en sit die aktetas steunend op die toonbank neer.

Die Pion is verras. Sou dit 'n lokval wees? wonder hy. Hy kyk vlugtig oor sy skouer, maar sien niemand in die straat nie. Hy neem die aktetas, voel dis nogal swaar.

Soos gebruiklik haal hy 'n vyftigrandnoot uit sy sak en oorhandig dit aan die eienaar, wat beduie hy kan maar deurstap. Die Pion loop na agter in die koffiekroeg en trek die deur van die kantoortjie agter hom toe. Hy sit die aktetas langs hom neer, trek die telefoon nader en bel.

Ná net twee luie antwoord die Opdraggewer.

35

Rooi kom op Kassie se lessenaar afgestorm asof hy 'n oordosis steroids gesluk het. Sy gesig is aansienlik rooier as gewoonlik, 'n teken dat 'n helse krisis op hande is.

"Bliksis, Kassie, jy sal nie glo wat gebeur het nie!" sê hy uitasem.

Kassie glimlag. "Die spanning maak my mal. Vertel!"

"Die ou van Waste Specialists het my belowe hy faks die besigheid se registrasiepapiere vandag. Toe bel ek om te hoor hoekom hy dit nog nie gedoen het nie, maar niemand antwoord nie. Ek't een van die konstabels soontoe gestuur, en dié laat weet nou die plek is gesluit. En die besighede in die omgewing sê hulle het vandag nog geen siel daar gesien nie. Al die trokke is ook gone with the wind. Kan jy dit fokken glo?"

"Dieselfde as by Polkadot," sê Kassie peinsend. "Ons doen navraag, en die volgende oomblik het almal soos mis voor die son verdwyn. Waste Specialists was natuurlik die spul se bron vir medisyne wat klaar verval het. Hierdie sindikaat is duidelik groter en beter georganiseer as wat ons gedink het. Dr. Stewart het nie verniet gesê 'n kriminele onderneming soos daai is nie 'n klein besigheidjie nie."

Rooi knik. "Herklaas Prinsloo hou die sleutel, sê ek jou."

"Het Magrieta nog niks oor hom uitgevind nie?"

"Boggherol." Rooi tik op die koerant wat op die lessenaar lê. "Seker nog geen nuus van Calla Verhoef nie?"

"Nie 'n dooie woord nie. Die bleddie dagkoerante het sulke afskeepberiggies en so 'n klein foto'tjie van hom geplaas dat dit nie 'n wonder is nie. Magrieta sê dit was ook net een keer op die radionuus."

"Wel, ons kan net hoop."

"Ja." Kassie kyk op sy horlosie. "Darem nog net 'n kwartier voor tjailatyd. Bleddie lang dag gewees. Dalk duik daar môre iets op."

Hy voel skuldig. Sy gedagtes was vandag wéér nie by die werk nie. Daarvoor het die verdomde Afrika-buro se website gesorg.

★ ★ ★

Die handboei waarmee Bernie haar aan die eetkamertafel se poot vasgemaak het, is 'n verbetering op die toue, maar Macy se frustrasievlak is besig om kookpunt te bereik. Die vernedering om met 'n oop toiletdeur jou besigheid te moet doen terwyl 'n mansmens jou dophou! En om boonop soos 'n tronkvoël in jou eie huis behandel te word!

Sy skrik toe Bernie skielik in die deur verskyn. Sy sit al heeldag hier vasgeboei terwyl sy "maatjies" glo na Claus soek.

Hy glimlag breed. "Ek het goeie nuus vir jou, skattebol. Jy was reg, die vetgat kruip in sy Botswana-rondawel weg. Nou net die nuus gekry."

Verligting spoel deur haar. "Beteken dit jy kan nou gaan . . . en my losmaak?"

Hy trek skewebek. "Nie so haastig nie, my pop. Jy's eers 'n vry girl wanneer ons ons transaksie met Claus afgehandel het."

★ ★ ★

Calla storm uit die karavaan en grawe in die Golf se kattebak tot hy die grondseil kry. Hy drapeer dit oor die agterkant van die ventertjie sodat die nommerplaat bedek is. Die voorkant is veilig – die Golf se neus is teenaan die bosse en die nommerplaat onsigbaar. Hy staan 'n paar treë weg om seker te maak die agterste nommerplaat is van geen kant af sigbaar nie.

Gelukkig is hier net twee ander karre in die karavaanpark, dink hy. Hy sou 'n helse krisis gehad het as dit al vakansie was, en dit boonop in 'n plek soos Sedgefield.

Ivan se oproep van nou net het amper sy hart laat staan. Sý naam en die Golf se registrasienommer helder oordag op die radionuus! Asof hy 'n gevaarlike krimineel is!

Ivan se dreigement was ewe scary. "Jy beweeg nie jou gat van daai plek af nie, Calla. En jy bly daar tot ek sê dis veilig. Anders gaan jy met my te doen kry."

Hy sidder. Daai Rus is tot enigiets in staat.

Gelukkig is hier 'n winkel binne loopafstand van die karavaanpark af. Hulle sal darem nie sonder kos gestrand sit nie.

Sy maag trek op 'n knop toe hy besef hy sal vroulief moet inlig oor hulle benarde situasie. Hy kan net dink hoe sy gaan reageer . . .

* * *

Waar Brian in 'n oorvol kroeg in Bellville sit, stroom sweet hom af. Dit loop oor sy voorkop, wange en neus se punt en drup op Ivan se script op sy skoot.

Dit was behoorlik 'n stryd om die kroegman te oortuig hy wil net 'n plaaslike oproep van die landlyn af maak. Dit het hom honderd rand gekos om die vent se samewerking te kry. Maar hy durf dit nie waag om Ivan se bevel teen te gaan nie: die oproep moet op geen manier na Prins Pharmaceuticals getrace kan word nie.

Nou moet hy vinnig speel. Ná die oproep gaan hy dadelik lughawe toe ry. Hy sal sy broer daar kry; dié het klaar hulle tasse gepak. Die vlug Buenos Aires toe vertrek oor drie uur. Teen die tyd dat Ivan agterkom hulle het spore gemaak, sit hulle hopelik al veilig in die vliegtuig.

Die gedagte aan wat die Rus sal doen as hy hom ooit weer moet raakloop, steek nog die hele middag in sy agterkop. Maar hy leef eerder met daardie vrees saam as om jare lank in 'n Suid-Afrikaanse tronk te sit.

Hy kyk op sy horlosie. Sewe minute voor vyf. Hy draai sy rug op die luidrugtige ou langs hom by die toonbank en skakel die nommer, druk sy ander oor toe sodat hy beter bo die lawaai kan hoor.

"Newlands Police Station, how can I help you?"

"Kaptein Kassie Kasselman, asseblief," sê hy.

"Ek sit jou deur," slaan sy oor na Afrikaans.

"Kasselman hier," antwoord 'n manstem.

Brian maak sy stem dieper toe hy praat. "Ek . . . ek't vir julle in-ligting oor . . . die bende wat die ATMs daar in Newlands opblaas."

* * *

Ivan beskou die halfklaar gebou en knik tevrede. Hulle kan net by daai deur inkom, soos hy dit gister al beplan het. Die stutmuur aan die binnekant sal as 'n goeie skans vir hom dien.

Hy het in elk geval 'n vinnige escape route uitgewerk vir as iets dalk skeefloop: tussen die steierwerk deur lei 'n kronkelgangetjie na die agterste exit. Hulle sal onbewus wees daarvan, want dis nie sigbaar van die pad se kant af nie.

Dan moet hy net oor die muur na die aangrensende erf klim en sowat vyftig meter na sy kar hardloop wat agter 'n hoop bourom-mel in die agterste straatjie staan. Hy het gister verskeie roetes ge-toets om die vinnigste by die hoofpad te kom. As jy dié plek nie ken nie, kan jy jou maklik vasry in die doolhof van paaie.

Maar dis net sy noodplan, wat nie nodig sal wees nie, stel hy hom-self gerus.

Hy bekyk die hoop stene in die hoek. Hy sal dit gebruik om hulle lyke mee toe te gooi. Volgens sy info het die bouers werk gestaak totdat hulle baas weer kan betaal, wat waarskynlik eers oor drie maande sal wees. Hy grinnik. Dit beteken die cops gaan fokken lank rondskarrel om hulle maatjies te kry.

Brian is op stand-by om die speurders se kar te kom wegvat. Hy moet dit in Simonstad se omgewing gaan dump. So ver as moontlik van hier af, om die cops nóg meer deurmekaar te maak wanneer hulle die kar opspoor.

Ivan kan net een risiko met sy plan sien: dat die speurders 'n paar ander polisiemanne kan saambring. Maar hy betwyfel dit. As Brian getrou by die script bly, sal hulle nie rede hê om agterdogtig te raak nie.

En wat 'n worst-case scenario betref: geen spannetjie van 'n poli-
siestasie sal bestand wees teen 'n AK-47 nie.

Sy selfoon vibreer in sy sak.

"Dit het glad verloop," sê Brian. "Hulle is op pad."

36

Koopman loop broeiend heen en weer in sy SSA-kantoor. Met almal wat reeds huis toe is, heers daar 'n doodse stilte.

Hy gaan sit agter sy lessenaar, trek die onderste laai oop, haal die bottel brandewyn uit en neem twee groot slukke. Sy spieëlbeeld kaats van die glasblad terug na hom. Hy merk die sakkerigheid onder sy oë, die netwerk fyn aartjies wat oor sy wange sigsag, sy effe geswolle neus waarvan hy die rooi glans elke oggend met onderlaag verdoesel. En die klein litteken bo sy regterwenkbrou – 'n oorblyfsel van verlede jaar toe hy in 'n besope oomblik in die skerp hoek van 'n kombuiskas vasgeloop het.

Hy skroef die bottel toe en bêre dit weer. Onderdruk sy dranklus met moeite. Dis nie nou al die geskikte tyd om fees te vier nie. Daar moet nog baie water in die see loop voor hy hom ten volle kan oorgee aan sy ontvlugtingsmedikasie wat hom vir 'n dag of twee sal laat vergeet van sy sorge.

Hy glimlag wrang, sy gedagtes by wat voorlê. Die Stryd – dís woorde wat SSA-lede uit hulle struggle-dae omarm en wat nou 'n integrale deel van hulle intelligensiewoordeskat uitmaak. Want alle optredes word uiteindelik geregverdig deur Die Stryd.

Hy skud sy kop. Nie nou die tyd om filosofies te raak nie, vermaan hy homself. Hy moet sy oog op die bal hou.

Tot sy spyt sal hy langer in die Kaap moet aanbly, ten minste totdat die stof gaan lê het. Sewe jaar gelede, toe hy laas van die man se dienste gebruik gemaak het, het dit geen skadebeheer geverg nie. Die voorval was in Lesotho, tydens 'n onstuimige tyd daar, met die politieke klimaat van so 'n aard dat daar nie veel wenkbroue gelig het nie.

Maar nou sal hy moet fyn trap as dinge nie honderd persent volgens plan verloop nie. Hy het darem die versekering dat die man streng volgens sy voorskrifte sal optree en dat hy geen spore sal laat nie, ook niks wat kan dui op die voorvalle waarin hy in die verlede betrokke was nie.

Koopman het die direkteur se seën gekry om die plan deur te voer. Dié wou wyslik nie met die fyner besonderhede belas word nie. Maar dit beteken as iets sou skeefloop, sal daar toutjies getrek word om die storie dadelik te laat verdwyn. Die wiele van die SSA sal alles plat trap wanneer dit regtig nodig is, dit weet Koopman maar te goed. In sulke gevalle word wette gebuig om sake in lands-belang te beskerm.

En hierdie saak val beslis in dié kategorie, besweer Koopman vir die soveelste keer die onsekerheid wat net nie wil wyk nie.

Hy huiwer 'n oomblik, trek dan die onderste laai weer oop.

* * *

Kassie swets onderlangs. Hulle moes 'n ander roete as die N1 gekies het, maar Rooi sê Voortrekker- of Settlers-weg is nog swakker op-sies. Buitendien ken hy geen kortpaaie na Epping Industria nie.

Sy en Rooi se gebrekkige sin vir rigting het al so 'n grootskaalse gespottery by die stasie afgegee dat hulle maar altyd by die bekende roetes hou. Nou kruie hulle voort in die allerdrukste vyfuurverkeer.

Kassie kyk op sy horlosie. Hulle sal gelukkig wees om ná ses by hulle bestemming aan te kom.

"Het jy gesien hoe ingenome lyk Daniels toe hy hoor van ons deurbraak met die OTM-bende?" vra Rooi.

Kassie knik halfhartig. Hy deel nie Rooi se geesdrif nie. Hulle het Daniels op pad uit in die gang raakgeloop en hom vinnig ingelig oor die anonieme oproep.

"Wel, dis hoog tyd dat julle iéwers 'n deurbraak maak," was Daniels se reaksie. "Want tot dusver is julle die speurspannetjie wat die afgelope maand met die laagste suksesratio sit." Dít terwyl hy stip na Kassie kyk.

Ná hulle relletjie oor die rasseding is dit asof Daniels uit sy pad gaan om hom te nail, dink Kassie. Wat die besluit oor sy toekoms net makliker maak. Gaan eerder na 'n plek waar jou ervaring en kundigheid waardeer word as om te bly by 'n plek waar jy gereeld onregverdig gekritiseer word. Boonop 'n plek wat by sy donnerse nate uitmekaar val.

"Hel, ek hoop nie hierdie ou praat kak nie," sê Rooi. Hy vryf sy palms teen mekaar asof hy nie kan wag vir die gesprek wat voorlê nie.

Kassie knik. "Hy't darem gesê hy't elke bendelid se naam en adres. En hy't nervous geklink, wat 'n goeie teken is. Dalk is hy ook 'n bendelid, wat nou op sy pelle split."

"Maar jy't gesê dit klink soos 'n witte. Kanse is skraal dat hy 'n bendelid is."

"Dis nie vanselfsprekend nie. Wie weet, dalk is dit nog 'n bleddie wit gang."

"Wonder hoekom is die ou so geheimsinnig . . . Kon hy nie maar die name oor die foon vir jou gegee het nie?"

Kassie haal sy skouers op. "Hy't seker maar sy redes. Dit het geklink of hy van 'n plek af bel waar daar 'n moerse lot mense is. Sou moeilik gewees het om onder sulke omstandighede al die detail te gee."

Hulle kruie in stilte voort.

Ná wat soos 'n ewigheid voel, draai Kassie af op die M7 in die rigting van Wingfield. Hulle ry deur druk verkeer tot hulle die Epping Industria 2-bord sien. Die uitgaande verkeer is swaar, maar inkomend lyk die pad skoon.

"Nou moet jy op jou kaart kyk, Rooi. Ek ken nie die plek nie," sê Kassie.

Wanneer gaan Nuweland-stasie eendag in GPS'e belê? dink hy vererg.

Rooi navigeer hulle met linkse en regse tot hulle in die regte straat is. "Bliksis, maar die plek lyk verlate. Net 'n klomp store."

Kassie hou stil voor Tamkin Construction.

Dit lyk asof die stoor in onbruik is, dink hy. Dit het 'n geroeste sinkdak waarvan verskeie plate los is, met rye venstertjies hoog teen die vuil baksteenmuur. Omtrent elke tweede venster is stukkend.

'n Lendelam sinkdeur staan halfpad oop. Dit lyk na die enigste ingang.

Hy kyk in die straat rond. "Nou waar's die donner? Hier's ook nie 'n kar nie."

"Hy't tien teen een hiernatoe gestap," sê Rooi en maak sy deur oop. "Werk seker in die omgewing en wag binne vir ons omdat hy bang is iemand herken hom."

"Nie so haastig nie," keer Kassie terwyl hy die omgewing peinsend verken. "Iets maak nie sin nie. Die ou sou tog die kar hoor stilhou het. Hy sou minstens deur toe gekom het om ons nader te wink. Óf hier's niemand nie óf dis 'n fokken lokval."

"'n Lokval? Nou's jy darem 'n bietjie melodramaties!"

Kassie gee 'n laggie. "Eerder melodramatiese Kassie as dooie Kassie. Dit het geklink of die ou uit 'n restaurant of kroeg bel, en hier's nie so 'n plek binne die radius van 'n paar kilometer nie. Wat beteken hy sou sonder 'n kar bleddie ver moes loop. Klink onwaarskynlik vir my."

Hy draai na Rooi. "Kom ek sê jou wat doen ons. Net om veilig te speel."

* * *

Dit verstom Claus dat Macy hom nog nie weer gebel het nie. Nadat hy drieduisend rand in haar spaarrekening inbetaal het, was hy doodseker sy sou hom binne 24 uur weer verpes. Drie K gee sy sonder 'n oogknip al by die eerste die beste klereboetiek uit.

Dalk dink sy hy's al op pad huis toe en wil sy hom nie die moer in maak nie. Voel natuurlik lekker skuldig oor Ivan. Hoe lank sou hulle al die skelm verhouding hê? wonder hy.

Noudat hy terugdink, weet hy hy was vreeslik naïef. Hy moes

lankal onraad vermoed het met dié dat Ivan haar kwansuis heeltyd mall toe moet piekel.

Wel, dit help nie om hom nou daaroor te verknies nie. Hy sal gou 'n plaasvervanger vir Macy kry. Sy rojale leefstyl lok jong, aantreklike vroue soos vlieë, weet hy uit ondervinding.

Hy sout die stuk vleis sorgvuldig voordat hy dit in die pan gooi, vee sy hande aan sy voorskoot af en trek die glas whisky op die kombuistoonbank nader. Hy is vrek honger, al is die son nog nie onder nie.

Hy kyk op toe daar 'n klop aan die deur is. Seker die Britse omie van langsaan, dink hy. Die ou wil gedurig geselsies aanknoop, en Claus moet erken hy geniet sy skerp humorsin.

Hy sit die stoofplaat af, stap deur toe en maak oop.

Die lang, breedgeskouerde man voor hom ken hy van geen kant af nie. Eers toe dié hom aan sy serp beetkry en agteruit sitkamer toe dwing, besef hy daar is fout.

Hy probeer loskom, maar die man is veels te sterk. Hy stamp Claus só hard dat hy plat op sy rug val en sy kop teen 'n stoelpoot kap.

Toe hy tot verhaal kom, sien hy met 'n skok die man is nie alleen nie. Agter hom staan Manual Alcaso, sy gesig vertrek in 'n grynslag.

"Traidor," sis Alcaso en lig sy arm.

Die onbekende woord gaan aan Claus verby, maar nie die pistool – mét 'n knaldemper – in die Portugees se klou nie. Hy begin onbedaarlik bewe. Hy weet maar te goed wat dít beteken.

"Jy't meneer Alcaso baie geld gekos," sê die lang man. "Die polisie het 'n hele besending dwelms in sy stoor gekonfiskeer. Meneer Alcaso is nie gelukkig nie."

Claus se keel trek toe. "Ek sal elke sent terugbetaal, ek sweer!" pleit hy. "Ek's jammer oor als! Sê vir hom ek is só verskriklik jammer!" Hy hoor hoe sy stem hoog deurslaan.

Die lang man grinnik. "Meneer Alcaso sal die geldverlies kan hanteer, maar nooit die verraad nie. Dít vergewe hy nie."

Alcaso tree nader en rig die pistool op Claus. "Traidor," prewel hy.

Urine loop in warm straaltjies teen Claus se bene af. Met verstarde oë sien hy hoe Alcaso se vinger om die sneller krul.

Die dowwe knal in sy ore en die ontploffende pyn tussen sy oë volg kort op mekaar.

37

Beretta in die hand sluip Kassie nader aan die stoor se deur, bedag daarop om nie 'n geluid te maak nie.

Dalk is hy paranoïes, dink hy, maar hy het nog nooit bendes vertrou nie. 'n Oudkollega het jare gelede presies só in 'n lokval geloop nadat hy ook deur 'n ou gekontak is wat kwansuis 'n dwelmbende wou ontbloot. Nou sit dié kollega in 'n rolstoel.

Naby die deur kyk hy eers hoe Rooi vorder. Dié is amper by die verste hoek van die stoor, waar hy moet kyk of daar nie 'n agterste uitgang is nie. Rooi verdwyn om die hoek. Ná 'n rukkie verskyn hy en lig sy duim: ja, daar is 'n uitgang.

Kassie wuif en Rooi verdwyn weer om die hoek. Hulle het afgespreek dat Rooi die plek van agter sal binnegaan en Kassie van voor. Hy strek om by die deur in te loer. Dis skemerig in die stoor, maar sy oë raak gou gewoond aan die newelagtige lig.

In die klein deel wat hy kan sien, lyk dit of daar aanbouings gedoen word. 'n Verweerde daghamenger staan eenkant, met 'n skopgraaf en 'n paar sementsakke langsaan. 'n Hoop planke is opgestapel langs 'n steierstruktuur. In die verste hoek is 'n stapel nuwe stene.

Kassie se blik val op die halfklaar binnemuur. So ver hy kan sien, is dit die enigste wegkruipplek vir iemand met kwade bedoelings. Hy staan 'n ruk lank doodstil, sy ore gespits en sy oë stip op die stutmuur. Hoor of sien niks verdags nie. Hy oorweeg dit om in te loop, maar bedink hom dan.

Hy tel 'n halwe baksteen wat eenkant lê op, slinger dit by die deur in en skree hard: "Polisie!" Koes dadelik weg, sy rug styf teen die buitemuur gedruk.

Die geknetter van masjiengeweervuur uit die stoor laat hom amper in sy broek skyt van skrik. Brokstukkies van die sementvloer spat by die deur uit en teen sy bene vas.

Hy duik vorentoe op sy maag en kruip tot by die deur. Skiet in die rigting van die stutmuur en skree: "Hy't 'n masjiengeweer, Rooi!"

'n Groot figuur verskyn vlugtig agter die stutmuur, maar hy hardloop na die agterste uitgang.

Kassie spring vervaard op en storm by die stoor in. "Hy's op pad na jou toe, Rooi!" roep hy.

Hy vuur nog twee skote na die stutmuur om die aanvaller aan die hardloop te hou. Maar hy's bang om wild en wakker te skiet, want hy weet nie presies waar Rooi is nie.

Hy hardloop gebukkend om die stutmuur, struikel oor 'n sinkplaat, herwin sy balans en volg die kronkelpaadjie tussen 'n web van stellasiepype deur. Hy kan die aanvaller se voetval hoor, maar kan hom nie in die halfdonker sien nie.

Die masjiengeweer knetter weer. 'n Koeël slaan met 'n helse geraas in 'n pyp bo Kassie se kop vas. Hy duik agter 'n hoop bourommel in en val amper sy wind uit.

Dit was stupid van hom om waarskuwings vir Rooi te skree, besef hy. Nou weet die aanvaller daar's iemand wat hom inwag.

Hy kom weer versigtig orent, voel sy pad tussen die pype deur na 'n breër opening. Hy skiet nog 'n skoot in die lug en draf koes-koes in die rigting van die ligstreep, waar hy aanneem die uitgang is.

Skielik is die aanvaller se voetval stil.

Sou hy hom inwag? wonder Kassie. Of het hy Rooi gewaar en sluip nou op dié af?

Hy huiwer net 'n oomblik voor hy verder draf. Hy kan Rooi nie nou drop deur hier te staan en wegkruip nie.

'n Skoot uit Rooi se Beretta laat hom in sy spore vassteek. Dit word dadelik gevolg deur 'n sarsie masjiengeweervuur en die voetval van die aanvaller wat deur die stoor weergalm.

Paniek pak Kassie beet. "Is jy oukei, Rooi?" skree hy.

'n Doodse stilte begroet hom.

* * *

Die Pion tel die hoop note af. Dis netjies met rekkies gebind in bondeltjies van vyfduisend rand – die Opdraggewer weet dis hoe hy sy betaling verkies. Hy pak sy tweehonderdduisend rand in 'n groot papiersak en bêre dit in die onderste laai van die liasseerkabinet by sy ander geld.

Die oorblywende honderdduisend pak hy terug in die aktetas. Hy sal dit môreoggend op die gewone plek vir die Opdraggewer laat.

Hy kon gister nie die geld hanteer nie, want hy was te ontsteld om eers aan die opdrag te dink. Die vermetelheid van die Opdraggewer! Hy tob steeds daaroor, maar besef hy sal nou op die opdrag móét fokus. Dit gaan groot uitdagings aan hom stel en sy vernuf tot die uiterste beproef.

Die Opdraggewer het gesê hy moet die opdrag verkieslik binne die volgende drie dae uitvoer. In een nag moet hy twee mense teregstel. Hulle woon relatief ver van mekaar en albei in woonstelle, wat sake gaan bemoeilik. Maar hy deins nie regtig daarvoor terug nie. Hy het al in moeiliker omstandighede van mense ontslae geraak, soos 'n onlangse opdrag om iemand in 'n hotel in Kampala tereg te stel.

Sekere aspekte van die opdrag kan hy egter nie uit sy gedagtes kry nie. Dis die eerste keer dat hy in so 'n kort tydjie in dieselfde stad van soveel mense – as jy Fred Smuts bytel – ontslae moet raak. In die verlede sou die Opdraggewer dit as te gevaarlik beskou. Selfs versoeke om meer as een opdrag binne 'n tweejaarperiode in dieselfde land uit te voer, het die Opdraggewer vroeër van die hand gewys.

Nou het alles skynbaar verander, en die Pion wonder oor die rede daarvoor. Die Opdraggewer het ook sy versoek geweier om die kliënt voor die tyd te ontmoet.

Hy stap na die gangkas, maak die deur oop en beskou die skaakstelle wat op vier rakke langs mekaar ingeryg staan. Hy tuur lank daarna voordat hy twee pionne kies en dit uithaal.

In die studeerkamer sit hy die pionne op sy lessenaar neer. Dis stukke van twee baie spesiale stelle, soos die meeste in sy versameling inderdaad is. Hy hou van die geometriese vorm van die pion van die Man Ray-stel – wat die legendariese Surrealis en Dada-figuur vir sy vriend Marcel Duchamp, die bekende kunstenaar, ontwerp het. Toe dit later vir die massamark gereproduseer is, het die Pion een van die eerste stelle bekom.

Die ander pion kom uit die stal van Hermann Ohme, die vorm daarvan eenvoudig en modern. Albei stukke is geskik vir slagoffers wat in woonstelle bly, dink die Pion. Vir belangriker mense soek hy gewoonlik seldsamer pionne uit.

Sy gedagtes keer terug na die Opdraggewer en sy ongehoorde versoek. Hoe kon die Opdraggewer aan hom voorskryf dat hy nie pionne by die slagoffers mag los nie? Ná al die jare wat hulle saam-werk, moet die Opdraggewer tog weet dis 'n onredelike versoek!

Die Pion was só ontstem daaroor dat hy amper geweier het om die opdrag te aanvaar. Om die vrede te bewaar het hy oplaas tog ingestem, maar hierdie keer gaan hy 'n instruksie van die Opdrag-gewer verontagsaam, het hy besluit. Niémand sal hom ontneem van sy handelsmerk nie.

Die Opdraggewer het gewaarsku dit kan hom in gevaar stel om-dat die ander teregstelling ook in die Kaap plaasgevind het, maar die Pion weet hy is geestelik reg om daardie risiko te loop.

En hy is bereid om die moontlike gevolge te dra, nou meer as ooit.

* * *

Kassie draf gebukkend onder die steierwerk deur om by die uitgang te kom. Hy loer versigtig by die deur uit – net betyds om te sien hoe die aanvaller oor die hoë agtermuur van die perseel verdwyn.

Hy storm uit, kyk naarstig rond vir iets om op te klim sodat hy oor die muur kan kyk, maar gewaar niks. Dit moet 'n helse lang ou wees wat so maklik oor die muur kon kom, flits dit deur sy gedagtes.

Hy verstar toe hy 'n motorenjin hoor dreun. Die bliksem gaan wegkom!

Hy hardloop terug na die stoor, sy gedagtes by Robbie August wat deur die motorkapers doodgeskiet is. Nes Daan Nolte sal hy van sy fokken trollie af raak as Rooi iets moet oorkom!

"Rooi!" roep hy terwyl hy vervaard met die kronkelpaadjie tussen die steiers deur draf. "Rooi!"

Hy steek vas toe hy 'n kreungeluid hoor. Dit het van links van hom gekom. Tussen die hope stellasies lê bourommel wat sy sig belemmer. Hy wurm hom tussen die pype deur, struikel oor 'n hoop stene en val. Met die opspring kap hy sy kop teen 'n pyp.

Sy oë skeer oor die onmiddellike omgewing. Nog 'n kreungeluid laat hom omswaai. Rooi se skoene steek agter 'n stapel planke uit.

Hy hardloop gebukkend soontoe. Sy asem jaag en sy hart maak tromslae in sy bors.

Sy partner lê op die naat van sy rug, die Beretta langs hom. Sy ooglede flikker en hy kreun saggies.

Kassie buk langs hom. "Ou pel, ek's hier."

"Het . . . het jy . . . hom gekry?" prewel Rooi.

"Vergeet van hom!" sê Kassie. "Is jy getref?"

Rooi knik, beduie floutjies met sy linkerhand na sy regterskouer. "En ek het . . . my kop teen 'n pyp . . . gestamp."

Kassie kyk vlugtig na Rooi se voorkop. Daar's 'n moerse ghoen bo sy regteroog, maar dit lyk nie te ernstig nie.

Hy trek Rooi se baadjie versigtig oop, deins terug toe hy die yslike bloedkol sien. "Jissis!" Bloed maak hom lighoofdig.

Hy maak Rooi se hempsknope los en trek die materiaal weg. 'n Lelike vleiswond in die regterboarm, met bloed wat teen 'n spoed uitpomp. Kassie pluk sy windjekker uit, trek sy two-tone hemp uit en verbind die bloeiende wond daarmee. Hy haal sy gordel af en trek dit bo die wond styf om die arm om die bloedvloei te stop.

"Bliksis, maar dis seer!" kerm Rooi.

"Toemaar, jy sal oukei wees. Ek bel die ambulans."

Terwyl Kassie sy selfoon met bewerige hande uithaal, sê Rooi hortend: "Ek't . . . hom gesien. Groot wetter met . . . 'n ponytail. Ek sweer . . . dis daai Rus van Polkadot."

38

Kassie gee 'n lang gaap waar hy voor kolonel Daniels se toe kan-
toordeur staan. Hy het 'n dowwe hoofpyn van te min slaap nadat
hy tot tweeuur vanoggend nog by die hospitaal was saam met Rooi
se hewig ontstelde vrou, ouers en skoonouers wat moes terugjaag.

Felicity beduie hy kan maar ingaan en hy stap in sonder om te
klop. Hy kan nie help om te sien hoe Daniels die koerant vinnig in
'n lessenaarlaai bêre nie.

Seker bang hy verwys na vanoggend se hoofberig, dink Kassie.
Daarin sê die Wes-Kaapse minister van gemeenskapsveiligheid dat
net agt persent van die afgelope jaar se meer as vyfhonderd bende-
verwante moordsake in die Skiereiland by die hof uitgekom het.
Regters en landdroste kla dat die polisiedossiere nie die mees ba-
siese bewyse bevat nie. Sedert daar nie meer spesialiseenhede in die
SAPD is nie, het die kundigheid verlore gegaan om 'n behoorlike
saakdossier vir die hof voor te berei.

"Hoe gaan dit met Rooi?" vra Daniels terwyl hy die papierchaos
op sy lessenaar probeer regskuif.

Kassie gaan sit. "Hy sal later vandag ontslaan word. Die koeël het
darem nie te veel skade aangerig nie, maar hulle sal hom vir min-
stens 'n week of twee afboek. Hy gaan in elk geval nie van veel nut
wees met sy regterarm in 'n sling nie."

Daniels leun met sy elmboë op die lessenaar. "Vertel nou eers wat
presies gebeur het. Jy was gisteraand oor die foon bra saaklik."

Kassie lewer volledig verslag.

"Rooi se beskrywing van die skieter laat ons glo dis die Rus wat in
beheer van Polkadot-drukkery is," sluit hy sy relaas af.

"So julle dink nie dit hou verband met die OTM-bende nie?"

"Nee, blykbaar nie."

Daniels frons. "Daai afleiding maak nie sin nie. Hoe sou die Rus
uitgevind het julle ondersoek die OTM-bende?"

"Dis nie onmoontlik nie," sê Kassie. "Ek en Rooi het 'n tyd gelede al ons straatkontakte hier rond versoek om navraag te doen by hulle pelle en hulle pelle se pelle of iemand inligting oor die OTM-bende het. Dié boodskap moes by 'n stuk of dertig, veertig mense uitgekom het, indien nie meer nie. Die Rus kon dit by een van hulle gehoor het."

"Kan jy weer met julle kontakte gaan praat? Dalk sit hulle ons op die Rus se spoor."

Kassie sug. "Dit gaan tydrowend wees. Ons kontakte operate in die onderwêreld van kleinskaalse dwelmhandel, prostitusie en koperdiefstal. Dis hoofsaaklik bergies, dromkrappers, bedelaars en ander straatsluipers – ouens wat jy nie sommer vinnig opspoor nie, die meeste is maar drifters."

"Hmm, dit gaan seker moeilik wees. Wat is jou volgende stap dan?"

"Ek sal lasbriewe kry om die persele van Polkadot en Waste Specialists te deursoek. Dalk spoor ons nog iets op. Die kans is skraal, maar 'n mens kan maar net probeer."

"Nog geen nuus oor Calla Verhoef nie?"

Kassie skud sy kop. "Nie 'n enkele oproep nie."

"Shit, die koerante het nie meer die trefkrag van vroeër nie." Daniels leun terug in sy stoel, voorkop geplooi. "Jy besef natuurlik dat ek in Rooi se afwesigheid nie 'n ander speurder aan jou kan afstaan nie? Soos jy self weet, is ons nou donners dun."

"Ek sal regkom."

"Goed, ek sal reël dat jy darem 'n spannetjie uniforms kry om te help met die deursoek van die twee persele."

Kassie staan op, maar Daniels hou sy hand omhoog.

Hy kug voor hy praat. "Ek wéét jy's nie 'n rassis nie, Kassie, so vergeet van wat ek anderdag gesê het. Ek vra om verskoning."

* * *

Macy druk haar selfoon vererg dood. Hoekom antwoord Claus nie sy bleddie foon nie?

Hoe dink hy moet sy op drieduisend rand oorleef? Toe Bernie uiteindelik hier weg is, kon sy nie vinnig genoeg met 'n taxi by die mall uitkom nie. Sy was so getraumatiseer deur alles dat sy haar spirits moes lig en het amper haar hele allowance by haar favourite boetiek uitgegee.

Sy bel weer Claus se nommer. Die foon lui net. Dalk is hy op 'n vlug huis toe en is sy foon op flight mode? wonder sy.

Maar om veilig te speel stuur sy tog 'n SMS: *Ek verlang na jou, darling! Hoop jy's al op pad, maar as jy nog nie is nie, my geldjies is skraps. Die taxi is belaglik duur, om nie eers van Woolies se kos te praat nie x x x*

* * *

Die spanning laai op in Koopman se gemoed. Hy't pas die boodskap gekry dat die opdrag vanaand uitgevoer sal word.

In 'n mate is hy verlig. Hoe vinniger, hoe beter. Die versekering dat die man se opdragte in die verlede altyd sonder reperkussies verloop het, is darem gerusstellend.

Dit beter nie nou backfire nie, dink hy. Hy moes 'n moerse groot chunk uit sy begroting vir spesiale projekte vat om vir die man se dienste te betaal.

Hy weet die moorde sal deur stasiespeurders ondersoek word, wat hom soos 'n handskoen pas. In die geskiedenis van die SAPD was hul standaarde nog nooit só laag nie. Hy kon nie help om te glimlag toe hy vanoggend se hoofberig in die koerant sien nie. Net agt persent van bendemoordsake in die Skiereiland beland in die hof! Dit sê alles van hierdie plek se klomp platpote.

Wat die spanning steeds aan sy maagwande laat knaag, is dat hy uit ondervinding weet daar is altyd 'n kans dat dinge kan skeefloop. En hy't nie die krag om weer vure dood te pis nie. Dit sal ook meebring dat hy nóg langer in die Kaap moet aanbly – 'n vooruitsig wat hom allermins aanstaan.

Hy skud sy kop. Hoekom is hy so senuweeagtig? Daar is mos 'n Plan B om op terug te val.

Die direkteur het reeds vir hom die naam van 'n man by die Valke gegee, vir as dinge nou regtig buite beheer tol. Dié is glo klaar op stand-by, gereed om ter wille van die groter saak sy beginsels oorboord te gooi.

* * *

Calla Verhoef se kantoor by Polkadot is gestroop van alles buiten die meubels. Met die instap kon Kassie reeds sien dat hier geen leidrade rondlê nie. Die paar staalkabinette se laaie staan almal oop, so ook die lessenaar s'n. Behalwe vir 'n pakkie vuurhoutjies in een van die laaie, is daar sweet blou boggherol. Die Polkadot-ouens het 'n deeglike job gedoen, dink hy.

Die drukkery het tot dusver ook niks opgelewer nie. Brosjures van die pizzarestaurant staan in een hoek opgestapel; verder is daar net die drukmasjiene. Maar die uniforms is steeds daar bedrywig, dalk kry hulle nog iets.

Kassie sug. Dis presies dieselfde storie as vroeër by Waste Specialists. Daar was ook geen teken dat die onderneming 'n paar dae gelede nog operasioneel was nie. In die stoorkamer staan 'n paar dromme, gemerk as giftig, andersins niks.

Magrieta probeer intussen om albei ondernemings se foonrekords in die hande te kry, maar dit gaan lank vat, weet Kassie. Sodra hy dit het, sal hy metodies daardeur moet werk, wat tydrowend gaan wees. Sonder Rooi se hulp gaan hy sukkel.

Hy stap uit die gebou om 'n Lucky aan te steek. Kyk op sy horlosie. Al amper drieuur, nog 'n dag in sy maai.

Sy selfoon lui. 'n Onbekende nommer.

"Kaptein Kasselman?" sê 'n vrouestem. "Ek't die polisiestasie se nommer gebel wat in die koerant was. Hulle't my toe jou selfoon-nommer gegee."

"In verband waarmee is dit?" vra hy.

"Calla Verhoef."

Dis musiek in Kassie se ore. "Weet u waar hy is?"

"Ja, ek weet . . . waar Calla is. Ek is sy vrou, Melanie," sê sy en begin huil.

Kassie wag 'n rukkie, sê dan paaiend: "Ek's bly jy't gebel, Melanie. Ons wil net met Calla gesels, dis al."

"My man is onskuldig! Hy's ingeboelie in die dinge wat hy moes doen. Claus Prins en daai aaklige Ivan-vent is die skurke!"

"Claus Prins?"

"Ja, die grootbaas van Prins Pharmaceuticals."

39

Dis 'n spierwit, ultramoderne enkelverdieping-gebou in Monta-gue Gardens. *Prins Pharmaceuticals* staan in sierlike goue letters bo die hoofingang geskryf. Daar is volop parkeerplek, met net twee ander karre op die terrein. Skuins langs die gebou is 'n afdak met parkeerplekke vir die personeel, waar 'n hele paar karre ingeryg staan.

Kassie en die drie uniforms klim om tien minute oor vier uit die motor. Hulle het in druk verkeer soos die hel van Parow af gejaag. Kassie is bekommerd oor die feit dat die uniforms almal onerva-re konstabels is. Nie eintlik die ideale bystandspan as jy mense in hegtenis moet neem nie, dink hy, maar hy wou nie tyd mors deur versterkings van die stasie te kry nie.

Soos hy vermoed het, was Calla nie regtig 'n belangrike skakel in die sindikaat nie. Sy vrou beweer hy het opdrag van Claus Prins gekry om fakture vir die medisyneverpakkings te vervals sodat dit moes lyk of Alcaso dit bestel het.

En nadat die polisie by Polkadot was, het die Rus Calla beveel "om van die aardbol te verdwyn". Volgens haar is hy ook een van die grootkoppe by Prins Pharmaceuticals.

Kassie het dadelik telefonies met 'n speurder by die Sedgefield-polisiestasie gereël om 'n verklaring by Calla af te neem en dit so vinnig moontlik aan hom te stuur. Nie dat hy dink Calla gaan enige nuwe inligting verskaf nie. Die kern van die sindikaat is hier by Prins Pharmaceuticals gesetel, daarvan is hy doodseker.

Terwyl hulle die trappies na die glasskuifdeur van die hoofingang opklim, kom dokter Stewart se woorde weer by hom op. "Hoogs onwaarskynlik," het die dokter met oortuiging gesê toe Kassie hom vra of 'n Suid-Afrikaanse farmaseutiese maatskappy betrokke kan wees. Wel, dokter Stew was verkeerd, dink hy. Die donners het hier onder almal se neuse die vals medisyne vervaardig.

'n Jong vrou wag hulle in agter 'n ovaalvormige toonbank in 'n ruim ontvangslokaal.

"Waarmee kan ons die polisie help?" vra sy met 'n glimlag terwyl sy na die konstabels in uniform kyk. "Ons is nie gewoond aan besoeke van die gereg nie."

Kassie haal sy SAPD-ID uit en wys dit vir haar. "Kaptein Kassie Kasselman van die Nuwelandse speurtak. Ons is hier oor meneer Claus Prins."

Sy lyk verbaas. "Is dit oor sy verdwyning?"

"Verdwyning?"

"Ja, meneer Prins het mos 'n paar dae gelede net verdwyn. Niemand kan hom in die hande kry nie. Hy antwoord ook nie sy foon nie. En nou's meneer Beukes ook skoonveld."

Kassie frons. "Wie is meneer Beukes?"

"Brian Beukes. Hy besit die plek saam met meneer Prins. Maar sedert vanoggend kry ons hom ook nie in die hande nie." Sy kyk bekommerd na Kassie. "Is daar dalk iets aan die gang waarvan ons nie weet nie?"

Shit, die baasbreine het klaar die pad gevat! dink Kassie. Natuurlik besef dinge gaan binnekort warm word.

"En Ivan Alex- . . . die Rus?" vra hy.

"Ivan Alexandrowitsj. Ja, hy's in sy kantoor." Sy beduie in die gang af. "Tweede laaste deur aan die linkerkant."

Sy tel die telefoon op. "In verband waarmee kan ek sê wil julle hom sien?"

Kassie leun oor die toonbank en neem die gehoorbuis uit haar hand. "Ons wil nie hê hy moet weet ons is hier nie."

Hy draai na een van die konstabels. "James, bly hier en maak seker dat geen oproepe uitgaan of inkom nie."

Die spraaksame ontvangsdame is nou tjoepstil, haar gesig bleek.

Kassie wink na die ander twee konstabels om hom te volg. "Wees gereed vir aksie," fluister hy. "Dis die ou wat ons dink vir sersant Els geskiet het."

Albei knik en haal hulle dienspistole uit, maar hulle lyk nie gretig om by enige aksie betrokke te raak nie. Trouens, albei lyk skytbang, dink Kassie. Fok, moes Daniels hom nou met 'n spul groentjies opgesaal het!

Hulle loop katvoet in die gang af.

By die derde laaste deur steek Kassie vas toe hy voetstappe agter hulle hoor aankom. 'n Kort mannetjie in 'n grys pak stap met mening op hulle af. Hy begin al op 'n afstand praat.

"As ek mag vra, menere, wat presies gaan hier aan?" dawer sy stem deur die gang. "Ek is die kantoorbestuurder hier. 'n Mens sou verwag dat die polisie darem . . ."

"Hou die deur dop," beveel Kassie die konstabels.

Hy draai om en stap na die kantoorbestuurder. As die hele fokken plek nie nou weet hulle is hier nie, het hulle ernstige gehoorprobleme, dink hy.

"Luister, ou swaer," sê hy gedemp vir die kantoorbestuurder, "as ek jy is, gaan kruip ek nóú in 'n kantoor weg. Ivan het gister 'n speurder geskiet en ons is hier om hom in hegtenis te neem."

Die mannetjie se oë rek. "Maar dit . . ."

"Te danke aan jou groot mond behoort die Rus nou te weet ons is hier. So maak jou fokken vinnig uit die voete, of ons arresteer jou vir dwarsboming van die gereg."

Die mannetjie sluk, knik en verdwyn geruisloos by 'n kantoor in. Kassie hoor hoe hy die deur sluit.

Hy sluip terug na sy makkers en beduie die konstabels na die tweede laaste kantoordeur. Wys hulle moet aan die regterkant teen die muur stelling inneem terwyl hy aan die linkerkant gaan staan, Beretta in die hand.

Sy brein werk oortyd. Met Ivan wat sekerlik weet hulle is hier, gaan dit te gevaarlik wees om die deur oop te skop en in te storm. Hy voel ook nie veilig genoeg met twee nervous groentjies agter hom nie. Netnou wag die Rus hulle met sy masjiengeweer in.

Hy moet eerder vir Magrieta bel, besluit hy. Sy kan versterkings van die naaste polisiestasie laat kom. As die plek omsingel is, sal Ivan eenvoudig móét oorgee.

Hy beduie vir die konstabels om hul posisies te behou en stap 'n entjie in die gang af om te bel.

Maar hy kry nie eers kans om sy foon uit te haal nie.

'n Oorverdowende skoot knal in Ivan se kantoor. Die koeël versplinter die boonste deel van die deur en ruk 'n groot stuk pleister uit die gangmuur.

Die konstabels val in gelid plat. 'n Venster breek.

Fok, hy gaan wegkom! dink Kassie. Hy hardloop nader en loer deur die gat in die deur, net betyds om te sien hoe Ivan deur die venster spring. Hy het die hele glaspaneel uitgeslaan.

Kassie skouer die deur oop. Hy sien hoe Ivan na die parkeerafdak hardloop en reguit afpyl op 'n Range Rover in die voorste ry. Hy korrel deur die oop venster en skiet.

Die koeël maak 'n stofwolkie voor die Range Rover en slaan in die onderstel vas. Ivan val plat, rol om en kruip blitsvinnig tot by die viertrek. Hy gaan hurk agter die neus, met net sy een skoenpunt sigbaar.

Kassie neem dooierus oor die vensterbank en skiet weer. Dis 'n kolskoot. Die Range Rover se voorwiel bars met 'n dowwe knal en die voertuig kantel effens na links.

"Bel die naaste polisiestasie!" skree hy oor sy skouer, sy blik vasgenael op die Range Rover. "Sê dis 'n noodsituasie, hulle moet mannekrag bring!"

"Waar's . . . die naaste poeliesstasie?" kom Felix April se stem bewerig van onder die lessenaar.

"Vra die ontvangsdame, sy sal . . ."

Kassie voltooi nie sy sin nie. Ivan kom agter die Range Rover uit en skiet in sy rigting, buk dadelik weer agter die viertrek in. Kassie se ore sing toe die koeël in die muur bokant sy kop vasslaan.

"Roer jou gat!" skree hy vir April.

Hy dril nog 'n koeël deur die Range Rover se rooster. Ivan se skoenpunt steek steeds agter die voorwiel uit. Die donner is nie van plan om te hardloop nie, hy vat eerder 'n shoot-out, besef Kassie.

Hy hou sy Beretta op die Range Rover gerig. As die Rus weer verskyn, sal hy reg wees. Hy wil hom nou ernstig skrikmaak. Ivan sal wel oorgee as hy sien die oormag is te groot. Dan kan hulle lekker gesels oor al Kassie se onbeantwoorde vrae.

Uit die hoek van sy oog sien hy 'n beweging. Hy verstar.

James, die konstabel wat by ontvangs moes wag, kom soos 'n fokken cop in 'n Hollywood movie aangedraf! Gebukkend en op gepunte tone vorder hy tot by die parkeerafdak, dienspistool in die hand en arm ver voor hom uitgestrek. Koes-koes asof hy 'n salvo koeëls moet ontduik, beweeg hy verbasend vinnig van een kar na die volgende – al nader aan die Range Rover.

Kassie se hart gaan staan amper. Wat de fok dink die dom bliksem doen hy? Die hero groentjie cop is veel gevaarliker vir die samelewing as die bang groentjie cop!

Vir 'n oomblik oorweeg hy dit om te skree James moet donners vinnig daar fokof, maar hy's bang hy maak Ivan bewus van die konstabel se teenwoordigheid.

Met ingehoue asem hou hy die hero cop dop. Dié bob en weave soos 'n wafferse Muhammad Ali, al nader aan die Range Rover.

Kassie rig sy pistool op die waarskynlikste plek waar Ivan sal opkom sodra hy James gewaar. Maar die Rus moet onbewus wees van hom, want skielik duik James se kop agter die viertrek op.

'n Skoot knal.

Vir 'n sekonde of twee heers 'n doodse stilte.

Dan weergalm James se half histeriese stem oor die parkeerterrein: "Ek het hom, kaptein! Ek het hom! Dis 'n pot shot innie kop!"

40

Kolonel Daniels daag om kwart voor ses by Prins Pharmaceuticals op, enkele minute ná die forensiese en ondersteuningspan. Hy lyk allesbehalwe ingenome.

"Wat het die simpel donner besiel?" vra hy vir Kassie terwyl hulle by Ivan se lyk staan. Die Rus lê vooroor op sy gesig, 'n gapende wond in sy agterkop.

Daniels sug. "Ná Daan Nolte se fokop kan ons stasie waaragtig nie nog so 'n voorval bekostig nie. Jy kan nie 'n verdagte van agter bekruip en hom sonder waarskuwing in sy moer in skiet nie."

"Wel, soos ek vir kolonel oor die foon gesê het, ek kon nie vir James skree om terug te val nie, anders het die Rus hóm dalk ge-pot," sê Kassie. "Ek wou vir Ivan ook lewendig hê, want ons het nog 'n klomp onbeantwoorde vrae. Ek vermoed ons gaan nog lank soek na sy twee makkers wat skynbaar die pad gevat het."

"Wat van die ander mense wat hier werk? Dink jy nie die hele spul was betrokke by die vals medisyne nie?"

Kassie skud sy kop. "Nee, ek het vlugtig met van hulle gesels. Hulle is almal geskok en verslae, lyk nie een skuldig nie. Ek sal môreoggend vroeg deeglike onderhoude met almal voer. Hulle is nou so getraumatiseer dat dit moeilik sal gaan om sinvolle inligting uit hulle te kry."

"Ons moet net reël dat die perseel vannag opgepas word. Netnou kom dra hulle weer alles weg."

"Ja, ek het klaar so gereël. Ook opdrag gegee dat nie een van die personeel vanaand iets hier mag uitdra nie – nie eers hulle akte-tasse nie."

"Wat van die twee base?"

"Ek skat hulle is ver van hier. Die Rus was duidelik ook van plan om te waai. Sy kantoor staan vol bokse, en aan die stapels dokumen-te op die vloer kan mens sien hy was besig om te pak. Maar ek het

die ander twee se huisadresse. Felix April het na Beukes se huis ge-
bel, maar kry nie antwoord nie. Prins se nommer gee net 'n snaakse
besettoon, klink of daar 'n tegniese fout is. Ek sal môre soontoe
gaan ná die onderhoude hier afgehandel is. Dis net moeilik sonder
Rooi om by alles uit te kom."

"Ek kan wragtig nie iemand afstaan om jou te help nie," sê Daniels.
"Ons speurderspan is nou te dun sonder Daan, Robbie én Rooi."

Kassie knik. "Ek dink 'n groot deel van die ondersoek is in elk
geval afgehandel. My vermoede is ons het die moordenaar van Fred
Smuts vandag gekry."

Daniels wys na Ivan. "Dié ou?"

"Ek meen so." Kassie beduie na die vel papier in sy hand. "Volgens
Calla Verhoef se verklaring, in elk geval – Da Silva het dit vir my van
die stasie af saamgebring. Verhoef sê Ivan was die go-to man as daar
enige stront was. Die Rus het skynbaar ook 'n vorige werknemer van
Polkadot laat 'verdwyn', soos Verhoef dit stel. En Ivan het vir hom
'n foto van Fred Smuts gegee nog vóór hy by Polkadot gaan navraag
doen het. Die base moes geweet het Smuts is op hulle spoor, en toe
hy by Polkadot opdaag, was dit Ivan se job om van hom ontslae te
raak."

Daniels tuur peinsend voor hom uit. "Hmm . . . jy het juis gesê
die moordenaar se pogings om dit na selfmoord te laat lyk, was bra
amateuragtig."

Hy glimlag vir die eerste keer. "Ek dink jy's reg, Kassie. Alles dui
daarop die Rus is ons man. Nou is 'n groot deel van die puzzle min-
stens opgelos."

* * *

Die Pion parkeer sy kar 'n ent weg van die woonstelblok. Hy stap
rustig die sowat honderd meter soontoe. In die onwaarskynlike geval
dat iemand hom dié tyd van die nag sien, moet hy nie gejaag lyk nie.

Hy kyk op sy horlosie. Negentien minute oor drie.

Die eerste teregstelling het seepglad verloop, dink hy tevrede. Volgens wat die Opdraggewer hom van die man vertel het, het hy groot teenstand verwag. Maar die slagoffer was so mak soos 'n lammetjie. Met die Heckler & Koch op hom gerig, het hy self die tou om die balkonreling geknoop en dit toe om sy nek gesit, vas oortuig dis net 'n voorsorgmaatreël van die Pion om vinnig weg te kom.

Die slagoffer het woordeloos toegekyk hoe hy die Man Ray-skaakstuk in sy hempsak sit en toe gedwee sy mond gedraai sodat hy dit kon toeplak. Toe het hy sonder teenstribbeling oor die balkonreling geklim en op die smal strook stoep aan die ander kant gaan staan. Hy het sy gewrigte ewe uitgehou vir die Pion om vas te maak, wat natuurlik nie nodig was nie – 'n ligte stampie was genoeg.

Die Pion het sy aksies haarfyn beplan en op die laaste oomblik die kleefband van die man se mond geruk. Waaroor hy wel ergerlik voel, is dat hy nie die slagoffer se gesig kon sien op die groot oomblik toe die tou styf span om sy nek nie. Ook nie sy oë nie – hoe hulle begin bult in die oogkasse, die gesig wat rooier en rooier swel . . . Hy troos hom daaraan dat die balkon die ideale plek vir 'n teregstelling was; in die woonstel was daar nie voldoende geriewe daarvoor nie. 'n Verdere bonus is dat die balkon nie straat toe front nie, wat maak dat die liggaam nie dadelik met eerste lig gesien sal word nie.

Die Pion moet met moeite sy opgewondenheid oor die tweede teregstelling beteuel. Dit sal die eerste keer sedert Moeder wees dat hy 'n vroulike slagoffer teregstel. En in Moeder se geval was dit nie waarlik 'n teregstelling nie, bloot 'n oorreaksie as gevolg van onstuimige emosies wat tot die daad gelei het.

Hy kry vashou- en vastrapplek teen die stewige rankplant by die veiligheidsmuur en klim sonder veel inspanning oor. Hy kyk om hom rond. Dis 'n luukse tweeverdieping-woonstelblok. Die vrou moet geld hê, dink hy, iets wat hy nie gewoonlik assosieer met iemand met losse sedes nie.

Hy sluip versigtig teen die trappe op na die tweede verdieping. By 202 staan hy stil en kyk eers rond vir alternatiewe ontsnaproetes.

Dan haal hy sy stel lopers uit. Hy's gelukkig – met die vierde probeerslag sluit hy die deur oop. By die vorige teregstelling moes hy dertien keer probeer.

Sy penflits verlig vlugtig 'n ruim sitkamer, dan loop hy versigtig tussen die meubels deur na die gang waar die eerste kamerdeur oop staan.

Hy hoor haar reëlmatige asemhaling toe hy by die kamer instap, sien die buitelyne van haar lyf in die skynsel van die straatligte wat deur die gordyne filter. Dit lyk of sy op haar rug lê, wat hom pas.

Hy haal sy rugsak af en sit dit saggies op die vloer neer. Opwinding bruis deur sy are. Hy wag tot sy gehandskoende hande ophou bewe voordat hy nader aan die bed beweeg. Buk af om te sien waar die skakelaar van die bedlampie is.

Hierdie gaan 'n nuwe, hoogs bevredigende ervaring wees, weet hy. Soos 'n atleet in die wegspringblokke maak hy hom gereed vir die volgende, baie belangrike stap, presies soos hy dit vooraf beplan het.

Hy sit die bedliggie aan en spring op die slapende slagoffer. Sy hande sluit om haar keel. Sy spartel verwoed, maar hy pen haar arms met sy knieë vas.

Roggelgeluide ontsnap uit haar mond, maar hy smoor dit dood deur net harder met sy duime op haar strot te druk, sy ander vingers diep weggesak in haar sagte nekvel. Ná 'n ruk voel hy hoe haar weerstand afneem.

Hy kyk gefassineer na die vrou onder hom terwyl hy sy greep op haar nek vir geen oomblik verslap nie. Haar oë peul uit hul kasse, haar bors begin moeisaam beweeg, haar asemhaling word diep en snorkend. Die bloupers verkleuring van haar lippe word algaande sigbaar.

Die Pion knik tevrede. Alles presies soos Moeder se doktersboek dit beskryf.

* * *

Om twee-en-twintig minute oor vyf lui Koopman se selfoon in die hotelkamer. Hy kom vervaard orent en raap die foon van die bedkassie op.

"Albei operasies was suksesvol," sê 'n stem. Dan word die verbinding verbreek.

Koopman sit nog lank so met die selfoon in sy hand. Verligting spoel geleidelik deur hom. Die eerste en moeilikste hekkie is oorgesteek.

Hy staan op en stap na die klerekas, haal die half-jack onder sy onderklere uit. Hy skroef dit oop, gooi die inhoud in sy keel af en hou nie op met sluk voordat die bottel halfpad gesak het nie.

Hy's verlig oor die sukses van die operasie.

Bléddie verlig.

Hy lig die bottel weer na sy mond. Die vloeistof wat in sy keel af gly, help ook om sy gewete te sus.

Alles in belang van Die Stryd.

41

Danie Roux, die kantoorbestuurder by Prins Pharmaceuticals, is steeds bleek om die kiewe, sien Kassie die volgende oggend. Daar's geen teken meer van sy kordate houding van gister nie.

"En jy sê jy was onbewus van die vals medisyne?" vra hy.

Roux knik. "Soos ek genoem het, ek is net in beheer van die personeel – die twee kantoorklerke, die ontvangsdame en ons spannetjie medisyne-reps. Hulle bemark daagliks ons produkte by aptekers en dokters. Daar was nog nooit enige sprake van grys medisyne nie. Die medisyneraad se inspekteurs kom ook gereeld hier en ons het nog geen klagtes of vrae van hulle gekry nie."

Kassie staar ingedagte na sy notaboek. Gelukkig het Daniels hom toestemming gegee om vir Emile de Villiers te kontrakteer, die chemikus wat Smuts se hoop vals medisyne ontleed het. Toe Kassie hom gisteraand bel, het hy dadelik ingestem. En toe hy vanoggend halfagt hier aankom, was De Villiers klaar in die laboratorium, besig om dit met 'n vergrootglas deur te gaan en duidelik ingenome met sy opdrag.

"Brian Beukes was in beheer van Prins Pharmaceuticals se laboratorium?" vra hy.

"Ja." Roux aarsel 'n oomblik. "Wel, noudat ek daaraan dink, 'n laboratoriumassistent het eenkeer gesê hy kan nie verstaan hoekom meneer Beukes soms groot hoeveelhede bestanddele uit die laboratorium neem nie."

"Om wat mee te maak?"

Roux haal sy skouers op. "Nee, dit weet ons nie." Hy aarsel weer. "Meneer Beukes was soms dae lank afwesig. Dit kon die assistente nogal irriteer, want hulle moes hom altyd op sy selfoon bel as hulle vrae het."

Kassie blaai terug in sy notaboek. "Wat kan jy my vertel van Metal 2, Waste Specialists en Polkadot-drukkery? Volgens ons inligting is dit ook deel van Prins Pharmaceuticals."

Hy hou Roux fyn dop, maar sien sy verbasing is eg toe hy sê: "Nog nóóit in my lewe van daai plekke gehoor nie, kaptein."

"Waar het julle die medisyneverpakkings vir Prins Pharmaceuticals gedruk?"

"Ons het 'n drukmasjien hier in die gebou, alles word daarop gedruk. En ons het 'n klein verpakkingspan wat op kontrakbasis inkom wanneer dit nodig is. Meneer Beukes was gewoonlik die toesighouer daar."

"Wie't julle boeke gedoen?"

"Meneer Prins was in beheer van finansies. Al ons finansiële rekords moet hier wees. Ek dink hy's weg sonder om iets saam te vat."

"En waar het Ivan in die organisasie gepas?"

Roux gee 'n laggie. "Dit was die groot vraag tussen ons hier in die kantoor ook. Niemand het geweet wat hy doen nie. Hy was soms weke lank weg. En wanneer hy hier was, was dit ook maar net vir kort rukkies. Hy was altyd op pad iewers heen in sy Range Rover."

Kassie kan sien hoe die legkaartstukke stadig maar seker in plek val. Prins Pharmaceuticals was bloot 'n frontmaatskappy vir Prins, Beukes en die Rus se gesmokkel met vals medisyne. Dis nes dokter Stew gesê het, dink hy, 'n gesofistikeerde kriminele onderneming wat die farmaseutiese bedryf se sakemodel naboots.

Hy frons gesteurd toe sy selfoon begin lui. Daniels. Sy tyd is so beperk, maar hy sal móét antwoord.

"Kassie, ek het jou dringend nodig," knetter die kolonel se stem.

"Hoe bedoel . . ."

"Cliffie is al op pad na jou toe. Ek het hom die Smuts-dossier gegee sodat hy op hoogte kan kom van die medisynesaak. Brief hom net vinnig as hy daar aankom en laat hy die res van die onderhoude voer. Dan kom jy so vinnig as wat daai poelskedonk kan ry Nuweland toe. Ons is vier blokke van die stasie af, swembad se rigting."

Hy rammel die adres af, wat Kassie vinnig neerskryf.

"Kolonel, wat's so dringend? Ek's nou net besig om hier agter die kap van die byl . . ."

"Ons het 'n oproep gekry dat 'n man homself aan sy woonstel se balkonreling gehang het," praat Daniels hom dood. "Ek het saam met Da Silva-hulle hierheen gekom omdat geen ander speurder beskikbaar is nie."

"Maar kan Cliffie nie eerder . . ."

"Wag, laat ek klaar praat! Ons het pas die man se lyk opgehys gekry. Hy't 'n skaakstuk in sy hempsak . . . 'n fokken pion."

* * *

Macy bel aanmekaar, maar Claus antwoord nie sy foon nie. Ook Ivan en Brian se fone is af. Die algemene nommer by Prins Pharmaceuticals gee net 'n besettoon.

Wat de hel gaan aan? wonder sy en kyk bekommerd na haar selfoon. Haar airtime gaan binnekort gedaan wees. En die bleddie Bernie het op sy eerste dag hier die huis se landlyn geknip.

Sy oorweeg dit om die polisie te bel. Sy het juis die Nuwelandstasie se nommer op haar kontaklys – 'n opdrag van Claus vir as iemand probeer inbreek terwyl sy alleen by die huis is.

Sy huiwer 'n oomblik, besluit dan daarteen. Claus sal 'n gasket blaas as sy by die polisie navraag doen oor hom óf Prins Pharmaceuticals.

* * *

Daniels wag Kassie by Newlands Heights 414 in.

"Fok, maar jy vat 'n eeu om hier te kom!" groet hy stuurs.

"Ek moes Cliffie eers ordentlik brief," sê Kassie. "Hy lyk glad nie happy oor hy vir my moet instaan nie. Hy sê hy't self 'n klomp dringende sake."

"Hy hoef nie daaroor te worry nie," brom Daniels. "Ek sal sommer daaroor worry. Dis after all my stasie."

Kassie trek die beskermende skoene en handskoene aan wat

Daniels na hom uithou. Dan volg hy die kolonel deur die sitkamer na die balkon toe.

"Ek het met die handelstak se mense gereël dat hulle na Prins Pharmaceuticals se finansiële rekords gaan kyk," sê Daniels. "Verder het Milnerton se bevelvoerder gesê hulle het 'n speurder beskikbaar wat Cliffie kan help."

Hy steek skielik vas en draai om na Kassie. "Ek wil jou hande heeltemal losmaak sodat jy op hierdie moord en Fred Smuts s'n kan konsentreer. Daar móét 'n link tussen die twee sake wees. Wat seker beteken die Rus was nie die moordenaar nie."

Op die balkon drom die forensiese span om die lyk saam. Hulle staan vinnig opsy toe Daniels 'n paar bevele uitblaf.

Kassie gaan hurk by die liggaam. Dis 'n jongerige man, seker in sy vroeë dertigs, en taamlik fors gebou. Hy't 'n kortmouhemp en 'n gestreepte pajamabroek aan. Die tou is nog om sy nek. 'n Diklensbril lê langs sy kop en 'n entjie verder die skaakstuk, wat reeds in 'n forensiese sakkie gesit is.

Daniels beduie met sy skoenpunt daarna. "Ek weet fokol van skaak af, maar Da Silva sê dis beslis 'n pion."

Kassie knik. "Wie't op die man afgekom?"

"Die ou tannie wat in die woonstel onder hom bly. Toe sy vanoggend uitkom om die potplante op haar balkon water te gee, sien sy die kaal voete hier skuins bo haar kop. Sy naam is Moos Uys, maar nie een van die bure weet waar hy werk nie."

"Geen skaafmerke aan sy gewrigte of enkels nie," merk Kassie op. "Hy was nie vasgebind nie."

"Dis die eerste ding wat Da Silva ook gesê het. Dit het aanvanklik na selfmoord gelyk . . . tot ons die pion in sy hempsak gekry het." Daniels bly 'n oomblik stil, sê dan sonder oortuiging: "Jy weet, die moontlikheid van selfmoord is seker nie uitgesluit nie. Dalk was die ou 'n skaak- . . . "

"Waar's die slaapkamer?" onderbreek Kassie hom.

Daniels beduie na die gang. "Eerste deur links."

Kassie stap soontoe. Hy bekyk die kamer aandagtig. Uys was al in die bed, die lakens is oopgetrek. Dan sien hy dit: die T-hemp wat in 'n hopie op die mat voor die bed lê.

Toe hy omdraai, staan Daniels in die deur.

"En nou, Sherlock?" vra hy. "Hoe lyk dit vir my of daar 'n liggie in jou kop aangegaan het?"

Kassie knik. "Dit het my gehinder dat iemand in so 'n netjiese hemp sou slaap. Dit lyk ook nie gekreukel nie." Hy wys na die T-hemp. "Dis wat Uys aangehad het toe hy in die bed geklim het."

Daniels frons. "En wat sê dit nou eintlik?"

"Dit sê vir ons Smuts se moordenaar was hier. Hy't Uys beveel om sy T-hemp uit te trek en die ander hemp aan te trek sodat hy die pion in sy hempsak kon sit."

"Jy's bleddie reg, Kassie." Daniels lag verleë. "Ek't maar gehoop en gebid vir 'n ander verklaring vir die skaakstuk."

"Hy moes Uys natuurlik met 'n skietding gedreig het," sê Kassie. "En nes met Smuts het hy ook vir Uys 'n gat in die kop gepraat om hom vrywillig oor die reling te laat klim met 'n tou om sy nek."

Hy staar ingedagte na die mat. "Dit lyk behoorlik of die moordenaar speletjies met ons speel. Met die skaakstukke wou hy doodseker maak ons weet hy was vir albei moorde verantwoordelik."

Hy kyk op toe Da Silva instorm.

"Ek't op 'n ID card in sy study afgekom," sê dié. "Uys was 'n spy by die State Security Agency!"

42

"Julle gee mens nie tyd om jou werk ordentlik te doen nie," sê dokter Momberg vies toe Kassie sy foon antwoord. "Maar voorlopig, gegrond op die temperatuurlesing van die liggaam, sou ek skat Uys het sy Skepper tussen middernag en eenuur vanoggend ontmoet."

"Was daar enige . . ."

"Geen abrasies aan die liggaam nie," val die dokter hom in die rede. "Dis duidelik sy mond was met kleefband toegeplak, daar was gom aan sy lippe. En dis al wat ek nou het," sê hy bars.

Kassie skud sy kop toe hy die gehoorbuis neersit. Hy't dokter Momberg nog nooit in só 'n bedonnerde bui beleef nie. Maar die ou man het seker rede. As een van die min gekwalifiseerde forensiese patoloë in die Kaap moet hy jaarliks byna vyfhonderd gevalle van onnatuurlike dood ondersoek.

En Daniels se opdrag was vanoggend: "Los alles waarmee jy besig is en gee prioriteitaandag aan Uys."

Dit moes die dokter se roetine omvergewerp het, maar nogtans het hy terugvoer gegee vóór Daniels se spertyd van vieruur vanmiddag. Daarvoor verdien hy beslis punte in Kassie se boek.

Hy kyk weer na die aantekeninge wat hy vanoggend vinnig by die moordtoneel gemaak het:

1) Moordenaar moes met 'n loper toegang tot woonstel gekry het

2) Dieselfde soort tou om Uys se nek as met Smuts

3) Nie dieselfde soort skaakstuk as by Smuts nie, maar ook 'n pion

4) Lyk nie of moordenaar woonstel deursoek het nie, net Uys se selfoon gevat

5) Uys by SSA – het hy ook vals medisyne ondersoek?

Hy krap die laaste punt dood. Dis nie meer van toepassing nie.

Net voor dokter Momberg hom gebel het, het hy die SSA-kantoor in Kaapstad gebel. Hoewel hy feitlik seker is dat die SSA hulle nie met 'n ooglopende polisie-aangeleentheid sal bemoei nie, moes hy seker maak.

Die SSA se ontvangsdame was geskok om van Uys se dood te hoor. Sy was onbewus van die nuus, want Uys was met verlof. Toe Kassie sê hulle vermoed dis moord en haar die agtergrond oor die Smuts-saak en die skaakstukke gee, was sy stomgeslaan.

"Nee, kaptein, ek kan jou verseker die SSA ondersoek beslis nie sulke sake nie. Maar ek sal die baas vra om jou terug te skakel sodra hy klaar is met sy vergadering."

Dit kompliseer die hele storie, besef Kassie. As Uys en Smuts om verskillende redes vermoor is, beteken dit die moordenaar het sy opdragte van twee verskillende partye ontvang. Dan het hulle te doen met 'n huurmoordenaar.

Maar om watter aardse rede sal 'n huurmoordenaar skaakstukke by sy slagoffers los? wonder hy. Reeksmoordenaars, ja, hulle doen sulke goed om die polisie uit te daag. En 'n huurmoordenaar hang nie gewoonlik sy slagoffers op nie . . . 'n Reeksmoordenaar ook nie, for that matter.

Hy kyk op toe Cliffie langs sy lessenaar kom staan. Dié lyk nog net so bedonnerd soos toe hy vanoggend by Prins Pharmaceuticals aangekom het.

"Ek het net my tyd gemors," sê hy suur. "Nie een van daai mense by Prins Pharmaceuticals het 'n clue oor waarmee hulle base besig was nie."

Hy gooi 'n stapel folio's op Kassie se lessenaar neer. "Hier's die hele lot se verklarings. En daai ou met die wilde hare . . ."

"Emile de Villiers, die chemikus?"

Cliffie knik. "Hy sê niks in die lab dui op die vervaardiging van vals medisyne nie. Hy sal sy verslag vir jou e-pos. Die handelstak se ouens het bokse en bokse goed uit Prins se kantoor gedra. Hulle sal seker een of ander tyd na jou toe terugkom."

Hy kyk op sy horlosie. "Ek moet waai. Moet 'n verklaring gaan afneem by 'n moontlike getuie in die saak waarmee ek besig is."

"En Beukes en Prins?" vra Kassie.

Cliffie skud sy kop. "Sorry, man, ek sal nie vandag nog by hulle huise kan uitkom nie."

"Right, dankie."

Kassie maak die verklarings bymekaar. Fok, hy't Rooi nog nooit so gemis soos vandag nie. Hy sal maar môre tyd moet maak om self na die adresse te gaan.

Hy kan nie eers vir Rooi vra om daai guns vir hom te doen nie, dink hy met 'n sug. Toe hy sy partner gisteraand bel om hom van die Ivan-drama te vertel, het dié maar olik geklink. Sy wond het gedurende die dag weer begin bloei en hy moes inderhaas terug hospitaal toe.

Kassie se telefoon lui. Interne luitoon, sien hy. Daniels.

"Shit, Kassie, nou's ek fokken sprakeloos!" sê die kolonel op sy kenmerkende staccato-manier. "Ek't vanmiddag die details van die Uys-moord aan al die Wes-Kaapse stasies gestuur – die brigadier dring mos deesdae daarop aan. Nou't ek 'n speurder van Seepunt op die lyn. Ek gaan hom deursit na jou toe."

"In verband met Uys?"

"Nee, maar jy wil nie fokken weet nie!"

* * *

Koopman sluit sy kantoordeur agter hom toe en storm na sy lessenaar. Hy pluk die onderste laai oop en help homself aan twee groot slukke brandewyn.

Hy moet diep asemhaal om te kalmeer. Toe hy en Max nou net ná hulle vergadering uit die kantoor kom, het die ontvangsdame hulle ingewag met die boodskap dat Max dringend die Nuweland-polisiestasie moet skakel in verband met Moos Uys se dood – vermoedelik moord.

Koopman kon sy ore nie glo nie. Hy't onmiddellik gesê hy sal die Uys-navraag hanteer en het haar opdrag gegee om in die toekoms alle navrae oor die saak na hom deur te sit.

Sy hand bewe toe hy sy selfoon uithaal en die nommer skakel.

Toe daar antwoord kom, begin hy skree, ten spyte van sy voorneme om kalm te bly.

"Wat de fok het jou hit man gedoen? Jy't my die versekering gegee hy sal nie weer sy bliksemse pionne rondstrooi nie! Ek het jou viér-fokken-honderdduisend betaal om 'n ordentlike job te doen! En behalwe dat my job opgedonner is, het jy my niks gesê oor die ander ou wat hy net nou die dag hier ín die Kaap uitgehaal het nie!"

* * *

Kassie luister verstom na Brendan Duminy, speurder van die Seepunt-polisie.

"Hy't die skaakstuk, 'n pion, voor by haar nagrok tussen haar borste ingedruk nadat hy haar verwurg het. Toe het hy op haar gesig geürineer."

"Wat?" sê Kassie. "Urineer!"

"Jip, haar sopnat gepie. En dit wás pie. Die forensiese ouens het seker gemaak."

"Hoe seker is julle die vrou is verwurg?"

"Honderd persent. Die vingermerke om haar nek is baie duidelik afgeëts op haar vel. Haar arms het ook kneusplekke. Ons vermoed hy't sy knieë gebruik om haar vas te druk op die bed."

"Hoe laat skat julle het die moord plaasgevind?"

"Ons het vanoggend net ná ses op die toneel gekom. Sy kon nie langer as twee en 'n half uur dood gewees het nie, skat Forensics, so dit moes omtrent halfvier gebeur het. Maar dis nog nie deur 'n patoloog bevestig nie. Julle kolonel Daniels het darem gesê hy sal toutjies trek dat haar liggaam gou geprocess word, so ons sal môre weet."

"Hoe't julle so gou van die moord gehoor? Dit het tog ín haar woonstel gebeur?"

"'n Vriendin gaan draf soggens saam met haar en hulle het afgespreek om mekaar halfses voor in die straat te kry. Ná tien minute se wag het sy gebel, maar geen antwoord gekry nie. Toe het sy oor die muur geklim. Daar's voldoende vastrapplek by 'n rankplant – ons dink dis waar die moordenaar ook ingekom het. Die woonstel was nie gesluit nie en sy't op die lyk afgekom."

"Waar werk die vrou . . . Louisa Maritz?"

"Volgens die vriendin werk sy nie. Maar sy't glo 'n tydjie terug gekla oor 'n getroude man wat haar nie wil uitlos nie en wat haar gereeld by haar woonstel harass. Die vriendin weet egter nie wat die ou se naam is nie."

"Enigiets anders van belang?"

"Die moordenaar het beslis iets in haar woonstel gesoek. Die laaie was oral oop en daar's in haar goed gekrap. Haar diamantjuwele het hy gelos, maar hy't haar selfoon en skootrekenaar gevat."

Nes met Fred Smuts, dink Kassie.

"Hel, dis eintlik sad," sê Duminy. "Sy was 'n mooi vrou, en jonk, skaars dertig. Die lewe is bleddie wreed."

"Ja," sug Kassie. "Gaan ons die ding afsonderlik ondersoek of kyk ons na 'n taakspan?"

Duminy lag. "Nee, dis jou saak, sê jou kolonel. Jy ondersoek blykbaar twee ander moorde met pionne wat op die toneel gekry is. Ek's maar bly, want my dossiere staan tot teen die dak opgestapel."

Toe Kassie die foon neersit, swets hy.

Die donnerse Daniels is natuurlik vreesbevange iemand anders spoor die moordenaar op en dan kan hy dit nie claim vir die Stasie van die Jaar-kompetisie nie. Nou saal hy Kassie met dié moord ook op, terwyl hy goed weet Rooi is met siekverlof.

Dossiere opgestapel tot teen die dak . . .

Kassie snork. "Jy's bleddiewil nie al een nie," mompel hy toe hy opstaan om aan Daniels te gaan verslag doen.

43

Die operasie het ernstig skeefgeloop, besef Koopman. Die bekende knop op die krop van sy maag wil nie skietgee nie – 'n reaksie wat altyd deur woede veroorsaak word.

En hy ís fokken woedend! Nou verontskuldig die bliksem homself, sê die hit man het sy opdrag verontagsaam. Hy't dit kwansuis nie voorsien nie en daarom het hy dit nie nodig geag om Koopman oor die Smuts-moord in te lig nie. Sonder die skaakstukke sou niemand tog 'n verband tussen die moorde kon trek nie.

Maklik vir hom om nou sy skouers op te trek, dink Koopman. En dit nadat hy 'n kakhuis vol geld betaal is. Behalwe vir die honderdduisend direk in sy rekening, moes die hit man seker ook nog 'n deel van die res aan hom afstaan. Die bliksem skep van albei kante, en nou sit hy rustig agteroor en los die gemors vir Koopman om skoon te vee.

Hoe hy die situasie verder gaan hanteer, weet hy nie. Nou help sy doktorsgraad (cum laude) in politieke wetenskap niks, ook nie sy senior posisie by die SSA nie. Hy is slegs aangewese op sy instink en oorlewingsdrang.

Hy ken die intelligensie-omgewing soos sy handpalm, weet hoe om hom uit knyptangsituasies te praat, strategies te dink, gapings te vat en strikke te vermy. Maar hierdie situasie gaan ander vaardighede verg. Dis relatief onbekende terrein.

Hy haal die bottel brandewyn uit die onderste laai van sy lessenaar en draai die prop stadig los. Hy kan nie bekostig om te gaan lê nie.

"Dink positief," prewel hy.

Alle konflikte word gewen deur die party wat oor die grootste breinkapasiteit beskik, sê die direkteur altyd. En niemand in die Wes-Kaapse polisiediens gaan opgewasse wees teen 'n man met 'n IK van 149 nie, dink Koopman terwyl hy die bottel teen sy lippe druk.

Hy sal kringe om hulle hardloop.

★ ★ ★

"Dit klink amper soos 'n reeksmoordenaar," sê Daniels. "'n Huur-moordenaar pie tog nie op sy slagoffer se gesig nie!"

Sy woorde laat Kassie se maag saamtrek. Die laaste keer wat hulle in hierdie kantoor oor 'n reeksmoordenaar gepraat het, was dit 'n gemors. Hy was oortuig die moordenaar was nié 'n reeks-moordenaar nie, maar Daniels het nie sy oordeel vertrou nie en 'n sogenaamde reeksmoordkenner ingekry. Dié het die kolonel vinnig oortuig Kassie se afleidings was verkeerd.

Die ondersoek het in 'n nagmerrie ontaard. Ná talle onaange-naamhede tussen Kassie, die reeksmoordkenner en Daniels, is die moordenaar uiteindelik vasgetrek – en toe blyk dit Kassie was al die tyd reg en die kenner verkeerd.

Hy sien nie weer kans vir sulke stront nie. Hoewel hy met die kolonel moet saamstem: die moord op Louisa Maritz lyk soos die werk van 'n reeksmoordenaar.

"Ja, haar moord verskil drasties van die ander twee," sê hy versig-tig. "My aanvanklike vermoede dat dit 'n huurmoordenaar was, is nou by die venster uit. Behalwe vir die feit dat hy op haar gesig gepie het, het hy ook skaakstukke by al drie lyke gelos, wat nie tipies is van 'n huurmoordenaar se modus operandi nie."

"Dit kan jy weer sê! Wat gaan jy doen?"

"Eerstens met Louisa Maritz se vriendin praat. Klink nie of die Seepunt-speurder veel moeite met haar gedoen het nie. En ek't klaar vir Magrieta gevra om Uys en Maritz se telefoonrekords ASAP vir my te kry. Die feit dat sowel Uys as Maritz se selfone deur die moor-denaar gevat is, beteken daar kan dalk 'n verband tussen hulle wees. Ek wag nog vir die SSA om na my terug te kom. Die vrou by ont-vangs was seker Uys het nooit die medisynesaak ondersoek nie, maar hopelik kan Uys se baas my 'n beter idee van sy bewegings gee."

Kassie staan op. "En dan gaan ek by Bossie 'n draai maak."

"Bossie?"

234

"My ekskollega. Hy't op sy dag talle reeksmoorde opgelos."

"O ja, ek onthou nou van hom." Daniels glimlag. "Jy kan verseker wees ek sal nie weer 'n 'reeksmoordkenner' by jou ondersoek betrek nie, Kassie. Dié keer vertrou ek jou oordeel ten volle. Gaan chat gerus met jou oom Bossie."

By die deur roep hy Kassie terug. "Wat sê ons vir die media? Vertel ons hulle van die skaakstukke?"

Kassie skud sy kop. "Kom ons verswyg dit eers, en ook dat ons vermoed dis dieselfde moordenaar. Hulle sal ballistic gaan as ons hulle nou al die detail voer."

"Jy's reg. Dit kan die hele ondersoek verongeluk."

* * *

Terwyl die Pion aan die Louisa Maritz-lêer tik, is sy asemhaling buitengewoon vinnig, sy borskas deinend.

Hy het vanaand spesiaal vir die geleentheid aangetrek: sy roetswart snyerspak, duifgrys hemp, hermelynbont woldas en die donkerbruin krokodilleerskoene. Hy het sy gunstelingdis – skaaplewer met 'n suur sousie op kapokaartappel – berei en dit by kerslig in die eetkamer genuttig. Toe het hy 'n draai in die agtertuin gestap en 'n wyle by Buskruit se graf vertoef om hom in die regte stemming te bring.

In die studeerkamer het hy eers die verslag oor die Uys-teregstelling getik. Vinnig, asof dit net 'n lastige administratiewe taak was. Toe het hy die kersstaander van die eetkamer na die studeerkamer gebring en die ligte afgeskakel. Hy wou die regte atmosfeer skep vir die Maritz-lêer. Hy het sy woordeboeke nader getrek en die das om sy nek effe losgewikkel.

Met ongekende poëtiese woordrykheid het hy onverpoos gewerk, sy vingers wat vlug oor die toetse van die Olympia beweeg. Op 'n vreemde manier was dit asof hy Moeder se teregstelling weer beleef het. Die hele ervaring was orgasmies van aard: die vroulike reuke van Maritz se liggaam in sy neusvleuels, die visioene flitsend voor hom van haar bultende oë, wat Moeder se angstige blik van destyds opgeroep het toe die eerste houe op haar reën.

Verskillende emosies het soos onstuimige branders deur hom gegolf. Dit was asof die verlede en hede naatloos inmekaargevloei het. Hortende geluide het spontaan uit sy keel ontsnap, sy ereksie kloppend in sy broek.

Nou, terwyl hy die laaste paragraaf tik, voel hy soos 'n triomfantelike bergklimmer wat die mees onbereikbare piek bereik het. Nou besef hy vir die eerste keer dat nuwe horisonne wink.

'n Buitengewone drang het hom beetgepak: om 'n soortgelyke ervaring te beleef as Louisa Maritz se teregstelling.

* * *

Kassie vat 'n laaste hap van die vleispastei wat hy by die kafee oorkant die stasie gekoop het. Die ding proe stokoud, dink hy en gooi die orige helfte vies in die vullisdrommetjie langs sy lessenaar.

Vanaand sal hy maar die midnight oil hier by die stasie moet brand. Hy het reeds deur Cliffie se verklarings van die personeel by Prins Pharmaceuticals gewerk. Daar is niks wat daarop dui dat iemand anders as Prins, Beukes en die Rus bewus was van die vals medisyne nie. Toe het hy die kort verslag gelees wat Emile de Villiers vir hom gestuur het. Dit het bevestig wat Cliffie gesê het: geen teken van ongerymdhede by die lab nie.

Vanmiddag ná sy gesprek met Daniels het hy gewonder of hy eers vinnig by Beukes en Prins se huise moet aangaan, maar hy het daarteen besluit. Beukes bly in Blouberg en Prins in Constantia. Dis te ver uitmekaar en dit gaan sy hele aand in beslag neem. Boonop is hy seker hy gaan net voor dooiemansdeur te staan kom. Daarom het hy Pollie gevra om uniforms soontoe te stuur.

Toe het hy Louisa Maritz se vriendin gebel. Dit was 'n onbevredigende gesprek. Die vriendin het gesê sy het Louisa eers onlangs ontmoet en hulle was eerder drafmaats as ware vriendinne. Hulle het selde oor persoonlike dinge gesels, afgesien van die een keer wat Louisa haar vertel het van die getroude man wat haar geteister het. Sy weet egter niks meer van die man of die aard van die teistering nie.

Kassie skrik effens toe sy selfoon lui. Onbekende nommer, sien hy.

"Abdul Koopman van die SSA," stel die beller homself bekend. "Jammer, maar ek kon nie vanmiddag terugkom na jou nie."

"Alles reg, ek's in elk geval nog op kantoor," sê Kassie. "Ek weet nie of die dame by ontvangs jou ingelig het oor . . ."

"Sy het, ja. Groot skok vir ons hier. Uys was 'n aangename man met 'n blink toekoms. Van die junior veldagente wat saam met hom gewerk het, het wel genoem dat hy maar 'n taamlik depressiewe mens was. Is julle seker dit was nie selfmoord nie?"

"Doodseker. Die skaakstuk . . ."

"Natuurlik, ja, die pion. Michelle het my vertel. Onverklaarbaar, nè? In elk geval, ek wil maar net bevestig dat Uys glad nie betrokke was by enige ondersoek oor vals medisyne nie. Hy was maar merendeels 'n assistent by sake wat ons senior agente ondersoek het."

"Watter soort sake?" vra Kassie. "Ek wil net 'n idee kry waarmee hy hom besig gehou het. Dit kan my dalk help in die moordondersoek."

Koopman gee 'n meewarige laggie. "Kaptein, daarmee kan ek jou nie help nie. Ons werk met geklassifiseerde inligting – goed wat ek nie eers met die SAPD kan deel nie. Ek het wel 'n versoek . . ."

Toe Kassie stilbly, gaan hy voort: "Ek wil hê jy moet vir my terugvoer gee oor elke stukkie nuwe inligting in jou ondersoek. Dit sal die SSA help om te weet of die moord enigsins verband hou met operasies waarby Uys betrokke was. Dis vir ons van kritieke belang."

Toe Koopman aflui, swets Kassie. Wie de hel dink dié ou is hy? Hy's nie bereid om van sy kant met inligting te help nie, maar Kassie moet hom heeltyd op hoogte hou van die polisie se vordering!

"Asof ek tyd het om aan hom ook nog verslag te doen," brom hy.

Hy sal die saak môre met Daniels bespreek, besluit hy.

44

Kassie is vroeg op kantoor. Hy stap doelgerig na sy lessenaar. Hy't gisteraand in die bed aan die moontlikheid gedink en dadelik opge-spring, net om uit te vind daar's fout met sy internetverbinding.

Hy skakel sy rekenaar aan en kyk op sy horlosie. Hy sal sy gat moet roer, want Bossie kan hom net vinnig vir 'n uur sien voordat hy Karoo toe vertrek om 'n bietjie by sy suster te kuier.

Kassie maak Google oop en tik "moord en skaakstuk" in. Hy is nie juis hoopvol nie, want dis die soort inligting wat die polisie nor-maalweg van die media weerhou.

Die eerste bladsy resultate lewer niks op nie. Dit handel hoof-saaklik oor 'n Russiese reeksmoordenaar, bekend as die Skaakbord-moordenaar, wat een-en-vyftig mense in Moskou vermoor het.

Op die tweede bladsy vang sy oog 'n berig in die *Volksblad*. Hy klik daarop.

In 2010 is 'n politieke aktivis, Seretse Bakgatla, in Lesotho dood tydens die opstande daar, lees hy. Bakgatla was aan die spits van 'n groep wat die regering omver wou werp.

Maar dis die laaste paragraaf wat sy hart vinniger laat klop.

Bakgatla het aan 'n kandelaar in sy Maseru-huis aan sy nek gehang, maar die Lesotho-polisie glo daar was gemene spel betrokke. Hy het diep snye aan sy gewrigte en enkels gehad en 'n skaakstuk is in sy hempsak aangetref. Die vermoede bestaan dat dit as 'n waarskuwing moes dien vir Bakgatla se ondersteuners.

Kassie kyk die res van die soekblaaie deur, sonder sukses. Dan tik hy "murder and chess piece" in.

Die Russiese Chessboard Killer oorheers weer die eerste paar bladsye. Onderaan die derde bladsy verskyn 'n verwysing na 'n be-rig in die *Daily News* in Dar es Salaam, Tanzanië in 2006. Hy klik daarop.

Die berig handel oor Gideon Cheyo, 'n miljoenêrsakeman wat

vermoedelik selfmoord gepleeg het. *A chess piece, a pawn, was found on the body of the deceased*, lui die slotsin van die berig.

Kassie sit terug in sy stoel. Fok, dit kan tog nie wees nie! dink hy verstom.

Hy kyk op sy horlosie. Tyd dat hy die pad vat na Bossie toe.

★ ★ ★

Macy het nog nooit in haar lewe 'n koerant gekoop nie. Maar toe sy vanoggend die twee kilometer na die kafee te voet afgelê het om met haar laaste geld 'n brood, melk en airtime te koop, sien sy dit.

Op *Die Burger* se voorblad is 'n foto van Ivan, onder die opskrif: "Skietgeveg met SAPD eis Rus se lewe". Dis gister se koerant wat nog op die toonbank lê, en al is die kafee-eienaar verbaas oor sy 'n ou koerant wil koop, laat die skelm vent haar steeds daarvoor betaal.

Haar oë flits angstig oor die berig. Ivan is noodlottig gewond ná 'n skietgeveg by Prins Pharmaceuticals . . . Die polisie ondersoek 'n saak van vervalste medisyne . . . Claus en Brian word dringend gesoek . . . Enigiemand wat inligting oor hulle bewegings het, moet die Nuweland-polisiestasie kontak.

Met bewende vingers skakel sy Claus se nommer.

Maar hy antwoord steeds nie sy foon nie.

★ ★ ★

Bossie Bosman, in sy vroeë sewentigs en al amper tien jaar afgetree, is 'n polisielegende. Daar is min wat hy nie van reeksmoordondersoeke weet nie. Hy het nie net op sy dag talle reeksmoordenaars vasgetrek nie, maar is ook 'n kenner van hul werkswyse. Met sy vorige sogenaamde reeksmoordsaak het Kassie ook by hom kom kers opsteek.

"Laat ons hoor wat krap aan jou gat, Kasman," sê Bossie toe hulle oorkant mekaar gaan sit in sy sitkamer. Hy trek sy vingers deur sy welige grys haredos. "Ek's net 'n bietjie haastig om op die pad te kom, maar ons het darem so 'n uur om te gesels."

Kassie begin by die Smuts-moord en gee kortliks die inligting oor die valsmedisyne-ondersoek en die spoor wat hulle na Prins Pharmaceuticals gelei het. Dan skets hy die Uys- en Maritz-moorde.

"En daar's geen verband tussen die drie vermoordes nie?" vra Bossie.

Kassie skud sy kop. "Tot nou toe het ons nog niks gekry nie."

"Wel, jy kan dalk aanneem die twee mans is deur dieselfde moordenaar opgehang, maar waarom link julle die vrou ook met die moordenaar? Dis duidelik 'n ander ou."

Kassie glimlag. Hy't tot dusver niks oor die skaakstukke gesê nie. Hy vertel Bossie daarvan én van die berigte wat hy op Google gekry het.

Die absolute verstomming op die ou man se gesig verras hom.

Bossie skud sy kop verwoed. "Nee, helsem, Kasman, nou boul jy my onderstebo!"

Kassie knik. "Ja, dis waar die hele storie ingewikkeld raak."

"Nie net ingewikkeld nie, fokken amper onmoontlik om te glo. Eintlik bisar!"

"Hoe so?"

Bossie leun vorentoe. "Het jy 'n gifpyl vir my? Jirre, ek het die gewoonte al agt jaar gelede onder sy gat geskop, maar nou het ek nikotien dringend nodig."

Kassie oorhandig sy pakkie Lucky Strike en die aansteker. Bossie skud met 'n geoefende hand 'n sigaret uit die pakkie en steek dit aan.

Hy trek behaaglik en begin hoes. "Helsem, skop so 'n werfetter my." Waai die rook voor sy gesig weg. "Dis bisar, Kasman, totaal en al bisar. 'n Man van amper sestig sal seker wragtig nie meer in staat wees om sulke goed aan te vang nie?"

Kassie frons. "Waarvan praat jy?"

Die ou man kom orent. "Wag, voor ek jou op hol jaag, wil ek net seker maak my geheue speel nie games met my nie. Ek gaan eers 'n pel van my bel."

Hy stap uit, sigaret in die hand, en gou dreun sy stem uit die studeerkamer langsaan.

Met die terugkom druk hy die sigaret in die asbak dood. "My mond proe nou soos stront," mompel hy en gaan sit weer oorkant Kassie. "Vollie sê my geheue speel nie games nie."

Kassie knik en skuif afwagtend vorentoe op sy stoel.

"Kom ek begin by die begin," sê Bossie. "In die vroeë tagtigs het ek by Moord-en-Roof in Brixton gewerk. Een van die takke van die veiligheidspolisie het 'n kantoortjie in dieselfde gebou as ons gehad. Drie ouens het die kantoor beman: Oelofse, Bester en die ander man se naam ontgaan my nou. Vollie kan ook nie onthou nie."

Hy hoes, beduie na sy keel. "Van die blerrie sigaret. In any case, een aand het ons klomp saam met die drie veiligheidsouens gebraai. En soos dit maar in daai dae gegaan het, het die voggies gevloei en die tonge losgeraak. Ek onthou dit soos gister, want Oelofse het dit vreeslik vertroulik vir ons vertel. Die veiligheidspolisie het glo 'n jong lat gewerf wat die ANC comrades soos vlieë in Europa en Afrika afstamp. Ek verbeel my hy't gesê die outjie is skaars mondig. Maar 'n eienaardige donner, volgens Oelofse. Hy hang altyd sy slagoffers op en hy los altyd 'n skaakstuk by die lyk. 'n Pion – glo sy trademark."

Kassie kan sy ore nie glo nie. "Hel, Bossie!"

Die ou man knik. "Die heilige waarheid. En ou Vollie onthou dit ook so."

Kassie oorweeg die vreemde verhaal. Iets klop nie, dink hy.

"Soos jy sê, Bossie, die ou moet nou amper sestig wees. Maar die moorde wat ek gegoogle het, het in 2006 en 2010 plaasgevind. In 2006 was die ou veiligheidspolisie al amper twaalf jaar ontbind. Dis algemene kennis dat hulle ANC-lede om politieke redes laat vermoor het, maar van vyf slagoffers was net een definitief by politiek betrokke – die ou in Lesotho. Die slagoffer in Dar es Salaam was 'n sakeman, en Smuts en Maritz het niks met politiek te doen gehad nie; oor Uys is 'n mens nie seker nie. Dit beteken dis onwaar-skynlik dat die moorde selfs die werk van vigilantes kon wees – ou apartheidondersteuners wat nog op 'n manier hul politieke stempel probeer afdruk. Maar hoe verklaar jy dan die moorde?"

"Ek kan boggherol verklaar, Kasman. Die ding is vir my net so 'n groot raaisel soos vir jou."

"Dalk is die huidige moordenaar net 'n nabootser . . . 'n huur-moordenaar wat van destyds se moorde gehoor het en toe sy slagof-fers só begin doodmaak het."

"Onwaarskynlik, maar nie onmoontlik nie. Maar hoekom het hy die Maritz-vrou verwurg? Dit pas nie." Bossie tokkel met sy vin-gers op sy knieë. "As jy my vra, dui al die moorde op die werk van 'n huurmoordenaar – buiten Maritz. Dis by haar wat die storie 'n snaakse kinkel kry."

Hy kom orent uit sy stoel. "Maar dis jou gelukkige dag, Kasman, want ek weet waar jy Oelofse in die hande kan kry. Trouens, hy bly 'n klipgooi van hier af."

Kassie spring op. "Jy lieg!"

Bossie lag. "Nee, genuine. Ek reël mos gereeld byeenkomste vir ons klomp oudpoeliesmanne. Ek nooi Oelofse altyd, hoewel hy nog nooit opgedaag het nie. Ek het sy adres en selfoonnommer vir jou. Hy kan jou dalk net op die regte spoor sit."

Op pad deur toe steek hy vas en draai om. "Dalk moet jy hom nie bel nie, net ongenooid by sy huis aankom."

"Hoekom?" vra Kassie.

"Ek dink nie hy gaan vreeslik gretig wees om met jou te gesels nie. Hy't nie destyds aansoek gedoen vir amnestie of gaan bieg by die WVK nie. Daar's 'n klomp van die veiligheidsouens wat nie die stelsel vertrou het nie . . . bang hulle gaan soos Eugene de Kock op-eindig. Oelofse was een van hulle. Trouens, die donner het nog lank by die polisie aangebly, hy was 'n stasiebevelvoerder in PE. Hy bly eers sedert sy aftrede in die Kaap."

"Gaan hy enigsins met my wil praat?"

"Probeer maar, Kasman. Sê vir hom jy't die feite, maar jy wil hom nie in die moeilikheid kry nie, jy wil net jou moordenaar vang."

Bossie verdwyn in die gang af. Ná 'n paar minute kom hy terug met 'n vel papier, wat hy aan Kassie oorhandig.

"Oelofse se selnommer en adres," sê hy. "Ek het ook kaptein Velma Cilliers se besonderhede vir jou neergeskryf. Sy's 'n profielontleder van reeksmoordenaars. Sover ek weet, werk sy nog by die polisielab. Hulle is mos deesdae in Plattekloof."

"Hoe gaan sý my help?"

Bossie haal sy skouers op. "Dalk kan sy nie, maar gaan gesels tog met haar. Of nog beter, gee vir haar al die inligting wat jy het op skrif. Werk met die aanname dat jou moordenaar dieselfde ou is wat destyds die veiligheidspolisie se vuilwerk gedoen het, dan kyk jy watse afleidings maak sy. Jy gaan verras wees, daai vrou is briljant."

Toe hulle by die motor kom en groet, vra Bossie: "Hoe gaan dit deesdae by die polisie? Ek sien daar was nou die dag 'n lang berig in die koerant oor julle gesukkel."

"Die polisie is in sy moer in," sug Kassie. "Ons base is uit hul diepte. Hulle jaag voortdurend kak aan. En die Diens is hopeloos onderbeman."

Bossie frons. "Jong, Kassie, die huidige Diens het eiesoortige probleme. Misdaad was nog nooit so lewendig soos nou nie. In ons dae was dinge heelwat kalmer. Destyds se polisie was net daarop ingestel om politieke oproer te onderdruk en die apartheidstelsel in stand te hou. Daarmee was ons blerrie goed. Maar ons is nooit rêrig getoets met die geweldige hoë misdaadvlakke van vandag nie. En onthou, baie daarvan loop wêreldwyd."

Hy gee 'n laggie. "Destyds het die Diens ook maar gereeld kak aangejaag. Dink net aan al die politieke moorde. Ek weet nie altyd of ons soveel beter was as vandag se polisie nie."

45

Kolonel Daniels weet onmiddellik wie dit is toe hy die oproep ont-
vang – doktor Abdul Koopman is bekend as die SSA-direkteur se
regterhand.

Onlangs, by 'n samekoms van Wes-Kaapse polisiehoës, het 'n
generaal aan Daniels gesê Koopman is uitsonderlik knap en eintlik
maar die baasbrein by die SSA. Daar word glo bespiegel dat hy die
land se volgende polisiehoof kan wees.

Daarom dat Daniels so verras is oor die oproep. Waarom sou so
'n belangrike amptenaar hóm bel?

"Dis in verband met die Moos Uys-moord," sê Koopman sonder
om te groet.

Daniels is verlig. "O, natuurlik, doktor. Ek het my knapste speur-
der afgestaan om aan die saak te werk en ek hou persoonlik 'n ogie
oor die ondersoek."

"Ja, ek het gister met hom oor die foon gesels. Ek weet nie of hy
jou ingelig het nie?"

"Nee . . . nog nie, doktor. Hy's al weer vroegoggend hier uit, juis
om aandag aan die moordsaak te gee."

Die verdomde Kassie het hom nou weer in 'n moerse verleent-
heid geplaas, dink Daniels. Koopman moenie dink dat hy nie sy vin-
ger op die pols het hier by sy stasie nie!

"Ek wil een of ander tyd daarheen kom om met jou en die speur-
der te gesels," sê Koopman. "Net om seker te maak julle verstaan
hoe die kommunikasie omtrent die aangeleentheid hanteer moet
word. En ek wil heeltyd ingelig bly. Dis vir die SSA belangrik dat
hierdie ding nie aan die groot klok gehang word nie."

"Ons besef dit, doktor. Ons het juis geen besonderhede aan die
media verskaf nie."

"Goed. Sal oormôreoggend negeuur reg wees? Teen daardie tyd
sal julle darem seker al vordering gemaak het met die ondersoek."

Kassie druk sy selfoon dood. Daniels het soos 'n hondsdol marmotjie in sy oor te kere gegaan.

Hy skud sy kop vererg. Fok, hoe moes hy geweet het Koopman is die polisie se nuwe kroonprins? En dis Daniels se eie skuld dat hy nie vanoggend vroeg genoeg op kantoor was nie. Nou slinger hy sy speelgoed rond omdat Kassie hom nog nie ingelig het oor Koopman se oproep nie!

Hy bêre sy selfoon en bepaal weer sy aandag by die hek voor hom. Oelofse woon in 'n veiligheidskompleks in Welgelegen, maar hy sal hom eerder nie op die interkom skakel nie. Hy sal maar wag dat een van die inwoners uitry sodat hy sommer te voet by die hek kan inglip.

Moenie te vinnig opgewonde raak oor die nuwe verwikkeling nie, maan hy homself opnuut. Soos Bossie gesê het, is die hele situasie amper te bisar om te verwerk. Hy kan maar net hoop Oelofse sal hom meer inligting gee sodat hy behoorlike afleidings oor die moordenaar kan maak.

Voor Daniels se tantrum-oproep het hy kaptein Cilliers by die polisielab gebel, en sy is geneë om te help. Hy moet alle inligting vandag vir haar e-pos sodat sy dit vanaand kan deurlees, dan sal sy reg wees om hom môreoggend negeuur te sien – die enigste opening in haar dagboek vir die volgende week.

'n Viertrek kom nader en hou stil voor die hek wat outomaties oopskuif. Toe die voertuig uitry, glip Kassie binnetoe.

Nommer 11 is sommer naby aan die hek, sien hy. Dis 'n dubbelverdieping-meenthuis, wit mure en 'n goed versorgde tuintjie. Lyk nogal upper class, dink hy.

Kort ná hy die klokkie gedruk het, word die voordeur oopgemaak. 'n Bejaarde vrou glimlag vriendelik. "Kan ek help?"

"Ek wil graag met Olaf Oelofse gesels," sê Kassie en wys sy SAPD-ID. "Dis oor 'n polisiesaak waarmee hy my dalk kan help."

Sy frons, maar nooi hom in. Stap vooruit en beduie hy moet in die sitkamer wag. "Ek roep hom."

Oelofse is 'n gesette man met 'n onnatuurlike grys velkleur. Beslis nie gesond nie, dink Kassie. Hy skat hom so oud soos Bossie, maar hy dra nie sy jare so goed nie. Sy sweetpaktop span oor sy groot maag en sy dik bene onder die kortbroek vertoon 'n netwerk spatare.

Kassie groet en stel homself voor.

"Waarmee kan 'n ou, afgetrede poeliesman jou help?" vra Oelofse gemoedelik terwyl hy steunend in die rusbank afsak.

Kassie besluit om van die heup te skiet. "Jy was in die tagtigs lid van die veiligheidspolisie in Johannesburg?"

Oelofse knik. Die glimlag verdwyn van sy gesig.

"Ek het van 'n betroubare bron verneem van 'n huurmoordenaar wat julle destyds gekontrakteer het. Dis glo 'n ou wat sy slagoffers ophang en dan 'n skaakstuk by die lyk los?"

Oelofse gluur Kassie van onder sy ruie wenkbroue aan, sy oë uit-drukkingloos. "Jinne, jong, wil julle nou weer ou koeie uit die sloot grawe?" sê hy oplaas. "Het julle nie al genoeg mense vervolg vir operasies wat hulle in opdrag van hul base uitgevoer het nie? Pleks julle fokus op die báse."

"Ek's nie hier om jou of enige van jou base te vervolg nie," sê Kassie. "Ek soek net inligting oor die man wat julle destyds gehuur het om ANC-comrades te vermoor. Ons het rede om te dink hy's weer bedrywig en dat hy onlangs drie moorde in die Kaap gepleeg het."

Oelofse snork. "Dis mos belaglik! Waarom sal hy nog bedrywig wees? Hy's self nou 'n ou man."

"Wel, sestig is seker nie só oud nie. En die modus operandi by die drie moorde stem ooreen met syne."

Oelofse gee 'n siniese laggie. "Kan nie hy wees nie."

"Hoekom is jy so seker daarvan? Het jy nog kontak met hom?"

Oelofse se kop ruk op. "Wat probeer jy nou eintlik sê? Ek het hom sedert die laat tagtigs nog nie weer gesien nie. En ek het geen idee waar hy hom deesdae bevind nie."

"Wat is sy naam?"

"Dit gaan jou nie help nie. Hy't 'n dosyn of wat identiteitsdokumente gehad. Ek glo nie hy sou onder sy regte naam iewers gesettle het nie. Ek het hom leer ken as Daneel Venter."

"Ek wil dit net weer benadruk dat my navrae nie is om jou of enige van jou oudkollegas te vervolg nie," paai Kassie. "In hierdie stadium gryp ek ook maar na strooihalms. Een daarvan is die moontlikheid dat julle huurmoordenaar steeds bedrywig is, daarom wil ek meer oor hom uitvind. Hoekom het hy sy slagoffers opgehang en nie geskiet nie?"

Oelofse haal sy skouers op. "Hy't altyd 'n Heckler & Koch by hom gehad, maar sonder patrone. Hy't die pistool net gebruik om sy slagoffers te dreig. Ek weet hy't verkies om hulle op te hang, maar waarom weet ek nie. Ons het sy metode nooit bevraagteken nie, want hy't al sy opdragte suksesvol uitgevoer."

"Hoeveel opdragte was dit?"

"'n Hele lot. Ek kan nie meer onthou nie."

"Hoekom het hy skaakstukke by sy slagoffers gelos?"

"Dit was sy trademark, het hy gesê."

"En dit het julle nie gepla nie? Dat hy homself eintlik adverteer elke keer as hy 'n moord pleeg?"

"Nee, want die moorde is in verskillende lande gepleeg. Niemand het ooit 'n verband getrek nie, maar die ANC was naderhand bewus daarvan. Dit was vir ons belangrik dat hulle dit weet . . . vir die vreesfaktor."

Kassie frons. "Die vreesfaktor?"

Meewarige glimlaggie. "Jy sal nie verstaan nie. Dit was ander tye daai."

"Hoe lyk hy? Lank, fris, kort, haarkleur?"

"Hy sal seker nou grys wees, maar destyds was sy hare swart. Middelmatig gebou. Niks wat uitgestaan het nie. Beslis nie 'n groot man nie. Skraal, sou ek sê."

"Geen ander kenmerke soos littekens of tatoes nie?"

"Nee."

"Hoe't dit gekom dat julle van sy dienste gebruik gemaak het?"

"Weet nie. Een van my kollegas het hom gewerf. Die kollega is al oorlede, so ek kan ook nie uitvind nie."

"Enigiets anders wat ek oor die man moet weet? Al is dit hoe gering."

Oelofse skud sy kop nors, kyk op sy horlosie. "Jy sal my nou moet verskoon. Ek het 'n afspraak by my dokter."

Kassie stap peinsend terug hek toe en wag dat dit oopskuif. Hy is onseker oor wat hy van Oelofse moet dink. Nie baie behulpsaam nie, dis vir seker. En steeds bang dat hy vervolg kan word vir sy wandade van die verlede.

Terug by die stasie is Kassie verlig om te hoor Daniels is in 'n vergadering met Filander. Hy het nie nou lus vir nóg 'n tirade nie.

Hy skryf 'n volledige e-pos vir kaptein Cilliers en gee ook die besonderhede van die twee Google-moorde, sowel as die paar brokkies inligting wat hy by Oelofse gekry het.

By Magrieta se kantoor vra hy of sy al Uys en Maritz se telefoonrekords het.

Sy skud haar kop. "Nee, jong, jy weet self hoeveel red tape daar is. Sal die goed eers oor 'n dag of twee kry . . . as ons gelukkig is."

Op pad na sy lessenaar keer Pollie hom voor.

"Twee uniforms was by Beukes en Prins se huise," rapporteer Pollie. "Albei is agter hoë veiligheidsmure en dit lyk nie of daar lewe is nie. Ons het in elk geval lasbriewe nodig om die eiendomme te betree."

"Reg, ek reël dit wanneer ek tyd kry," sê Kassie.

Nou is sy gedagtes eers by die drie moordsake . . . en veral by die kantoorpolitiek wat op hom wag. Daniels is duidelik op die oorlogspad omdat die polisie se kroonprins in sy nek blaas.

Hy sug. Hy weet by voorbaat dit gaan geen piekniek wees nie.

46

By die hardewarewinkel in Boston koop die Pion 'n lang staalpyp, boute en 'n elektriese boor. Hy weet hy moes dit lankal gedoen het, en sy huidige situasie vereis dat hy dit nie langer kan uitstel nie.

As gevolg van dié aankope moes hy vanoggend met sy motor kom. Hy bêre dit eers in die kattebak en stap dan die entjie na die koffiewinkel.

Sonder dat hy vra of daar 'n boodskap vir Dennis is, knik die eienaar vir hom. Hy oorhandig 'n vyftigrandnoot en stap na die kantoortjie, trek die deur agter hom toe en skakel die Opdraggewer.

Die gesprek duur vier minute.

Die Pion skud net sy kop toe hy die gehoorbuis neersit. Die Opdraggewer se uitbarsting kan hom nie in die minste skeel nie.

* * *

Kaptein Velma Cilliers lyk nie vir Kassie soos iemand wat 'n profielontleder van reeksmoordenaars is nie. Hy het 'n streng, strak vrou met 'n stywe bolla en diklensbril verwag. Maar sy's vriendelik, mollig, bloedrooi lippe en 'n bos krulhare wat wild staan. In haar vroeë vyftigs, skat hy haar.

"Dit was ontstellende leesstof," sê sy, "maar absoluut fassinerend. En soos jy versoek het, het ek van die veronderstelling uitgegaan dat dit dieselfde mens is wat vir al die moorde verantwoordelik was."

Sy trek 'n notaboek nader en blaai dit oop. "Net een vragie . . . Weet jy of daar enige vroulike slagoffers was in die tyd toe hy vir die veiligheidspolisie gewerk het?"

"Ek twyfel," sê Kassie. "Sy slagoffers was hoofsaaklik ANC-lede, sover ek kon aflei, en volgens my kennis was dit net mans wat in daardie tyd vermoor is."

"As dit inderdaad so is, kan ek 'n interessante afleiding maak oor die Louisa Maritz-moord. Haar geval dui op die tipiese optrede van 'n reeksmoordenaar. Die feit dat hy nou vir die eerste keer 'n vrou moes vermoor, het hom heeltemal anders laat optree as met sy manlike slagoffers. Hy kon uiteindelik sy onderliggende reeks-moord-persona uitleef."

Sy gee 'n laggie. "Hy't eintlik die ideale werk. As huurmoorde-naar kan hy sy drang uitleef om mense dood te maak, en hy word boonop betaal daarvoor. Maar omdat almal manlik was, kon sy ware self nie na vore kom nie."

Kassie knik. "Dit klink geloofwaardig. Maar dalk was daar nie in Maritz se woonstel die geriewe om haar op te hang nie. Haar balkon front straat toe, anders as in Uys se geval. En omdat sy 'n vrou is en minder weerstand kon bied, het hy haar verwurg."

"Jou afleiding sou geldig gewees het – as hy nie op haar gesig ge-urineer het nie. Daar het hy sy ware kleure gewys."

"Wat beteken dit?"

"Dit dui op een ding: hy wou die identiteit van sy ma vernietig, of in dié geval, waarskynlik die herinneringe aan sy ma. Hy beleef sy urine amper as 'n suur wat in staat is om te vernietig. Hy moes in sy jeugjare 'n groot probleem met sy ma gehad het. Hoewel hy liefde van haar ervaar het, het hy bedreig gevoel dat háár liefde vir hom deur iemand anders weggeneem kon word, gewoonlik deur 'n pa of 'n ouer broer wat hom mishandel het. Iets moes in sy jeugjare gebeur het wat sy vrees vir verwerping deur haar versterk het. Sulke reeksmoordenaars dra die wrok teenoor hul ma altyd in hul harte. Dit beteken ook dat hy nooit sy uterale fiksasie kon ontgroei nie."

Kassie frons. "Gaan dit spesifiek net oor sy ma? Kon dit nie by-voorbeeld 'n geliefde in sy volwasse lewe gewees het wat hom met 'n ander man verneuk het nie?"

"Nie sommer nie," sê sy beslis. "Hoewel dit nie onmoontlik is dat hy 'n intense haat teenoor vroue koester en selfs bedreig voel deur hulle nie, dui sy optrede nie daarop nie. As dit oor 'n geliefde gegaan het, sou hy eerder op Maritz se geslagsdele geürineer of gemasturbeer het. Die reeksmoordenaar se onderbewussyn praat deur middel van simboliese dade, en urinering op die gesig dui gewoonlik op die ma."

"Hoekom sou hy sy manlike slagoffers gehang het?"

"Die enigste afleiding wat ek kan maak, is dat hy 'n weersin in bloed het. Hy't selfs 'n skietding sonder patrone by hom gedra – 'n risiko wat hy geneem het omdat hy bloed ten alle koste wou vermy. Maritz is ook bloedloos vermoor."

"So die hangery dui nie op iets spesifieks uit sy verlede nie?"

"Moeilik om te sê, maar ek sou eerder volstaan met my weersin-in-bloed-teorie."

"En die skaakstukke?"

Sy lag. "Dis die een aspek wat my baie hard laat dink het, en ek grond my afleiding slegs op die geval van David Berkowitz, die bekende Amerikaanse reeksmoordenaar van die 1970's. Nadat 'n joernalis in 'n koerantberig die voorstede gelys het waar Berkowitz toegeslaan het, het hy die voorstede genoem waarin hy geglo het die moordenaar nog gáán toeslaan. Berkowitz is toe inderdaad in een van dié voorstede gevang, en hy het erken dat hy van plan was om die lys in die koerantberig te volg. Behalwe dat hy die polisie só wou uitdaag, wou hy indirek ook gevang word. Hy het briewe by sy slagoffers gelos waarin hy selfs die polisie sterkte toegewens het met hul pogings om hom te vang. En soos jou moordenaar het Berkowitz 'n probleem met sy ma gehad – hy het eers as volwassene uitgevind dat sy hom opgegee het vir aanneming."

"Volgens Oelofse was die skaakstukke bloot die huurmoordenaar se handelsmerk."

Sy skud haar kop. "Ek glo jou moordenaar plaas skaakstukke by die lyke nie net om die gereg uit te daag nie, maar ook omdat hy soos Berkowitz 'n onderliggende behoefte het om 'n einde aan sy wandade te bring. Hy hoop hy word gevang."

"Maar dit maak nie sin nie. Hoekom gee hy hom dan nie net oor nie?"

"Reeksmoordenaars se koppe werk nie so nie. Solank hy sy moorddrang kan bevredig, sal hy nooit ophou nie. Maar hy weet deur skaakstukke by die lyke te los, stuur hy op 'n noodlottige einde af. Net soos Berkowitz voorsien hy eintlik die polisie van leidrade wat oplaas na hom sal lei. Om sy skaakstukke by drié mense te los wat hy in dieselfde stad in die bestek van 'n paar weke vermoor het, dui onteenseglik daarop."

Sy maak haar notaboek toe. "Jy kan hom vergelyk met die kamikazes, die Japanse vlieëniers tydens die Tweede Wêreldoorlog. Die kamikaze stuur doelgerig op sy einde af en weet sy handelinge gaan rampspoedig wees. En soos 'n kamikaze het jou moordenaar ook geen vrees vir die dood nie. Dit maak hom 'n baie gevaarlike kalant."

* * *

Sedert die oproep uit Botswana is Macy histeries . . . en bang, báie bang. Haar lyf bewe en sy huil onbedaarlik, hardloop naarstig van venster tot venster om dit te grendel. Sy maak seker alle deure is gesluit en trek die gordyne in al die vertrekke toe.

Toe sy die nuus uit Botswana kry, was alles meteens glashelder.

Sy het besef dis Brian Beukes wat agter die hele gemors sit. Sy het nog nooit van hom gehou nie, die pervert! Net die manier waarop hy gedurig na haar gestaar het, het haar uneasy laat voel.

Iets moes só erg by Prins Pharmaceuticals skeefgeloop het dat Brian besluit het om van Claus ontslae te raak via sy vriend Bernie. Brian het ook die polisie op Ivan se spoor gesit. En toe het hy mooitjies met die maatskappy se miljoene verdwyn!

Sy maak seker dat die kamerdeur gesluit is en sak uitgeput op die bed neer. Die oproep van die Botswana-polisie was 'n groot skok. Hulle het haar SMS'e op Claus se selfoon gekry en haar gebel om die nuus oor te dra.

Haar liggaam begin opnuut bewe. Claus is koelbloedig doodgeskiet in sy rondawel!

Dit kan net Brian wees wat agter alles sit, dink sy. Beteken dit sý is die volgende victim?

Sy's die enigste oorblywende een wat als van Prins Pharmaceuticals se business weet. Sy weet ook dat hulle die Pion gehuur het om Smuts te vermoor. Dit gaan Brian onveilig laat voel.

Sê nou hy besluit om die Pion op haar spoor te sit? Of om Bernie te stuur om haar . . .

Vrees oorval haar opnuut en sy sluk hard aan die trane. Sonder geld is sy gestrand in hierdie huis.

Hoe sy vannag 'n oog gaan toemaak, weet sy nie.

* * *

By die stasie gaan Kassie reguit na die ondervragingskamer, waar Moos Uys se pa op hom wag. Op pad terug van Plattekloof het Da Silva laat weet Uys se pa wil dringend met die ondersoekbeampte praat.

Hy kom orent toe Kassie instap, 'n skraal man met 'n bles. Pyn oor sy seun se dood is duidelik in sy oë te lees.

"Het julle al enige vordering gemaak, kaptein?" vra hy.

"Nog nie presies waar ons wil wees nie, maar darem op pad soontoe." Kassie wil nie nou die man ontstel met besonderhede oor die moordenaar nie.

Uys skud sy kop. "Wie sou so iets verskrikliks doen? Moos was 'n vredeliewende mens wat vir sy werk gelééf het. En doktor Koopman van die SSA het my vanoggend verseker hy was nie betrokke by enige ondersoek wat sy lewe in gevaar kon stel nie. Hy sê die moord was beslis nie werkverwant nie."

Dis meer as wat Koopman vir hóm gesê het, dink Kassie.

"Wanneer laas het jy met jou seun gepraat?" vra hy.

"'n Paar dae voor sy dood. Ek het hom by die werk gebel, toe sê hulle vir my hy's met verlof. Dit was vir my nogal vreemd, want hy't ses maande gelede sy jaarlikse verlof geneem. Toe ek hom by sy woonstel bel, het hy net gesê hy vat 'n paar dae af omdat hy oor-werk is."

Uys tuur voor hom uit. "Ek ken my seun goed, kaptein. Hy het nie lekker geklink nie, hoewel hy gesê het daar's niks verkeerd nie."

"Hoe bedoel u nie lekker nie?"

"Half teruggetrokke. Hy was altyd so bruisend opgewonde oor sy werk."

"Het hy nie soms aan depressie gely nie?"

"Nooit. Hy was altyd positief en vol lewenslus."

Kassie frons. "Dit strook nie met wat doktor Koopman vir my gesê het nie. Volgens hom het Moos se kollegas gedink hy ly soms aan depressie."

Uys skud sy kop heftig. "Dis bog . . . absolute snert!"

"Het Moos 'n vrou met die naam Louisa Maritz geken?"

"Nee . . . die naam lui nie 'n klokkie nie. Waarom vra jy?"

"Sy's op dieselfde nag as u seun vermoor."

"En julle vermoed dit was dieselfde moordenaar?"

Kassie knik.

Uys gooi sy hande in die lug. "Wat gaan aan in die verdomde land?"

Hy staan op. "Jy sal my laat weet as julle die moordenaar gekry het?"

"Ek sal."

Uys se oë is skielik nat. "My seun het dit nie verdien nie. Hy was 'n goeie siel."

47

Abdul Koopman parkeer voor die Nuweland-polisiestasie. Hy't sy mes in vir hierdie Kasselman-speurder. Dis duidelik die man het nie sy oproep ernstig opgeneem nie, want hy't nie eers sy bevelvoerder daaroor ingelig nie.

En Koopman is nog steeds ontsteld oor die hit man. Hy't die kontakman gebel met die versoek dat die hit man 'n tyd lank die land verlaat, net om veilig te speel. Maar gistermiddag laat weet die kontakman die hit man sê hy gaan nêrens heen nie.

Dít krap aan Koopman. Hy is nie gewoond daaraan dat sy opdragte nie uitgevoer word nie.

Boonop is die kontakman nie bereid om vir hom die hit man se adres te gee nie. Hy wou van aangesig tot aangesig met die vent gaan praat, maar die kontakman weet kwansuis nie waar hy bly nie.

Koopman skud sy kop. Absolute bullshit! Die kontakman is natuurlik bang hy reël dat die hit man afgestamp word en dan is sy geldkraantjie finaal toegedraai.

In die stasie se voorportaal word Koopman deur 'n ontvangsdame ingewag, wat hom dadelik na Daniels se kantoor lei. Dié spring agter sy lessenaar op en groet oordrewe vriendelik.

"Doktor, dis 'n eer vir ons stasie om u as 'n gas hier te hê!"

Hy beduie Koopman moet sit. "Ons het intussen gróót vordering gemaak met die saak, maar kaptein Kasselman sal u eerstehands inlig. Hy's op pad."

Koopman keer net betyds 'n siniese laggie. Watse groot vordering sou hulle nou kon maak?

Toe die deur oopgaan, stap 'n skraal, middeljarige man in. Hy lyk eerder soos die stasie se terreinopsigter as 'n speurder, dink Koopman. Skande dat hulle hier so 'n slordige voorkoms duld, en dit nogal by 'n kaptein! Daai verkreukelde windbreaker hang soos 'n tent aan die man.

Nadat hulle aan mekaar voorgestel is, kom sit die speurder amper verskonend langs Koopman en vryf senuweeagtig oor sy platgeroomde hare. Koopman glimlag. Oor dié kêreltjie gaan hy nie loop nie, maar hardloop.

Daniels maak keel skoon. "Kassie, kom ons mors nie doktor Koopman se tyd nie. Vertel hom alles wat jy tot nou toe het."

Koopman luister met groeiende verstomming na die speurder.

Kasselman het inligting by ene Bossie, 'n oudkollega, gekry, toe met 'n voormalige lid van die veiligheidspolisie gaan praat én kaptein Velma Cilliers genader vir haar kennersopinie. Nou is hy oortuig hulle het te doen met dieselfde man wat destyds 'n huurmoordenaar vir die veiligheidspolisie was. Hy het selfs inligting op die internet gekry oor die Lesotho-moord – 'n aangeleentheid waarin Koopman 'n beduidende hand gehad het!

Hy het die donner totaal onderskat, besef Koopman. Die speurder se afleidings is honderd persent in die kol.

"Moos Uys se pa was hier by die stasie, en volgens hom het u gesê die moord op Uys was beslis nie werkverwant nie. Is dit so?" vra Kasselman.

"Nie . . . in soveel woorde nie," antwoord Koopman. "Maar ek wou hom nie onnodig ontstel nie."

Hy moet nóú ingryp, besef hy, anders kan die storie heeltemal ontspoor.

"Soos ek vir jou oor die foon gesê het, Uys was saam met senior agente betrokke by verskeie geklassifiseerde sake." Hy kyk na Daniels. "Dinge wat ek ongelukkig nie met julle kan bespreek nie."

Daniels knik oorgretig. "Ons verstaan maar te goed."

"Eerstens, kaptein," vervolg Koopman, "dink ek jou afleiding is totaal verkeerd dat 'n huurmoordenaar uit die verre verlede vir die huidige moorde verantwoordelik was. Ondanks die skaakstukke rym dit net nie dat 'n bejaarde man tot so iets in staat kan wees nie. Vir my is dit hoogs onwaarskynlik."

"Dis my gevoel ook," sê Daniels.

"Tweedens wil ek weer 'n baie ernstige beroep op jou doen om my voortaan dáágliks op hoogte te bring van jou ondersoek. Jy het my selfoonnommer. Bel my dadelik as jy nuwe inligting kry, al is dit in die middernagtelike ure. Ek sal graag eers jou inligting wil beoordeel voordat jy enige optrede oorweeg. Soos ek gesê het, 'n mens weet nooit of die moord dalk verband hou met 'n saak waaraan Uys gewerk het nie. Dis van gróót belang vir die SSA, en ek praat hier namens die direkteur ook, dat ons die saak só sal hanteer."

"Ons onderneem om daarby te hou, doktor," sê Daniels dadelik.

Koopman kyk na die speurder vir instemming, maar dié tuur net nors voor hom uit.

* * *

Kassie loop uit Daniels se kantoor. Hy is briesend oor die kolonel se gatomswaaiery.

Vroeër was Daniels net so opgewonde oor sy afleidings, en nou stem hy skielik volmondig saam met Koopman dat 'n "bejaarde" man nie die moordenaar kan wees nie.

Nadat Koopman weg is, het Daniels so ewe gesê: "Ek's bevrees dis back to square one vir jou, Kassie."

Dis tipies van Daniels, dink Kassie. Hy't nooit die ruggraat om iemand in 'n hoër posisie aan te vat nie. Val maar altyd net te gemaklik by die base in om punte te score. Die feit dat een of ander generaal vir hom gesê het Koopman is moontlik die volgende polisiehoof, gee hom nou tonnelvisie. Die baas het gepraat en die onderdaan het gedienstig geluister. Einde van enige verdere debat, ondanks al die feite.

Dis sulke dinge wat sy besluit makliker gaan maak om die Diens te los, dink Kassie toe hy agter sy lessenaar inskuif.

Hy kyk met min belangstelling na die e-pos wat die handelstak aan hom gestuur het oor Prins Pharmaceuticals. Volgens die verslag is hulle voorlopige bevinding dat daar wel "onbekende" geld na die maatskappy oorgedra is in 'n poging om die boeke beter te laat lyk.

Hy maak die e-pos toe. Dis asof die hele saak nou 'n suur klankie gekry het. Sy motivering is moer toe. Hy sal later die hele verslag lees.

Die telefoon op sy lessenaar lui.

"Kassie, ek dink jy moet dié oproep vat," sê Bertha van die skakelbord. "Dit het iets met daai ou van Prins Pharmaceuticals te doen."

Die vrou aan die ander kant stel haarself voor as Macy Koekemoer.

"Ek . . . ek en Claus Prins . . . bly saam," sê sy hortend. "Claus is vermoor . . . en ek glo my lewe is ook in danger. Ek het dringend hulp nodig!" Sy begin huil.

"Ek kom dadelik. Waar's jy?"

"By Claus se huis in Constantia. Maar kom asseblief góú, sersant!"

Kassie storm by die kantoor uit en haas hom na 'n poelmotor.

Op pad Constantia toe maal die vrae deur sy kop. Het Prins dan heeltyd in sy huis weggekruip, of is hy op 'n ander plek vermoor? Sou dit die werk van die huurmoordenaar wees? Hoekom sou sy meisie se lewe nou bedreig word?

Die adres lei hom na 'n spogdeel van Constantia met kasteelagtige huise op reuse-erwe. Die huis is nie sigbaar van die straat af nie en die ingang is 'n swaar staalhek.

"Ek maak oop!" sê Macy dadelik toe hy die interkom by die hek druk.

Hy volg die geplaveide pad en parkeer voor 'n indrukwekkende dubbelverdieping met 'n grasperk so groot soos 'n rugbyveld. Die weelderige braai- en swembadarea lyk soos dié wat gereeld in leefstyltydskrifte verskyn.

Macy wag hom by die voordeur in. "Ek's bly jy't so gou gekom, sersant!"

"Kaptein."

"Sorry, kaptein!"

Sy sluit die voordeur agter hulle en skuif die veiligheidsketting in plek. Hy volg haar na 'n massiewe sitkamer. Sy beduie hy moet langs haar op die rusbank kom sit.

Hy kan sien sy ervaar erge stres. Daar's donker kringe om haar rooigehuilde oë en haar gelaat is bleek en afgerem, terwyl haar hande liggies bewe.

Nog voor hy kan vra, vertel sy hom van die oproep wat sy gister van die Botswana-polisie gekry het met die nuus van Claus se dood – hy's verskeie kere in die kop geskiet. Sy vertel hom ook van Bernie wat haar in die huis aangehou het, en haar vermoede dat Brian Beukes agter alles sit.

"Ek gaan sy volgende slagoffer wees!" snik sy en vee met die agterkant van haar hand 'n loopneus droog.

Dís nou 'n bekvol, dink Kassie. Die werker destyds by Alcaso se meubelstoor het mos ook gepraat van 'n Bernie . . . Hy't hom beskryf as 'n kort, kragtig geboude man met kremetarte vir arms.

"Hoe lyk Bernie?" vra hy.

Haar beskrywing stem ooreen met die werker s'n.

"Ken jy meneer Alcaso?"

"Nee, nog nooit van hom gehoor nie."

"Wel, Bernie werk vir hom. Ek dink Alcaso sit agter Claus se moord."

Macy kyk verbaas na hom. "Waarom sou hy Claus dood wou hê?"

Hy vertel haar vlugtig van die Polkadot-fakture wat hom en Rooi na Alcaso se smokkelnes in Milnerton gelei het, en dat Calla die fakture in opdrag van Claus vervals het om die polisie op die verkeerde spoor te sit.

"Hell, no!" Macy se oë is koeëlrond van skok.

"Maar hoekom dink jy Brian sit agter die moord?" vra Kassie. "En waarom sal hy jou wil doodmaak? Is hy dan nog in die Kaap?"

Sy skud haar kop. "Ek weet nie of hy nog hier is nie. Maar ek is seker hy wil my dood hê . . . omdat ek te veel van hulle business af weet."

"Van wie se business praat jy?"

"Prins Pharmaceuticals s'n."

"Wat weet jy daarvan?"

"Alles oor die fake medisyne wat hulle maak en in Afrika verkoop. Ek't van die begin af daarvan geweet."

"Hoekom sal Brian jou nóú wil doodmaak as jy nog altyd daarvan geweet het?"

"Omdat die polisie uitgevind het van alles. En hy's al een van die drie wat oor is." Sy beduie na 'n koerant op die koffietafel. "Ek't gelees julle het Ivan geskiet."

Sy huiwer 'n oomblik. "En omdat ek . . . ek weet hulle was responsible vir die Smuts-ou se moord."

Dít vang Kassie onkant. "Wie's hulle?"

"Claus, Ivan en Brian."

"Wie van hulle het hom vermoor? Brian?"

"Nee, hulle het iemand gehuur . . . die Pion."

Kassie kan sy ore nie glo nie. "Die Pion!"

"Dis wat Vermeulen hom genoem het."

"Wie's Vermeulen?"

"Die ou wat jy moet kontak as jy die Pion se services wil gebruik. Hy's nogals 'n oudpoeliesman."

"Wie – Vermeulen of die Pion?"

"Vermeulen." Sy tel haar handsak van die koffietafel op en haal haar beursie uit. "Ek't sy business card vir jou."

Kassie bestudeer die kaartjie. *Nelis Vermeulen. International Security Consultant.* Selfoon-, landlyn- en faksnommer.

"Waar het hulle van Vermeulen gehoor?" vra hy.

"Ek weet nie," sê sy vinnig.

"Hoekom het jy sy besigheidskaartjie?"

"Ek moes dit vir Claus hou."

"So Claus-hulle het nie direk met die Pion kontak gehad nie?"

"Claus het," sê sy. "Hy moes die payment self by die Pion gaan aflewer, iewers in 'n parking lot in die northern suburbs. Nogals honderd-en-vyftigduisend rand."

Sy glimlag weemoedig. "Claus was só nervous oor daai meeting. En hy't agterna nightmares oor die Pion gehad."

Kassie frons. "Hoekom? Het daar iets gebeur?"

Sy beduie na haar gesig. "Sy oë. Claus het gesê hy't nog nooit sulke oë gesien nie. Dit het soos 'n dooie mens s'n gelyk. Heeltemal colourless . . . and very, very evil."

"Is die Pion 'n jong of 'n ou man?"

"Nee, Claus het my net van sy oë vertel."

48

Kassie se gedagtes hardloop in alle rigtings terwyl hy 'n sigaret buite Claus Prins se huis rook. Hy wag op 'n konstabel wat Macy vir die volgende paar dae moet oppas. Hoewel hy nie dink haar lewe is in gevaar nie, kan hy nie 'n kans waag nie. En Pollie kan gelukkig een van sy uniforms afstaan.

Sy gesprek met Macy laat hom nou twyfel of sy afleiding reg is dat die moordenaar dieselfde een van jare gelede is. Hoewel hy Oelofse 'n paar keer oor uitstaande kenmerke gevra het, het hy niks oor die moordenaar se uitsonderlike oë gesê nie. Claus Prins het ook niks vir Macy gesê oor 'n ou man wat sy lyf huurmoordenaar hou nie, terwyl so iets tog opvallend en vreemd sou wees.

Dan is daar Vermeulen, wat blykbaar die middelman is. Kassie het sy selfoonnommer al 'n paar keer gebel – sonder sukses. Hy't 'n boodskap gelos dat Vermeulen hom moet terugbel omdat hy "sekuriteitsdienste benodig" en die naam Peet Vorster verstrek.

Kassie trek diep aan die Lucky. As dit wel so is dat Vermeulen na die huurmoordenaar verwys as die Pion, is dit definitief hulle man. Dit beteken hy kan naby aan 'n deurbraak wees . . . as hy Vermeulen net kan opspoor! Hy besef egter dat Vermeulen bedag kan wees daarop dat die polisie sy spoor kry. Die moorde het nog nie groot mediablootstelling gekry nie, maar as oudpolisieman sal Vermeulen weet dieselfde man sal met die drie moorde verbind word weens die skaakstukke. Hy sal ook weet die polisie gaan nou alle stops uittrek om die moordenaar te vang.

Kassie haal sy selfoon uit sy windjekker se sak en bel vir Magrieta.

"Ek's bly om van jou te hoor," sê sy met 'n laggie.

"Het jy goeie nuus?"

"Ja, ek dink jy gaan daarvan hou. Ek het pas Moos Uys en Louisa Maritz se telefoonrekords gekry. Hulle was die afgelope maand 'n hele paar keer met mekaar in verbinding."

"Fokkit!"

"Dit kan jy weer sê."

"Dan móét daar 'n verband tussen hulle wees."

"Beslis."

"Magriets, daar's 'n ander guns wat ek jou moet vra. En dis onge-lukkig weer bleddie dringend. Vind vir my alles uit oor 'n man met die naam Nelis Vermeulen. Hy was skynbaar vroeër in die polisie. Hoor by ons personeelmense in Pretoria of hulle sy gegewens kan opspoor."

"Ja, dit behoort maklik te gaan."

Hy lees vir haar Vermeulen se kontaknommers. "Kyk of jy 'n adres kry."

Toe hy die verbinding verbreek, tref dit hom: hy moes eers vir Koopman oor die nuwe verwikkelinge ingelig het. Daniels kry die aapstuipe as hy moet uitvind!

Hy gaan eers stilbly oor Macy se beskrywing van die moorde-naar se oë, besluit Kassie terwyl hy Koopman se nommer skakel. Hy gaan ook nie toegee dat hy nou self twyfel of dit die veiligheids-polisie se moordenaar was nie. Daaroor wil hy eers sekerheid kry.

En hy's nie lus vir Koopman se ek-het-jou-mos-gesê-houding nie.

*   *   *

Die Pion hou sy donkerbril op toe hy by die koffiewinkel instap. Met goeie rede: hy wil haar nie afskrik nie.

Terwyl hy koffie drink, kyk hy weer vlugtig in die rigting van die vrou wat in die oorkantste hoek sit. Sy kom die afgelope paar maande gereeld hier. Seker so in haar middelveertigs, moontlik 'n weduwee of oujongnooi, want daar's nooit 'n man by haar nie. Nie aantreklik nie – effe oorgewig, met onversorgde wortelrooi hare.

Hy het die eerste keer van haar bewus geraak toe sy saam met 'n vriendin sit en skaak speel het. Toe was sy aandag op die skaakstel gevestig – 'n goedkoop stel, plastiekgemors wat by kettingwinkels op die speelgoedrakke vertoon word en wat die spel 'n groot oneer aandoen. Maar ná Louisa Maritz se teregstelling kyk hy met nuwe oë na haar.

Hy sit sy leë koppie terug in die piering, staan op en stap na haar tafel. Hy sal hard moet konsentreer om vriendelik voor te kom. Dis altyd vir hom moeilik, maar nou is dit noodsaaklik.

"Jammer ek steur," sê hy en dwing 'n glimlag na sy lippe. "Ek het 'n tydjie terug gesien jy en 'n ander dame speel skaak hier. Ek's ook 'n groot liefhebber van die spel – ek hou soms skaakaande by my huis."

Hy wys straatop. "Ek bly net hier anderkant, jy kan gerus ook een aand kom. Daar's ongelukkig nou net één opening in ons klub beskikbaar."

Sy bloos, glimlag dan vriendelik. "Dit sal wonderlik wees! Ek soek juis skaakmaats. My suster is weer terug Pretoria toe, so ek het nou niemand om teen te speel nie."

"Ek sal jou laat weet wanneer ons volgende byeenkoms is," sê die Pion.

Sy knik geesdriftig. "Ek's amper elke dag hier by die koffiewinkel."

"Ek het vier-en-tagtig verskillende skaakstelle."

"Sjoe, ek sal dit graag wil sien!" sê sy opgetoë.

Hy glimlag weer, en noem nie dat nege-en-dertig stelle onvolledig is nie.

* * *

Die speurder se oproep het 'n angssweet oor Koopman laat uitslaan. Paniek klop ritmies in sy slape. Hy is besig om sy greep op hierdie saak te verloor.

Hy het dadelik die kontakman gebel en 'n verduideliking geëis, en dié het hom probeer oortuig dat alles onder beheer is.

Maar hy is glad nie oortuig nie. Wat steek die donner nóg weg wat hy nie weet nie?

Die grootste skok was egter Kasselman se onthulling dat hulle nou

via die telefoonrekords 'n konneksie kan maak tussen Uys en Ma-
ritz. En daarvoor, weet Koopman, moet hy self die blaam dra. Hy
het glad nie daaraan gedink om hulle rekords te laat uitwis nie – 'n
basiese beginnersfout, en nou is dit te laat om dit te probeer regstel.

Hy besef hy sal die stuurstang stewig moet vasgryp. Daar's nie
meer 'n ander uitweg nie; dis tyd vir Plan B. Hy het dié opsie pro-
beer vermy omdat hy sal moet staatmaak op die samewerking van
'n buitestander – een wat hy nie ken nie.

Boonop beteken dit dat nóg iemand sy lewe vir die groter saak sal
moet opoffer.

* * *

Terug by die stasie bestudeer Kassie die telefoonrekords van Uys en
Maritz. Hulle was verskeie kere per selfoon in verbinding, meestal
SMS'e, maar Maritz het ook 'n oproep na Uys se landlyn by die
woonstel gemaak. Dit was kort voor hulle al twee se dood.

Kassie staar peinsend voor hom uit. Die rekords bewys die twee
het mekaar geken. Sou dit ook die rede wees waarom hulle op
dieselfde nag om die lewe gebring is? Iemand moes besluit het dis
nodig om hulle monde gelyktydig te snoer. Dalk hou die getroude
man wat Maritz geteister het die sleutel . . . Maar volgens die See-
punt-speurder het Maritz se bure nooit iets verdags opgemerk nie.

In dié stadium gaan die lastige man 'n skim bly, besef Kassie. Hy
het wel vir Magrieta gevra om die name te kry van almal wat die
afgelope tyd vir Maritz gebel het, maar dit gaan 'n ewigheid neem.
Sy is ook toegegooi onder werk, en hy kan nie daarop aandring dat
sy net vir hom sweet nie.

Hy sug. Wat Vermeulen betref, is sy hande eenvoudig afgekap
totdat Magrieta vir hom 'n adres gekry het. Hy het intussen ook die
man se landlynnommer geskakel, maar sonder sukses.

Hy kyk op toe die kolonel skielik langs hom verskyn.

"Nou net 'n oproep van doktor Koopman gekry," sê Daniels. "Hy

265

en 'n kolonel van die Valke kom ons môreoggend vroeg sien. Doktor Koopman sê hy het inligting oor Uys en Maritz, maar dit het niks te doen met die inligting wat jy hom vandag gegee het nie. Dis nuwe, geklassifiseerde inligting wat pas op sy lessenaar beland het."

Hy kyk streng na Kassie. "Doktor Koopman het opdrag gegee dat jy nou niks verder doen tot ons vergader het nie. Dit sluit in enige pogings om Vermeulen op te spoor."

Kassie voel hoe sy bloeddruk styg. "Maar dis mos fokken belaglik!"

"Kalm bly," maan Daniels. "Onthou, dis die SSA met wie ons hier te doen het – jy wil nie met die leeu se ballas lol nie. Ons wag eerder tot môre. Sonder Rooi hier het jy seker in elk geval baie ander take."

49

Kolonel Donald Daniels se brandende ambisie veroorsaak dat hy dinge beoordeel volgens net een maatstaf: hoe dit tot voordeel van sy posisie kan strek. Daarom dat hy Kassie se manier van dinge doen nog altyd verdra het, want hy weet Kassie se onkonvensionele speurwerk lewer resultate vir die stasie, wat weer sý aansien in polisiekringe verhoog.

Maar vanoggend sal hy Kassie in toom moet hou, besef Daniels. Daar's 'n tyd om sy sterspeurder vrye teuels te gee, maar ook 'n tyd, soos nou, om die leisels in te trek. Hy kan sien Kassie is omgekrap. Terwyl Koopman praat, sit die speurder dikbek en met afgewende oë – 'n voorteken dat hy kapsie gaan maak. Daniels is self nie te gelukkig oor die manier waarop die SSA nou inmeng nie, maar hy kan nie bekostig om Koopman daaroor aan te vat nie.

Koopman skep 'n oomblik asem en hervat dan sy storie.

"Dis vir my baie moeilik om vir julle te verduidelik waarom hierdie aangeleentheid so uiters sensitief is. Ek wens ek het die vryheid gehad om die agtergrond met julle te deel, maar ek is nie by magte nie." Hy glimlag goedig. "Ons almal werk mos maar volgens ons eie stel reëls en kodes."

"Dit verstaan ons maar te goed," sê Daniels.

Kolonel Elias Roberts van die Valke knik ook instemmend.

"En ek het groot waardering daarvoor." Koopman kug. "Ek weet julle het al baie ure se sweet in die saak gesit, maar ongelukkig noodsaak die nuwe inligting oor Uys en Maritz dat die ondersoek verder deur die Valke hanteer moet word . . . natuurlik in samewerking met my. Julle word dus met onmiddellike ingang van die ondersoek onthef."

Koopman beduie na Roberts langs hom. "Ek versoek ook dat die dossiere wat verband hou met al drie skaakstukmoorde aan kolonel Roberts oorhandig word."

Nog voor Daniels kan instem, praat Kassie.

"Die Smuts-moord het mos hoegenaamd niks met die SSA te doen nie!" sê hy heftig. "Ons ondersoek strek veel wyer as net die moord op Smuts. Dit gaan oor grootskaalse vervalsing van medisyne wat duisende mense in Afrika se lewens in gevaar stel."

Daniels hou sy hand op. "Kassie, ons moet dalk net eers . . ."

Koopman knip hom kort.

"Kaptein Kasselman, jy maak nou bewerings sonder dat jy die volle agtergrond ken," sê hy streng. "Die moontlikheid is nie uitgesluit dat die Smuts-moord en die vervalste medisyne verband hou met een van die ondersoeke waarmee Uys besig was nie. Die Valke sal die saak wel deeglik ondersoek, en as daar nie 'n verband is nie, sal die dossier aan julle terugbesorg word."

"Smuts was 'n ondersoekende joernalis wat die feite oor grys medisyne aan die wêreld wou blootlê," sê Kassie, verbete soos 'n hond wat volstrek weier om sy been te los. "Ek kan nie sien hoe dit met enige SSA-saak verband kan hou nie."

"Kassie, dis nou genoeg!" gryp Daniels in. "Jy maak ongetoetste aannames. Doktor Koopman weet sekerlik waarvan hy praat."

Die doktor kyk smalend na Kassie. "Ek's bly om te hoor jou bevelvoerder toon groter begrip vir die sensitiewe werksaamhede van die SSA as jy."

* * *

Koopman bestuur rustig terug middestad toe. Hy is tevrede oor hoe sake by die Nuweland-polisiestasie verloop het. Gelukkig is die bevelvoerder 'n regte gatvlieg wat enigiets sal doen om iemand van 'n hoër rang te beïndruk.

Maar sy speurder is nie so 'n kruiper nie, dink Koopman. Die vent het met openlike afkeer die dossiere aan Roberts oorhandig. Uit die kantoor geloop sonder om eers sy seniors te groet. Fokken arrogante skepsel, al lyk hy of hy iewers uit 'n scrapyard gekruip het.

Hulle sal Kasselman ook van hulle saak moet oortuig, dit besef Koopman maar te goed. Hy's die soort wat nie alles vir soetkoek op-vreet nie. En Koopman kan allermins bekostig dat die donner nog verder agter sy rug rondkrap. Daarvoor was hy heeltemal te warm op die spoor.

By die SSA-parkade stop Koopman langs Roberts se motor. Hy kyk vlugtig na die swetende kolonel, 'n lang kêrel met 'n komieklike klein koppie en 'n allemintige adamsappel.

"Ons gesels sommer hier in die kar, want jou tyd is min," sê hy. "Ek gee jou tot seweuur vanaand, dan moet jy iemand hê. Dit moet 'n wit man wees. Verkieslik een met 'n misdaadrekord, hoe ernsti-ger, hoe beter."

"Maak so, doktor," sê Roberts.

Koopman kyk fronsend na hom. "Is jy seker? Sal jy dit kan afpull?"

Roberts knik. "In die Kaap is daar genoeg hole om 'n geskikte kandidaat te kry. Hier's in elk geval hopeloos te veel scum in ons strate. Een minder sal net 'n bonus vir die gemeenskap wees."

"Mooi!" Koopman strek om sy aktetas van die agtersitplek af te haal. Hy knip dit oop, haal twee skaakstukke uit en oorhandig dit aan Roberts. "Sorg dat dit by die man gekry word. En neem 'n foto om as bewysstuk by sy verklaring te sit."

Hy beduie na die dossiere op Roberts se skoot. "Daardie kan jy vir my gee. Terwyl jy die regte man soek, sal ek solank sy verklaring skryf."

Roberts oorhandig die dossiere. Toe hy wil uitklim, keer Koop-man hom.

"Is jy doodseker van jou kontak by die Goodwood-stasie? Dat hy sal sorg die takie word môreaand in die sel afgehandel?"

"Ja, alis is gereël. Die gangster wat die job vir ons gaan doen, is klaar soontoe oorgeplaas."

"Hoe weet ons hy gaan nie praat nie?"

Roberts lag. "Die geld sal hom tjoepstil hou, doktor. Trust me."

Kassie is hoogs die moer in waar hy in Daniels se kantoor op hom wag. Hy't by Felicity aangedring hy wil die kolonel vanmíddag nog sien.

"Hy's nou by die brigadier," het Felicity gesê. "Hy sal regtig net 'n paar minute aan jou kan afstaan, want hy't vanmiddag 'n baie vol program."

Kassie snork. Vol program se gat. Daniels maak net verskonings om nie met hom te praat nie. Hy voel natuurlik skuldig oor sy onderdanige houding van vanoggend.

As dit 'n ander stasiebevelvoerder was, dink Kassie, of selfs 'n mindere amptenaar van die SSA, sou die kolonel hom in sy moer gestuur het. Maar omdat Koopman glo die polisie se kroonprins is, kak Daniels in sy eie hande om nie op die mat te mors nie.

Kassie vererg hom opnuut. Van wanneer af is 'n saak so "sensitief" dat selfs die polisie nie mag weet wat aangaan nie? Net die Valke is kwansuis goed genoeg, maar met 'n hele paar oudkollegas wat deesdae daar werk, weet Kassie hulle is nie so wonderlik as wat hulle wil voorgee nie. Verder is hy op hoogte van die baie mediaberigte oor korrupsie by die Valke.

Hy kyk vies om hom rond. Hy kan nie glo hoe netjies die kolonel se lessenaar is nie. Al voor hulle eerste ontmoeting met Koopman moes die arme Felicity haar gat af werk om orde te skep in sy chaotiese kantoor. Gewoonlik sien jy Daniels skaars raak agter die berge papiere, dokumente en boeke.

Hy skud sy kop. Daniels het beeldpoets nou tot 'n fyn kuns vervolmaak. In die verlede het selfs generaals se besoeke nie só 'n metamorfose veroorsaak nie.

Toe die kolonel instap, kom Kassie lusteloos orent voor hy terugsak in sy stoel.

Daniels gaan sit agter sy lessenaar en kyk dadelik op sy horlosie. "Ek't min tyd. Praat gou."

"Ek's nie gelukkig oor die manier waarop Koopman ons vanoggend gestoomroller het nie," sê Kassie.

Daniels leun terug in sy stoel. "Soms moet 'n mens dit maar stomach. Help nie ons poep teen die donderweer nie."

"Dis die eerste keer dat ons 'n saak so maklik oorgee. Hulle kon my ten minste by die ondersoek betrek het."

"Jy't self gehoor dis sensitiewe SSA-aangeleenthede wat hier ter sprake is."

"Bullshit! Wat kan nou so sensitief wees? Ons is nie meer in die ou Suid-Afrika toe ons intelligensiemense 'n kommunis agter elke bos gesien het nie."

"Wel, ons kan maar net raai daaroor. Maar daar is niks wat ek verder daaraan kán of gáán doen nie." Daniels kyk weer op sy horlosie. "Jy sal my nou moet verskoon. Ek het 'n paar dringende oproepe wat wag."

Kassie stap verslae uit die kantoor. Daniels maak dit vir hom al makliker om die SAPD onder sy gat te skop, dink hy.

Hy loop na die vierkant en steek 'n sigaret aan. Skielik onthou hy dat hy niks vir daai Valke-kolonel met die klein koppie soos 'n cocktail-frikkadelletjie gesê het oor die moordenaar se vreemde oë nie. Hy het dit ook nie in die dossier aangeteken nie.

Hy haal sy skouers op. Hulle sal in any case met Macy Koekemoer gaan praat en dit eerstehands hoor. Nie meer sy saak om oor te worry nie.

50

Die Pion is moeg ná sy gewerskaf in die studeerkamer. Maar hy moes dit eers afhandel vir gemoedsrus, want die laaste stap gaan nie uitstel vra nie.

Nou kan hy op Liesl fokus – die vrou van die koffiewinkel.

Dit was maklik om haar gister na haar woonstel bo die supermark te volg, 'n hanetree van die koffiewinkel af. Hy het haar woonstelvenster dopgehou van onder die bome op die sypaadjie; die gordyne was nie toegetrek nie. Daar was geen teken van kinders nie, en sy het alleen geëet. Sy bly dus op haar eie – en dit pas hom soos 'n handskoen.

Die Pion glimlag. Dit sal sy eerste teregstelling sedert Moeder wees waarvoor hy nie vergoeding ontvang nie. Maar hy het genoeg geld. Dit gaan nou daaroor om die vurige drang in sy binneste te bevredig, die brandende dors na die marteling en teregstelling van 'n vrou.

Dis eers ná die Maritz-teregstelling dat hy hierdie totale geestesbevryding ondervind het – dit waarna hy al die jare so vergeefs gesmag het. Nou kan hy op sy eie tyd en in die afsondering van sy eie huis sy uhuru vier . . . met nog 'n teregstelling.

Dán eers sal hy volkome gereed wees vir die volgende stap. Ook dit sal hy doen op 'n tyd wat vir hom geskik is.

* * *

Die eerste slukkie rooibostee van die oggend bly die slegste, dink Kassie toe hy agter sy lessenaar inskuif. Hy trek die hoop amper vergete dossiere nader – terug na OTM-bendes en huisinbrake. Gelukkig het Rooi laat weet hy's nou fighting fit en sal volgende week weer inval.

Magrieta verskyn langs hom, 'n paar velle papier in die hand.

"Ek't vanoggend by Cliffie gehoor jy werk nie meer aan die moord-sake nie," sê sy. "Jy't dit seker nou nie meer nodig nie, maar hier's die CV van Nelis Vermeulen toe hy in die Diens was. Ek kry niks verder oor hom nie. Die telefoonnommers op sy besigheidskaartjie is gere-gistreer in die naam van The International Security Consultancy. Die kantooradres is in die Continental-gebou in Breestraat in die stad."

Kassie neem die papiere by haar en sit dit in sy laai. "Thanks vir die moeite, Magriets. Maar die Valke behoort teen dié tyd ook al die inligting te hê."

Sy is skaars uit toe Daniels soos 'n besetene op hom afstorm.

"Jy sal dit nie glo nie, Kassie! Doktor Koopman het pas 'n e-pos vir my gestuur. Hulle het die moordenaar laat gistermiddag in Tam-boerskloof gevang, nogal met twee skaakstukke by hom!"

Kassie is so verstom dat hy net na Daniels kan staar.

"Hulle het die inligting uit een van Uys se ondersoeke gekry," gaan Daniels voort, "so dit het eintlik maklik gegaan. Nadat hulle die ou so 'n bietjie hardhandig hanteer het, het hy die beans gespill en erken hy't Smuts, Uys en Maritz afgestamp. Dit was toe nie jou verdagte nie, hierdie knaap is maar drie-en-dertig. Maar 'n opperste criminal, was al twee keer in die tronk."

Hy glimlag tevrede. "Doktor Koopman het selfs vir my 'n tran-skripsie van die ou se ondervraging gestuur. Sekere dele is uitgehaal omdat dit geklassifiseerde inligting is, maar dis nogtans goeie lees-stof. En dit klop met ons feite. Ek't dit vir jou geforward."

Kassie knik net.

"Die doktor is nie so 'n bad ou nie," sê Daniels. "Hy't eintlik daar-op aangedring dat ek die transkripsie vir jou ook stuur omdat jy so lank aan die saak geswoeg het. En hy't gesê ek moet jou inlig dat die Valke nou die valsmedisyne-ondersoek oorneem. Dit hou verband met een van Uys se ondersoeke, so hy kon natuurlik nie verdere besonderhede verskaf nie."

Op pad terug na sy kantoor draai Daniels om. "O ja, hulle het uit-gevind Vermeulen is iewers in Afrika. Interpol is nou op sy spoor."

Kassie kyk hom met 'n sug agterna. Hy moet seker aanvaar sy teorie oor die skaakstukmoordenaar was verkeerd. Maar dis donners moeilik, want hy was só seker hy's op die regte spoor.

Hy maak die dokument in die e-pos oop en begin lees.

Transkripsie van die verklaring deur die 33-jarige verdagte, Herbert Conradie (HC), wat tydens 'n ondervragingsessie om 21:17 in die ondervragingskantoor van die Goodwood-polisiestasie afgelê is.

Ondervraers: Dr. Abdul Koopman (AK) van die SSA en kol. Elias Roberts (ER) van die Valke.

ER: Jy verstaan dat alles wat jy nou sê in die hof teen jou gebruik kan word?
HC: Ja.
AK: Kom ons begin by die heel begin. Wie het jou gekontak om Fred Smuts te vermoor?
HC: Kevin. Ek ken nie sy van nie. Hy't gesê hulle sal my ten thousand betaal vir die job.
AK: Het hulle gesê hoekom hulle Smuts dood wil hê?
HC: Ja, Kevin het gesê (. . . geklassifiseerde inligting).
AK: Jy het mnr. Claus Prins toe by 'n parkeergarage in Brackenfell ontmoet. Om watter rede?
HC: Ek moes die geld by hom kry. Kevin het in die kar vir my gewag en die geld gevat. Hulle het my eers ná die job betaal.
ER: Het jy geweet hoeveel geld mnr. Prins vir jou gee?
HC: Nee, dit was in 'n tas.
AK: Het mnr. Prins geweet van Kevin se ander opdrag om Smuts te laat vermoor?
HC: Nee. Mnr. Prins het betaal omdat Smuts te veel van sy pharmaceutical company geweet het. Maar hy't nie geweet van die ander ou wat Smuts wou laat uithaal oor (. . . geklassifiseerde inligting).
ER: Weet jy wie hierdie ander party was?
HC: Nee.
AK: Hoekom het jy Smuts opgehang?

HC: *Kevin het gesê ek moet. Hy was bang die bure hoor die skoot as ek skiet. Ek het vir Smuts met 'n gun gedreig om op die lessenaar te klim met die tou klaar om sy nek. Ek moes toe alles vat wat ek in Smuts se kamer kon kry. Ook die tapes en notebook op die lessenaar in die study.*

AK: *Hoekom het jy 'n skaakstuk in Smuts se hempsak gesit?*

HC: *Kevin het gesê ek moet. Dit sou die polisie confuse, het hy gesê.*

AK: *Hoekom moes jy Uys en Maritz vermoor?*

HC: *Kevin het gesê hulle weet ook van (. . . geklassifiseerde inligting).*

ER: *Het jy Uys ook in opdrag van Kevin opgehang?*

HC: *Ja.*

AK: *Hoekom het jy Maritz verwurg?*

HC: *Daar was nie plek om haar op te hang nie.*

AK: *En hoekom het jy op haar gesig . . . hmm . . . geürineer?*

HC: *(laggie) Ek weet nie. Ek kon myself nie keer nie.*

ER: *En jy het ook in opdrag van Kevin die skaakstukke by Uys en Maritz se lyke gelos?*

HC: *Ja.*

AK: *Hoeveel het Kevin jou betaal vir daardie jobs?*

HC: *Twenty thousand.*

ER: *En waar's die geld nou?*

HC: *Iemand het dit by my gesteel. Ek slaap mos in die parkie in Tamboerskloof.*

ER: *Lieg jy nou?*

HC: *Nee, ek sweer dit het gebeur.*

AK: *Weet jy waar ons vir Kevin kan opspoor?*

HC: *Nee. Ek het mos gesê ek ken hom nie regtig nie.*

AK: *Is daar enigiets anders wat ons behoort te weet?*

HC: *Nee.*

Kassie frons. Iets maak nie sin nie.

Sou Kevin die skuilnaam van Vermeulen wees? wonder hy. En hoekom sou hy 'n gewese tronkvoël vertrou met die inligting oor waarom Smuts, Uys en Maritz vermoor moes word? Dis tog duidelik dat die twee nie vriende is nie – Conradie ken nie Kevin se van nie en weet ook nie waar hy bly nie.

Hy trek sy notaboek nader en begin ingedagte notas maak. Hoekom sou Kevin vir Conradie opdrag gegee het om skaakstukke by al drie lyke te los? Dit sou mos juis 'n verband tussen die slagoffers bevestig. En waarom is Conradie in Goodwood ondervra as hy in Tamboerskloof gevang is?

Sy gedagtes word onderbreek deur Daniels se bulderende stem.

"Kassie, daar's weer 'n donnerse ATM opgeblaas! In Constantia, 'n halfuur gelede, fokken helder oordag!"

* * *

Koopman neem 'n groot sluk uit die bottel brandewyn. Terwyl hy die proppie terugskroef, prewel hy: "Môreaand in die hotel is dit ek en jy én jou kleinboetie."

Hy bêre die bottel in die onderste laai en bestudeer weer die kamstige transkripsie. Die speurdertjie by Nuweland mag dalk sy wenkbroue lig oor 'n paar stellings, maar hy sal niks daaraan kan doen nie, hy sal dit maar net moet aanvaar.

Nadat Koopman die eerste draft geskryf het, het hy besef dit gaan Kasselman dalk rede gee om Conradie oor die Smuts-moord te wil ondervra. Daarom het hy die verklaring aangepas met verwysings na "geklassifiseerde inligting" – 'n meesterskuif, en een wat hom magtig om enige versoek van Kasselman te weier.

Koopman glimlag tevrede. Die speurder se gatkruipende bevelvoerder het intussen 'n lofrede gestuur oor watter "groot respek en agting" hy vir Koopman en die Valke het om die saak so vinnig en netjies te kon vasknoop. En dat Kasselman ook sy gelukwensing aan die span oordra.

Laasgenoemde, weet Koopman, is bullshit.

Hy haal sy selfoon uit en bel vir Roberts.

"Alles gereël?" vra hy.

"Ja, soos afgespreek. Die mes is klaar weggesteek. Ons man sal vanaand saam met hom in die sel wees. Jy kan ontspan, doktor, alles sal volgens plan verloop."

51

Herbert Conradie het nie 'n idee hoekom die polisie hom in Tamboerskloof in cuffs geslaan het nie. Nog minder hoekom hulle hom toe hier in Goodwood in die selle kom gooi het. Ook nie hoekom hy gisteraand na die ondervragingskantoor gesleep is nie.

Hy skud sy kop. Daai twee ouens was langer as twee uur by hom sonder dat hulle hom ondervra het. Hulle't net kak gepraat, oor rugby nogal. Hom verseker hy hoef nie te worry nie, hulle weet hy't niks verkeerds gedoen nie, maar dis vir sy eie protection dat hy 'n paar nagte in die stasie moet slaap.

Hy was oor een ding happy: hy was alleen in die sel. Gewoonlik is die stasieselle mos oorvol. En hulle het vir hom 'n nice bord kos gebring. Hy't lanklaas so lekker geëet.

Maar vandag het alles verander. Hy't amper niks kos gekry nie, net 'n toebroodjie met peanut butter. En toe kom gooi hulle laatmiddag die gangster by hom in die sel.

Hy kyk onderlangs na die man wat oorkant hom sit. 'n Nasty bliksem met 'n paar scars in sy gevreet en 'n 28-tat op sy voorarm.

Herbert was lank genoeg in die tronk om te weet sulke ouens is bad news. En die man praat nie, gluur hom net heeltyd aan. Klou sy keel vas asof hy homself probeer verwurg. 'n Strange fokker.

Hy gaap. Dit moet al laat wees, seker amper midnight.

"Ek gaan nou slaap," sê hy vir sy selmaat, maar dié bly net die silent game speel.

Hy kom orent en buk oor die katel om sy kombers reg te trek voor hy gaan lê.

Dan hoor hy 'n ritseling agter hom. Hy kyk om.

Die gangster het opgestaan. In sy hand is 'n flick-knife.

* * *

Kassie hou kwart oor tien by die Nuweland-polisiestasie stil. Hy moes vroegoggend eers verklarings gaan afneem by twee van die ooggetuies van gister se OTM-ontploffing.

Op sy lessenaar lê 'n nota van Felicity dat hy Daniels dringend moet gaan sien.

Kassie sug. Noudat die moordsake nie meer hulle probleem is nie, het Daniels seker weer 'n bee in sy bonnet oor die OTM-bende.

Daniels se kantoordeur is oop en hy praat op die telefoon, maar hy wink Kassie nader. Ná 'n vinnige verskoning druk hy die mondstuk toe en sê: "Doktor Koopman het laat weet die moordenaar het laas nag afgetjop. 'n Selmaat het hom met 'n mes doodgesteek. Die doktor is moerse ontsteld. Dag ek sê jou maar net."

Kassie loop fronsend terug kantoor toe. Conradie is doodgesteek in sy sel? Hoe de hel kry 'n aangehoudene 'n mes in die hande? Dis staande prosedure dat almal deeglik deursoek word voor hulle toegesluit word.

Hy gaan sit agter sy lessenaar en tuur peinsend voor hom uit. Dan trek hy die telefoon nader en bel Paal Pretorius, 'n kollega uit sy Bellville-dae. Paal is al 'n hele paar jaar speurder by die Goodwood-stasie.

"Yes, Kassie, lekker om van jou te hoor!" groet hy.

"Wat het gisternag daar by julle gebeur?"

Paal lag. "O fok, jy vra nog! Hier moet 'n paar manne omtrent please explain. 'n Kolonel van die Valke is al vir 'n uur agter geslote deure by ons bevelvoerder. Die Valke het mos 'n prime suspect vir drie moorde hier by ons kom dump omdat die selle in die Kaap oorvol was. Nou sit hulle met 'n morsdooie suspect. Die arme bliksem is in die nek en bors gesteek . . . net so moerland toe."

"Waar het sy selmaat die mes gekry?"

"Die donner alleen weet. Die ou wat hom deursoek het toe hy ingeboek is, is nogal 'n tjommie van die Valke-kolonel, en hy sweer hy't niks aan die gangster gekry nie. Dié sê weer hy't die mes onder sy matras gekry. Conradie het hom glo probeer verwurg, toe steek hy hom uit selfverdediging. Moet sê, daar ís vingermerke aan sy keel. Conradie het glo mos ook al 'n girl verwurg. So hy was nie lekker in die upper storey nie. Was vir my nogal 'n verrassing, want Conradie het vir my meer verskrik as gevaarlik gelyk."

"Het jy dié Conradie se gesig gesien?"

"Ja, hy't langs my gestaan toe hulle met sy papierwerk besig was."

"Het jy iets buitengewoons aan sy oë opgemerk?"

Paal lag. "Watse blerrie vraag is dit nou?"

"Ek het eers aan daai saak gewerk. Ek wil net oor sy oë sekerheid kry."

"Nee wat, daar was niks fout met sy oë nie. Maar net gewone bruin oë, as jy nou op 'n beskrywing aandring."

"Jy't gesê die lid wat die messteker deursoek het, is 'n tjommie van die Valke-kolonel?"

"Ja, sersant Vygelaar. Hy en die kolonel was in 'n stadium saam by die Mitchells Plain-stasie. Hy's nou in charge van die selle hier by ons. Hoekom vra jy?"

"Ag, sommer nuuskierig, niks belangriks nie."

Toe Kassie aflui, weet hy hier's fout. Gróót fout.

Gewone bruin oë. Tjommie van die Valke-kolonel. Al die Kaapse selle was vol.

Hy kry die Middestad-polisie se nommer, bel en vra dat hy deurgesit word na die persoon in beheer van die selle.

"Sersant Conrad Plaatjies, hoe kan ons help?" kom die antwoord.

"Sersant, ek's van die Nuweland-polisiestasie. Ons het pas twee ouens in hegtenis geneem, maar ons selle is nogal vol. Is daar plek by julle?"

"Ja, lots of space. Ons het die afgelope week net 'n paar dronkies opgetel. Twee van ons selle staan al heelweek leeg."

"Right, as ons hier nie kan plek maak vir hulle nie, bring ek hulle soontoe."

"No problem. Maak so."

Kassie lui af, trommel ingedagte met sy vingers op die lessenaar.

Hy lees weer deur die verslag wat Koopman gestuur het. Conradie sê hy't die geld in Brackenfell by Prins gekry . . . In die dossier het Kassie 'n vraagteken agter "parkade" gesit, om hom te herinner om die ligging by Macy Koekemoer te probeer uitvind.

Hy soek haar nommer op sy kontaklys en bel.

"O, sersant, ek's so bly om van jou te hoor! Julle't vir my 'n baie capable konstabel gegee." Sy giggel. "Hy pas my mooi op. Ons het gisteraand Monopoly gespeel."

"Ek's bly om dit te hoor," sê Kassie. "Maar ek bel oor iets anders. Die parkade waar Claus die huurmoordenaar ontmoet het – kan jy onthou waar dit was?"

"O jinne, sersant, ek ken nie die northern suburbs goed nie. Ek kan nou nie juis onthou nie."

"Was dit in Brackenfell?"

"Brackenfell? Nee, dit lui nie 'n klokkie nie." Sy dink 'n oomblik. "Dit het iets met 'n rivier te doen . . . Soutrivier . . . nee . . . Eerste-rivier . . . nee, okkie dit nie."

"Kuilsrivier?"

"Dis hy, sersant, dit was Kuilsrivier!"

"Doodseker?"

"Honderd persent, sersant."

"Kaptein."

"Sorry, kaptein, ek's nie goed met range onthou nie. Maar dit was beslis Kuilsrivier."

* * *

Koopman raap sy selfoon op toe dit lui. Elias Roberts.

"Hel, ek het nou daai lot by Goodwood in 'n flat spin gehad," lag Roberts. "Hulle bevelvoerder kan nie genoeg verskoning maak nie."

"En gaan Vygelaar in die kak kom?"

"Nee, hy was slim genoeg om 'n kollega te kry om saam met hom ons buddy te deursoek voor hulle hom opgesluit het."

"En die . . . buddy?"

"Hy's so cool soos 'n cucumber. Vygelaar sê hy kan nie ophou smaail oor die fifty K wat hy gekry het nie. Hy sal in any case loskom op die verweer van selfverdediging. Moet sê, hy't homself omtrent verwurg. Die merke sit nou nog aan sy nek."

"So ons kan maar ontspan?"

"Jip. Ek sal sorg dat alles mooi netjies afgesluit word."

★ ★ ★

Die Lucky Strike is krom ná net drie trekke. Kassie loop heen en weer in die vierkant, sy kop broeiend soos 'n Hoëveldse donderstorm.

Ná sy gesprek met Macy het hy Nelis Vermeulen se CV deurgelees, en dit het nóg 'n vraag laat ontstaan. Iets hier ruik ernstig na muishond, dink hy, en sommer op 'n donnerse afstand al.

Hy gaan dit nie daar los nie.

Maar kan hy regtig met sy vermoedens na Daniels gaan?

Hy skud sy kop. Nee, die lamsak sal net daarop aandring dat hy met Koopman gaan praat, en dis die heel laaste ding wat hy wil doen. Hy wil allermins nou golfies maak, en Koopman sal net weer die boot steady met sy slimpraatjies en tricks.

Hy druk die sigaret met 'n snork dood. Geklassifiseerde inligting se gat! Maar dit gaan moeilik wees om die saak alleen te hanteer. Hy sal nie vir Magrieta kan gebruik nie, en hy wil ook nie vir Rooi betrek nie. As hierdie ding backfire, wil hy nie sy kollegas in die firing line plaas nie.

Dit sal die laaste job wees wat hy vir die SAPD doen, besluit hy. As hy verkeerd is oor alles en sy ondersoek loop skeef, gee hy nie regtig om nie. Hulle kan hom maar fire as hulle so voel. Hy's tog klaar met die Diens.

Hy loop vasbeslote na Daniels se kantoor. Dié is besig om die hope dokumente op sy lessenaar terug te pak. Binnekort gaan die kantoor weer soos 'n stoor lyk, dink Kassie.

Daniels glimlag breed. "Wat sê jy nou, Kassie? Ek's fokken bly ek's nie Goodwood se bevelvoerder nie, want hulle het seker nou moerse probleme met die SSA."

Kassie knik net.

"Ek wil hoor of ek volgende week verlof kan neem. 'n Familielid van Gauteng kom kuier," lieg hy. "En Rooi val Maandag in, so hy kan vir my cover."

"Ja, dis seker maar oukei. Bel net vir Rooi en brief hom oor die laaste ATM-ontploffing."

"Ek gaan vanaand by hom 'n draai maak."

"Dan's dit reg so."

52

Die gesellige geure van die aandete wat Torretjie in die kombuis op-tower, laat Kassie se mond water. Maar hy't klaar die aanbod bedank om saam te eet, met die verskoning dat hy nog 'n draai moet ry. Hy twyfel of Rooi ingenome met hom gaan wees ná hul gesprek, en hy's nie lus vir 'n somber atmosfeer aan die eettafel nie.

Rooi bring vir hulle drinkgoed sitkamer toe.

Kassie vat 'n sluk van sy koeldrank en vertel eers volledig wat alles by Prins Pharmaceuticals gebeur het. Toe vertel hy van Uys en Maritz se moorde en Koopman en die Valke se betrokkenheid, maar hy bly stil oor sy vermoede dat daar 'n moerse slang in die gras is.

Rooi grinnik. "Bliksis, dis omtrent 'n storie! Maar nou's dit darem die Valke se probleem en nie meer ons s'n nie."

"Ja, back to the basics," sê Kassie. "OTM-bendes en huisinbrake."

Hy lig Rooi in oor die jongste OTM-ontploffing en die verklarings wat hy afgeneem het. "Ek het dit op jou lessenaar gesit. Jy sal vol-gende week alleen die fort moet hou."

"Dis fine, ek's nou uitgerus." Rooi beduie na sy skouer. "Die wond het mooi herstel. Ek kan my arm weer beweeg sonder om seer te kry."

"Daar's iets anders wat ek jou moet vertel." Kassie kug onge-maklik. "As my partner verdien jy om dit eerste te hoor. Moet as-seblief net nie vir enigeen by die stasie sê nie. Ook nie vir Magrieta nie. Ek sal haar self vertel."

Rooi se wenkbroue lig. "Dit klink onheilspellend."

Kassie druk weer 'n kuggie uit. Dis donners moeilik om dit hardop te sê.

"Ek gaan by die polisie bedank. Ek't 'n ander aanbod gekry."

"Fok, jy's nie ernstig nie!"

"Doodernstig."

"By wie't jy die aanbod gekry?"

"Die Afrika-buro van Sekerheidsdienste."

"Nee, bliksis, Kassie, jy kan nie daar gaan werk nie!"

"Hoe- . . . hoekom nie?"

"Ek't 'n pel wie se pa daar gewerk het, maar hy't gou gewaai. Hy sê die plek wemel van regses, dis asof jy terugstap in die ou Suid-Afrika. Daar's net 'n klomp spioene van die ou Nasionale Intelligensie, 'n lot verbitterde ekspoeliesmanne en 'n spul oud-Recces wat als wil skiet wat voorkom."

"Wel . . . dit sal ek vir myself moet gaan uitvind. Maar ek gaan beslis nié in die Diens bly nie."

"Jissis, Kassie!" Rooi praat buitengewoon driftig terwyl sy gesig al rooier word. "Jy staar jou blind teen die media se strontstories oor die polisie. En ja, dalk is ons kakker as wat ons was, maar juis daaroor kan ons nie bekostig om een van ons beste speurders te verloor nie!"

Kassie antwoord nie. Dis presies die reaksie waarvoor hy bang was.

"Jy's die een wat altyd vir my gesê het die saak is groter as 'n vet salaris by 'n ander plek," gaan Rooi uitasem voort. "Dis die storie wat jy vir my gespin het toe ek destyds die aanbod gekry het om daai maatskappy se sekerheidshoof te word. Maar nou vee jy jou gat af aan die Diens. Jy gee boedel oor. Noudat die heat op sy ergste is en ons jou kaliber só fokken broodnodig het, vat jy die pad!"

Hy skud stadig sy kop. "Dis nie hoe ek jou leer ken het nie, Kassie."

"Wel, Rooi, dis . . . dis iets wat ek vir myself moet uitwerk. Maar daar het baie ander goed gebeur waarvan jy nie weet nie – goed wat my besluit beïnvloed het."

"Ek gee nie om wát gebeur het nie. Ek's nog steeds bleddie teleurgesteld in jou."

* * *

Die Pion besluit op 'n stuk uit sy waardevolle Britse St. George-stel wat uit die negentiende eeu dateer – 'n besonderse pion vir 'n spesiale geleentheid. Hy sal haar wel in die agtertuin langs Buskruit begrawe, maar dit sal net onafgerond voel om haar sonder sy kenteken na haar graf te stuur.

Hy sit die pion langs die kershouer op sy bedkassie neer. Beskou homself vlugtig in die groot muurspieël aan die oorkant van die kamer. Hy knik goedkeurend. Sy donkerbruin pak pas perfek by die swart strepieshemp en barnsteenkleurige das.

Hy sit sy donkerbril op, stap uit die kamer in die gang af en uit by die voordeur, sy treë lank en haastig.

Saterdagoggende is die koffiewinkel altyd besiger as in die week. Toe hy instap, vra hy nie eers of daar 'n boodskap vir Dennis is nie. Hy bestel die gewone en gaan sit op sy gebruiklike plek, in die hoek teenaan die venster.

Die plek is reeds besig. Liesl sit weer in die oorkantste hoek. Sy waai vriendelik toe sy hom sien en hy waai terug.

Hy hou haar dop terwyl hy die eerste sluk van sy koffie neem. Hoe moet hy te werk gaan om op 'n natuurlike manier 'n geselsie aan te knoop? wonder hy.

Tot sy ontsteltenis sien hy hoe sy haar koppie wegstoot en 'n kelnerin nader wink. Hy kom vinnig orent en stap tussen die tafeltjies deur tot by haar.

"Ons klub hou volgende week 'n skaakaand by my huis," sê hy, sy lippe vertrek in 'n glimlag. "Donderdagaand die 25ste."

Haar gesig verhelder. "O, ek sal beslis kom. Hoe laat?"

"Dalk moet jy 'n bietjie vroeër kom, dan wys ek jou my skaakstelle. Wat van halfagt? Die klublede kom eers so van agtuur af."

"Fantasties! Ek's halfagt daar."

Hy gee haar sy adres.

"Dis lekker naby, ek gaan sommer stap." Sy lag verleë. "Ek het die oefening nodig."

Toe hy weer by sy tafel sit, klop sy hart steeds onstuimig. Hy neem 'n groot sluk koffie.

Hy was vreesbevange dat sy iets anders sou aanhê op die 25ste. Die datum is vir hom belangrik. Dit sal dan presies drie-en-veertig jaar gelede wees wat hy van Moeder afskeid geneem het.

* * *

Koopman steier na sy bed in die hotelkamer. Hy val daarop neer, mors van die brandewyn op die beddegoed en lag luidrugtig. Hy hik en vat 'n groot sluk uit die bottel. Sukkel orent en staar na homself in die spieël.

Abdul Koopman. Doodpister van vlamme. Meesterbrein. Slinkse manipuleerder. Geniale strateeg. Geheime agent ekstraordinêr.

Hy lig die bottel en glimlag.

Die Moos Uys-opruimoperasie was 'n dawerende sukses.

* * *

Kassie stap na sy studeerkamer, geklee in sy volle seëlmondering: sweetpaktop wat nie wolletjies afgee nie, latekshandskoene, kopliggie en die vergrootglasbril wat hy ten duurste oor die pos bestel het van die Oostenrykse seëlgilde.

Hy glimlag toe hy agter sy lessenaar gaan sit. Sy buurvrou, Rita, wat onlangs ongenooid hier ingestap het toe hy met sy seëls besig was, het gesê hy lyk soos iets van outer space.

Vanaand werk hy aan sy versameling uit die tydperk van Britse koloniale oorheersing in Suider-Afrika, wat seëls van Noord- en Suid-Rhodesië, Njassaland, Swaziland, Betsjoeanaland en Basoetoland insluit. Onlangs op 'n veiling is 'n soortgelyke versameling vir meer as seshonderdduisend rand verkoop.

Met die haartangetjie tel hy die eerste seël – van Noord-Rhodesië – op. Hy bestudeer dit aandagtig, draai dit om om te sien of die gomgehalte nog aan internasionale veilingstandaarde voldoen. Hy knik tevrede en plaas die seël versigtig in die vakkie wat hy as Kategorie A gemerk het. Sy navorsing behels ook 'n gehalte-oudit van elke enkele seël in sy versameling.

Hy gaap dat dit voel of sy kake uithaak. Hy weet hy moet gaan slaap, maar hy is bang vir die bed. Want dis die tyd wanneer sy gewete rebelleer teen sy voorgenome plan. Hy besef maar te goed dit gaan 'n verkragting wees van die eed wat hy destyds as polisieman afgelê het: om nooit die reg in eie hande te neem nie.

Dan kom die ander skuldgevoelens ook soos branders aangerol. En die ergste is wanneer hy Rooi se teleurstelling in hom opnuut beleef.

53

Kassie is gelukkig om in die druk Maandagoggendverkeer stil-
houplek naby die Continental-gebou in Breestraat te kry. Dis 'n
vaalgrys gebou wat sy beste dae geken het en sleg afsteek teen die
spierwit en netjies gerestoureerde geboue aan weerskante.

Die ingangsportaal kan ook doen met 'n laag verf, dink hy toe
hy die voordeur oopstoot. 'n Verweerde muurbord dui aan The In-
ternational Security Consultancy se kantoor is op die tweede ver-
dieping. Hy besluit op die trappe, want die twee hysers lyk ewe ge-
hawend.

Nommer 22 se deur staan oop. Hy klop en stap in. 'n Jong vrou
agter 'n lessenaar kyk hom vraend aan.

"Die tandarts is langsaan," sê sy terwyl haar kake iets maal.

"Ek's eintlik hier om meneer Vermeulen te sien."

Haar wenkbroue lig. "Dis 'n eerste! Niemand kom sien hom ooit
hier nie."

"Is hy beskikbaar?" Kassie kyk rond in die beknopte kantoortjie.
Die enigste ander deur is toe.

"Nee, hy's weer iewers in Afrika. Al verlede week weg."

"Waarheen?"

Sy haal haar skouers op terwyl sy voortkou. "Dié weet ek nie.
Hy't my nog nie laat weet nie."

"Bespreek jy nie sy vliegtuigkaartjies nie?"

"Nie hierdie keer nie. Ek't net Vrydagoggend 'n briefie op my
lessenaar gekry wat sê dat hy weg is."

"Het niemand anders hier kom navraag doen oor hom nie?"

Sy skud haar kop.

"Ook nie telefonies nie?"

"Nee, dit sou onmoontlik wees. Hy't al vroeg verlede week vir
my gesê ek moenie ons landlyn antwoord nie."

Kassie frons. "Hoekom?"

"Te veel werk. Hy wil nie nou oorlaai word nie."

"Wie bel gewoonlik?"

"Weet'ie. Ek sit hulle maar net altyd deur na hom."

"Wat presies behels jou werk?"

Sy lag. "Jinne, maar jy's nuuskierig!"

"Ek stel belang om van meneer Vermeulen se dienste gebruik te maak."

"Nou waarom vra jy dan wat ék doen?"

"Omdat ek van nature maar 'n agie is."

"O . . . Wel, ek doen nie eintlik veel nie. Antwoord die foon, maak koffie vir hom, gaan koop lunchtyd vir hom iets om te eet, en so aan. Verder maak ek die plek een keer 'n week skoon. Oor sy security-dienste weet ek nie veel nie. Jy moet hom maar self vra . . . wanneer hy weer eendag sy selfoon antwoord."

Sy oorhandig 'n besigheidskaartjie aan hom, soortgelyk aan die een wat Macy vir hom gegee het.

Nóg vrae, dink Kassie toe hy uitloop. Hoe weet Koopman Vermeulen is in Afrika as sy sekretaresse nie die foon antwoord nie? En as niemand van die SSA of die Valke by sy kantoor was nie?

★ ★ ★

"Is alles onder beheer?" vra die direkteur.

Koopman hou sy selfoon met een hand vas en sy kloppende kop met die ander waar hy in sy hotelbed lê. "Ja, al die los drade is vasgeknoop. Uys en Maritz . . ."

"Ek stel nie belang in die detail nie."

"Dan volstaan ek deur te bevestig die taak is afgehandel. En dis baie deeglik gedoen. Ons man by die Valke sal die laaste opdrifsels wegvee. Ek het gedink ek sal teen môre kan oppak en huis toe kom."

"Ek wil hê jy moet 'n bietjie langer aanbly," sê die direkteur. "Doen vir my 'n evaluering van elke personeellid in die Kaapse kantoor. Ek verwag 'n kort verslaggie oor elkeen."

Koopman onderdruk 'n kreun. "Hoekom?"

"Ons kan nie bekostig om 'n tweede Moos Uys daar aan te hou nie. Maak seker almal is solied. En raak ontslae van dié wat nie is nie."

"Maak so," sê Koopman.

Sy gesig vertrek toe hy sy selfoon dooddruk. Shit, en hy ís so moeg vir die Kaap en die donnerse suidooster.

* * *

Die Afrika-buro van Sekerheidsdienste se ultramoderne gebou in die Tyger Waterfront vorm 'n skrille kontras met die Continental. By die ontvangstoonbank word Kassie deur 'n aanvallige vroutjie gevra om in een van die luukse leerstoele op Frans Terblanche te wag.

Kassie beskou die vertrek fronsend. 'n Paar mans in blink suits loop geruisloos oor die dik matte na moderne glasmuurkantore. Twee vroue in donkerblou pakkies en rooi serpe praat fluisterend met mekaar. Buiten 'n paar gedempte stemme op die agtergrond is dit grafstil. Hy sweer hy sal 'n speld kan hoor val.

Hoe gaan hy in dié fokken plek aanpas? wonder hy. Hulle sal 'n koronêr skiet as sy wekker afgaan om sy rookbreek aan te kondig. Hét hulle ooit 'n rookarea?

Frans verskyn geluidloos langs hom. "Kassie, my ou vriend! Ek's so bly om jou te sien," sê hy gedemp.

Mag die arme mense hier nie hard praat nie? wonder Kassie.

Frans beduie hom na sy kantoor – een van die glashokke.

Kassie gaan sit in 'n soortgelyke leerstoel as in die voorportaal. "Jinne, maar julle is luuks ingerig," fluister hy hard.

Frans glimlag breed. "Groot geldmanne wat agter ons sit, Kassie. Gróót geldmanne, sê ek jou. Ouens wat graag wil sien dat reg en geregtigheid weer sy plek in Suid-Afrika inneem . . . trouens, in die hele Afrikakontinent. As ons paloeka-regering en die ander banana-owerhede dit nie kan doen nie, sal óns dit verdomp regkry."

"'n Spul regses", kom Rooi se woorde by Kassie op.

Frans wys na homself en lag effens verleë. "Al ons werknemers kry ook kleretoelaes. Anders sou ons nie só grênd kon lyk nie."

Behoede my, dink Kassie en vee oor sy platgeroomde hare.

Frans leun agteroor in sy stoel. "Ek hoop jy's die draer van goeie nuus? Dat jy vandag kom sê jy aanvaar ons aanbod?"

"Gee my nog 'n week of wat," antwoord Kassie. "My kop is nou eers op 'n ander plek . . . 'n saak wat ek moet afsluit. Ek's nog nie reg om die finale besluit te neem nie."

Die woorde het sommer net uitgeglip, besef hy met 'n skok. Eintlik was dit glad nie wat hy van plan was om vir Frans te sê nie.

Frans knik. "Raait, ek verstaan. Maar ek kan net noem ons wil jou donners graag hier hê. Jy sal aan die hoof van ons speurdiens staan. En ons het al 'n klómp knap manne wat aangedui het hulle kom."

"Ek's eintlik hier om 'n guns te vra."

Frans vryf sy hande teen mekaar. "Sê net en dis gedoen."

Kassie haal 'n vel papier uit sy windjekker se sak. "Hier is telefoonnommers van 'n klompie mense. Ek wil so gou moontlik uitdrukke hê van elke nommer se oproepe die afgelope maand."

"Tjop-tjop. Ek kan dit môre vir jou laat aflewer, sê net waar."

"Ek sal dit self kom kry. Ek wil nie die koste onnodig opjaag met aflewering nie."

Frans lag. "Die hele ding gaan jou boggherol kos. Noem dit 'n gunsie tussen vriende."

Hy huiwer 'n oomblik. "As ek mag vra . . . is dit 'n takie wat jy buite jou amptelike hoedanigheid as poeliesman doen?"

Kassie knik.

"Lyk my die ou Kassie is terug!" sê Frans ingenome. "Jy weet, jy't al die reputasie opgebou as die één speurder in die SAPD wat nooit 'n saak los nie, selfs al kry jy die opdrag van die minister van polisie homself. Ek sal nooit vergeet hoe jy daai vorige bevelvoerder van jou se gat genail het nie, die een wat hom aan die blink klippies gehelp het. En daai skelm polisiekommissaris wat hand om die blaas was met die wapensmokkelaars! Jy's 'n bleddie legend, Kassie, weet jy dit? Nog 'n rede hoekom ons jou met 'n seer hart hier soek."

Kassie ignoreer die lofrede. "Julle sal my navraag vertroulik hanteer?"

Frans trek sy duim en wysvinger oor sy lippe. "Our lips are sealed, my tjom. In die Buro praat ons nie uit nie. Dis een van ons core values."

Hy maak sy hand bak agter sy oor en fluister: "Jy hoor mos hoe stil is dit hier!"

54

Die Pion sit peinsend op sy bed, 'n handdoek op sy skoot. Hy oor-
weeg die metode waarna die *Encyclopaedia Britannica* verwys as
"waterboarding". 'n Deurdrenkte lap word tydens verwurging oor
die slagoffer se gesig geplaas om só verdrinking te simuleer.

Hy skud sy kop. Nee, dalk nie voldoende nie.

Sy probleem is dat die doeltreffendste martelmetodes meestal
bloedvergieting behels, wat hy uiteraard wil vermy. Dit klink bevre-
digend om haar vingernaels met 'n tang uit te pluk, maar daar sal
sekerlik bloed wees.

Die bekende tegnieke van slaaponthouding, uithongering en
eensame opsluiting sal nie geskik wees vir wat hy in gedagte het
nie. Hy is beperk tot minder as vyf ure, want die simboliek van die
drie-en-veertigste herdenking van Moeder se heengaan is belangrik.

'n Ander metode wat hy kan oorweeg, is om kookwater op haar
sensitiewe liggaamsdele te drup. Of om haar voetsole met 'n pyp
te slaan. Dit staan bekend as bastinado en is in vroeëre tye deur die
Spanjaarde tot 'n martelkuns verfyn.

Nee, hy soek iets meer . . . iets wat sy drang na bestraffing ten
volle sal bevredig.

Hy dink 'n rukkie, staan op en stap kombuis toe, haal 'n bottel-
tjie onder uit die hoekkas. Hy't dit twee jaar gelede by die troetel-
dierwinkel gekoop om ontslae te raak van die vlooie in Buskruit se
slaapmandjie.

Hy lees die fynskrif op die etiket: *Dit is 'n matige suur, maar mag
onder geen omstandighede in aanraking kom met die dier se oë nie. Dit kan
geweldig pynlik wees en selfs blindheid veroorsaak.*

Met die botteltjie in sy hand stap die Pion terug na sy kamer.

* * *

Kassie sprei die uitdrukke van die telefoonrekords op sy lessenaar oop. Hy was verras toe 'n bode van die Buro dit vanoggend halfnege hier afgelewer het. Hulle het sy stoutste verwagting oortref. By die polisie sou dit etlike dae geneem het weens al die red tape wat so 'n navraag behels.

Hy begin werk deur die nommers deur oproepe te omkring wat gemaak of ontvang is in die dae voor die moorde op Smuts, Uys en Maritz. Dan omkring hy die nommers van oproepe op Koopman se rekord ná Kassie se eerste oproep na die SSA.

Op 'n skoon vel papier skryf hy al die nommers neer. Hy elimineer die nommers wat hy nie ken nie deur dit met sterretjies te merk. By die bekende nommers maak hy kruisies, regmerke en vierkante om patrone vas te stel. Hy knik telkens terwyl hy werk. Nie presies soos hy vermoed het nie, maar die resultate verbaas hom nie.

Oplaas vergelyk hy die patroon wat die bekende nommers vorm met die onbekende nommers. Glimlag dan. Daar's één nommer wat perfek inskakel by die patroon. Hy omkring dit en bel die Afrika-buro.

"Hoe laaik jy ons vinnige diens, Kassie?" groet Frans Terblanche. "Alles in orde?"

"Ek's beïndruk. En ja, alles is fine. Maar ek't nog een laaste guns om te vra."

"Laat ons hoor."

"Ek het 'n landlynnommer waarvan ek die eienaar se naam en adres soek." Hy lees die nommer vir Frans. "En ek het dit dringend nodig . . . vandag nog as dit kan."

"Jong, die mense van ons navorsings- en inligtingsdiens is op die oomblik in 'n vergadering met 'n groot kliënt en dit kan 'n lang sessie word. Maar ek belowe ek sal voor vyf vanmiddag 'n antwoord vir jou hê."

Kassie is teleurgesteld toe hy aflui. Hy het so gehoop hy kan die besonderhede vroeër kry. Dis vandag Dinsdag, wat beteken hy het nie baie tyd om sy beplanning te finaliseer nie. Veral omdat hy nog nie weet watter struikelblokke op hom wag nie.

Sy maag trek in 'n vuis saam. Hy weet watter uiteinde hy wil hê, maar hy het nog geen idee hoe hy daarby gaan uitkom nie.

* * *

Koopman wil Vrydag klaar wees met die direkteur se opdrag, want Michelle het reeds sy vliegkaartjie na O.R. Tambo vir Saterdag bespreek.

Dit gaan wonderlik wees om weer uit die huis werk toe te gaan, dink hy. Sy hotel hier in die Waterfront is wel 'n vyfster, maar hy's siek en sat daarvoor om uit 'n tas te leef. En die hotelspyskaart het sy bekoring ná minder as 'n week verloor.

'n Ligte klop aan sy kantoordeur laat hom opkyk. "Binne!"

Die man kom onseker in. Koopman kan die naakte vrees in sy oë sien. Die arme skepsel is seker deur Max op die ergste voorberei.

Koopman beduie hy moet sit. "Ek sien op jou personeelrekord jy's vier jaar gelede deur Ashwin by ons aangestel?"

"Ja, doktor."

"Wel, dan kan jy jou regmaak vir 'n lang sessie . . . met gevolge waarvan jy dalk nie gaan hou nie."

Die skok in die man se oë gee Koopman groot bevrediging.

* * *

Die ure tik stadig verby, wat Kassie erg frustreer. Hy kan ook nie waag om aan sy seëlprojek te werk nie. Die gehalte-oudit vereis sy volle konsentrasie, en dít kan hy nie vandag waarborg nie.

Ná sy middagete van geblikte frikkadelle en kerrieboontjies begin hy met die beplanning van die Boeremusiekgilde se volgende byeenkoms. Hy weet by voorbaat Doempie gaan hom binnekort daaroor pla.

Hy gaan sit by sy lessenaar en krabbel 'n paar notas op 'n vel papier. Maak 'n groot NB langs "Oupa Seunie en die Boere-ooms". Dié orkes – sy plaaslike gunsteling – is uitstekende eksponente van Silver de Lange se komposisies. Hoog tyd dat hulle weer by die gilde kom musiek maak.

Hy oorweeg dit 'n oomblik om Rooi te bel om te hoor hoe dit met die OTM-ondersoek gaan, maar besluit daarteen. Sy partner is dalk nie in die regte gemoedstemming om met hom te praat nie.

Hy bel sy ma, maar die boodskapdiens by Huis Aandskemering lig hom in dat die inwoners vandag op hul jaarlikse uitstappie na Blouberg is.

Hy stap 'n draai deur die studeerkamer en beskou sy wanordelike boekrak. Met 'n sug begin hy die boeke een vir een uitpak. Hy wou nog altyd sy boeke alfabeties volgens die skrywer se naam rangskik. Dit sal hom ten minste 'n tyd lank besig hou.

Hy haal 'n stapel uit die een hoek en nies van die stofwalm. Sit dit eers neer om 'n stoflap te gaan haal.

Toe hy oplaas die tweede laaste boek afstof en terugsit in die rak, lui sy selfoon.

Frans Terblanche, sien hy. Een minuut voor vyf.

"Net-net betyds," lag Frans. "Maar wanneer die Buro 'n belofte maak, kom ons dit na. Nog een van ons core values."

Kassie skryf die naam en adres neer wat Frans verstrek. "Is jy doodseker dis reg?"

"Ons navorsings- en inligtingsdiens maak nie foute nie, Kassie, dit kan ek jou belowe."

Hy bedank Frans en lui af. Staar fronsend na die naam. The Coffee Club. Dit maak nie fokken sin nie!

Hy trek sy notas van vanoggend nader, bestudeer weer die rekords deeglik. Nee, hy't nie 'n fout gemaak nie – alles dui op dié nommer.

Hy bel die nommer, maar kry nie antwoord nie. Die plek maak natuurlik vyfuur toe, dink hy.

Sy gedagtes spring wild rond. Is hy nou heeltemal in 'n doodloopstraat? Kan die skaakstukmoordenaar die eienaar van 'n koffiewinkel wees?

Hy skud sy kop. Hoogs onwaarskynlik.

Dalk 'n werknemer daar? 'n Kelner?

Hy sal môreoggend vroeg by die plek wees, besluit hy. Dalk vind hy iets wat op 'n spoor dui.

Hy sug. Môre is al Woensdag. Sy uurglas loop vinnig leeg.

55

Om negeuur stop Kassie voor die koffiewinkel in Twaalfde Laan in Boston, Bellville. The Coffee Club is een van 'n string winkels langs 'n supermark.

Hy klim uit en beskou die plek. Dit lyk nie of daar al besoekers is nie, maar teen die deur is 'n *Open*-bordjie. Sonder dat hy regtig weet hoe hy die storie gaan benader, stap hy die koffiewinkel binne.

Eers die plek deurkyk, besluit hy en gaan sit by 'n tafel.

'n Kelnerin staan in die oorkantste hoek, maar kyk nie op van haar selfoon nie. Agter die toonbank is 'n kort, gesette man wat waarskynlik die eienaar is. In sy middel dertigs, skat Kassie hom. Langs hom werskaf 'n vrou by die koffiemasjiene.

Oplaas kom die kelnerin traag aangestap. Kassie staan egter op voor sy by hom kom en loop na die toonbank.

"Is u die eienaar?" vra hy vir die man.

"Ek is, ja."

Hy haal sy SAPD-ID uit en wys dit vlugtig voor hy dit terugsit in sy windjekker se sak. "Is hier 'n plek waar ons vertroulik kan gesels?"

Die man frons, maar beduie na agter. "Ja, ons kan in my kantoor praat."

Hy draai na die vrou. "Karin, sal jy 'n ogie hou? Ek gaan net gou gesels met . . . met . . ."

"Sersant Willemse," sê Kassie vinnig.

Hy volg die man in die gang af tot in 'n beknopte kantoortjie.

Die man trek die deur agter hulle toe. "My naam is Ernst . . . Ernst Bester," sê hy en beduie verleë na die opgestapelde bokse. "Jammer, hier's nie eintlik sitplek vir twee nie."

"Ons praat sommer staan-staan." Kassie haal sy notaboekie uit en lees die telefoonnommer af. "Is dit jou winkel se nommer?"

"Ja, dis my kantoornommer." Bester wys na die foon op die lessenaar. "Die winkel het nog 'n algemene nommer ook – die foon is voor by die toonbank."

"Het jy nog werknemers buiten die vrou by die toonbank en die kelnerin?"

"Daar's nog twee kelnerinne wat later inkom, en 'n skoonmaker. Karin agter die toonbank is my vrou."

"Is die skoonmaker manlik of vroulik?"

"'n Vrou."

"Wie het almal toegang tot hierdie foon?"

Bester frons. "Net ek en Karin."

"En net julle gebruik dit?"

Bester huiwer 'n oomblik. "Wel, soms gebruik een van my klante dit. Nie regtig gereeld nie."

"Hoekom gebruik 'n klant jou foon?"

Bester gee 'n laggie. "Dis maar 'n eienaardige ou. Ek dink sy naam is Dennis, want soms bel iemand hierheen en sê hy't 'n boodskap vir Dennis. Hy kom elke liewe oggend elfuur hier in om koffie te drink en vra my altyd of daar 'n boodskap vir Dennis is. As daar is, betaal hy my vyftig rand om 'n oproep hier in die kantoor te kom maak. Hy praat gewoonlik nie lank nie, en altyd plaaslike nommers."

"Hoe lyk hy?"

"Ouerige kêrel, skraal lyf. Hy's al grys, ek skat hy's in sy laat vyftigs. Eienaardige oë aan hom, amper kleurloos."

Kassie beteuel sy opgewondenheid met moeite. "Enige ander kenmerke?"

"Nee, net die oë. My vrou sê hy gee haar die wilde horries met daai snaakse oë. Hy's altyd uitgevat in 'n netjiese pak klere, dra in die laaste tyd 'n donkerbril. Hy bly altyd presies 'n uur. En hy stap gewoonlik hierheen. Ek vermoed hy bly in die omgewing."

Kassie skud sy kop. "Dis nie die man na wie ons soek nie. Ons ou is 'n lang, breedgeskouerde blonde kêrel in sy twintigs."

"Kan nie onthou dat ek al so iemand hier gesien het nie," sê Bester.

"Wel, baie dankie vir jou bereidwilligheid om te gesels."

"Maar hoekom is my kantoornommer ter sprake?"

Kassie maak sy notaboek toe. "Dit moet 'n verkeerde nommer wees. Dis eintlik wat ek al van die begin af vermoed het."

* * *

Die Pion rek sy treë na die koffiewinkel. Dis asof iets hom deesdae jaag. Hy kan niks meer stadig doen nie.

En hy kan nie meer wág vir môreaand nie. Hy't laas nag beswaarlik 'n oog toegemaak van opgewondenheid.

Sodra hy by die koffiewinkel was, sal hy vinnig by die troeteldierwinkel 'n draai maak om 'n botteljie van die vlooidoder te koop. Dalk is dié by die huis al te oud om doeltreffend te wees.

* * *

Kassie herken hom dadelik aan Ernst Bester se beskrywing.

Hy kom om die hoek na die koffiewinkel gestap: donkerbril, swart pak, grys hare en skraal postuur. Ondanks sy ouderdom lyk hy fiks en gesond. Hy stap doelgerig en vinnig, sy rug kiertsregop.

Kassie het sy motor 'n entjie af in die straat geparkeer. Hy steek 'n sigaret aan met hande wat liggies bewe. Nou moet hy net wag.

Presies 'n uur later stap die man uit die koffiewinkel. Hy gaan in by die troeteldierwinkel langsaan. Shit, ek hoop nie hy't 'n kwaai hond nie, dink Kassie. Dit kan sake bemoeilik.

Die man kom minute later uit met 'n pakkie in sy hand en kies koers terug in die rigting waarvandaan hy gekom het. Toe hy om die hoek verdwyn, klim Kassie uit die motor en drafstap agterna.

Hy draai links in Clevelandstraat en sien hoe die man om die hoek in Dertiende Laan verdwyn. Hy hou 'n volgafstand van dertig meter. Die man draai regs op in Salisburystraat en 'n blok verder af in Veertiende Laan. Toe hy om die hoek verdwyn, hardloop Kassie.

301

Hy is net betyds om te sien hoe die man inloop by die voorhekkie van 'n huis 'n entjie af in Veertiende Laan.

Kassie wag vyf minute voordat hy in die straat af stap. Die huis het 'n rooi sinkdak en roubaksteenmure en word omring deur 'n heuphoogte houtheining. Dis kleiner as die omringende huise en die gordyne is styf toegetrek. Geen diefwering voor die skuifraam-vensters nie, merk hy. In teenstelling met die ander huise is daar ook nêrens 'n bord van 'n sekerheidsmaatskappy te sien nie.

Kassie draai terug na die koffiewinkel in Twaalfde Laan. Môre is die dag, dink hy, niks later nie.

Hy gaan by die troeteldierwinkel in, maar besef dan hy kan nie navraag doen oor wat die man gekoop het nie, dit sal net té verdag voorkom. Wie weet, dalk is die moordenaar nog vriende met die eienaar.

Hy koop die goedkoopste pakkie hondebeskuitjies op die rak en loop uit.

56

Laat Woensdagaand in Voortrekkerweg spoor Kassie uiteindelik vir Vincent Malgas op. Dié leun teen 'n pilaar terwyl hy een van sy chicks – soos hy sy spannetjie prostitute noem – oorkant die straat dophou.

"Captain, watte surprise! Ek't gescheme jy's al lankal op pension iewers langs die West Coast." Vincent gee 'n tandelose laggie. "Dis natuurlik die West Coast van America."

Kassie glimlag. "Poeliesmanne het nie geld om daar af te tree nie. Ons is nie in dieselfde income bracket as julle pimps nie."

"Ai, captain, die pimps kry ok ma' deesdae swaar. Die Aids scare en die economy knou ons ok ma'."

Kassie hou sy hand op. "Ek wil nie daarvan hoor nie. Jy weet goed julle besigheid is onwettig, maar ek's nie vanaand hier om jou in cuffs te slaan nie. Ek't jou hulp nodig."

Vincent spring op aandag. "At your service, my captain!"

"Ek soek 'n cheap selfoon wat nie terug getrace kan word na iemand nie."

Vincent glimlag breed. "Jy kén jou customers, cappie." Hy grawe in die sakke van sy groot jas en haal twee selfone uit. "Make your pick. Die een is so untraceable soes die ander. Hundred bucks vir een. Die cappie sal net self airtime moet koep."

Kassie vat die eerste die beste een. "Dan soek ek ook twee negemillimeter-patrone."

Vincent se oë rek. "Het die force nie meer ammunition nie?"

"Kan jy dit vir my kry of nie?" vra Kassie. "En hoe lank sal ek moet wag?"

Vincent frons. "Dissie 'n trap'ie, nuh?"

"Nee."

"Then it's your lucky night, cappie! Ek dra mos ma' altyd 'n ystertjie by my om die chicks te protect teen rapists, serial killers en anner insane donners. En my ystertjie spoeg juis nine mil-patroontjies uit."

Hy duik agter die pilaar in, kom ná 'n paar oomblikke terug en oorhandig die patrone aan Kassie. "Wou dit darem nou nie so innie public eye uithaal nie."

"Hoeveel skuld ek jou?"

"Maak dit one fifty virrie phone en die patroontjies – 'n special discount price virrie captain. Any other favours?"

"Nee." Kassie oorhandig die geld. "Dankie, Vincent. Maar onthou, ek kom jou nie uitbail as 'n ander cop jou gat hier vastrap nie."

Vincent lag. "I know the rules of the game, cappie!"

Op pad na sy motor sit Kassie die patrone in sy windjekker se sak. Hy hoop hy't nie nodig om dit te gebruik nie. Maar as hy wel moet skiet, kan hy dit nie doen met uitgereikte SAPD-patrone nie.

* * *

Om die tyd vinniger om te kry, begin die Pion met sy voorbereidings vir môreaand.

In die spaarkamer pak hy drie-en-veertig kerse om die bed uit. Hy gebruik 'n liniaal om die spasiëring perfek eweredig te kry. Toe hy klaar is, staan hy terug om sy handewerk te beskou. Hy knik tevrede. Dit sal die regte atmosfeer skep as al die kerse aangesteek is.

Hy loop kombuis toe, maak die ketel vol en vat dit na die spaarkamer. Op die bedkassie sit hy 'n skêr en die botteltjie suur neer.

Hy maak die staalpyp in die hoek teen die muur staan. Dis die stuk wat oorgebly het ná hy vanoggend sy taak in die studeerkamer voltooi het. Hy het 'n lang beskrywing van die doeltreffendste bastinado-tegnieke in 'n boek oor martelmetodes van die agtiende eeu gekry en die pyp is ideaal vir wat hy beplan.

Hy sit 'n klompie kabelbinders op die bed neer en bêre die Heckler & Koch in die bedkassie se boonste laai. Laasgenoemde is bloot 'n voorsorgmaatreël, vir as Liesl soveel teenstand bied dat dit nodig raak om haar te dreig.

Heel laaste sit hy die St. George-pion tussen die botteltjie suur en die skêr op die bedkassie neer. Dan maak hy die deur toe, sit die lig af en steek die kerse aan om te sien hoe die beligting lyk.

* * *

Kassie beskou die hopie goed op sy lessenaar: twee stelle lateks-handskoene, skroewedraaier, kombuismes met 'n ronde punt, twee hondebeskuitjies, selfoon en twee negemillimeter-patrone.

Dit sal nie nodig wees om die selfoon en patrone môreoggend saam te neem nie, want hy sal dit eers môreaand nodig hê.

Hy gaap. Dis al byna middernag, maar hy weet dit gaan moeilik wees om te slaap. Dis op tye soos dié wat vertwyfeling saam met hom in die bed klim.

Is hy nie nou besig om 'n wilde perd op te saal nie? wonder hy vir die soveelste keer. Daar is so baie faktore wat die saak kan kom-pliseer, soveel onsekerhede. Gaan hy die moordenaar kan oorreed om te doen wat hy wil hê? Is sy plan nie só far-fetched dat hy eerder daarvan moet afsien nie?

Hy tuur peinsend na sy netjiese boekrak. Moet hy nie maar die regte prosedure volg deur die gereg sy loop te laat neem nie? Hy kan die moordenaar nóú in hegtenis gaan neem.

Nee, hier is veel groter magte werksaam, dink hy. Koopman en trawante sal die storie eenvoudig doodsmoor. Mense wat soveel moeite doen om iemand in 'n sel te laat vermoor om die skuldige se spore dood te vee, gee nie bes nie. Hulle sal aanhou bewyse mani-puleer en verklarings optower om die skuldige uit die tronk te hou. Hulle sal waterdigte verduidelikings vir die telefoonrekords uitdink en uiteindelik skotvry wegkom.

Buiten die telefoonrekords moet hy sy hande op nog iets as bewys kan lê, weet hy. Dan gaan hulle hulleself moeilik loswurm.

En dis daai iets waarna hy môreoggend gaan soek.

57

Die son bak reeds neer. 'n Steekhaarbrak skarrel oor die teerpad na
'n boom se koelte op die sypaadjie, maar verder is Veertiende Laan
in Boston verlate. Kassie hoor 'n grassnyer verder af in die straat
dreun, en iewers bons iemand 'n bal teen 'n muur.

Om vier minute voor elf stap die man by sy tuinhekkie uit en kies
koers in die rigting van Salisburystraat. Kassie wag tot hy om die
hoek verdwyn voordat hy uit die motor klim en die twintig meter
na die huis aflê.

Hy stap by die tuinhekkie in soos iemand wat hier hoort. Hy wil
nie sluiperig voorkom nie; dalk is daar bure oorkant die straat wat
hom kan sien.

Hy klop aan die deur en kyk vlugtig rond. 'n Paar groot struike
in die voortuin dien as skans sodat hy ongesiens om die huis na die
agterplaas kan stap. Hy's verlig om nêrens 'n hond te sien nie. Hope-
lik wag daar nie een in die huis nie.

In die agtertuin is twee reusebome wat die grootste gedeelte in
koelte hul, met 'n hoop vars grond onder die een boom. Hy be-
studeer die vensters met die outydse houtskuiframe terwyl hy die
latekshandskoene aantrek. By een steek hy vas. Die venster se staal-
knip is gebreek.

Hy gaan loer deur die ruit. Kombuis.

Hy haal die skroewedraaier uit sy sak, maar die gleufie tussen die
rame is te smal om die punt in te druk. Die kombuismes gly maklik
in. Hy wikkel die mes totdat die raam beweeg, druk dan die skroe-
wedraaier in en lig die raam daarmee boontoe. Dit gly geluidloos
oop.

Hy klim in en staan 'n oomblik stil in die kombuis, die hondebe-
skuitjies in sy hand. Hy hoes, luister.

Algehele stilte.

Tevrede dat daar nie 'n gedierte op hom gaan afstorm nie, stap hy in die gang uit. Aan die regterkant is 'n toe deur. Hy voel aan die handvatsel. Gesluit.

Die volgende deur staan oop. Hy stap in. Lyk soos die hoofslaapkamer met aangrensende badkamer. Als is pynlik netjies. In die kas hang pakke klere in rye.

Terug in die gang steek hy vas by 'n ingeboude kas. Hy maak die deur oop. Stelle en stelle skaakstukke staan uitgepak op die rakke. Hy knik ingenome. Die skaakstelle is 'n bonus, maar hy soek meer.

Net binne die voordeur is daar twee deure oorkant mekaar: links 'n sitkamer, regs 'n studeerkamer. Sy hart klop in sy keel toe hy by die studeerkamer instap. Dis hiér waar hy na daardie ekstra bewys moet soek, dink hy.

Dis 'n smal vertrek. Geen teken van 'n rekenaar nie, net 'n tikmasjien op die lessenaar, sowel as 'n klein boekrak, 'n lendelam leeslamp en 'n kers. Teen die muur staan 'n antieke liasseerkabinet van hout. Hy voel aan die handvatsel van die boonste laai. Dit gly oop.

Dan sien hy skrams iets raak en kyk op. Oor die breedte van die vertrek is 'n staalpyp weerskante in die mure vasgebout. Dit lyk soos 'n oefenapparaat vir sterk boarmspiere, behalwe dat dit veels te hoog sit – 'n mens sal op die lessenaar moet klim om by die pyp uit te kom.

Hy bepaal weer sy aandag by die kabinet. Daar is rye lêers in die boonste laai. In die tweede laai is nóg lêers. Toe hy die onderste laai ooptrek, fluit hy saggies deur sy tande. Geld. Bondels note met rekkies vasgebind lê op mekaar gestapel.

Heel bo is 'n groot papiersak. Hy haal dit uit en maak dit oop. Sou dit die betaling vir één moord wees? wonder hy. Dit moet derduisende wees!

Hy stoot die laai toe en gaan terug na die boonste laai, haal die eerste lêer uit. "Ishmail Abrahams" staan op die voorblad. Hy maak dit oop en begin lees. Jissis! dink hy verstom.

Hy sit die lêer terug en laat gly sy vingers oor die ander. Dis alfabeties geliasseer. Hy kry Louisa Maritz se lêer maklik. Lees met afgryse. 'n Naarheid stoot in sy keel op. Dis 'n moerse siek donner dié!

Hy sit die lêer terug en wil die laai toestoot, maar sy blik val op 'n baie dik lêer. Hy haal dit uit. Op die buiteblad staan *Moeder*, en voorin is 'n geraamde foto van 'n vrou. Kopskuddend lees hy die inhoud. Goeie fok!

Sy blik gly oor die laaste paragraaf. Hy staan 'n rukkie peinsend voor hy die lêer toemaak, terugsit en die laai toestoot.

In die tweede laai kry hy Fred Smuts en Moos Uys se lêers. Hy lees dit vlugtig deur. Presies nes sy afleidings op die moordtonele was, dink hy.

Hy kyk op sy horlosie. Halftwaalf. Hy't nog 'n halfuur.

Die laaste paragraaf van die Moeder-lêer het als verander, besef hy skielik. En die tikmasjien is 'n helse bonus. Dit skakel sy plan se grootste swak plek uit.

Hy soek in die lessenaar se laaie tot hy 'n blok tikpapier kry, neem 'n vel en rol dit in die tikmasjien. Gelukkig het hy in sy vroeë polisie-dae sy dossiere op presies so 'n Olympia getik.

Sweet stroom hom af terwyl hy werk. Soms moet hy eers mooi dink hoe hy die volgende sin gaan bewoord, dan tik hy verwoed voort. Sy enkele foute maak hy met X'e dood, soos hy in die moor-denaar se lêers gesien het.

Om vier minute voor twaalf is hy klaar. Hy rol die verklaring uit die tikmasjien en staan vir 'n oomblik besluiteloos daarmee. Hy wil dit nie opvou en saam met hom neem nie. Dan maak hy die kabinet se boonste laai oop en sit dit in die heel eerste lêer.

Hy kyk vlugtig rond om seker te maak alles lyk presies soos toe hy ingestap het. Dan hardloop hy in die gang af en klim deur die kombuisvenster na buite. Hy breek 'n takkie van 'n struik af en druk dit tussen die twee rame in toe hy die venster toestoot. Vanaand sal hy dit makliker kan oopmaak.

Hy trek die handskoene uit, sit dit in sy sak en loop na die voor-kant van die huis. Kyk vinnig op sy horlosie. 'n Minuut voor twaalf. Hy moet homself dwing om rustig na die hekkie te stap.

In die motor haal hy vir die eerste keer weer behoorlik asem. Sy hart hamer wild in sy borskas. Hy vee die sweet van sy voorkop af en draai die ruit oop vir vars lug.

Die man verskyn twee minute later om die hoek. Hy kyk nie in die straat rond nie, stap net vinnig huis toe.

Kassie wag vyf minute voor hy die motor aansluit en stadig weg-trek. Hy kyk nie in die rigting van die huis toe hy verby ry nie.

Die steekhaarbrak van vroeër staan weer op die hoek van die straat. Hy grawe in sy sak, haal die hondebeskuitjies uit en gooi dit deur die venster. In die truspieëltjie sien hy hoe die hond dit stert-swaaiend verorber.

★ ★ ★

Abdul Koopman swets saggies. Die direkteur weet nie met watter ellendige sleurwerk hy hom opgesaal het nie. Gelukkig is sy onder-houde met die personeel klaar, nou moet hy net 'n verslag oor elk-een skryf. Dit sal hom die hele dag besig hou, maar hy wil vanaand klaarmaak.

Môre wil hy rustig by die hotel rondlê voordat hy Saterdag terug-vlieg huis toe.

Sy selfoon lui. Roberts.

"Ek groet net," sê die Valke-offisier. "Ek's op pad Bloemfontein toe om te gaan help met 'n ondersoek daar. Verder wil ek net rap-porteer dat als nou finaal afgehandel is. Sersant Vygelaar het in die dissiplinêre verhoor skotvry afgekom oor die mes in die sel. En ons buddy word nie vervolg oor Conradie se dood nie – almal stem saam dat dit selfverdediging was. Hy behoort oor ses maande uit die tronk te wees." Hy lag. "So almal wat moontlik unhappy kan wees, is nou happy."

"Mooi," sê Koopman. "Lekker gewees om met 'n knap man soos jy te kon saamwerk. Kom maak 'n draai as jy in Pretoria is."

'n Ligte klop aan die voordeur laat die Pion haastig opstaan uit sy leunstoel in die sitkamer. Hy kyk op sy horlosie. Agt-en-twintig minute voor agt.

Liesl staan glimlaggend voor die deur. Sy lyk darem meer aanvaarbaar as gewoonlik, dink hy. Sy't 'n geblomde rok aan, hare bo-op haar kop vasgebind en mond bloedrooi gelipstiffie. Die geur van haar parfuum hang swaar in die lug. Vir 'n vlietende oomblik herinner sy hom aan Moeder, wat sy liggaam liggies laat sidder.

"Dra jy altyd 'n donkerbril?" vra sy toe hy haar binnetoe beduie.

"My oë is deesdae baie sensitief, ook vir die ligte in die huis."

"Shame, man!"

"Niks ernstigs nie."

Hy stap vooruit in die gang af. "Kom, ek gaan wys jou my skaak-stelle."

"Oe, ek sien só uit daarna!"

Hy gaan staan by die toe deur van die spaarkamer en draai na haar, glimlag met moeite. "Ons het 'n gebruik hier by die skaakklub om nuwe lede in te wy. Ek moet jou eers blinddoek voor ons ingaan. Dan is die onthulling van die skaakstelle soveel treffender wanneer ek die blinddoek afhaal."

Sy frons eers, maar giggel dan. "Nou toe, laat ek dan maar behoorlik ingewy word," sê sy en draai haar rug na hom.

Hy blinddoek haar met 'n sakdoek en maak die deur oop. Sy giggel weer toe hy haar aan die hand binnetoe lei. Hy haal sy donkerbril af om die prag van die flikkerende kerse ten volle te geniet en stoot die deur toe.

"Kan ek maar kyk?" vra sy.

"Jy's te haastig."

Hy leun oor na die bedkassie om die strook kleefband af te trek wat hy vroeër daar geplaas het. Gaan staan agter haar en plak dit vinnig oor haar mond. Hy gryp albei haar arms vas en forseer dit agter haar rug in. Sy probeer losruk, maar hy draai haar polse met mening totdat hy haar op haar knieë dwing.

Terwyl hy haar hande met een hand vashou, trek hy 'n kabelbinder styf om haar gewrigte. Sy probeer opkom, maar hy druk haar plat op die vloer. Gaan sit agterstevoor op haar rug sodat hy haar skoppende voete kan vasbind.

Sy is swaar en hy sukkel om haar oor die kerse te dra en op die bed neer te sit. Sy wriemel en hy moet bo-op haar maag klim om haar vas te pen.

Hy leun oor en tel die skêr van die bedkassie op, sny haar rok van die hals af oop, knip haar bra los. Soos hy beplan het, sal hy met die kookwater begin, dan haar voetsole met die pyp slaan en laastens die suur inspan.

Hy haal die blinddoek af.

Haar vreesbevange oë laat 'n golf van emosie in hom opstoot. Hy moet die drang onderdruk om haar nie dadelik te begin wurg nie.

* * *

Om twaalf minute voor agt skuif Kassie die kombuis se vensterraam oop.

Hy's verlig dat die vertrek donker is. Vandat hy 'n minuut terug oor die heining geglip het, is hy bekommerd oor die baie ligte wat in die huis brand.

Sou die man besoekers hê? wonder hy. Maar daar staan geen karre in die straat voor die huis nie.

Hy besluit om deur te druk. Hy sien nie kans om die ding nog langer uit te stel nie, sy senuwees is klaar moer toe.

Beretta in die hand sluip hy voetjie vir voetjie in die gang af. Hy stop voor die toe deur. Is dit snorkgeluide wat hy hoor? Druk sy oor teen die deur en luister. Maar nou is dit stil.

Moet hy ingaan? wonder hy. Die deur oopskop as dit steeds ge-sluit is en net instorm? Maar wat skuil ágter die deur?

Nee, hy moet by sy oorspronklike plan hou. Hy moet die moor-denaar in die studeerkamer konfronteer, in die plek wat waarskynlik sy heiligdom is. Dis tog waar die staalpyp aangebring is.

Die houtvloer kraak kort-kort soos hy in die gang af sluip. Elke kraak laat hom in sy spore vries. Sweet loop in straaltjies uit sy hare en langs sy gesig af. Hy moet konsentreer om stadig en diep asem te haal, want sy keel wil toetrek van die spanning.

Die studeerkamer se ligte brand, so ook die sitkamer s'n. Laasge-noemde is leeg. Hy loop stadig en versigtig by die studeerkamer in. Dit lyk nog nes vanoggend, maar die spasie in die smal vertrek voel skielik vir hom soveel kleiner.

Benoudheid wil hom oorweldig. Is hier genoeg ruimte om sy plan uit te voer? Om in só 'n klein area saam met 'n geharde moorde-naar vasgekeer te wees, is nie ideaal nie, dink hy. Dinge kan maklik skeefloop.

Hy skud sy kop vies. Dis nie nou die tyd om koue voete te kry nie. Hy moet maar net deurdruk, want hy't nie 'n Plan B nie.

Hy bekyk die vertrek weer, besluit om in die smal spasie tussen die muur en die lessenaar te staan. Wanneer die moordenaar inkom, sal hy hom nie dadelik kan sien nie, eers as hy 'n paar treë in is. Dan sal hy só geposisioneer wees dat die moordenaar nie kan terugdraai en uithardloop nie.

Hy trek die dikste boek uit die rak op die lessenaar. Dis 'n ou dok-tersboek, sien hy. Sy ouers het dieselfde boek in die huis gehad toe hy 'n kind was.

Hy weeg die boek in sy hand, kyk om hom rond om te sien waar dit die grootste lawaai sal maak. Laat sy plan tog net werk om die moordenaar hierheen te lok! stuur hy 'n skietgebedjie op.

* * *

Die straaltjie kookwater tref die Pion se teiken sekuur: die linkertepel. Haar lyf ruk en krimp inmekaar.

Vroeër het haar maagarea ook die gewenste resultaat gelewer. Die manier waarop sy haar oë toegeknyp het, asof iets daarin vasvlieg, het dit aangedui. Soos nou het haar kop ook agteroor gebeur, en hy kon hoor hoe sy op haar tande kners.

Hy hou die ketel oor haar regterbors en kantel dit stadig om. Ligte snorkies van opwinding ontsnap uit sy keel.

'n Donderende slag laat hom regop ruk. Iemand is in sy huis! Ongenooid!

Hy spring van die bed af, sit die ketel op die vloer neer en gryp die Heckler & Koch uit die bedkassie se laai. 'n Vurige woede neem van hom besit. Niémand gaan vanaand die herdenking van Moeder se heengaan vir hom bederf nie!

Dis nie net sy kosbare aand waarop hy sy wraaklus vir die eerste keer volkome kan uitleef nie, maar ook sy uur van grootste blymoedigheid waarna hy die afgelope tyd met soveel afwagting uitgesien het.

Hy maak die deur stadig oop en stap behoedsaam in die gang af. Die geluid het uit die rigting van die sitkamer gekom. Hy sal die oortreder vang en ophang, flits dit deur sy kop. Dit sal die aand nóg meer spesiaal maak.

Hy loer by die sitkamer in, maar merk niks ongewoons nie. Loop na die venster en trek die gordyne weg. Nee, die venster is toe.

Dan verstar hy. Die indringer moet in die studeerkamer wees!

Sy woede verkil tot 'n ysige voorneme. Niemand is al ooit in sy vesting van bepeinsing toegelaat nie. Daarom sal die indringer dit ook nie vanaand lewend verlaat nie.

Hy loop behoedsaam nader aan die oop studeerkamerdeur.

Dan sien hy dit.

Moeder se doktersboek lê soos 'n gekweste voël in die middel van die vertrek. Die bladsye is oopgeflap, die punte omgebuig asof iemand die boek met minagting teen die muur geslinger het.

'n Ongekende gramskap golf deur sy liggaam.

Met die Heckler & Koch voor hom uit gehou, stap hy die studeer-kamer binne.

59

Toe die man instap, druk Kassie sy rug nog stywer teen die muur vas. Hy hou hom dop soos hy geruisloos oor die plankvloer beweeg. Sy tande is ontbloot, sy liggaam effens vooroor gebuig soos 'n roofdier wat gereed maak om aan te val.

Toe hy in die middel van die vertrek is, kom Kassie uit sy skuilplek.

Die man moes hom gehoor het, want hy vries in sy spore en swaai verrassend vinnig om. Hulle gluur mekaar woordeloos aan, pistole op mekaar gerig.

Die man se gesig is 'n masker van weersin. Sy oë deurboor Kassie. Dis demoniese oë wat amper 'n onnatuurlike skynsel uitstraal, en Kassie moet hom staal om die moordenaar se blik te hou.

Dan skop die man onverwags die boek oor die vloer. Kassie se konsentrasie glip momenteel. Die volgende oomblik is die man op hom. Sy pistoolhand word aan die pols vasgevat en Kassie weer net betyds die hou af wat die man met sy pistool na sy kop mik.

Hy skop instinktief na die man se skeen. Toe die greep op sy pols verslap, ruk Kassie sy hand los en stamp die man hard teen die bors sodat hy 'n paar treë agteruit steier. Maar die man herwin gou sy balans. Blasend en rooi in die gesig rig hy sy pistool op Kassie. Sy vinger krul onheilspellend om die sneller.

Kassie se mond is kurkdroog. Hy kan die man nou skiet, maar dis nie hoe hy dit wou doen nie. Hy móét by sy plan hou en net bid kaptein Velma Cilliers se teorie is korrek.

"Jy't nie patrone in jou pistool nie," sê hy gelykmatig. "En ás die pistool gelaai is, sal jy nie skiet nie. Daar sal bloed oral wees . . . op jou lessenaar, jou boeke, jou gesig, jou klere . . ."

Die man uiter 'n onaardse geluid wat Kassie se nekhare laat rys. Dit kom diep uit sy keel, 'n amper waansinnige geroggel. Die are op sy voorkop staan dik geswel en sy pistoolhand bewe liggies. Sy lippe trek verder weg van sy tande en hy grom soos 'n roofdier wat wil spring.

"Dit sal jou niks help as jy skiet nie," gaan Kassie voort. "Die polisie het jou huis omsingel. Hulle wag net vir my bevel om in te storm . . . of vir die skoot om af te gaan."

Die man snork soos 'n briesende bul. Dis duidelik dat hy wil praat, maar die woorde stol stotterend in sy mond.

Kassie praat harder, sy stem sterker. "Ons weet als van jou af. Ons het vanoggend jou lêers deurgegaan toe jy by die koffiewinkel was. Al jou afstootlike moorde is bekend aan ons – tot die moord op jou ma toe jy maar sestien was. Die media gaan jou storie die wêreld oor uitbasuin. Mense gaan jou haat en verag. Jy sal in die tronk sit tot die einde van jou lewe, in eensame opsluiting. Of in 'n psigiatriese saal waar jy soos 'n frats behandel gaan word . . ."

Die man se tande klapper op mekaar asof hy koud kry. Sy skouers ruk onbeheers terwyl die pistool voor hom in die lug op en af dobber.

"Maar ek is bereid om jou daardie vernedering te spaar," sê Kassie. Hy beduie na die staalpyp bokant hulle. "Jy het vyf minute om self die besluit te neem. Anders sal ek verplig wees om jou in hegtenis te neem."

Die moordenaar se verwronge gelaatstrekke ondergaan 'n metamorfose. Die spiere in sy gesig verslap tot 'n uitdrukking van verligting en kalmte.

Hy sit sy pistool sagkens op die vloer neer en stap fier en regop verby Kassie tot by die lessenaar. Trek die onderste laai oop en haal 'n rol nylontou uit. Hy klim rats op die lessenaar en gooi die punt van die tou oor die staalpyp.

Kassie staan verstom. Dit lyk asof die man die hele ritueel al vooraf geoefen het.

Terwyl hy vinnig en sekuur werk om die tou vas te knoop, begin vertwyfeling soos 'n vuur in Kassie brand. Gaan hy regtig hier staan en kyk hoe iemand homself ophang? Sy eed as geregsdienaar verbind hom daartoe om te alle tye moreel op te tree. Nou verkrag hy daardie eed . . . en alles waarvoor hy as polisieman staan.

Hy gee 'n tree vorentoe. "Wag . . ." Sy stem is so skor dat hy eers sy keel moet skraap. "Wag. Ek het van plan verander."

Die moordenaar draai sy kop stadig. Die demoniese glans is terug in sy oë toe hy na Kassie kyk.

Meteens weergalm die woorde in Kassie se ore.

"My broer was passievol daaroor om onregte teenoor die mensdom bloot te lê." Fred Smuts se treurende suster.

"My seun het dit nie verdien nie. Hy was 'n goeie siel." Moos Uys se pa, sy oë vol trane.

"Sy was 'n mooi vrou, en jonk, skaars dertig." Die Seepunt-speurder oor Louisa Maritz.

Die moordenaar is doodkalm toe hy die tou se lus om sy nek sit. Daar is selfs 'n sweem van 'n glimlag op sy gesig.

Kassie dink aan die kamikaze-vlieëniers. Sou hulle ook hul dood so kalm tegemoet gegaan het? wonder hy.

Hy wil instinktief sy kop wegdraai toe die moordenaar spring, maar sy blik bly op hom vasgenael. Die dowwe slag toe die tou styf trek, weerklink deur die kamer.

Daar is 'n laaste, ysingwekkende grynslag op die moordenaar se gesig – ontblote tande en mondhoeke na bo gekrul. Sy voete skop effens. Dan hang hy roerloos, sy bultende oë gerig op die dokters-boek asof hy dit nog kan sien.

Kassie tel die Heckler & Koch op en trek die magasyn uit. Leeg. Hy druk dit terug en sit die pistool in die onderste laai van die lessenaar.

Hy stap na die liasseerkabinet, haal die verklaring uit wat hy van-oggend getik het en sit dit op die Olympia neer. Dan vat hy Vincent se gesteelde selfoon, tik 'n SMS en stuur dit. Hy sit die foon langs die tikmasjien neer.

In die gang af op pad kombuis toe, sien hy die deur wat vroeër gesluit was, staan nou op 'n skreef oop. Hy stap geluidloos nader, stoot dit wyer oop en loer in.

'n Skokkende toneel begroet hom.

'n Vrou, kaal tot by haar heupe, lê op haar maag op 'n bed, haar hande en voete vasgemaak. Haar kop is weggedraai van hom en sy rol rond en worstel om los te kom. Om die bed is 'n kring kerse gerangskik. Die flikkerende liggies maak spookagtige skadu's teen die mure.

Hy tree terug tot in die gang, staan vir 'n oomblik besluiteloos. Al wil hy, kan hy haar nie help nie. Hy kan nie bekostig dat sy hom hier sien nie.

Die polisie sal haar in elk geval binnekort kry, dink hy en gee pad kombuis toe. Voor hy deur die venster klim, maak hy seker dat hy geen spore gelos het nie.

Hy hardloop gebukkend oor die grasperk na die heining, kyk of die straat stil is en klim oor. Stap vinnig na waar sy kar om die hoek in Salisburystraat geparkeer is.

Dan kan hy nie langer die naarheid keer nie. Hy gaan sit op sy hurke langs sy kar en gooi op.

Oplaas klim hy bewerig in en sluit die enjin aan.

In die verte loei polisiesirenes. Dit word al harder soos hy in die straat af ry.

60

Koopman staan en kyk na die splinternuwe bottel brandewyn op die bedkassie in sy hotelkamer. Hy onderdruk die drang om dit oop te maak. Tienuur in die oggend is dalk 'n aks te vroeg. Hy sal eers sy tasse pak. Daarna kan hy hom oorgee aan sy verslawing.

'n Klop aan die deur laat hom gesteurd opkyk. Hy't gisteraand by ontvangs uitdruklik vir die hotelpersoneel gesê dat niemand hom vandag moet steur nie.

Hy loop moerig deur toe en maak oop. Voor hom staan drie mans in donker pakke, die gesigte somber. Hulle stap ongenooid in.

Die voorste een, 'n reusagtige kêrel met 'n boepens, gryp hom onseremonieel aan die polse en druk sy arms agter sy rug in. Boeie klap om sy gewrigte.

"Wat . . . wat de fok . . ." Hy is te oorbluf om sy sin te voltooi.

"Ons is van die Valke, doktor Koopman," sê 'n kort mannetjie met 'n weglêsnor. "Ons neem jou in hegtenis op verskeie aanklagte van moord, die wanbesteding van staatsfondse en nog 'n lang lys ander klagte. Alles wat jy nou sê, kan in die hof teen jou gebruik word."

"Ek dring daarop aan om die direkteur van die SSA te bel!" skree Koopman. "Nou dadelik!"

Die mans lag net en lei hom by die hotelkamer uit.

"Ek dink nie hy wil met jóú praat nie," sê die kortetjie.

* * *

Op Maandagoggende is dit gewoonlik stillerig by die stasie soos almal van die naweek herstel, maar toe Kassie effens laat instap, sien hy 'n paar groepies wat opgewonde staan en gesels.

Hy is skaars by sy lessenaar toe Daniels aangestoom kom. Hy swaai 'n vel papier in die lug rond.

"Fok, Kassie, het jy darem nou verlede week 'n klomp drama mis-geloop!"

"Hoe so?"

"Koopman was toe al die tyd 'n opperste skurk!"

"Abdul Koopman?" vra Kassie en kyk na Rooi, Cliffie en Da Silva wat ook nader staan. Uit die ander kantore kom nog manne aan. Dis duidelik dat almal wag om sy reaksie te sien.

"Ons het jou 'n paar keer by die woonstel gebel," sê Daniels, "maar jy't nie jou foon geantwoord nie. Ook nie jou sel nie."

"Ek was besig met my seëls."

"In any case, laat ek jou van die begin af vertel." Daniels sak in die stoel oorkant Kassie neer. "Jy sal jou donnerse ore nie glo nie!"

"Ek luister," sê Kassie plegtig.

"Oukei. Barries by die Bellville-stasie het Donderdagaand 'n SMS op hulle noodlyn ontvang. Iets soos: 'Ek gaan nou selfmoord pleeg. Veertiende Laan something in Boston'. Hulle jaag toe soontoe en kry hierdie ou in sy study wat homself opgehang het. In 'n kamer kry hulle 'n girl wat deur die mal bliksem gemartel is, maar wat darem lewend en oukei is."

Hy hou sy wysvinger in die lug. "Nou kom die shocker, Kassie! Die ou het 'n selfmoordnota getik en op sy lessenaar gelos."

Daniels beduie na die vel papier. "Luister hier: 'Ek staan as die Pion bekend. Sedert die tagtigs is ek 'n huurmoordenaar. Dit was eers vir die veiligheidspolisie, vir wie ek talle politieke moorde ge-pleeg het. In die nuwe Suid-Afrika het Olaf Oelofse, wat my hanteer-der by die veiligheidspolisie was, voortgegaan om klandestien van my dienste gebruik te maak. Olaf se kontakman, Nelis Vermeulen, is goed ingegrawe in die misdaadonderwêreld van Afrika en Europa en hy het my dienste bemark. Al die besonderhede oor die teregstel-lings wat ek moes uitvoer, is in die lêers in my studeerkamer. Julle sal my skaakstelle in die gangkas kry. Die pionne wat ontbreek, het ek by my slagoffers agtergelaat. My laaste drie opdragte was die te-regstelling van Fred Smuts, Moos Uys en Louisa Maritz. Die opdrag vir Smuts is deur Vermeulen gewerf, maar die ander twee is direk via Oelofse deur Abdul Koopman van die SSA versoek. Ek het ook al in die verlede opdragte vir Koopman uitgevoer. Die betaling wat ek vir Smuts, Uys en Maritz ontvang het, is in twee papiersakke in die liasseerkabinet se onderste laai. Ek verskaf hierdie inligting omdat ek moeg is daarvoor om met al die doodslag en leuens saam te leef. Dit is tyd dat geregtigheid geskied, ook vir my. Daarom maak ek nou 'n einde aan my lewe.' "

Daniels laat sak die papier en leun vorentoe. "Wat sê jy nou, hè?"

"Hel," sê Kassie en skud sy kop.

"Barries het die Valke gekontak en hulle was binne 'n halfuur by die huis," vertel Daniels verder. "Volgens die Pion se lêers het hy nege-en-dertig mense vermoor, insluitende sy ma! Hulle het 'n kakhuis vol geld in die liasseerkabinet gekry, nes hy gesê het. Die Valke het sommer in die nag 'n judge opgeklop om hulle vinnige toegang tot Koopman, Vermeulen en Oelofse se telefoonrekords te gee. Koopman en Oelofse is Vrydagoggend al in hegtenis geneem."

"Dis vinnig," sê Kassie.

"Maar dis nie al nie!" Daniels lag ingenome. "Omdat ons Fred Smuts se moord ondersoek het, kontak die Valke mý toe oor die hele storie. Ek sê vir hulle ons het actually al drie skaakstukmoorde ondersoek, maar Koopman en Roberts het intussen die ondersoek oorgeneem. En kan jy glo, toe kom daar nog 'n moord uit!"

Kassie kan net floutjies knik.

"Conradie, die small-time crook wat hulle in Tamboerskloof opgeskraap het," gaan Daniels voort. "Koopman en Roberts het hom geframe as die skaakstukmoordenaar en hom toe in Goodwood se selle gegooi, waar hulle die arme onskuldige drommel deur 'n gangster laat vermoor het. Jy onthou mos die kwansuise verklaring van Conradie. Alles bullshit gewees. Dis deur Koopman of Roberts gefake. Roberts was Vrydag in Bloemfontein vir 'n ander job, maar die Valke het laatmiddag sy gat daar vasgetrap. Nou moet hulle net uitpluis hoe die hele saak inmekaarsteek en hoekom Koopman vir Uys en Maritz laat vermoor het."

Hy sit tevrede agteroor. "Hulle gaan glo vanmiddag 'n verklaring aan die media uitreik. Dan gaan die stront behoorlik spat!"

"En die vrou wat gemartel is?" vra Kassie.

"Barries sê sy was in 'n toestand van uiterste skok. Die moordenaar het geselsies met haar by 'n koffiewinkel aangeknoop en haar toe onder valse voorwendsels na sy huis gelok. Hy reken die man wou haar ook vermoor, maar sy gewete het hom te veel gery. Die fokker was duidelik erg siek in die kop."

Daniels kyk selfvoldaan na sy klein skare luisteraars. "Ek en Kassie het albei vermoed daai Pion was Uys en Maritz se moordenaar, maar Koopman het ons lekker bedrieg. Mind you, ek het Koopman van die begin af nie getrust nie. Trouens, ek wou juis Vrydag die polisiehoof bel om oor die skaakstukmoorde te praat, want ek het begin vermoed Koopman het iewers 'n vinger in die paai. Maar toe spring die Pion my voor."

Die gemak waarmee Daniels sy strontstorie uitryg, laat Kassie amper in sy gesig lag, maar hy sê eerder niks.

"Bliksis, Kassie, jy's besonder kalm oor die hele ding," sê Rooi.

"Ek het iets anders op die hart." Kassie kyk na Daniels. "Ek sou dit later vandag vir kolonel kom sê het, maar dalk is dit nou 'n goeie tyd met al my kollegas ook hier."

Daniels se wenkbroue lig. "En dit is?"

"Ek gaan by die SAPD bedank."

61

Sedert sy aankondiging gister is dit asof Kassie se kollegas hom vermy.

Dis 'n ou stasiegewoonte, dink hy. Niemand wil deur Daniels betrap word dat hy met die "verraaier" in hul midde heul nie. Want dis hoe kollegas beskou word wat die binnekring verlaat. Kassie het vroeër self só gereageer teenoor kollegas wat groener weivelde gaan soek het.

Maar hy steur hom nie veel daaraan nie. Die koerant op sy lessenaar hou sy aandag. Op die voorblad skree die opskrif in vet letters: *Moordskokke: SSA-hoë, Valke-kolonel en oud-SAPD-lede glo betrokke*

Daar is foto's van Koopman, Roberts, Oelofse en Vermeulen. Eersgenoemde drie is agter tralies, lui die berig, terwyl Vermeulen nog soek is. Nuwe inligting het intussen na vore gekom oor die moorde op Uys en Maritz, en Naas Kuyler, 'n direkteur van Kadinsky Dynamics, is gisteraand laat in hegtenis geneem.

Die koerant berig verder dat die direkteur van die SSA in 'n verklaring sy skok uitgespreek het oor Koopman se "skandalige optrede". Hy het gesê die SSA-bestuur distansieer hom volkome daarvan. "Ons was totaal onbewus van doktor Koopman se misdadige en onetiese gedrag soos blyk uit die bewerings."

Nog 'n berig handel oor die huurmoordenaar, Benjamin Koortz, wat die laaste dekade onder die alias Dennis Froneman in Bellville gewoon het. Hy was "onder meer" verantwoordelik vir die moorde op Uys en Maritz. Met die joernalis se navrae by Froneman se bure in Boston het hulle hom beskryf as "stil, afsydig en meestal onvriendelik".

Dis duidelik dat die Valke nie veel inligting oor die Pion aan die media gegee het nie, dink Kassie toe hy die koerant toevou.

Hy sit peinsend agteroor. Hy weet hy het die regte ding gedoen, maar sy gewete pla hom nog steeds oor die manier waarop hy dit moes uitvoer. Tog is hy oortuig daarvan dat hy die proses bloot vooruit geloop het.

In die laaste paragraaf van die Pion se Moeder-lêer het hy geskryf hy gaan hom "binnekort" by haar aansluit. Gedagtig aan sy gesprek met kaptein Cilliers, kon Kassie tot net een gevolgtrekking kom: die Pion sou sy slagoffer verwurg soos hy met Louisa Maritz gedoen het, en daarna sou hy homself aan die pyp in sy studeerkamer ophang.

Wat hom verder oortuig het, is die feit dat die Pion openlik in die koffiewinkel met sy slagoffer gesels het. Die Pion sou beslis kon voorsien dat die polisie gou op sy spoor sou kom sodra die vrou as vermis aangegee word.

Buitendien was Kassie se modus operandi die enigste manier om te sorg dat al die skuldiges aan die pen ry. As die nuus oor die Pion sou breek – of dit nou oor selfmoord of sy arrestasie was – sou dit baie gou Roberts en Koopman se ore bereik het. Hulle sou hulle betyds kon loswikkel deur die telefoonrekords te vernietig en leidrade te manipuleer soos hulle gedoen het met Herbert Conradie, en Oelofse sou alleen die sondebok gemaak word weens sy verbintenis met die Pion. Daarom was die selfmoordnota van die Pion noodsaaklik.

Kassie sug. Ja-nee, dit was 'n ander een hierdie. Soveel verskillende legkaartstukke . . . en uiteindelik weet net hý hoe alles inmekaarpas. En was dit nie vir die Afrika-buro wat die telefoonrekords so vinnig gekry het nie, sou hy nou nog in die donker rondgetas het.

Dat Oelofse ná sy veiligheidspolisiedae voortgegaan het om die Pion as huurmoordenaar te gebruik, was vir Kassie 'n verrassing, maar nie regtig 'n skok nie. Hy het volgens Nelis Vermeulen se polisie-CV uitgewerk dat dié op twee-en-veertig te jonk is om kontak met die Pion te kon hê in die apartheidsjare. Maar die feit dat Vermeulen vier jaar lank 'n speurder in Port Elizabeth was, by dieselfde stasie en in dieselfde tyd toe Oelofse daar bevelvoerder was, het die verband verskaf.

Dit het Kassie laat besef dat Vermeulen bloot die middelman was tussen kliënte soos Claus Prins aan die een kant en Oelofse aan die ander kant. Die Pion was heel waarskynlik nooit eers bewus van Vermeulen nie.

Die telefoonrekords het egter gewys Koopman het direk met Oelofse kontak gehad. Dat voormalige vyande in die stryd teen apartheid só kon saamwerk, is iets waaroor Kassie maar net sy kop kan skud. Maar nou ja, vreemder dinge het al gebeur.

En Kassie se waarneming was reg: Koopman was heeltemal onbewus van Vermeulen se bestaan totdat hý oor Vermeulen navraag gedoen het – dis waarom Koopman so verbaas geklink het oor die foon. Volgens die rekords het Koopman Oelofse kort ná Kassie se oproep gebel, en Oelofse het toe natuurlik betyds vir Vermeulen gewaarsku om hom uit die voete te maak voor die polisie toeslaan.

Iets anders wat Kassie vreemd vind, is dat Oelofse bereid was om nog twee moorde te magtig so kort ná Smuts se moord. Oor die rede kan hy net bespiegel, maar hy sou raai dat die sieklike Oelofse alle veiligheidsmaatreëls oorboord gegooi het om 'n laaste groot paycheck te pocket.

Hy sit die koerant op die hoek van sy lessenaar neer. Hierdie inligting sal saam met hom na sy graf moet gaan, dink hy. Want die twee huisbrake in Boston en die selfmoordnota wat hy namens die Pion getik het, mag niemand ooit van weet nie.

Hy kyk op toe Rooi voor sy lessenaar kom staan.

"Het jy darem verlede week lekker saam met jou familielid gekuier?" vra Rooi.

Kassie knik.

"Was hy nie bietjie verveeld terwyl jy net heeltyd met jou seëls by die woonstel besig was nie?"

Kassie kyk skerp na hom. Hy ken Rooi goed genoeg om te weet die klein bliksem probeer hom uitvang.

"Hy't op sy eie allerhande goeters gaan doen," sê hy vinnig. "Nie nodig gewees dat ek heeltyd moes saampiekel nie."

Rooi gee 'n laggie. Hy druk met sy handpalms op die lessenaar, leun vooroor en sê met 'n fluisterstem: "Terloops, ek sien jy en die

Pion het dieselfde probleem – julle weet nie hoe om 'leuen' te spel nie. In sy selfmoordnota het die Pion ook die tweede 'e' uitgelaat, nes jy altyd in jou verslae doen."

Kassie tuur net uitdrukkingloos voor hom uit.

Toe Rooi omdraai en wegstap, kan hy nie help om te glimlag nie. Rooi Els is 'n donnerse skerp speurder. Duidelik het hy nie 'n slegte job gedoen met die mannetjie se opleiding nie. Hy weet ook sy partner is te lojaal teenoor hom om iets van sy vermoedens vir Daniels of een van die ander te sê.

* * *

Kort voor vyf lui die telefoon op Kassie se lessenaar.

"Kolonel Bert Clarens wat praat," sê 'n diep basstem toe hy antwoord. "Ek was tot onlangs by die SAPD se Eenheid vir Ernstige en Geweldsmisdade in die Kaap."

"Hoe . . . hoe kan ek help?" stotter Kassie.

"Ek't vroeër vanmiddag met kolonel Daniels gepraat. Hy't my ingelig jy het bedank."

"Dis reg, ja."

"Die SAPD wil nie graag iemand van jou kaliber verloor nie, kaptein Kasselman. Kyk, ek verstaan dat jy moeg kan wees vir stasiespeurwerk. Maar daar's ander moontlikhede in die Diens. Ek's tans besig om van ons topmense te werf vir 'n nuwe speureenheid. Dit sal oor 'n paar maande operasioneel wees, in Kaapstad en ook in Johannesburg."

Hy lag effens. "In dié stadium staan dit bloot bekend as die Spookeenheid. Die polisiekommissaris wil 'n proefneming maak deurdat hy die eenheid vrystel van alle red tape. Hulle sal net hoëprofielsake ondersoek, en hulle sal voorkeurbehandeling kry by ons forensiese dienste. Geen van die frustrerende en tydrowende adminprosesse sal vir hulle geld nie. Dit gaan 'n elite-eenheid wees wat ook soms saam met die Valke gaan werk om die druk op hulle te

326

verlig. Die idee is om 'n spesiale eenheid in die SAPD te skep wat vinnig en hard op ernstige misdadigers kan toeslaan. Net mooi niks moet in die speurders se pad staan om hulle werk te verrig nie – vaartbelynde prosesse word dus gewaarborg. Dit gaan opwindend wees om daar te werk, dit kan ek jou verseker."

Hy gee 'n kuggie. "En hoewel ek jou nie 'n rangverhoging kan gee nie, sal jou salarisaanpassing die moeite werd wees."

"Ek . . . sal daaroor moet dink," sê Kassie. "Ek oorweeg nog 'n ander opsie ook."

"Dink goed oor my aanbod, kaptein. Dit gaan net één keer na jou kant toe kom. Ek gee jou 'n week, dan wil ek jou antwoord hê."

62

Vanaand praat die stemme hard en aanhoudend met Kassie.

Frans Terblanche van die Buro: *Ek kan net noem ons wil jou donners graag hier hê. Jy sal aan die hoof van ons speurdiens staan. En ons het al 'n klómp knap manne wat aangedui het hulle kom.*

Rooi: *Die plek wemel van die regses, dis asof jy terugstap in die ou Suid-Afrika.*

Weer Rooi: *Noudat die heat op sy ergste is en ons jou kaliber só fokken broodnodig het, vat jy die pad! Dis nie hoe ek jou leer ken het nie, Kassie.*

Bossie Bosman: *Ons het ook maar gereeld kak aangejaag. Dink net aan al die politieke moorde. Ek weet nie altyd of ons soveel beter was as vandag se polisie nie.*

Kolonel Daniels: *Ek het Koopman van die begin af nie getrust nie. Trouens, ek wou juis Vrydag die polisiehoof bel om oor die skaakstukmoorde te praat, want ek het begin vermoed Koopman het iewers 'n vinger in die paai.*

En kolonel Bert Clarens vanmiddag: *Net mooi niks moet in die speurders se pad staan om hulle werk te verrig nie – vaartbelynde prosesse word dus gewaarborg. Dit gaan opwindend wees om daar te werk . . . Jou salarisaanpassing sal die moeite werd wees.*

Hy slof in sy sweetpak en skaapvelpantoffels kombuis toe, haal die bottel Creme Soda uit die yskas en sluk 'n cholesterolpil saam met die koeldrank af. Bly besluiteloos staan. Hy's nie honger nie.

Dis hierdie gewigtige besluit wat sy eetlus so bevark, dink hy. Binne net een week moet hy 'n besluit neem wat sy hele toekoms gaan verander. En dis die enigste sekerheid: sy toekoms gáán verander.

Sy maag draai by die gedagte daaraan. Hy's nie gewoond aan sulke lewensveranderende besluite nie.

Hy stap badkamer toe, haal die botteltjie Rescue Remedy uit die muurkassie en hou sy tong uit vir 'n paar druppels. Of die donnerse goed help, weet hy nie eers nie – gedagtig aan Emile de Villiers se woorde oor vervalde medisyne.

Hy loop sitkamer toe, val op die rusbank neer en tuur na die televisieskerm sonder om regtig te hoor wat die nuusleser sê. Skakel die TV af en trek die radio op die sytafeltjie nader. Daar is 'n program op RSG oor Afrikaanse sanggroepe uit die verre verlede, musiek wat hy nog altyd koester.

Die eerste nommer is die Briels se "Trein na Pretoria". Die lied beur Kassie nie op nie. Dit laat hom net dink aan Rooi wat alleen by die Nuweland-stasie gaan agterbly.

Hy kom vinnig orent toe die telefoon in sy studeerkamer lui. Hopelik is dit Doempie. 'n Bespreking van die Boeremusiekgilde se maandbyeenkoms sal nou 'n welkome uitkoms wees – enigiets om sy gedagtes van sy probleem af te lei.

"Hallo, Seunie," groet sy ma.

"Hallo, Ma."

'n Skuldgevoel pak Kassie beet. Hy't regtig lanklaas van hom laat hoor.

"Ek't wonderlike nuus vir jou, Seunie!"

Kassie glimlag. "Nou laat ek hoor."

"Jy onthou vir oom Barend Erasmus?"

"Natuurlik, Ma." Fok, sal hy hom ooit vergeet!

"Wel, oom Barend het my gevra om te trou!"

Kassie stamp sy kop teen die lampskerm toe hy vervaard agter sy lessenaar opspring.

"Ma . . . Ma het seker . . ."

Sy lag. "Ek het natuurlik ja gesê! Ek hou baie van Barendjie." 'n Giggeltjie. "Jy kan maar sê ek's tot oor my ore verlief op hom."

Kassie sluk. Hy't nie woorde nie.

"Barend gaan my Weskus toe vat vir die honeymoon."

"Die honey . . . honeymoon . . ." Net die gedagte daaraan laat 'n naarheid in Kassie se keel opstoot.

"Ons gaan sommer aanstons hier in die ouetehuis trou. Sal jy my inbring, Seunie?"

"Ek . . . ek sal . . . Ma. Maar wanneer . . . trou julle?"

"Eerskomende Saterdag. Dominies Hiemstra is nét dan beskik-baar."

"Is dit nie bietjie gou nie?"

"Nee wat, op ons ouderdom mors jy nie tyd nie. Mens weet mos nooit hoeveel jy oorhet nie."

Goeie donner-wetter-etter! dink Kassie en steek 'n Lucky aan.

"Oe, dié Barend het darem al vir jou dinge gedoen op sy dag!" koer sy ma. "Het jy geweet hy was 'n vegvlieënier in Viëtnam?"

Pleks dat hy 'n kamikaze was, wil Kassie sê, maar sluk sy woorde betyds.

Sy ma babbel onverpoos voort oor Barend se kleurryke verlede, en groet uiteindelik met: "Jy sal vir jou 'n pak klere moet aanskaf, Seunie. Jy kan my nie met daai verslonste windbreaker van jou wil inbring nie. Dit gaan 'n grênd seremonie wees."

Kassie groet en sit die gehoorbuis neer. Hy bly lank so kop onder-stebo staan. Dan slof hy by die deur uit en in die gang af.

Uit die sitkamer kom die dawerende sang van die Sewe Stokers:

My pappie is in die tronk en my mammie lê dronk

My hartjie is seer waar ek hier in my bedjie treur

Maar ek moet bly glo, o, ek moet bly glo

As die son weer skyn, sál die pyn verdwyn, sál die pyn verdwyn

Kassie snork. "Die son gaan nie 'n fok gou weer vir mý skyn nie," mompel hy.

In sy kamer maak hy die hangkas oop en grawe fronsend tussen sy klere.

Die groot vraag is nou of sy troupak van 'n kwarteeu gelede nog sal pas.

ERKENNINGS

Navorsing is soms net so bevredigend soos die skryfproses. En met dié roman het ek weer swaar gesteun op verskeie mense en uitstekende bronne, wat ek met dank hier lys:

Barring, Ludwig. *Geheime agente en spioene.* Tafelberg, 1970.

Bate, Roger. *Phake – The Deadly World of Falsified and Substandard Medicines.* The AEI Press, 2014.

Judah, Ben. *Fragile Empire: How Russia Fell In and Out of Love with Vladimir Putin.* Yale University Press, 2013. 'n Uittreksel uit die boek het op 3 Augustus 2014 in *Rapport Weekliks* verskyn, en ek het van die Pion se karaktereienskappe en gewoontes by Poetin "geleen".

Spesiale vermelding van doktor Micki Pistorius se *Basiese Ondersoekgerigte Sielkundekursus vir die SAPD* wat by die Suid-Afrikaanse Speurdiensakademie voorgeskryf was. Die gedrag van reeksmoordenaars word breedvoerig daarin behandel.

Ander bronne sluit in Media24-koerante se wye dekking van die Islamitiese Staat, die SAPD en die Suid-Afrikaanse Staatsveiligheidsagentskap (2012-2016) en verskeie internetbronne oor David Berkowitz en Sophia Kukralova. 'n Verslag van die Instituut van Sekerheidstudies oor die SAPD was ook uiters waardevol.

Luitenant-kolonels Fienie Nimb van die SAPD se Bellville-kantoor en Anton Rabe van die forensiese laboratorium in Plattekloof, wat altyd bereid was om te help.

Ook groot dank vir die wonderlike en altyd waardevolle ondersteuning van my Queillerie-uitgewer, Hester Carstens, en die kundige raad van Kerneels Breytenbach en Suzette Kotzé-Myburgh, die deeglike proefleeswerk van Annie Klopper en Liesl Roodt, asook die treffende omslag deur Michiel Botha.

Laastens wil ek my gesin – my vrou, Líze, en kinders, MC, Neil en Amieke – my ma, Christa, my broer, Carl, en al my vriende en die lesers van my boeke opreg bedank vir hulle meelewing en aanmoediging.

www.ingramcontent.com/pod-product-compliance
Lightning Source LLC
Chambersburg PA
CBHW031342070726
47496CB00017B/1415